16	3	2	13
5	10	11	8
9	6	7	12
4	15	14	1

Coleção LESTE

Nikolai Gógol

TEATRO COMPLETO

Organização, tradução, prefácio e notas
Arlete Cavaliere

editora 34

EDITORA 34

Editora 34 Ltda.
Rua Hungria, 592 Jardim Europa CEP 01455-000
São Paulo - SP Brasil Tel/Fax (11) 3811-6777 www.editora34.com.br

Copyright © Editora 34 Ltda., 2009
Tradução © Arlete Cavaliere, 2009

A FOTOCÓPIA DE QUALQUER FOLHA DESTE LIVRO É ILEGAL E CONFIGURA UMA APROPRIAÇÃO INDEVIDA DOS DIREITOS INTELECTUAIS E PATRIMONIAIS DO AUTOR.

Imagem da capa:
Retrato de Nikolai Gógol por V. Goriáev (1910-1982)

Capa, projeto gráfico e editoração eletrônica:
Bracher & Malta Produção Gráfica

Revisão:
Alberto Martins
Fabrício Corsaletti

1ª Edição - 2009 (3ª Reimpressão - 2025)

CIP - Brasil. Catalogação-na-Fonte
(Sindicato Nacional dos Editores de Livros, RJ, Brasil)

G724n
Gógol, Nikolai, 1809-1852
    Nikolai Gógol: teatro completo /
Nikolai Gógol; organização, tradução, prefácio
e notas de Arlete Cavaliere — São Paulo: Editora 34,
2009 (1ª Edição).
408 p. (Coleção LESTE)

ISBN 978-85-7326-432-6

    1. Teatro russo. I. Cavaliere, Arlete.
II. Título. III. Série.

CDD - 891.72

NIKOLAI GÓGOL:
TEATRO COMPLETO

Nota introdutória 7
Prefácio, *Arlete Cavaliere* 9

O inspetor geral 43
    Personagens 45
    Primeiro ato 47
    Segundo ato 67
    Terceiro ato 89
    Quarto ato 115
    Quinto ato 153

Os jogadores 177

O casamento 239
    Personagens 241
    Primeiro ato 243
    Segundo ato 291

À saída do teatro
    depois da representação de uma nova comédia 333

Desenlace de O inspetor geral 379
    Personagens 381
    Desenlace de O inspetor geral 383

Cronologia de Nikolai Gógol 397

Nota introdutória

Arlete Cavaliere

Já se disse que traduzir é a maneira mais atenta de ler, pois é ler com acuidade, é penetrar melhor a obra. Ezra Pound chegou a considerar a tradução uma modalidade da crítica, um novo olhar crítico-criativo capaz de dar vida nova ao passado literário.

A tarefa de traduzir a literatura de Gógol já dura alguns anos: um paciente exercício de intelecção a sondar lentamente os mecanismos e engrenagens mais íntimos desta complexa e saborosa escritura, muito próxima daquilo que Roman Jakobson chamou de "mitologia verbal". Isto porque, embora o tradutor dos textos gogolianos se situe no domínio da prosa e, no caso deste volume, no da dramaturgia, ele se vê às voltas com as mesmas dificuldades da tradução do texto poético. O trocadilho, o "gesto sonoro", certas piruetas verbais constituem elementos essenciais da escritura gogoliana, muitas vezes de difícil "transcriação", mas que não se pode desprezar numa tradução.

A maioria dos nomes próprios dos personagens, por exemplo, apresenta conotações bizarras que surgem por meio de jogos semânticos e sonoros com os quais se cria uma espécie de máscara verbal e caricaturesca para os tipos cômicos.

A opção por se manter os nomes próprios russos não traduzidos visa evitar certa inadequação e impropriedade na transposição de efeitos sonoros, linguísticos ou semânticos de difícil recriação em língua portuguesa. A transliteração segundo as correspondências sonoras do alfabeto cirílico e a acentuação de acordo com a prosódia russa propiciam ao leitor brasileiro não apenas a exata pronunciação dos nomes e sobrenomes russos, mas também a possibilidade de experimentar o ritmo e a sonoridade da língua russa trabalhada pelo dramaturgo. A mesma estranheza fonética e certo desconforto na articulação verbal de alguns dos nomes de personagens ou lugares são percebidos também pelo leitor russo.

As falas dos diferentes personagens, matizadas de ditos proverbiais, expressões populares e jogos de palavras, fazem largo uso de um complexo contexto estilístico, no qual transparece o jogo paródico com as tradições literárias, com o material da atualidade não literário ou com a anedota oral extraída das formas da linguagem coloquial.

A tradução tentou se pautar pela fidelidade ao "espírito" e ao "tom" do texto e do universo russos, e procurou, sempre que possível, soluções de transposição criativa, na busca constante de efeitos ou variantes que o original autoriza em sua linha de invenção.

Este trabalho de tradução do teatro de Gógol me levou a um amplo estudo sobre o riso e a comicidade gogoliana e suas relações com outros autores russos, tema do livro *Teatro russo: percurso para um estudo da paródia e do grotesco* (São Paulo, Humanitas, 2009).

Os textos dramáticos reunidos neste volume foram traduzidos dos originais em russo que integram a edição das *Obras completas reunidas* (*Pólnoie sobránie sotchnienii*, Moscou, Naúka, 1952), de N. V. Gógol, e também a edição comemorativa do centenário da morte do autor, *Gógol e o teatro* (*Gógol i Teatr*, Moscou, Iskústvo, 1952).

A tradução das peças *Os jogadores*, *O casamento* e *À saída do teatro depois da representação de uma nova comédia*, é resultado de um trabalho de pesquisa conjunto com meus orientandos do Programa de Pós-Graduação de Literatura e Cultura Russa da Universidade de São Paulo, Mário Ramos Francisco Jr. e Nivaldo dos Santos. Para chegar à versão final de todos os textos, contei com a assessoria filológica do Prof. Dr. Dmitri Guriévitch, linguista e professor da Universidade Estatal Lomonóssov de Moscou. Dois leitores exigentes, Aurora Fornoni Bernardini e Alberto Martins, ambos escritores e poetas, fizeram sugestões valiosas.

A todos esses interlocutores, para com os quais o meu débito é grande, meu profundo agradecimento.

O teatro de Gógol: tradição e modernidade

Arlete Cavaliere

> *A sátira é uma lição, a paródia é um jogo.*
> Vladímir Nabókov

Com exceção da comédia O *inspetor geral* (*Revizor*), de 1836, e talvez, embora em menor grau, de O *casamento* (*Jenítba*), cuja versão definitiva é de 1842, a dramaturgia de Nikolai Vassílievitch Gógol parece ter passado quase despercebida não apenas dos palcos, inclusive russos, como também da maioria dos estudos críticos que se debruça sobre a produção literária do autor.

Por outro lado, não têm sido poucas as adaptações teatrais inspiradas na prosa gogoliana, como o romance *Almas mortas* (1843) ou as novelas *Diário de um louco* (1835), *O capote* (redigida em 1839, mas publicada em 1843), *Proprietários à moda antiga* (1835) e outros textos de ficção. Sem dúvida, esse interesse se explica pelas qualidades dramático-cênicas flagrantes na literatura gogoliana como um todo, aspecto este não raras vezes analisado pela crítica.[1]

Gógol interessou-se muito cedo pelo teatro. Nascido a 20 de março de 1809 (1º de abril segundo o calendário gregoriano) em Sorotchinstsy, na província de Poltava, na Ucrânia, Nikolai Vassílievitch Gógol tivera um avô da pequena nobreza, Vassíli Tanski, filho de um pope nobilitado no século XVII, e autor de entremezes populares, inspirados no *vertep*, o teatro de bonecos ucraniano. O pai, Vassíli Gógol-Ianóvski, funcionário aposentado e pequeno proprietário de terras, apreciava a música e a lite-

---

[1] Ver, especialmente, Iúri Mann, *Gogol: trudy i dni, 1809-1845* (*Gógol: a obra e a vida, 1809-1845*), Moscou, Aspekt Press, 2004. Ver, também do mesmo autor, *Postigaia Gógolia* (*Para compreender Gógol*), Moscou, Aspekt Press, 2005; e ainda: Nina Gourfinkel, *Nicolas Gogol dramaturge*, Paris, L'Arché Editeur, 1956, e, de Georges Nivat, "L'interprétation et le mythe de Gogol", in *Histoire de la littérature russe. Le XIX: L'époque de Pouchkine et de Gógol*, Paris, Fayard, 1996.

ratura, e teria legado ao frágil rapaz o dom da observação cômica e do contador de histórias engraçadas. De fato, ele escreveu, em língua ucraniana, várias comédias anedóticas e de humor leve, fazendo largo uso de provérbios e jogos de palavras. Muitas delas eram operetas dramáticas inspiradas no pitoresco regional, em que se entrelaçam riso e lágrimas por meio de canções variadas, possibilitando um desfecho feliz aos frequentes amores impossíveis.

A modesta situação financeira da família Gógol-Ianóvski impediu o pai de manter sua própria trupe de atores. Mas um meio-parente da família, rico proprietário de terras, mantinha em seus domínios um teatro bastante estruturado, cuja direção confiara ao pai de Gógol. Seria em meio ao elenco deste teatro, dirigido pelo pai e formado por servos, nobres amadores, pequenos proprietários de terra e, sobretudo, pela juventude local, que o jovem Gógol iria se familiarizar com a técnica teatral e com as primeiras lições de arte dramática.

Depois da infância passada no campo em Vassilievka, também na Ucrânia, para onde o escritor já adulto voltaria algumas vezes para passar os verões com a mãe, Mária Ivánovna, e aplacar as constantes crises de depressão, Gógol será aluno sem muito brilho, entre 1821 e 1828, como interno de um liceu em Niéjin, onde chegou a organizar inúmeras representações teatrais, nelas atuando como ator, sobretudo em peças cômicas de Molière e de Fonvízin,[2] como também nas de autoria do próprio pai. O jovem estudante, pouco disciplinado nos estudos, ocupava-se com talento da cenografia dos espetáculos e pintava com esmero os telões do palco.

O teatro esteve sempre presente nas atividades e nos pensamentos juvenis de Gógol, e os professores e colegas de escola chegaram a admitir a genialidade de sua atuação como ator — especialmente a capacidade de imitar os trejeitos e a voz de seus modelos. Desde logo, põe-se a compor pequenos *sketches*, neles atuando com a maestria do comediante experimentado, cujos dotes físicos, naturalmente bizarros (era pequeno e franzino, e tinha, como traço particular, o nariz longo e pontudo), atribuíam-lhe ainda mais força, graça e expressividade.

Com a morte do pai, em 1825, doa sua parte da pequena herança à mãe e às quatro irmãs, e em 1828 muda-se para São Petersburgo para levar uma vida incerta, com recursos financeiros irregulares, provenien-

---

[2] Denis Ivanovitch Fonvízin (1744-1792), considerado o primeiro autor de comédias de real mérito artístico no teatro russo moderno. (N. da T.)

tes da mal-sucedida carreira como funcionário em diversas repartições públicas e da igualmente desastrosa experiência como professor adjunto de História na Universidade de Petersburgo. Notável mistificador de si mesmo e sem a menor solidez na formação como historiador, o "professor" Gógol-Ianóvski chegou a preparar, assim mesmo, uma ou duas conferências inaugurais brilhantes e consistentes, estruturadas com vastas sínteses sobre a Idade Média, mas que não se puderam prolongar por mais do que um ano escolar dada a crescente irregularidade de suas aulas (muitas vezes sob alegação de razões de saúde) e o profundo tédio que elas passaram a despertar em sua audiência estudantil, dentre a qual se encontrava o jovem escritor Turguêniev, não menos desencantado com o professor, mas profundamente atraído pelo Gógol-escritor que começara a publicar recentemente.

Na tão sonhada capital do império, Gógol também não será bem-sucedido na tentativa de uma carreira profissional como ator. Reprovado nos testes a que se submete, o escritor desiste desses intentos profissionais, apesar de ao longo de toda a sua vida ver reconhecida a sua prodigiosa e inigualável habilidade para ler em voz alta os próprios textos.

Para que se tenha uma ideia clara dos talentos do escritor, vale a pena registrar algumas opiniões a esse respeito. O poeta Sologub, por exemplo, chegou a anotar:

> "Aqueles que nunca ouviram Gógol fazer uma leitura de suas obras, não as podem conhecer a fundo. Ele lhes conferia um colorido todo particular pela sua calma e articulação. Nuanças de ironia e de leve comicidade vibram em sua voz e passam rapidamente pelo seu rosto particular e pelo nariz pontudo; seus pequenos olhos acinzentados sorriem com bonomia, enquanto ele ajeita os cabelos que lhe caem constantemente sobre a fronte."[3]

Em 1851, durante uma visita a Odessa, a convite de uma atriz que lhe pedira uma leitura de *Escola de mulheres* aos atores de sua companhia, um dos ouvintes testemunha:

> "Posso dizer que em toda a minha vida jamais escutei alguém ler dessa forma. Gógol lia com uma maestria à qual não

---

[3] Fiódor Sologub, *apud* Nina Gourfinkel, *op. cit.*, p. 40.

estávamos habituados. Sua leitura se distinguia, pela ausência do efeito fácil de toda a declamação, daquela que considerávamos o modelo no teatro. Ela impressionava pela simplicidade e pela ausência de afetação, e mesmo que, sobretudo nos longos monólogos, ela podia parecer um tanto monótona ou chocasse pela acentuação marcada demais nas cesuras, a ideia, em compensação, se fixava com brilho no espírito do ouvinte e, à medida que a ação se desenrolava, os personagens da comédia adquiriam carne e sangue, tornavam-se vivos, com todas as nuanças dos caracteres. [...] Era impossível imitá-lo, pois o mérito de sua leitura residia na justeza do tom e do caráter, na sua extraordinária habilidade de aproveitar os traços salientes do papel, na arte de desempenhar os diferentes personagens..."[4]

Será por meio da generosidade de amizades influentes (editores, escritores, nobres mecenas) e, principalmente, da admiração benevolente da ingênua mãe provinciana que sonhara desde a juventude do filho com o reconhecimento da sua genialidade, que Gógol proverá materialmente a sua existência errante, permeada de incessantes crises de criação seguidas quase sempre de viagens ao exterior como forma de cura indispensável às suas frustrações. Constantes remessas de dinheiro, boa parte delas como adiantamento de seus editores, tinham como justificativa maior a necessidade incontrolável de se ausentar da Rússia para cuidar da saúde, e a promessa de uma "grande obra", em contínuo processo de escritura, em prol da pátria e, quiçá, da humanidade.

O semioticista Iúri Lótman, em um ensaio magistral, se propõe a decifrar "o mistério de Gógol" e abre o seu estudo com a surpreendente frase: "Gógol era um mentiroso".[5] Lótman insiste no fato curioso de que Gógol, embora tivesse se tornado na literatura russa um símbolo da veracidade na representação da vida, quase sempre mentia, tanto na arte como na própria vida. São conhecidas suas cartas enviadas da Europa à mãe e aos inúmeros correspondentes, repletas de solicitações, ponderações

---

[4] Ver Nina Gourfinkel, *op. cit.*, p. 41.

[5] Ver Iúri Lótman, "O realisme Gógolia" ("Sobre o realismo de Gógol"), in *O rúskoi literature: Staty i isledovania, 1958-1993* (*Sobre a literatura russa: artigos e estudos, 1958-1993*), Petersburgo, Iskústvo, 1997. Segundo a edição russa, trata-se do último artigo de Lótman, escrito no hospital em setembro de 1993, sob encomenda de um eslavista americano que preparava uma coletânea de artigos sobre a obra de Gógol.

Nikolai Gógol lê *Almas mortas*, desenho do artista E. Dmítriev-Mamónov, 1839.

de toda ordem, divagações e desculpas insólitas pelo súbito desaparecimento, muitas vezes a confundi-los sobre seu verdadeiro paradeiro, sem excluir a hipótese, para o desespero de seus biógrafos, de que ele por diversas vezes talvez sequer tenha se ausentado de São Petersburgo ou Moscou, apesar das descrições românticas de paisagens de Roma ou Paris contidas em certas cartas.

Personalidade bastante singular e enigmática, Gógol deixa-se revelar em muitos de seus últimos escritos, textos esparsos e correspondências com amigos (em particular, em sua *Confissão de um autor* e nos *Trechos escolhidos de correspondências com amigos*) como um homem de educação profundamente religiosa e cristã, expressa indubitavelmente no seu medo patológico da morte e do castigo. Acrescente-se ainda o papel importante da mãe em sua formação espiritual e no apoio financeiro e, sobretudo, a grande dificuldade de suas relações afetivas e amorosas. Os aspectos autodestrutivos da personalidade de Gógol (e de seus personagens) costumam ser fundamentados no processo doentio que o escritor manifestou no final de sua vida, deixando-se morrer por inanição.

Há quem veja nas deformações de acontecimentos e pessoas em seus relatos uma forma de libertação dos recalques psicológicos do escritor, que faria do riso um meio eficaz de liberação. Nesse sentido, a ausência em grande parte de sua obra de personagens femininos plenamente desenvolvidos e de enredos de amor, ao lado do medo flagrante da maioria dos heróis gogolianos perante a mulher, o amor e o casamento, é um convite a uma interpretação que procure encontrar na obra a figura do artista.

Alguns de seus biógrafos apontam para o fato de que o grande mal de Gógol foi não ter amado nunca e ninguém e que, por isso, ele teria conhecido um só lado da vida, de onde provém as caricaturas que inundam a sua obra. A comicidade, o escárnio ou o riso de zombaria seriam, portanto, o pressuposto de uma atitude de defesa e de hostilidade latentes, o que implicaria um sentimento de superioridade e desprezo a encobrir, afinal, a impotência e a frustração diante da incapacidade do sentimento amoroso.

Simon Karlinsky, em um interessante estudo,[6] analisa a correspondência epistolar e outros documentos biográficos de Gógol e neles surpreende traços de uma possível homossexualidade ocultada e confessada apenas no final da vida a um padre ortodoxo, espécie de guia espiritual, que o leva a renegar a sua criação literária como forma de severa penitência. Decorreria daí a cruel destruição do manuscrito da segunda parte de *Almas mortas*, lançado às chamas nos últimos dias de sua existência.

O humor e o "riso entre lágrimas" que brotam dos seus textos revelariam, para além do procedimento artístico e literário, um doloroso problema de dupla personalidade e dualismo religioso: a luta interior do escritor entre dois mundos, o da arte e o da moral, a preocupação em rir do demônio ao invés de simplesmente amar a Deus, e o conflito entre ocidentalismo e eslavofilismo acabariam por fazê-lo mergulhar no delírio místico e na demência que lhe roubaram completamente a razão.

* * *

No tocante a sua obra, embora ela estivesse em simbiose com o contexto histórico-cultural da época, ela ao mesmo tempo transcende todas as tendências literárias que estavam em curso, e aponta ainda hoje para sua modernidade.

---

[6] Ver Simon Karlinsky, *The Sexual Labyrinth of Nikolay Gogol*, Chicago, The University of Chicago Press, 1992.

Neste sentido, se a obra de Gógol como um todo tem sido considerada por uma parcela da crítica como expressão satírica da realidade russa na primeira metade do século XIX (*O capote*, *Almas mortas*, *O nariz*, *O inspetor geral*, por exemplo), é necessário detectar, para uma abordagem mais acurada de seus textos, sua maneira peculiar de "ver" o mundo e as coisas, isto é, sua "ótica desautomatizante".

O traço distintivo se revela por meio de uma espécie de acumulação absurda de detalhes que fazem da realidade um aglomerado de elementos contraditórios, revelando-a na sua mais profunda essência e tornando esse caos fantástico e desconexo a sua mais fiel expressão. Tal procedimento está largamente empregado nas suas "histórias petersburguesas", onde o fantástico, buscado em seus primeiros textos nas lendas e no folclore de sua Ucrânia natal (como, por exemplo, nas *Noites na granja perto de Dikanka*), brota agora da própria realidade cotidiana de São Petersburgo. A notável novela *O capote* constitui um dos textos mais representativos de sua chamada fase petersburguesa.

Gógol foi, sem dúvida, um dos intérpretes mais agudos do período petersburguês da história russa sob as ordens do czar Nicolau I. Seus contos, novelas e peças de teatro metaforizam o caráter sinistro, estranho, absurdo e espectral que adquirira o império russo e a sua capital-símbolo, São Petersburgo, durante o regime de um dos mais autocratas governantes da Rússia czarista.

Assim, a fase petersburguesa da obra gogoliana nos apresenta histórias ambientadas no espaço urbano da capital, onde personagens um tanto estranhos rondam pela "capital do nosso vasto império", como Gógol se referia à cidade, e vagam em busca de um sentido jamais encontrado e que parece se esvair a todo o momento em meio à névoa sinistra que encobre a cidade. Observa-se, não só aí mas em grande parte de seus textos, a mesma ótica grotesca com que Gógol apreende o mundo, as pessoas e as coisas. Trata-se daquilo que os formalistas russos chamariam de *ostraniênie*, percepção "estranhante", e que impregna o estilo, os diálogos e o tratamento inovador da linguagem.

Essa percepção grotesca e "desautomatizadora" foi interpretada muitas vezes pela crítica de seu tempo como "rebaixamento" da narração, do discurso e dos diálogos, em comparação com a literatura de Púchkin e Liérmontov. No entanto, todas essas características gogolianas representam o seu papel renovador na prosa e no teatro russos.

Muito se tem discutido sobre o enquadramento de Gógol em grupos literários unificados por estilos e tendências ideológicas. Mas, diferentemente de outros grandes escritores do século XIX russo, Gógol não formou nenhuma escola ou plêiade de seguidores diretos. Por um lado, conhecemos a famosa frase atribuída a Dostoiévski: "Todos nós saímos do *Capote* de Gógol"; por outro, a obra de Gógol parece transcender qualquer moldura, e submetê-la às mais variadas classificações tem sido o esforço da crítica desde então.

Uma das apreciações críticas mais interessantes no século XX é a de Mikhail Bakhtin, que busca compreender toda a arte gogoliana no fluxo da cultura popular de base cômica. Segundo o teórico russo, toda a visão de mundo carnavalizada de Gógol está ligada a um riso que se eleva no solo da cultura cômica popular, das formas do cômico popular da praça pública e dos teatros de feira.

Se Gógol escreveu poucos textos teatrais, muito se dedicou a escrever acerca da arte teatral, a criticar duramente o gênero *vaudeville*, que tinha na época amplo acesso aos palcos russos. Em certos artigos, algumas de suas ideias sobre a arte teatral parecem antecipar concepções que marcariam, cinquenta anos mais tarde, as propostas dos fundadores do Teatro de Arte de Moscou, K. Stanislávski e N. Dântchenko. Gógol insiste na importância da figura do diretor teatral tanto para a plena compreensão cênica de um texto como para a interpretação dos atores, exigindo o que denomina "verismo na representação da vida":

> "O diretor deve escutar a vida interior encerrada em uma obra e deve tratar de harmonizá-la em todas suas partes, como em uma orquestra; cada papel deve ser estudado em cena com os demais atores e não em casa, e o diretor deve presenciar todos os ensaios.
>
> [...] Que estranho monstro se tornou o teatro depois que o melodrama se infiltrou entre nós! E onde está nossa vida, onde estamos nós com nossas próprias idiossincrasias e rasgos? O melodrama mente desavergonhadamente. Só um grande gênio, raro e profundo, pode captar aquilo que nos rodeia cotidianamente, aquilo que sempre nos acompanha, aquilo que nos é comum [...]."[7]

---

[7] "Peterburgskaia Stsena: 1835-1836" ("O palco petersburguês: 1835-1836") in *Gógol i Teatr* (*Gógol e o teatro*), Moscou, Iskústvo, 1952, p. 373. Fragmento de um artigo de Gógol. Os textos de Gógol aqui citados figuram na edição comemorativa do centenário da morte do autor, *Gógol i Teatr*, que integra, além de todas as suas peças, uma

Em fevereiro de 1832, o escritor anuncia numa carta ao amigo Mikhail Pogódin, historiador, arqueólogo e homem de letras próximo aos eslavófilos, haver começado uma comédia, *São Vladímir de 3º grau*, que conteria "muita malícia, muito sal e muito riso". Contudo, certamente, a censura czarista não permitiria o tema: a ordem de São Vladímir era uma das mais importantes conferidas pelo czar. Atacar a quem recebia tal distinção significava atacar o próprio soberano. Nesta carta, Gógol demonstra não ignorar os obstáculos que teria de enfrentar para a publicação ou a representação de seu primeiro texto teatral:

"Estou enlouquecido por uma comédia. O enredo já começou a se esboçar nos últimos dias. Já tenho até mesmo escrito o título sobre a capa de um grosso caderno: *São Vladímir de 3º grau*. E quanta malícia, quanto sal e quanto riso! Mas eu a interrompi bruscamente ao ver minha pena tropeçar sempre diante de passagens que a censura jamais toleraria. E para que serve uma peça que não vai ser representada? Um drama vive apenas sobre o palco. Sem o palco ele não passa de um corpo sem alma. Que artista aceitaria mostrar ao público uma obra inacabada? Só me resta inventar um enredo tão inocente que não possa ofender nem mesmo o chefe do quarteirão. Mas para que serve uma comédia sem verdade e sem raiva! Pois bem, não consigo começar a comédia. Inicio a história e diante de mim o palco se põe em movimento, soam os aplausos, os rostos aparecem dos camarotes, dos comitês dos bairros, das poltronas e arreganham os dentes, e... a história que vá pro diabo."[8]

Provavelmente durante a redação do segundo ato, Gógol abandona este projeto que já revela as obsessões e os temas futuros do escritor, bem como sua visão cáustica da administração russa. Segundo Mikhail Chtchépkin (1788-1863), um dos atores mais importantes da época e amigo do dramaturgo, a fábula seria a seguinte: o personagem principal é um

---

vasta seção com artigos de sua autoria, anotações e cartas a atores e amigos, nos quais o escritor discute temas sobre teatro e o panorama teatral russo da época. Constam também dessa publicação vários escritos sobre a obra do dramaturgo de críticos e escritores contemporâneos do autor.

[8] "Iz pissem N. V. Gógolia" ("Das cartas de N. V. Gógol"), in *Gógol i Teatr*, cit., p. 393.

funcionário de São Petersburgo com uma única obsessão: receber uma condecoração, a cruz de São Vladímir de 3º grau. Ele persegue seu objetivo de todas as maneiras possíveis e exige os préstimos do amigo Aleksandr Ivánovitch, homem muito próximo do ministro. Mas este, ao contrário do que se espera, não parece disposto a ajudá-lo e, invejoso, faz de tudo para impedir a ascensão da carreira do pobre funcionário. Após várias peripécias que envolvem o irmão, a irmã e um falso testamento de família, o "herói", enganado por todos e no mais completo desespero, acaba enlouquecendo. Sem conseguir, afinal, receber a tal condecoração, acredita ser ele mesmo São Vladímir. Na última cena, ao olhar longamente para o espelho, abre os braços em forma de cruz e imagina ser a enorme cruz de São Vladímir.[9]

Embora inacabado, Gógol voltou a trabalhar o manuscrito em diferentes épocas e estruturou algumas das passagens na forma de pequenos quadros independentes, que ocupam lugar menor em sua produção (é o caso de "Manhã de um homem de negócios", "O pleito", "Sala de lacaios" e "Fragmento", não incluídos no presente volume).

Entre 1832 e 1839, Gógol escreveu ainda as peças *Os jogadores*, *O casamento* e a primeira versão de *À saída do teatro depois da representação de uma nova comédia* (nenhuma delas representada antes de 1843, quando então foram reunidas e publicadas nas suas *Obras completas*). A obra-prima da dramaturgia gogoliana é, sem dúvida alguma, *O inspetor geral*, que foi representado pela primeira vez em 1836, em São Petersburgo. O dramaturgo costumava atribuir o tema da peça a Púchkin, que lhe havia narrado a história de um aventureiro que se apresentara na região de Nóvgorod como inspetor geral para explorar os funcionários. Também o próprio Púchkin, durante sua permanência em Nóvgorod, para onde tinha ido recolher materiais para sua *História de Pugatchióv*, parece ter dado margem a um engano, sendo tomado por um inspetor viajando incógnito em missão secreta. Gógol soubera também do caso de Piótr Pietróvitch Svinin, diretor da revista *Anais da Pátria*, que na Bessarábia se fizera passar por um alto funcionário de São Petersburgo, até ser desmascarado pela polícia local.

---

[9] Do texto restaram apenas fragmentos esparsos. Importante testemunho deste primeiro texto teatral de Gógol aparece no diário do folclorista A. N. Afanássiev, em que o estudioso deixou registrado o enredo da comédia gogoliana, a partir das impressões de seus contemporâneos. Ver A. N. Afanássiev, *apud* I. L. Vichnévskaia, *Gógol i ievó komédii* (*Gógol e suas comédias*), Moscou, Naúka, 1976.

Como precedente diretamente literário, existe ainda a hipótese de que Gógol possa ter conhecido a obra do poeta ucraniano Kvitko Osnovianenko (1778-1843), cuja comédia de 1827, *O viajante da capital, ou Tumulto em um pequena cidade*, conta a história do aventureiro Pustolóbov, que, disfarçado de inspetor público, engana os funcionários de uma pequena província.

Gógol escreveu *O inspetor geral* em tempo recorde. Em algumas semanas, chegou a uma versão inicial e, no primeiro trimestre de 1836, os cinco atos da comédia foram revisados e algumas cenas refeitas. Em seguida, amigos de seu círculo literário foram convidados a ouvir a leitura do texto feita pelo autor. Impressionados com a força da peça, esses intelectuais recorreram a suas relações pessoais no ambiente da corte para obter do czar a autorização para encenar a comédia.

A peça foi apresentada pela primeira vez a 19 de abril de 1836, na presença do czar Nicolau I e de sua família. Se dependesse dos poderosos que rodeavam o czar, a peça teria sido imediatamente retirada de cartaz. No entanto, Gógol contava com amigos influentes sobre o soberano, os quais, astutamente, jogaram com a vaidade de Nicolau I, comparando-o a Luís XIV, absolutista e culto. O czar seria então o supremo árbitro da questão, como fora o rei francês no caso de *O tartufo*, de Molière. Ao final do espetáculo, o soberano teria comentado: "Essa é uma peça e tanto. Todo mundo recebeu o que merecia. Eu, mais do que o resto".

O assunto foi considerado inadequado por grande parcela do público, que reagiu a ela como a uma chicotada. Os conservadores enxergavam ali uma calúnia e uma propaganda perigosa. Por outro lado, os liberais consideravam-na um fiel retrato da realidade e dos tempos difíceis sob as ordens do czar Nicolau I.

A peça ainda não havia sido publicada e o público desconhecia a sua epígrafe — o provérbio russo "*A culpa não é do espelho se a cara é torta*" — que responderia a todas as críticas e que o autor imprimiria já na primeira edição.

Bielínski, um dos mais importantes críticos literários da época, reconheceu que naquela anedota, aparentemente tão simples, escondia-se uma vastíssima sátira social construída com unidade psicológica e dramática. Aliás, a palavra "anedota" foi com frequência empregada pelos contemporâneos de Gógol, assim como pelo próprio escritor, para explicar a gênese de seus contos e peças teatrais. "Por favor, dê-me uma anedota", chegou a escrever ao amigo Púchkin, quase implorando a motivação fundamental para a criação de um próximo texto.

A anedota sobre um pobre funcionário que perdera a espingarda comprada com os seus escassos recursos, obtidos com muito sacrifício e privações, foi, segundo testemunho do crítico Ánnenkov, objeto de muito riso numa conversa entre amigos, da qual Gógol participara: "Todos riram daquela anedota, cuja base era um acontecimento da vida real, com exceção de Gógol, que ouvia tudo pensativo e cabisbaixo. A anedota teria sido a primeira ideia para a sua novela *O capote*".[10]

A recepção dos espectadores às primeiras representações de *O inspetor geral*, em São Petersburgo e em Moscou, revelou, no entanto, o efeito profundo que aquela "anedota" operara na sensibilidade do público. A peça parecia não se limitar a um simples e engraçado juízo moral da realidade russa, sob as ordens de Nicolau I, ou ao triunfo do "realismo crítico", como queria Bielínski, mas abria, por meio da configuração grotesca dos personagens, das situações e da própria linguagem do texto, uma ampla sondagem do ser humano — do aspecto irreal da existência e de suas camadas mais profundas —, matizada de ironia e amargura.

De fato, como observou Nabókov, a poesia em Gógol emerge de um jogo de luzes e reflexos deformados e deformantes, que arrasta o leitor/espectador para um mundo artisticamente recriado, dotado de uma refração especular muito singular. Belo ou monstruoso, real ou irreal, trágico ou cômico, grotesco ou sublime, o mundo dos espelhos gogolianos se constitui, assim, em pura transfiguração poética, capaz de nela fazer incluir, ao mesmo tempo, a imagem reflexa e desestabilizada do receptor e de seu próprio mundo, como indica a epígrafe de *O inspetor geral*.[11]

Em suas *Memórias*, Ánnenkov, referindo-se à primeira representação em São Petersburgo, deixou anotado:

"Desde o primeiro quadro lia-se em todos os rostos o espanto. Ninguém sabia o que pensar daquilo que acabara de ser mostrado. Esse espanto crescia de ato em ato. A maioria dos espectadores, completamente desorientados, persistia nessa insegurança. Não obstante, havia na farsa momentos e cenas de tamanha vida e de tamanha realidade que em duas oportunida-

---

[10] Ver P. V. Ánnenkov, *Literatúrnye vospominánia* (*Recordações literárias*), apud I. L. Vichnévskaia, op. cit., p. 61.

[11] Ver Vladímir Nobókov, *Nicolas Gógol*, Paris, Éditions Rivages, 1988, p. 53.

des explodiu uma gargalhada geral. Algumas vezes, no entanto, escutava-se um riso de um extremo a outro da sala, mas era tímido e morria no mesmo instante. Quase não se aplaudia, mas a atenção era extrema. Convulsivo e com esforço, o público seguia todos os matizes da peça. Com frequência, um silêncio de morte. Tudo isso indicava que se havia comovido vigorosamente o coração dos espectadores. Depois de terminar o quarto ato, o sobressalto se transformou quase em uma desaprovação geral, que chegou ao auge no quinto ato. Muitos se perguntavam por que o autor teria escrito a comédia, outros reconheciam talento em algumas cenas, muitos declaravam terem se divertido muito, mas a impressão geral deste público seleto era: 'É impossível, é uma calúnia, é uma farsa!'"[12]

Na estreia em Moscou, as reações não foram diferentes. O espetáculo agradou pouco ao público, formado em grande parte por representantes da aristocracia. O ator Mikhail Chtchépkin, que interpretou em Moscou o papel do prefeito, sentiu-se desolado diante de tal acolhida e foi consolado por um amigo: "Meu querido, como é que você queria que fosse de outro modo? Uma parte do público está composta por aqueles que tomam [isto é, pelos corruptos], a outra pelos que dão".[13]

Na revista *Molvá* (*Rumores*), editada por Nadéjdin, o autor da crítica se expressa da seguinte maneira:

> "*O inspetor geral* não chegou a interessar o público; fez-lhe rir ligeiramente, mas não o comoveu. Durante os entreatos se podia escutar — metade em francês — um murmúrio de desaprovação e de queixas: '*Mauvais genre*'. A peça chegou até mesmo a ser aplaudida em algumas passagens, mas, caído o pano, não se escutou uma só palavra. Era isto o que deveria ser e foi isto o que sucedeu."

---

[12] P. V. Ánnenkov, *apud* L. Leger, *Nicolas Gógol: el humorista genial*, Buenos Aires, Ediciones Suma, 1945, p. 150.

[13] Todas as citações a seguir constam da obra de L. Leger, *op. cit.*, pp. 154-60.

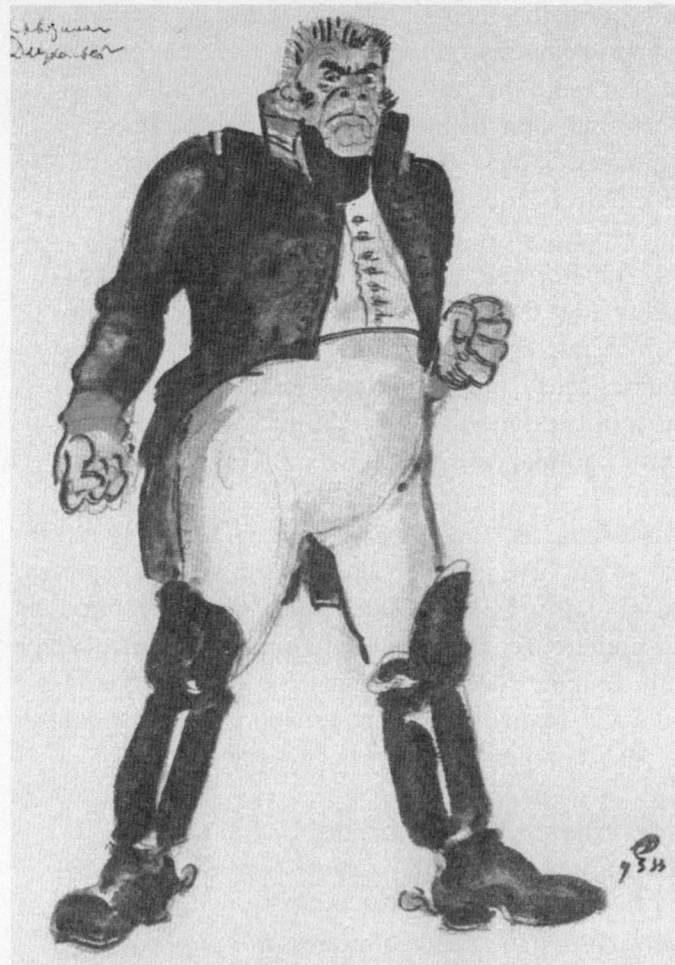

Esboço de M. V. Dobujínski para a personagem do prefeito de *O inspetor geral*, em encenação dirigida por M. Tchékhov em 1933. O papel do prefeito ficou consagrado na interpretação do ator Mikhail Chtchépkin, contemporâneo de Gógol.

Bulgárin, outro crítico da época, declarou que *O inspetor geral* não era uma comédia, que os escândalos administrativos não podiam ser temas teatrais e que se tratava simplesmente de uma farsa e de um conjunto de caricaturas. Notou ainda que a cidade da peça de Gógol não existia na Grande Rússia, mas sim na Ucrânia.

Mas dessas injustiças Gógol foi recompensado por um artigo do príncipe e crítico literário Viázemski, publicado no jornal *O Contemporâneo*: "É uma verdadeira comédia. Mesmo que se apresentem caricaturas não se trata de modo algum de uma farsa. Há queixas de que não há na peça um só homem sensato. Há sim: o autor".

Em virtude da violência das críticas, o dramaturgo procurou desfazer o que chamava de "alguns equívocos de interpretação", tentando diminuir o impacto social de seu texto. Dizia que seu objetivo, ao escrever a peça, fora "acusar todas as coisas más da Rússia e rir-se delas". Afirmava que o personagem principal e perfeitamente honesto da peça era apenas o riso e que a ideia de um inspetor geral, um juiz supremo, tinha implicações religiosas. Não podia aceitar o fato de sua comédia haver-se tornado uma bandeira de triunfo para uma parte da sociedade e um símbolo de subversão para outra. E de maneira alguma desejava ser tomado por um contestador do Estado russo e de suas estruturas.

Em 20 de abril de 1836, no dia seguinte à estreia, escreve ao ator Chtchépkin:

> "Todo mundo está contra mim. [...] Acreditam os velhos e respeitáveis funcionários que não considero nada sagrado porque me atrevo a falar assim de pessoas em serviço ativo. Também os militares, os comerciantes e os literatos resmungam, mas vêm assistir a peça. Para a terceira apresentação era impossível conseguir lugares. Sem a suprema intervenção do soberano minha peça não teria sido representada, e há pessoas que solicitaram sua proibição. [...] Agora eu sei o que é ser um autor cômico. À menor sombra de verdade todos se voltam contra ele. Não é apenas uma pessoa, mas todas as classes sociais. Imagino o que teria sido se eu tivesse tomado algum episódio da vida petersburguesa que me é agora melhor conhecida do que a provinciana. É penoso ver as pessoas contrárias a alguém que lhes dedica um amor fraternal."[14]

Transtornado, o dramaturgo decide então abandonar a Rússia por algum tempo e escreve do exterior, em tom de desabafo, ao amigo Pogódin:

> "Não me aborrece nem a bisbilhotice e nem ver os que estão indignados, e que se afastam de mim todos aqueles que descobrem em meus textos os seus próprios caracteres. Não me aborrece tampouco ser censurado por meus inimigos literá-

---

[14] Ver "Písma Gógolia k Chtchépkinu" ("Cartas de Gógol a Chtchépkin"), in *Gógol i Teatr* (*Gógol e o teatro*), cit., p. 402.

rios. Mas o que me aflige é a ignorância que reina na capital e constatar a que lamentável situação se reduziu o escritor entre nós. Todo mundo está contra ele e nada restabelece o equilíbrio a seu favor. Tratam-no de incendiário e rebelde. E quem fala assim? Altos funcionários, homens de experiência que deveriam ser capazes de compreender as coisas tal como são, gente que o mundo russo considera como cultas. Tal suscetibilidade me desconcerta porque é índice de uma profunda e obstinada ignorância."[15]

Como uma espécie de autodefesa, Gógol adota o mesmo procedimento que Molière quando este escreveu sua *Crítica à Escola de mulheres* e, logo após a estreia de *O inspetor geral*, cria uma comédia em um ato, intitulada *À saída do teatro depois da representação de uma nova comédia*. Trata-se de um diálogo que se desenvolve no saguão de um teatro ao final de uma representação. Os espectadores, à espera de suas carruagens, trocam impressões sobre a peça. Uns criticam, outros a defendem tentando justificar o autor, que, incógnito, assiste a tudo. As referências dos interlocutores remetem diretamente à recepção de *O inspetor geral*:

"O LITERATO
    Mas ela não é nada engraçada! Seria engraçada em quê? Que tipo de prazer ela proporciona? O argumento é inverossímil. São absurdos atrás de absurdos. Não há trama, nem ação, nem sequer qualquer reflexão.
[...]

MAIS UM LITERATO
    Creiam em mim, disso eu entendo: a peça é abominável! É uma obra suja, imunda! Nenhuma personagem é verdadeira, são todas caricaturas! Na vida real não é assim. Não, acreditem, eu sou o melhor para falar sobre o assunto: sou um literato. Falam de observação, de animação... Pois sim, é tudo uma estupidez. São palavras de amigos do autor; amigos elogiando, todos amigos! Eu ouvi dizer até que ele está sendo comparado

---

[15] Ver "Iz píssem N. V. Gógolia" ("De cartas de N. V. Gógol"), in *Gógol i Teatr*, cit., p. 394.

a Fonvízin, quando a peça, sinceramente, não é digna sequer de ser chamada de comédia. Uma farsa, uma farsa! E além de tudo, uma farsa destinada ao fracasso."

O personagem-autor, ao escutar as objeções e críticas a seu texto, responde com um longo monólogo, que conclui esta peça de Gógol como uma espécie de eco que reverbera, em tom de metalinguagem, a angústia e as incessantes crises de criação que marcaram sua própria vida.

No fundo, Gógol parece incapaz de suportar as críticas de que sua peça fora objeto porque se considera um leal súdito do monarca e não deseja, de modo algum, o título de liberal e muito menos de revolucionário. Mas será que todas as interpretações, inclusive as posteriores, conferiram a *O inspetor geral* um significado absolutamente oposto ao desejado pelo dramaturgo? Pode ser. Certamente não se trata do primeiro caso na história literária. O problema, no entanto, se situa em outro plano. Como produto artístico, o texto contém em si mesmo um valor revolucionário na força negadora de antigos valores e na capacidade de transcender o universo estabelecido em uma forma própria.

O que de fato surpreende em *O inspetor geral* é que Gógol problematiza a sociedade de seu tempo não porque a elege como conteúdo ou tema de sua peça, mas pela maneira como a apresenta, pelo questionamento irreverente do próprio tratamento da matéria artística, isto é, no "fazer dramatúrgico" e na utilização transgressora da língua russa.

Observe-se o sistema criativo de Gógol de fazer corresponder os nomes próprios a características curiosas de seus heróis. Por meio da escolha dos nomes, trabalhados para desnudar a sua própria essência semântica e sonora, o escritor cria máscaras perfeitas para os personagens. É o que se verifica em quase todos os personagens de *O inspetor geral*.

O impostor Khlestakóv, por exemplo, não por acaso carrega em seu nome a alusão ao verbo russo *khlestat*, cuja sonoridade onomatopeica corresponde ao seu significado: bater com chicote, surrar, fustigar, vingar. E, certamente, Khlestakóv nada mais é do que o bizarro algoz daquela cidadezinha de província, que lhe cai nas mãos como vítima indefesa. Além disso, em seu nome ressoa também uma expressão popular russa (*khlestat'iazykom*), que faz referência aos seus atributos como contador de lorotas e bravateiro arrogante.

Também o inspetor de escolas Khlópov exerce sua nobre função batendo palmas a torto e a direito, conforme se pode inferir do verbo *khólopat*, do qual deriva o nome. E o desleixado juiz Liápkin-Tiápkin conduz o tribunal da maneira que bem entende, fazendo tudo "de qualquer jeito", como indica outra expressão popular (*tiáp-liáp*) contida em seu nome.

Assim, uma análise mais detida dos nomes dos personagens desta peça revela o evidente jogo sonoro e a resultante comicidade lúdica que corroboram a atmosfera insólita daquele universo, repleto de máscaras estranhas, das quais vão emergir os *clowns* gogolianos. Mas é sobretudo na forma de representação teatral proposta pelo texto que se pode detectar a grande inovação dramatúrgica de Gógol, não por acaso relacionada, por alguns críticos da época, à ambiguidade e ao cinismo.

Ora, a epígrafe da peça já nos apresenta a chave do jogo ambíguo: "*A culpa não é do espelho se a cara é torta*". Na verdade, trata-se de uma espécie de exposição daquilo que o espectador deseja ver da vida no teatro. Porém, ao mesmo tempo, o público reconhece no palco tudo aquilo que no fundo não desejaria ver ou, então, vê seus desejos não somente realizados, mas também criticados. Desse modo, a vida social aparece não como entidade, mas como uma realidade viva e contraditória que se projeta sobre os espectadores. E o público se percebe, portanto, não como sujeito, mas como objeto. Daí o caráter transformador dessa obra, que questiona a estrutura social e ataca a sociedade que necessita de tal estrutura.

Os personagens grotescos da peça, apresentados em todas as suas deformações e exageros, beirando caricaturas, desenham a imagem de um mundo deformado no limiar do fantástico e do monstruoso, ainda que cômico. No espelho invertido da cena, os disfarces e as máscaras sociais criam um jogo sutil de rupturas que leva a uma espécie de autorreconhecimento, surgido dessa irrealidade às avessas. "Do que estão rindo? Estão rindo de si mesmos!", proclama, ao final, o prefeito trapaceado, em desespero tragicômico.

Claro está que Gógol insiste na magia do teatro, mas parece também querer destruí-la: o espelho da cena já não reflete o mundo da sala, mas os disfarces ideológicos desta mesma sala. E o espetáculo se volta "contra" o público e, nesse sentido, se transforma em teatro de denúncia.

De outra parte, *O inspetor geral* não configura um modelo de peça de agitação ou de protesto. Tampouco pode ser considerada uma obra política, no sentido pragmático; mas o é na medida em que mostra indivíduos como objeto de indagação. Ao decompor o espelho do teatro, Gógol propõe um novo posicionamento perante a ordem das relações tradicionais entre a cena, a sala e o mundo, embora os códigos de representação teatral da Rússia dos meados do século XIX não pudessem absorver a proposta irreverente contida em sua peça. Apenas em 1926, a ousadia

Estudos de M. V. Dobujínski para personagens de O *inspetor geral*:
Zemlianíka, encarregado da assistência social; Ana Andréievna, mulher do prefeito;
Mária Antónovna, sua filha; e Chpékin, chefe dos correios.

estética do encenador da vanguarda teatral russa, Vsévolod Emílievitch Meyerhold (1874-1940), possibilitaria uma leitura cênica adequada à inovação dramatúrgica gogoliana.[16]

Assim como o texto de Gógol, essa encenação surge também, quase um século depois da publicação da peça, em meio a acirradas polêmicas de crítica e de público, e foi a que alcançou maior repercussão em toda a Rússia e Europa, tendo se incorporado definitivamente à história do teatro moderno do século XX.

* * *

Biógrafos e estudiosos da obra de Gógol desconhecem exatamente quando lhe surgiu a ideia de escrever *Os jogadores*. No momento em que envia o manuscrito ao editor, em 1842, o escritor afirma que começara a trabalhar no texto em 1833, completando-o no ano seguinte em São Petersburgo. Mais tarde, depois de oito anos, Gógol teria retomado o manuscrito da comédia e, em abril de 1842, tendo já modificado várias passagens, o envia, concluído, de Roma.

Como suas outras comédias, *Os jogadores* foi escrita aos poucos, durante longo período, com inúmeras correções e diferentes variantes. Na mesma época, Gógol também concebe a ideia central de *O inspetor geral*, trabalha nas variadas versões da comédia *O casamento* e estrutura o seu monumental romance-poema *Almas mortas*.

Dessa forma, esta peça de um ato, embora construída de maneira orgânica como um texto teatral acabado, destaca-se como uma espécie de laboratório de criação, no qual se processam as pesquisas e as experiências cênico-literárias do dramaturgo para a consecução de temas e motivos e, especialmente, a gênese dos seus inúmeros tipos trapaceiros, como Tchítchikov, em *Almas mortas*, ou Khlestakóv, em *O inspetor geral*, sem contar a enorme lista de pequenos funcionários, prefeitos, senhores de terra, viúvas e mocinhas, vítimas da trapaça. *Os jogadores* desponta assim no conjunto dramatúrgico de Gógol como uma espécie de síntese de seu processo criativo teatral e, em certo sentido, de toda a sua cosmogonia artística.

Talvez por isso mesmo Iúri Lótman chegou a considerar este texto, sem temer o exagero, um dos experimentos mais audaciosos da his-

---

[16] A propósito desta encenação de Meyerhold, ver Arlete Cavaliere, *O inspetor geral de Gógol/Meyerhold: um espetáculo síntese*, São Paulo, Perspectiva, 1996.

A revolucionária montagem de *O inspetor geral* por Meyerhold, em Moscou, 1926: o diretor colocou no palco manequins no lugar dos atores, na "cena muda" ao final da peça.

tória do teatro, apontando que sua justa avaliação crítica ainda estava por ser feita. Segundo o semioticista, *Os jogadores* inaugura uma nova época na história do teatro europeu, pois se trata de um dos primeiros exemplos no qual a presença estética se realiza pelo método da ausência, na medida em que Gógol desestabiliza e retira da cena todos os aspectos habituais da convenção teatral. O movimento dramático do texto se rege, assim, por meio de dois princípios fundamentais, aliás, essenciais para a criação gogoliana: o princípio da ausência e o princípio da presença imaginária.[17]

Se, de um lado, a peça expõe um painel dos diversos estereótipos consagrados pela tradição cômica, repleta de quiproquós armados por aventureiros e trapaceiros de toda espécie, aqui um dos ingredientes frequentes da comédia convencional está ausente: trata-se de uma peça sem disputas amorosas, sem mocinhas, galãs ou rivais românticos e, portanto, desprovida do sentimento amoroso e de personagens femininos.

[17] Ver Iúri Lótman, "O realisme Gógolia" ("Sobre o realismo de Gógol"), cit.

A primeira representação da comédia acontece em Moscou, a 2 de fevereiro de 1843,[18] mesmo ano em que estreia sua outra peça, *O casamento*, texto em que a motivação dramática do amor e da relação amorosa é posta sob a mira paródica do dramaturgo. Em *Os jogadores*, a única referência a um personagem feminino é o nome de "Adelaída Ivánovna", que nada mais é do que a denominação de um baralho marcado, admirável invenção que possibilita ao herói Ikharióv adivinhar as cartas dos adversários à distância (objeto-fetiche com o qual ele chega a conversar em momentos de delírio e solidão, e no qual deposita esperanças e sonhos de felicidade). Mera alusão à figura da mulher idealizada, "Adelaída Ivánovna" destaca-se como reminiscência das heroínas românticas, a quem o herói dedica amor e consideração, mas representada aqui como carta de baralho e simulacro do amor romântico.

O ritmo incessante e frenético do jogo de cartas, eixo da comédia, penetra na tessitura ágil do texto, cujas frases sincopadas, como cartas autônomas de um baralho, embaralham e desembaralham o fio discursivo para afinal nos enredar nos lances do jogo teatral. Esse movimento, repleto de saltos rápidos e inesperados, estruturado pela justaposição de pequenos fragmentos de ação dramática, culmina na "cartada final" surpreendente — um autêntico *coup de théâtre*. É impossível para o "herói" — e também para o leitor/espectador — adivinhar, antes das últimas frases do texto, o embuste diabólico.

* * *

O casamento é o único texto teatral de Gógol cuja intriga gira em torno da temática do amor ou, pelo menos, das possíveis relações afetivas do par homem-mulher. Embora o título da peça possa sugerir, de início, uma alusão ao enlace amoroso, não se trata aqui, em absoluto, da exposição dessa temática. Não existem personagens amorosos ou apaixonados, e o sentimento do amor não é sequer referido.

A ação da peça se desenrola em São Petersburgo, o que parece significativo, uma vez que em sua primeira variante (quando ainda se intitulava *Jeníkhi*, isto é, "Os noivos") a ação se passaria numa cidade de província. Gógol, na redação final do texto, transfere a fábula e seus personagens para o ambiente petersburguês, matizando-os, certamente, da

---

[18] Em São Petersburgo, o texto sobe à cena em 26 de abril de 1843, no Teatro Aleksandrínski.

aura "surrealista" e fantástica que atribui ao ambiente urbano da capital do império.

A peça se constrói por meio de uma espécie de "encenação" (e este termo teatral é bastante adequado para a explicação das intrigas gogolianas) de um casamento que acaba por não acontecer. É, porém, deste jogo irônico dado pela efabulação e pela intriga da peça, à primeira vista cômicas e mesmo "vaudevilescas", que Gógol novamente parece zombar do leitor/espectador. Ao lançar o desfecho da peça, e com ele o receptor, em um "enlace-desenlace vazio", o dramaturgo instaura um universo de *nonsense* e de absurdo que são, em última análise, a figuração de uma significação ausente e que vem já expressa no subtítulo do texto: "*Um acontecimento absolutamente inverossímil em dois atos*".

É curioso observar que nas primeiras variantes a peça estruturava-se a partir de um único fio condutor para o conflito dramático: o desejo da filha de um comerciante em se casar, a procura dos noivos pela casamenteira e a chegada dos diferentes pretendentes. A criação posterior da dupla de personagens Podkolióssin-Kotchkarióv adensa o conflito dramático, assim como a mudança do título do texto e do lugar da ação parecem dar um outro impulso estrutural à peça.[19]

Novamente aparece neste texto gogoliano o embate sonho-realidade, ser-parecer, realidade-irrealidade. E uma vez mais os duplos paródicos estão presentes. Com efeito, a contraposição dos heróis Podkolióssin e Kotchakarióv conforma o movimento central da fábula e também o eixo em torno do qual a ação dramática se estrutura.

Nas figuras de Podkolióssin e Kotchkarióv encontra-se também uma das motivações mais profundas da peça. Se Podkolióssin (o nome em russo faz alusão àquele que está "sob as rodas", isto é, sem movimento) pode ser visto como personificação satírica da indiferença social — prenúncio dos heróis "oblomovistas" da literatura russa —, Kotchkarióv, embora mola propulsora do conflito dramático, não apresenta, na verdade, nenhuma motivação clara para seu dinamismo impetuoso, e sua energia dramática acaba por resultar no vazio e na falência da ação.

Se todo o primeiro ato se constrói a partir de uma única motivação, pois a proposta do casamento parece iminente a cada um dos personagens da intriga, o segundo ato, no entanto, se arma como uma espécie de des-

---

[19] Ver a propósito das outras variantes da peça, I. V. Vichnévskaia, "O tchiom napíssana *Jenítba*" ("O que descreve *O casamento*"), in *Gógol i ievó komedi* (*Gógol e suas comédias*), Moscou, Naúka, 1976.

construção da motivação inicial, na medida em que expressa nos seus vários níveis de composição a negação do primeiro.

Esta bipolarização inerente à estruturação do texto (a construção do casamento e sua simultânea desconstrução) deve ser observada na trajetória dos dois heróis principais que, como duplos que se opõem, tecem também o movimento central da trama e conformam a tessitura ambivalente e tragicômica do texto: Kotchkarióv, movido por uma irreverência quase *clownesca*, cuja energia propulsiva é típica de um bufão arlequinesco, desestrutura e desconstrói toda a abúlica inércia do amigo Podkolióssin, espécie de Pierrot passivo, inseguro e incapaz de agir.

Cada um deles é, ao mesmo tempo, a negação e a rejeição do outro, mas também uma alternativa possível, pois um pode fazer o que o outro não pode ou deixa de fazer. São, portanto, vozes que permanecem independentes, mas que se combinam numa unidade que congrega ação e não ação, enlace e desenlace, realização e irrealização, ilusão e realidade, vida e morte.

Há aqui, sem dúvida, uma reflexão gogoliana em tom de paródia sobre a natureza ambivalente do homem, expressa no texto pelo duplo carnavalesco Kotchkarióv-Podkolióssin. Não há como não ver, nesta dinâmica antinômica dos dois heróis — que resulta no inesperado, no inoportuno, no "inverossímil", como refere o subtítulo da peça —, uma espécie de lógica absurda da impostura e do destronamento público e cômico-grotesco diante do casamento, do amor e das relações homem-mulher.

A visão paródica e grotesca do amor não é, por conseguinte, uma simples ruptura da norma, mas a negação de todas as normas abstratas, fixas, com pretensões ao absoluto, deixando emergir em seu lugar o contraditório e o incompatível. A isto corresponde, certamente, a ambiguidade resultante de certas construções fraseológicas, em que a ordem das palavras, a brincadeira sonora e o ritmo carnavalizado do diálogo contradizem completamente a compreensão de seu sentido.

Exemplo evidente aparece na cena 16 do primeiro ato, em que os diálogos entre os diversos personagens masculinos se entrelaçam em um jogo de dualidades de significações que instaura uma confusão verbal e faz o texto rodopiar numa rede de trocadilhos e piruetas verbais inusitadas, que perpassam a peça até o final.

É evidente que O *casamento* destila o olhar satírico de Gógol sobre os indivíduos e a sociedade hipócrita à qual pertencem, mas o escritor não se limita a denunciar o mundo social que os cerca. Há, além desta crítica, uma visão subliminar e desesperada com relação à desordem do mundo, ao seu aspecto inverossímil, ao insólito que brota do próprio homem e do cotidiano, responsável pelos infortúnios de seus heróis, frequentemente vítimas de uma "falsa realidade" e imersos num mundo de representação. Daí a duplicidade gogoliana expressa no riso e na melancolia, na tragicomédia humana, tão manifesta em seus inúmeros heróis. O meio social, os indivíduos e seus sentimentos (neste caso, o amor), aparecem como uma espécie de miragem insondável, fantasmagoria impalpável, ao mesmo tempo real e irreal. Com efeito, todos os personagens da peça parecem buscar, por meio do casamento, uma falsa realidade, na qual a ambiguidade nasce não apenas do estatuto do sentimento amoroso em si mesmo, mas principalmente do mundo da representação, da encenação do amor, do reverso do amor.

Também na figura feminina central da peça — a mocinha simples e ingênua que anseia por um marido nobre, à maneira das heroínas típicas dos *vaudevilles*, tão em moda nos palcos russos na época de Gógol —, há uma espécie de logro do real. Aqui ela se projeta no imaginário de todos os seus pretendentes como miragem e delírio, misto de realidade e irrealidade, na medida em que tanto a heroína quanto o casamento constituem mera projeção de seus sonhos, assim como os próprios pretendentes não passam de ilusão e miragem no mundo dos sonhos da tola mocinha.

Nessa medida, o encontro final e inevitável de Podkolióssin com a atraente e temida "miragem", que antes apenas habitava o universo de seus planos e sonhos, fratura a sua percepção do mundo, do qual o herói prefere se evadir.

É do inesperado final que irrompe a surpresa inquietante dos personagens, da intriga da peça e também da percepção do leitor/espectador diante dessa espécie de significação ausente; é dessa subversão e ruptura de toda a ordem estabelecida, quer no plano da criação artística, quer na figuração do mundo projetado pelo texto, enfim, é desse universo posto às avessas que emerge o esgar trágico gogoliano, marcado por um riso amargo, aquele "riso sob o qual se ocultam as lágrimas invisíveis".

Em *À saída do teatro depois da representação de uma nova comédia*, o dramaturgo defenderia os direitos desse riso:

> "O riso é muito mais profundo e significativo do que eles pensam. Não aquele riso que nasce da irritabilidade passageira ou de um caráter colérico e doentio. Nem o riso leve, que serve para a vã distração e para o divertimento das pessoas. O riso de que falo é o que nasce da profunda natureza humana."

Mais tarde, no final de sua vida, em seus *Trechos escolhidos de correspondências com amigos*, o próprio Gógol encontraria a chave para a compreensão desse riso anárquico, dessa força transfiguradora que parece perseguir a sua criação artística, do mesmo modo que parece se infiltrar nas camadas profundas da cultura russa:

> "Todos nós, russos, possuímos muita ironia. Ela explode em nossos provérbios e canções. E o mais surpreendente é que ela explode lá, onde aparentemente a alma mais padece e está menos disposta à alegria. A profundidade desta ironia que nos é própria não foi ainda bem compreendida porque, educados à maneira europeia, não honramos nossas próprias raízes, nem neste particular e nem em outros. E, no entanto, essa propensão do homem russo para a ironia se mantém, mesmo que sob diferentes formas. Dificilmente encontraremos um homem russo no qual não se conjugam a aptidão para a veneração e o gosto inato da zombaria. Todos os nossos poetas contêm em si esta propriedade. [...]
> Tudo entre nós zomba de tudo, e nossa própria terra contém uma fonte de riso que destrói tanto o velho como o novo e sabe venerar apenas aquilo que é eterno."[20]

* * *

Além de *À saída do teatro depois da representação de uma nova comédia*, uma outra interlocução gogoliana com a crítica da época, em forma dramática, aparece em 1846 no breve texto intitulado *Desenlace de O inspetor geral*, em que a ação se passa sobre o palco de um teatro imediatamente após uma representação de *O inspetor geral*.

Para a compreensão da gênese destas duas últimas criações teatrais de Gógol, tornam-se relevantes alguns dados da biografia do dramaturgo.[21]

---

[20] N. V. Gógol, "V tchem je, nakonéts, suchtchestvó rúskoi poézii I v tchem ieió ossóbenoct" ("Qual é afinal a essência da poesia russa e sua singularidade?"), in *Vybranye mestá iz perepíski s druziámi* (*Trechos escolhidos de correspondências com amigos*), São Petersburgo, Azbuka-Klassika, 2005, pp. 245-55.

[21] Ver Iúri Mann, *Gogol: trudy i dni, 1809-1845* (*Gógol: obras e dias, 1809-1845*), Moscou, Aspeckt Press, 2004. Como já referido, Iúri Mann é um dos mais importantes estudiosos atuais da vida e obra de Gógol. Ver também o estudo biográfico de Ígor Zolotúski, *Gógol*, Moscou, Molodáia Gvárdia, 2005.

A partir de 1836, extremamente abalado com a recepção controvertida de seu *Inspetor*, ele viaja pela Europa, vagueia de uma estação de águas para outra durante os verões, voltando à Rússia por breves períodos, de forma tão inesperada quanto partira. A maior parte do tempo o escritor passa em Roma e Paris, onde escreve parcela significativa de sua obra.

É tão pertinente quanto curiosa a imagem que Nabókov tece a propósito da compulsão de Gógol para viajar, definindo os seus incessantes deslocamentos à maneira de um morcego ou de uma sombra a se mover de um lugar para outro. Teria sido a sombra de Gógol que vivera a sua verdadeira vida — a vida de seus livros dentro dos quais ele era um ator genial, pondera Nabókov. Ao que parece, ele sempre abandonava a cidade em que se encontrava, a cada dolorosa decepção em sua vida pessoal (como ocorre, por exemplo, ao receber em Paris em fevereiro de 1837 a notícia da morte em duelo do amigo Púchkin) ou em sua atormentada carreira literária. Gógol não podia suportar frustrações, pois estava convencido do seu gênio artístico e de seu inegável talento.

Com o dinheiro que a mãe lhe enviara para outro fim, empreende sua primeira fuga, que dura dois meses, para Lübeck, Travemünde e Hamburgo na Alemanha, aos vinte anos de idade, logo depois da publicação de seu primeiro texto, um longo e confuso poema intitulado *Hanz Küchelgarten*, escrito em 1827 e publicado em 1829, mas recebido em Petersburgo com uma crítica devastadora. O jovem escritor corre para as livrarias, recolhe todas as cópias do texto e as queima. Sua vida literária parecia se iniciar como acabaria muitos anos depois.

No final de 1842 e início de 1843 surge a edição em quatro volumes de sua obra, para a qual o escritor faz uma completa revisão de seus escritos, retrabalhando alguns deles, em particular seus textos dramáticos. Dentre os inéditos constam O *capote* e *Tarás Bulba* (este quase inteiramente refeito), e as peças O *casamento* e *Os jogadores*.

Embora elogiada por Bielínski, a coletânea é malrecebida pela crítica, e Gógol, decepcionado, lança-se uma vez mais em suas andanças errantes pela Europa, desta feita por três anos consecutivos, desaparecendo assim da cena literária russa. Em fevereiro e março de 1843, solicita a seus amigos que gerenciem seus negócios por três ou quatro anos, fazendo-os prometer a remessa de 6 mil rublos por ano em duas parcelas para sua subsistência, e solicita permanente assistência à mãe e às irmãs. Num indício das transformações por que está passando, escreve de Frankfurt em 1844 aos amigos de São Petersburgo e de Moscou dando-lhes a incumbência de doar o montante referente à venda de suas *Obras completas* a estudantes necessitados, com a condição de que se mantivesse em segredo o nome do doador e dos beneficiados.

Aos editores, Gógol promete a continuação de *Almas mortas* em no máximo dois anos, mas ao mesmo tempo avisa: "Minhas obras estão estreitamente ligadas à minha própria formação espiritual e tenho agora a necessidade de me submeter a uma profunda reeducação interior. Não esperem tão cedo de mim a publicação de um novo texto".

Agora suas cartas dão mostras de leituras e práticas religiosas cada vez mais assíduas e um tom predicador a insistir na profunda transformação espiritual de seus correspondentes, a exemplo de si próprio. "Minhas viagens me são tão indispensáveis como o pão de cada dia", escreve.

Nesses anos Gógol desloca-se sem cessar pela Itália, Áustria e Alemanha, hospedando-se em casa de literatos e amigos da aristocracia russa. Depois da grave crise de depressão nervosa que o acomete em 1845, planeja para o ano seguinte, em nova fase de euforia, visitar toda a Alemanha, a Inglaterra e a Holanda durante o verão; no outono, a Itália; e, no inverno, a Grécia e o Oriente. E justifica: "Em meio a minhas crises mais dolorosas, Deus tem me recompensado com instantes celestiais... Tenho até mesmo conseguido escrever alguma coisa das *Almas mortas*. Vou tentar escrever na viagem, pois todos começam a sentir falta de meu trabalho. Está chegando o momento em que a publicação de meu *Poema* será essencial...".

Após um longo afastamento, Gógol retorna definitivamente à Rússia em 1848, não sem antes empreender uma viagem, acalentada durante muitos anos, a Jerusalém. De fato, nos últimos dez anos de sua vida, Gógol está inteiramente absorvido por inquietações de ordem moral, religiosa e espiritual, e os textos escritos nesse período parecem estar submetidos ao controle de um cristianismo racionalista e opressor. O Gógol-artista se rende ao Gógol-apologista cristão, e a arte da palavra do último Gógol se transfunde em uma espécie de homilia apologética, a serviço da moral, da religião, do povo e da política. O escritor faz uma abnegada pregação da paciência, da resignação, do autoaperfeiçoamento e propõe os "bons costumes" patriarcais, capazes de resolver as dificuldades sociais de seu país e tornar a servidão, base da estrutura estatal czarista, necessária e suportável. A segunda parte de *Almas mortas*, prometida e adiada por vários anos, jamais seria concluída — vítima de um obstinado jejum e sucumbindo à tentação de santidade, o escritor lança ao fogo os manuscritos, poucos dias antes de sua morte, em fevereiro de 1852, aos 43 anos.

Os textos *À saída do teatro depois da representação de uma nova comédia* e *Desenlace de O inspetor geral* são emblemáticos das concepções estéticas do dramaturgo nesse período, pois configuram, em forma dramática, a profunda ambivalência que marca as suas posições sobre a função do teatro e da arte em geral, e a decorrente cissura no que concerne à sua prática artística.

A leitura atenta dessas duas pequenas peças, à primeira vista desprovidas do mesmo valor estético das suas outras produções teatrais, revela, no entanto, a complexa dialética presente em toda a obra gogoliana, cuja unidade estética advém dessa ambivalência bipolar e das profundas contradições que marcaram a vida e a obra do autor: o poeta e o apóstolo, o sonhador e o realista, o artista e o pregador, o cômico e o trágico por vezes se fundem, por outras se bifurcam, fazendo da sua própria produção artística objeto de indagação e um exercício contínuo de metalinguagem.

Expõe-se nessas duas peças um amplo diálogo intrateatral, uma polifonia de vozes gogolianas que põe em evidência uma multiplicidade de aspectos concernentes às posições teóricas do dramaturgo sobre a arte do teatro e, em particular, sobre a função do riso e da comédia.

Para fundamentar a sua compreensão do cômico e suas ideias sobre o teatro russo e a cena contemporânea, Gógol se valeu também, além de textos dramáticos, de outras formas de discurso. Escreveu artigos sobre teatro e dramaturgia, entre os quais as interessantes "Advertências para aqueles que desejam representar devidamente *O inspetor*", texto publicado apenas em 1886, com base nos rascunhos do escritor, e também suas "Observações aos senhores atores", por ocasião da encenação de *O inspetor*. Páginas inteiras das suas correspondências epistolares referem-se, amiúde, às condições da arte teatral na Europa e na Rússia.

A toda essa coletânea de escritos de caráter teórico sobre o teatro acrescentam-se os artigos dedicados à arquitetura, música, escultura, pintura, literatura e história, que em boa parte já integrara a sua coletânea *Arabescos*, publicada em 1835.

O encontro com o ator Mikhail Chtchépkin, que o escritor viera a conhecer nessa mesma época, exerceu importante papel na elaboração das suas primeiras reflexões sobre o fenômeno teatral. Entre os dois se estabelece uma admiração profissional recíproca, determinante para um duradouro e profícuo trabalho conjunto que marcará a história do teatro russo.[22] Para a primeira representação de *O inspetor geral*, Gógol

---

[22] Uma parte significativa da vasta correspondência epistolar entre os dois artistas,

não hesitará em oferecer ao genial ator o papel do prefeito. E, em *Desenlace de O inspetor geral*, o dramaturgo faz clara alusão ao ator ao batizar o personagem principal da peça de Mikhail Semiónovitch Chtchépkin, o primeiro ator cômico, a quem confere, por meio de suas falas, a "verdadeira e profunda" compreensão da comédia, transferindo ao discurso do personagem as suas próprias concepções sobre o fenômeno do teatro.

Ainda durante os ensaios para a primeira representação de *O inspetor geral*, na primavera de 1836, Gógol esboça um texto sobre a arte do teatro, intitulado "O palco petersburguês em 1835-1836". No ano seguinte, este artigo seria integrado a um outro de caráter mais geral, sob o título "Notas petersburguesas do ano 1836", publicado na revista *O Contemporâneo*, editada por Púchkin.[23]

A base temática dos diálogos de *À saída do teatro depois da representação de uma nova comédia*, bem como das reflexões que surgem nas falas dos personagens em *Desenlace de O inspetor*, aparecem em outro texto, intitulado "Sobre o teatro, sobre uma concepção estreita do teatro e sobre a estreiteza em geral",[24] carta escrita por Gógol em 1845 a um de seus inúmeros (e muitas vezes fictícios) correspondentes.

A ideia da missão do artista, da função social da arte e do "teatro-escola" como espaço artístico privilegiado, por meio do qual se faz necessário proferir lições à sociedade, está presente em vários desses escritos, especialmente na última fase do escritor, quando se dedica a predicar e a "moralizar" o seu público. A arte dramática ocupa então grande parte de suas reflexões, pois, para ele, o teatro passa a significar cada vez mais uma congregação coletiva ideal, capaz de conferir ao seu pensamento místico e social a necessária eficácia na solução dos problemas existenciais da sociedade russa.

Ao mesmo tempo, o escritor vê-se dilacerado por contradições agudas: como criador e artista, prega a reabilitação da função primitiva e

---

de 1836 a 1847, figura na edição comemorativa do centenário da morte do autor, *Gógol i Teatr* (*Gógol e o teatro*), já citada.

[23] Ambos os textos figuram em N. V. Gógol, *Pólnoie sobránie sotchnienii* (*Obras completas*), Moscou, Naúka, 1952, tomo VIII, pp. 177-90 e 551-64.

[24] Ver N. V. Gógol, "O teatre, odnostóronem vzgliáde na teátre i voobchtché ob odnostorónosti" ("Sobre o teatro, sobre uma concepção estreita do teatro e sobre a estreiteza em geral"), in *Vybranye mestá iz perepíski s druziámi* (*Trechos escolhidos de correspondências com amigos*), São Petersburgo, Azbuka-Klassika, 2005, pp. 96-108.

ritualística, transgressora e irreverente, inerente à arte teatral, banida e amaldiçoada durante séculos pela Igreja; e como predicante religioso tenta afirmar o papel construtivo dessa mesma Igreja, justificando suas atitudes repressivas em prol de um cristianismo regenerador, considerando-a, por isso mesmo, a instância única e suprema no seio da qual todos os problemas e angústias da existência humana poderiam ser aplacados. A contraposição dialética entre essas duas tendências do pensamento gogoliano marca, de forma evidente, toda a atividade apologética do último Gógol, e reverbera, por assim dizer, em suas concepções sobre a função do teatro, a arte de representar, o papel do ator e a missão do autor dramático.

Nesse sentido, a peça *À saída do teatro depois da representação de uma nova comédia*, cujo texto definitivo aparece apenas seis anos após a criação de O *inspetor geral*, evidencia uma significação muito mais profunda do que a simples enumeração das várias críticas e da polêmica anotadas por Gógol, por ocasião da estreia do espetáculo. As diversas opiniões expressas pelos personagens da comédia prefiguram a discussão teatral da época, e também as principais preocupações de ordem ética e estética, apresentadas de forma explícita pelo dramaturgo em vários de seus ensaios e cartas.

Do mesmo modo, um olhar mais atento à pequena peça *Desenlace de O inspetor geral* propicia uma análise mais aguda da concepção gogoliana do riso e da função do teatro e o exame das particularidades de sua dramaturgia e de suas posições teóricas, éticas e artísticas.

Por volta de 1846, nas cartas que envia da Europa aos seus amigos, Gógol começa a se referir a essa espécie de epílogo para o seu *Inspetor geral*, ou seja, um "desenlace" para justificar a polêmica comédia. Alguns de seus interlocutores o previnem do risco a que o dramaturgo iria submeter o seu prestígio literário com a publicação desse texto. Mas o dramaturgo insiste que neste "desenlace" se encontra a verdadeira chave para a explicação do sentido mais profundo do texto, a ser revelado pelo primeiro ator, porta-voz do dramaturgo.

O texto, no entanto, não agrada. A interpretação místico-religiosa que o dramaturgo confere agora à comédia não corresponderia ao caráter transgressor e revolucionário da sátira social, atribuído à literatura gogoliana por uma boa parcela da crítica progressista da época. Os amigos do escritor se opõem à publicação dessas páginas, o que ocorrerá apenas em 1856, depois de sua morte. Apesar das insistentes solicitações de Gógol, o texto jamais chegaria a ser encenado.

O escritor, porém, tinha esperanças. Apressa-se em enviar o seu *Desenlace* ao ator e amigo Chtchépkin, a quem informa que o texto deveria, a partir de então, se seguir a cada nova representação da comédia *O inspetor geral*. Na mesma carta, enviada de Estrasburgo em outubro de 1846, solicita ao ator ingerências para obter autorização da censura e chega a lhe dar indicações precisas para a interpretação do novo epílogo. Gógol não obtém do amigo nenhuma resposta. Seguem-se uma segunda carta de Nice e ainda uma terceira de Nápoles. Chtchépkin silencia. A resposta viria somente em 22 de maio de 1847:

"[...] Desculpe, mas não entendi absolutamente suas três cartas ou as compreendi muito mal. E, por isso, decidi então me calar e esperar uma ocasião para uma explicação verbal. Depois da leitura do final que o senhor deu a *O inspetor geral*, eu fiquei com raiva de mim mesmo, de minha miopia, pois até agora eu estudei todos os heróis de *O inspetor geral* como seres vivos. Eles me são agora tão familiares, tão próximos... Durante todos esses dez anos de nossa convivência, fiquei tão acostumado com o prefeito, com Dóbtchinski, com Bóbtchinski, que tirá-los agora de mim será desonesto. Para que o senhor vai modificá-los? Deixe-os como eles são. Eu os amo, amo-os com suas fraquezas, como afinal todas as pessoas. Não me faça alusões de que eles não são funcionários, mas nossas próprias paixões. Não, eu não quero essa modificação: são gente de verdade, estão vivos, gente entre os quais cresci e mesmo envelheci. Será que o senhor não vê que eles já são meus velhos conhecidos? O senhor retirou do mundo alguns indivíduos e os reuniu num único lugar, num único grupo e agora quer afastá-los de mim? Não, não lhe darei! Não lhe darei enquanto eu estiver vivo. Depois de mim, transforme-os até em bodes, mas, por enquanto, não lhe cederei nem mesmo Dierjimórda porque ele me é muito querido."[25]

A resposta do ator deixa Gógol completamente aturdido e o impele a redigir, em 1847, uma nova versão do texto, uma espécie de suplemen-

---

[25] Ver "Písma Chtchépkina k Gógoliu" ("Cartas de Chtchépkin a Gógol"), in *Gógol i Teatr* (*Gógol e o teatro*), cit., p. 421.

to ao *Desenlace de O inspetor*, em que o escritor tenta modificar algumas das réplicas e amenizar o tom místico-religioso de seu texto. Ainda assim, não logra convencer o grande ator e muito menos a censura.

A crítica da obra teatral gogoliana não costuma se deter na análise deste texto, considerado, com frequência, apenas uma manifestação exacerbada das posições místico-religiosas e da profunda crise moral que pautaram os últimos anos da vida do escritor. Sua leitura, no entanto, desafia o leitor, pois parece prefigurar, em forma dramática, a unidade ambivalente de uma prática artística e de um pensamento filosófico. Por isso é preciso focalizar este texto não como mera expressão contraditória das disposições finais do autor, pois em toda a sua trajetória artística e pessoal Gógol jamais esteve isento de contradições, e no último Gógol está, com efeito, todo o Gógol.

À saída do teatro depois da representação de uma nova comédia e *Desenlace de O inspetor geral*, espécie de peças-manifestos, apresentam, portanto, relações estruturais e de composição homólogas, ainda que contrastivas. Ocorre em ambas as peças a desmistificação do discurso satírico-realista atribuído à comédia *O inspetor geral* pela crítica contemporânea do autor e, mais tarde, reivindicado pela crítica soviética. O dramaturgo, ao revirar e inverter a significação de seu *Inspetor geral* por meio de um inusitado "desenlace", promove um corte com o modelo anterior, descongelando o significado único, abrindo espaço para o deslocamento de sentidos vários e desestabilizando dessa forma a sua recepção.

Ao revelar a comédia como que pelo avesso, esses dois últimos textos se constituem, enfim, como um discurso teatral paródico que interfere e dialoga com seu modelo, e, ao torná-lo "outro", procedem a uma crítica imediata, ao vivo, da ideologia subjacente. Em tal desconstrução não deixa de estar, também, a instauração de uma nova linguagem teatral a desestabilizar a tradição da comédia satírica russa e sua função social, configurando, ao mesmo tempo, a destruição e a instauração de outro teatro e de outra crítica.

O INSPETOR GERAL

Comédia em cinco atos

(1836)

A culpa não é do espelho se a cara é torta.
(Provérbio popular)

Personagens

ANTÓN ANTÓNOVITCH SKVOZNÍK-DMUKHANÓVSKI, prefeito
ANA ANDRÉIEVNA, sua esposa
MÁRIA ANTÓNOVNA, sua filha
LUKÁ LUKÍTCH KHLÓPOV, inspetor de escolas
SUA ESPOSA
AMÓS FIÓDOROVITCH LIÁPKIN-TIÁPKIN, juiz
ARTÉMI FILÍPOVITCH ZEMLIANÍKA, encarregado da assistência social
IVAN KUZMÍTCH CHPÉKIN, chefe dos correios
PIÓTR IVÁNOVITCH DÓBTCHINSKI, pequeno proprietário de terras
PIÓTR IVÁNOVITCH BÓBTCHINSKI, pequeno proprietário de terras
IVAN ALEKSÁNDROVITCH KHLESTAKÓV, funcionário de Petersburgo
ÓSSIP, seu criado
KHRISTIAN IVÁNOVITCH GUÍBNER, médico da província
FIÓDOR ANDREIÉVITCH LIULIUKÓV ⎫
IVAN LÁZAREVITCH RASTAKÓVSKI ⎬ funcionários aposentados, pessoas respeitadas na cidade
STEPAN IVÁNOVITCH KORÓBKIN ⎭
STEPAN ILITCH UKHOVIÓRTOV, comissário de polícia
SVISTUNÓV ⎫
PÚGOVITSIN ⎬ policiais
DIERJIMÓRDA ⎭
ABDÚLIN, comerciante
FEVRÔNIA PETRÓVNA POCHLIÓPKINA, a mulher do serralheiro
A MULHER DO SUBTENENTE
MICHKA, criado do prefeito
UM CRIADO DE HOTEL
Convidados e convidadas, comerciantes, pequenos-burgueses e solicitantes

Primeiro ato

Sala na casa do prefeito.

Cena 1

O prefeito, o encarregado da assistência social, o inspetor de escolas, o juiz, o comissário de polícia, o médico e dois policiais.

PREFEITO
   Chamei-os aqui, meus senhores, para lhes dar uma notícia bem desagradável. Está a caminho um inspetor geral.

AMÓS FIÓDOROVITCH
   Como? Um inspetor?!!

ARTÉMI FILÍPOVITCH
   Como? Um inspetor?!!

PREFEITO
   Um inspetor de Petersburgo, incógnito. E, ainda por cima, em missão secreta.

AMÓS FIÓDOROVITCH
   Essa não!!

ARTÉMI FILÍPOVITCH
   É só o que faltava!!

LUKÁ LUKÍTCH
   Santo Deus! E ainda por cima em missão secreta!

PREFEITO

Eu bem que pressentia: sonhei esta noite toda com duas ratazanas impressionantes. Palavra de honra, nunca vi nada parecido: pretas, de tamanho sobrenatural! Chegaram bem perto, cheiraram e foram embora. Vou ler para os senhores a carta que recebi de Andréi Ivánovitch Tchmykhov, aquele que o senhor, Artémi Filípovitch, conhece bem. Olha o que ele escreve: "Meu caro amigo, compadre e benfeitor" (*balbucia palavras a meia-voz, correndo os olhos com rapidez*)... "em informá-lo..." Ah! aqui: "a propósito, apresso-me em informá-lo que chegou um funcionário autorizado a inspecionar todo o estado e principalmente o nosso distrito. (*Levanta um dedo de forma significativa*) Soube disso por meio de gente de confiança, apesar de que o dito-cujo se apresenta como um indivíduo qualquer. Como sei que você, como todo mundo, tem lá os seus pecadilhos, pois você é um homem inteligente e não gosta de deixar passar o que lhe cai nas mãos..." (*interrompe*) bem, já que estamos entre nós... "então aconselho tomar precauções, mesmo porque ele pode chegar a qualquer momento, se é que já não chegou e está hospedado incógnito em algum canto... Ontem eu..." Bem, aqui já vem assuntos de família: "minha irmã Ana Kirílovna veio nos visitar com seu marido; Ivan Kirílovitch engordou muito e continua tocando violino..." e etc. etc. Vejam só que situação.

AMÓS FIÓDOROVITCH

É verdade. Que situação extraordinária, muito extraordinária! E não deve ser à toa.

LUKÁ LUKÍTCH

Mas para quê, Antón Antónovitch, para que isso? O que vem fazer aqui um inspetor?

PREFEITO

Por quê?! Só pode ser coisa do destino! (*Suspira*) Até hoje, graças a Deus, só se meteram com outras cidades, agora chegou a nossa vez.

AMÓS FIÓDOROVITCH

Eu acho, Antón Antónovitch, que isso aí tem uma razão mais sutil e bem política. É o seguinte: a Rússia... é isso mesmo... a Rússia deseja fazer a guerra e aí, vejam só, o ministério manda um funcionário espionar se há traição em algum lugar.

PREFEITO

Mas que asneira! Um homem inteligente como você! Traição numa cidadezinha dessa! Por acaso estamos numa fronteira? Daqui desta cidade, nem viajando três anos seguidos você pode chegar a algum lugar.

AMÓS FIÓDOROVITCH

Não, não é bem assim, o senhor não... eu quero dizer... Esses superiores são bem espertos: mesmo longe, estão sempre de olho vivo.

PREFEITO

Estando ou não estando de olho, os senhores já estão avisados. Prestem atenção: de minha parte, já dei algumas ordens e os aconselho a fazer o mesmo. Principalmente o senhor, Artémi Filípovitch! Sem dúvida nenhuma, o tal funcionário vai querer, antes de mais nada, averiguar as instituições da assistência social sob sua responsabilidade, por isso, faça tudo ficar bem decente: os gorros devem estar limpos para que os doentes não pareçam ferreiros, como sempre.

ARTÉMI FILÍPOVITCH

Isto é o de menos. Até que dá pra eles ficarem limpos.

PREFEITO

Isso mesmo. E, também, em cada cama deve-se escrever, em latim ou em qualquer outra língua — isto já é com o senhor, Khristian Ivánovitch —, o nome de cada doença, quando o sujeito adoeceu, data, hora... Também não é bom que os seus pacientes fumem um tabaco tão forte, que faz a gente espirrar logo ao entrar. E seria ainda melhor se tivéssemos menos pacientes: podem achar até que são mal assistidos ou que o médico não sabe nada de seu ofício.

ARTÉMI FILÍPOVITCH

Ah! Quanto à questão clínica, eu e Khristian Ivánovitch já tomamos providências: quanto mais próximo da natureza, melhor. Não usamos remédios caros. Gente pobre é simples: se tem de morrer, morre mesmo; se tem de sarar, então sara mesmo. E também é muito difícil para Khristian Ivánovitch se fazer entender: ele não sabe uma palavra de russo.

Khristian Ivánovitch deixa escapar um som meio parecido com a letra "i" e um pouco com a letra "e".

PREFEITO

E ao senhor, Amós Fiódorovitch, eu aconselharia prestar mais atenção às repartições públicas. Lá nas antessalas, onde normalmente ficam os solicitantes, os contínuos criam gansos, e seus gansinhos ficam se enfiando entre as nossas pernas sem parar. É natural cuidar de animais domésticos, é digno de louvor, e por que um contínuo não poderia fazê-lo? Só que, você sabe, num lugar desses, não dá... Sempre quis chamar sua atenção para isso, mas, sei lá, me esqueci.

AMÓS FIÓDOROVITCH

Pois hoje mesmo vou mandar todos eles para a cozinha. Se quiser, até pode vir almoçar.

PREFEITO

Além do mais, não é bom que ponham para secar em sua repartição toda espécie de porcarias, e que sobre a papelada se veja um chicote de caça. Eu sei que o senhor gosta de caçar, mas é melhor, pelo menos por um tempo, tirá-lo dali, e quando o inspetor for embora, então o senhor pode pôr tudo de novo no lugar. Agora, o seu juiz-assistente... ele, sem dúvida, é competente, mas tem um cheiro, como se tivesse acabado de sair de uma destilaria — isto também não é bom. Há muito tempo que eu queria lhe falar sobre isso, mas houve, não me lembro bem, um contratempo qualquer. Se, de fato, como ele diz, o seu cheiro lhe é inato, então há remédio contra isso. Vamos lhe aconselhar a comer cebola, ou alho, ou qualquer coisa que o valha. Neste caso, Khristian Ivánovitch pode ajudá-lo com diversos medicamentos. (*Khristian Ivánovitch deixa escapar aquele mesmo ruído*)

AMÓS FIÓDOROVITCH

Não, já não é mais possível remediar: ele diz que, quando criança, a mãe de leite o derrubou e, desde então, sai dele esse cheirinho de vodca.

PREFEITO

Bem, eu só queria lembrar. No que diz respeito à organização interna e àquilo que Andréi Ivánovitch em sua carta chama de pecadilhos, eu não tenho nada a dizer. É até estranho falar disto. Não há uma pessoa que não tenha lá os seus pecados. Foi assim que o próprio Deus determinou e não adianta os voltairianos protestarem contra isso.

AMÓS FIÓDOROVITCH

O que é que o senhor, Antón Antónovitch, entende por pecadilhos? Há pecados e pecados. Posso falar abertamente para todo mundo que recebo propinas, mas que tipo de propina? Filhotinhos de cachorro. Mas isto já é outra coisa.

PREFEITO

Ora, filhotinhos ou outra coisa qualquer, tudo é suborno.

AMÓS FIÓDOROVITCH

Não, senhor, Antón Antónovitch. Pois veja, por exemplo, se o casaco de peles de certas pessoas custa quinhentos rublos, ou o xale para a esposa...

PREFEITO

Bem, e daí que o senhor recebe cachorros como propina? Em compensação o senhor não acredita em Deus e nunca vai à Igreja, mas eu, pelo menos, tenho uma fé inabalável e todos os domingos vou à Igreja. Mas o senhor... Ah!, eu conheço o senhor muito bem: é só começar a falar da criação do mundo e os cabelos se põem em pé.

AMÓS FIÓDOROVITCH

E olha que tudo isso com minha própria inteligência.

PREFEITO

Mas veja que em alguns casos é pior ter muita inteligência do que não ter nenhuma. Aliás, eu apenas falei no tribunal de justiça por falar, porque, pra dizer a verdade, é pouco provável que alguém vá lá algum dia xeretar: é um lugar tão formidável... está protegido por Deus. Quanto ao senhor, Luká Lukítch, como diretor de um estabelecimento de ensino, deve cuidar em particular dos professores. São pessoas bem-cultivadas, sem dúvida alguma, com formação superior e tudo, mas têm condutas muito esquisitas, o que se deve, certamente, à sua condição de cultivadas. Um deles, por exemplo, aquele que tem uma cara gorda... não me lembro o nome dele, toda vez que sobe ao púlpito, não pode deixar de fazer uma careta, assim (*faz a careta*), e depois, por debaixo da gravata, começa a passar a mão na barba. É claro que se ele faz a tal careta diante de um aluno, ainda vai: talvez tenha que ser assim mesmo. Não posso dizer nada a respeito. Mas pensem bem, se ele fizer isso diante de um visitante, pode pegar mal: o senhor inspetor, ou seja lá quem for, poderia tomar a ofensa para si, e aí só o diabo sabe como tudo poderia acabar.

LUKÁ LUKÍTCH

Mas o que é que eu posso fazer? Já lhe falei várias vezes. Há alguns dias, quando nosso conselheiro entrou na classe, ele fez uma tal careta, coisa igual eu nunca tinha visto antes. Ele fez aquilo com as melhores intenções, mas eu é que recebi o sermão: para que incutir na juventude ideias tão liberais?

PREFEITO

Também tenho que lhe falar a respeito do professor de História. Ele sabe muita coisa, é evidente, um poço de conhecimentos, mas explica tudo com tamanho ardor que fica fora de si. Certa vez fui ouvi-lo: bem, enquanto falava sobre os assírios e os babilônios, tudo bem, mas quando chegou em Alexandre Magno, nem posso descrever o que aconteceu. Deus me livre, ele desceu correndo do púlpito, até pensei que a escola estava pegando fogo, tal foi a força com que ele jogou uma cadeira no chão! É verdade que Alexandre Magno é um herói, mas para que quebrar as cadeiras? Para dar prejuízo ao erário público!

LUKÁ LUKÍTCH

Ele é mesmo muito esquentado! Várias vezes já lhe chamei atenção... e ele diz: "Seja como for, pela ciência dou a própria vida".

PREFEITO

É, é uma lei inexplicável do destino: todo homem inteligente ou é bêbado, ou faz cada careta que até Deus duvida.

LUKÁ LUKÍTCH

Deus nos livre de mexer com o ensino público, a gente tem medo de tudo. Qualquer um mete o nariz para mostrar que também é inteligente.

PREFEITO

Isso ainda não é nada. O problema é esse incógnito maldito! De repente ele aparece: "Ah, vocês estão aí, meus pombinhos! Quem aqui é o juiz?" — "Liápkin-Tiápkin." — "Pois que tragam aqui Liápkin-Tiápkin! E quem é o encarregado da assistência social?" — "Zemlianíka." — "Pois que tragam aqui Zemlianíka!". Isso é o que é o pior!

Cena 2

Os mesmos personagens e o chefe dos correios.

CHEFE DOS CORREIOS
    Meus senhores, que funcionário é esse que está vindo para cá?

PREFEITO
    Por acaso o senhor não ouviu nada a respeito?

CHEFE DOS CORREIOS
    Ouvi sim. Piótr Ivánovitch Bóbtchinski acabou de me contar lá na agência.

PREFEITO
    E então? O que acha de tudo isso?

CHEFE DOS CORREIOS
    O que eu acho? Que vai haver guerra com os turcos.

AMÓS FIÓDOROVITCH
    É isso mesmo! É isso o que eu também acho.

PREFEITO
    Sei..., mas que tapados!

CHEFE DOS CORREIOS
    É guerra com os turcos, sim. Tudo sujeira dos franceses.

PREFEITO
    Mas que guerra com os turcos que nada! Nós é que vamos entrar bem, não os turcos. Isso eu já sei: recebi uma carta.

CHEFE DOS CORREIOS
    Se é assim, então não vai haver mais guerra com os turcos.

PREFEITO
    Bem, e aí, Ivan Kuzmítch, o que diz?

CHEFE DOS CORREIOS

Eu? Sei lá! E o senhor, Antón Antónitch?

PREFEITO

Eu? Bem, não é que sinta medo, mas assim, um pouquinho... Os comerciantes e a população estão me causando alguns aborrecimentos. Dizem que eu lhes enfio a faca, mas eu, pelo amor de Deus, se tomei algo de alguém, juro mesmo, foi sem nenhuma maldade. Eu até estou achando (*segura-o pelo braço e o conduz para um canto*), até estou achando que houve uma denúncia contra mim. Por que, afinal de contas, tem que vir aqui um inspetor? Ouça, Ivan Kuzmítch, não seria possível, quer dizer, para o nosso bem geral, abrir e dar uma lidinha nas cartas que entram e saem de sua repartição? Ver se não se trata de alguma denúncia ou se apenas são correspondências. Se nada houver, então que se feche novamente a carta, ou, pensando bem, entregue-a aberta assim mesmo.

CHEFE DOS CORREIOS

Já sei, já sei... Não precisa me ensinar, isso eu já faço, nem tanto por precaução, mas só por curiosidade: sou louco pra saber o que há de novo no mundo. Olhe, vou lhe dizer, é uma leitura superinteressante. Algumas cartas a gente lê com tal deleite: há passagens tão variadas, algumas tão edificantes... Bem melhor do que as do *Correio de Moscou*!

PREFEITO

Está bem, mas não encontrou nada sobre algum funcionário de Petersburgo?

CHEFE DOS CORREIOS

Não. De Petersburgo não há nada, mas de funcionários de Kostroma e Sarátov há muita coisa. Mas que pena que o senhor não leia essas cartas. Há trechos maravilhosos! Não faz muito tempo, um tenente escreveu a um amigo, descrevendo um baile de maneira tão frívola... muito bom mesmo: "Minha vida, meu querido amigo, corre às mil maravilhas: mulheres, muitas mulheres, música, bandeiras galopando...". E com que emoção descreveu tudo isso. Eu até quis ficar com a carta. Quer que eu a leia?

PREFEITO

Essa agora, o momento não é para isso! Então, me faça a gentileza,

Ivan Kuzmítch, se por acaso cair nas suas mãos alguma queixa ou denúncia, retenha sem a menor hesitação.

CHEFE DOS CORREIOS
Com o maior prazer.

AMÓS FIÓDOROVITCH
Cuidado, pois isso ainda pode lhe custar caro.

CHEFE DOS CORREIOS
Ai, Santo Deus!

PREFEITO
Ora, não é nada, nada. Seria outra coisa se você tornasse isso público, mas na realidade é um assunto familiar.

AMÓS FIÓDOROVITCH
Sim senhor, mas o que eu acho é que estamos numa bela encrenca! Confesso que queria vir aqui, Antón Antónovitch, só para lhe dar uma cadelinha. Irmã de sangue daquele cachorro que o senhor conhece. E o senhor soube que Tcheptovitch e Varkhovinski estão em litígio, o que para mim é a maior maravilha: caço coelhos nas terras de um e de outro.

PREFEITO
Deus do céu, os seus coelhos agora não me dão o menor prazer: esse maldito incógnito não me sai da cabeça. A gente fica esperando que de repente a porta se abra e... pronto...

Cena 3

Os mesmos personagens; Dóbtchinski e Bóbtchinski entram ofegantes.

BÓBTCHINSKI
Um acontecimento extraordinário!

DÓBTCHINSKI

Uma notícia inesperada!

TODOS

O quê? Mas o que foi?

DÓBTCHINSKI

Uma coisa imprevista! Estamos chegando no hotel...

BÓBTCHINSKI (*interrompendo*)

Eu e Piótr Ivánovitch estamos chegando no hotel...

DÓBTCHINSKI (*interrompendo*)

Desculpe, Piótr Ivánovitch, eu vou contar.

BÓBTCHINSKI

Ah, não, me desculpe, por favor, me desculpe, eu é que... você, assim, quer dizer, não tem lá muito estilo...

DÓBTCHINSKI

E você vai se confundir todo e não vai se lembrar de nada.

BÓBTCHINSKI

Palavra de honra que eu vou me lembrar. Vou me lembrar. Então não me atrapalhe que eu vou contar tudo, mas não me atrapalhe! Senhores, façam a gentileza de fazer com que Piótr Ivánovitch não me atrapalhe.

PREFEITO

Pois falem logo, pelo amor de Deus, o que aconteceu? Meu coração não vai aguentar. Sentem-se, senhores! Peguem as cadeiras! Piótr Ivánovitch, aqui está uma cadeira! (*Todos se sentam ao redor dos dois Piótrs Ivánovitchs*) Mas o que que aconteceu?

BÓBTCHINSKI

Espera aí, espera aí; vou contar tudo pela ordem. Nem bem eu tive o prazer de sair daqui, logo depois que o senhor se dignou a ficar bastante desconcertado com o recebimento da carta, bem... — então dei um pulo lá... por favor, Piótr Ivánovitch, não me interrompa! Sei tudo, tudo, tudo, tudinho. — Então, pois bem, dei um pulo na casa de Koróbkin. Como o tal Koróbkin não se encontrava em casa, resolvi entrar na casa de Rastakóvski, mas como Rastakóvski também não estava, passei então pela casa de Ivan Kuzmítch para contar a novidade que o senhor tinha recebido... é isso, saindo de lá me encontrei com Piótr Ivánovitch...

DÓBTCHINSKI (*interrompendo*)
Perto da barraquinha onde se vendem pastéis.

BÓBTCHINSKI
Perto da barraquinha onde se vendem pastéis. Daí, ao encontrar Piótr Ivánovitch, digo-lhe: "Por acaso já sabe da última que Antón Antónovitch recebeu por carta fidedigna?". Mas Piótr Ivánovitch já tinha ouvido falar disso pela sua despenseira, Avdótia, que não sei por que tinha sido mandada à casa de Filip Antónovitch Potchetchúiev...

DÓBTCHINSKI (*interrompendo*)
Foi buscar um barrilzinho para a vodca francesa.

BÓBTCHINSKI (*empurrando-o com a mão*)
Buscar um barrilzinho para a vodca francesa. Aí então, fui com Piótr Ivánovitch à casa de Potchetchúiev... Não, não, não, Piótr Ivánovitch, não me interrompa, por favor, não me interrompa!... Pois fomos à casa de Potchetchúiev, mas pelo caminho Piótr Ivánovitch diz: "Vamos dar uma passadinha na hospedaria. Sabe, o meu estômago... não comi nada desde cedo, o meu estômago está tremendo...". É sim, o estômago de Piótr Ivánovitch estava mesmo. "Na hospedaria — disse ele — agora deve ter um salmão fresquinho e podemos também tomar umas e outras." Nem bem entramos no hotel, e de repente um jovem...

DÓBTCHINSKI (*interrompendo*)
Bem-apessoado e à paisana...

BÓBTCHINSKI
Bem-apessoado e à paisana estava andando de um lado para o outro e com um tal raciocínio no rosto... uma cara... um jeito, e aqui (*aponta a testa*) muita, mas muita coisa. Tive logo um pressentimento e disse a Piótr Ivánovitch: "Aqui tem coisa". Tem sim. Então Piótr Ivánovitch logo estalou o dedo para chamar o dono da hospedaria, o Vlass, sabem quem é? Há três semanas a mulher dele teve um menino tão espertinho,

na certa vai ser tal qual o pai, dono de hospedaria. Nem bem Piótr Ivánovitch chamou Vlass, perguntou baixinho: "Quem é aquele moço?", e Vlass respondeu: "Aquele, disse..." — ah, não me interrompa, Piótr Ivánovitch, por favor, não me interrompa. O senhor não consegue contar, Santo Deus, não pode! O senhor fala assobiando! Eu sei que o seu dente tem um buraco... — "Aquele, disse então, é um jovem funcionário — sim senhor, vem de São Petersburgo... E o seu nome é Ivan Aleksándrovitch Khlestakóv. Vai para Sarátov, diz ele. E tem reações estranhas: já está hospedado aqui há quase duas semanas e não vai embora, compra tudo fiado e não paga um tostão". Assim que ele me contou isso, logo me bateu uma ideia, e eu disse a Piótr Ivánovitch: "Hum!".

DÓBTCHINSKI
Não senhor, Piótr Ivánovitch, fui eu quem disse "Hum!".

BÓTCHINSKI
Primeiro foi o senhor, mas depois fui eu. "Hum!", dissemos Piótr Ivánovitch e eu. Mas por que diabo ele está aqui quando o seu destino é Sarátov? É isso mesmo! É ele o tal funcionário.

PREFEITO
Quem? Que funcionário?

BÓBTCHINSKI
Aquele funcionário sobre o qual fala a notificação que o senhor recebeu, o inspetor geral.

PREFEITO (*em pânico*)
Pelo amor de Deus, o que está dizendo! Não pode ser ele.

DÓBTCHINSKI
É ele sim! Não paga e não vai embora. Quem poderia ser? Só pode ser ele. No documento consta que vai para Sarátov.

BÓBTCHINSKI
É ele, é ele, meu Deus, ele mesmo... E que observador... observa tudo. Viu até que eu e Piótr Ivánovitch comíamos salmão. Tudo por causa do estômago de Piótr Ivánovitch... é, e até ficou espiando o nosso prato. Me deu um medo!

PREFEITO

Que Deus nos perdoe, pobres pecadores! Onde é que ele está hospedado?

DÓBTCHINSKI

No quarto número cinco, debaixo da escada.

BÓBTCHINSKI

No mesmo quarto onde brigaram aqueles oficiais no ano passado.

PREFEITO

E faz tempo que ele está aqui?

DÓBTCHINSKI

Umas duas semanas. Chegou no dia de São Nunca.

PREFEITO

Duas semanas! (*À parte*) Meu Deus! Valham-me todos os santos! Nessas duas semanas espancaram a mulher do sargento! Não alimentaram os presos! As ruas estão uma bagunça, uma imundície! Uma vergonha! Uma calamidade! (*Põe as mãos na cabeça*)

ARTÉMI FILÍPOVITCH

O que fazer, Antón Antónovitch? Pois vamos todos ao hotel em missão oficial.

AMÓS FIÓDOROVITCH

Não, de jeito nenhum! Em primeiro lugar tem que ir o conselheiro chefe, o clero, os comerciantes, é assim que mandam os dez mandamentos.

PREFEITO

Não senhores, não! Por favor, eu mesmo vou resolver. Já passei por maus momentos na vida e consegui escapar, e até me agradeceram; quem sabe Deus me ajude agora também. (*Dirige-se a Bóbtchinski*) O senhor disse que ele é um rapaz moço?

BÓBTCHINSKI

Bem moço. Não mais que vinte e três ou vinte e quatro anos.

PREFEITO

Melhor ainda: é mais fácil sondar um jovem. Um velho diabo é que seria uma desgraça, um jovem é claro como a água. Meus senhores, de vossa parte, preparem-se, enquanto eu vou em pessoa, ou sei lá, com Piótr Ivánovitch para, digamos assim, dar um passeio não oficial para ver se os viajantes não estão tendo aborrecimentos. Ei, Svistunóv!

SVISTUNÓV

Às suas ordens.

PREFEITO

Vá depressa buscar o comissário de polícia. Não, espere, preciso de você. Mande alguém trazer, o quanto antes, o comissário de polícia e volte logo.

O soldado corre às pressas.

ARTÉMI FILÍPOVITCH

Vamos, vamos, Amós Fiódorovitch! Ainda pode acontecer uma desgraça.

AMÓS FIÓDOROVITCH

Mas você tem medo de quê? Ponha uns gorros limpos nos doentes e acabou a história.

ARTÉMI FILÍPOVITCH

Que gorros que nada! Mandaram dar uma sopa de aveia aos doentes, mas nos corredores tem um cheiro de repolho que a gente até tapa o nariz.

AMÓS FIÓDOROVITCH

Mas eu, com relação a isso, estou tranquilo. Na verdade, quem vai querer se meter num tribunal de província? E se alguém der uma espiada em qualquer papel, vai se arrepender de ter nascido. Pois eu, há quinze anos no cargo de juiz, fico só sentado e quando me ocorre dar uma olhadinha nos processos — ah! deixo pra lá. Nem o próprio Salomão pode resolver onde começa a verdade e acaba a mentira.

O juiz, o diretor da assistência social, o inspetor de escolas e o chefe dos correios saem e à porta chocam-se com o soldado que está de volta.

Cena 4

O prefeito, Bóbtchinski, Dóbtchinski e o soldado.

PREFEITO
   A carruagem está pronta?

SOLDADO
   Está, sim, senhor.

PREFEITO
   Vá para a rua... não, espere! Vá e me traga... mas onde é que estão os outros? Será possível que você esteja sozinho? Eu já ordenei que Prókhorov também estivesse aqui. E onde está Prókhorov?

SOLDADO
   Está na delegacia de polícia. Só que não pode ser útil no caso.

PREFEITO
   Como assim?

SOLDADO
   Explico: trouxeram o dito-cujo de madrugada, bêbado de cair. Jogaram dois baldes de água em cima dele e até agora nada.

PREFEITO (*pondo as mãos na cabeça*)
   Ai, meu Deus, meu Deus! Vá depressa lá para a rua, ou não... Vá correndo lá no meu quarto, está ouvindo, e me traga a espada e meu chapéu novo. Vamos embora, Piótr Ivánovitch!

BÓTCHINSKI
   E eu? E eu?... Permita que eu vá também, Antón Antónovitch!

PREFEITO

Não senhor, Piótr Ivánovitch. Impossível! Não é conveniente. E, além do mais, não vamos caber todos na carruagem.

BÓBTCHINSKI

Não faz mal, não faz mal. Vou correndo como um pintinho atrás de vocês. Eu só quero dar uma espiadinha, olhar pela fresta da porta e observar como ele se comporta...

PREFEITO (*pegando a espada do soldado e dirigindo-se a ele*)

Agora vá correndo, reúna alguns sargentos e que cada um traga... Diabo, a espada está toda arranhada! Esse maldito comerciantezinho Abdúlin... vê que o prefeito está usando uma espada velha e não lhe manda uma nova. Gente malandra! Esses vigaristas... aposto que já estão com suas petições no bolso do colete. Que cada um desses sargentos pegue uma rua, que diabo, uma rua... uma vassoura! Que varram toda a rua que leva à hospedaria. E que deixem tudo muito bem limpo. Está ouvindo? Olha aqui: eu te conheço! Conheço muito bem! Faz os seus trambiques e ainda por cima esconde colheres de prata nas botinas... Estou de olho em você! O que você fez com o comerciante Tcherniaiev, hein? Ele te deu dois *archins*[1] de tecido para a farda e você lhe roubou a peça toda. Você que se cuide! A sua posição não é para tanto! Vá logo!

Cena 5

Os mesmos personagens e o comissário de polícia.

PREFEITO

Ah! Stepan Ilitch! Pelo amor de Deus, onde você se meteu? Como é que é isso?

---

[1] *Archin*: medida russa equivalente a 0,71 m. (N. da T.)

COMISSÁRIO DE POLÍCIA
    Estava bem pertinho daqui.

PREFEITO
    Então, ouça, Stepan Ilitch! O tal funcionário de Petersburgo já chegou. Que providências você já tomou?

COMISSÁRIO DE POLÍCIA
    Conforme o senhor ordenou, mandei o soldado Púgovitsin com os sargentos varrer as calçadas.

PREFEITO
    E onde está Dierjimórda?

COMISSÁRIO DE POLÍCIA
    Dierjimórda foi embora, sentado nas mangueiras dos bombeiros.

PREFEITO
    E Prókhorov está bêbado?

COMISSÁRIO DE POLÍCIA
    Bêbado.

PREFEITO
    Como você permitiu uma coisa dessas?

COMISSÁRIO DE POLÍCIA
    Só Deus sabe. Ontem houve uma briga fora da cidade. Ele foi lá só *pro forma* e voltou bêbado.

PREFEITO
    Pois veja o que você tem a fazer: o soldado Púgovitsin... que é bastante alto, deve ficar na ponte, dando uma olhada. Mande retirar imediatamente aquela velha cerca ao lado do sapateiro e coloque lá algumas placas de palha, para dar a impressão de um certo planejamento urbano. Quanto mais tudo estiver quebrado, mais se denota a atividade do dirigente. Ah! Santo Deus! Já ia me esquecendo que ao lado dessa mesma cerca estão amontoadas quarenta carroças com toda espécie de lixo. Que cidade horrível: basta a gente colocar em algum lugar um monumento

qualquer, ou uma simples cerca e pronto — só o diabo sabe de onde trazem tanta porcaria! (*Suspira*) E se o tal funcionário perguntar aos policiais: "Estão todos satisfeitos?" — Respondam: "Muito contentes, Excelência". E aquele que não estiver contente, vai ver depois comigo o que é estar descontente... Ufa! Culpado, sou culpado. (*Em vez de seu chapéu, pega uma caixa de papelão*) Queira Deus que eu saia são e salvo de tudo isso o mais rápido possível, e então vou acender uma vela tão grande como ninguém jamais o fez e vou exigir de cada um desses comerciantes espertinhos três *puds*[2] de cera. Ah, meu Deus, meu Deus! Vamos embora, Piótr Ivánovitch! (*Em vez do chapéu quer vestir a caixa de papelão*)

COMISSÁRIO DE POLÍCIA
Antón Antónovitch, isso aí é uma caixa e não o seu chapéu.

PREFEITO (*joga fora a caixa*)
Uma caixa? Que me importa a caixa? O diabo que a carregue! Ah, e se perguntarem por que ainda não foi construída a igreja junto à Casa de Misericórdia para a qual há cinco anos recebemos uma boa soma, não se esqueçam de dizer que... que começamos a construir, mas que pegou fogo. Já apresentei um relatório sobre isso. Porque senão alguém pode esquecer e, de bobo, dizer que nem mesmo começamos a obra. E diga a Dierjimórda que contenha um pouco os seus punhos: para manter a ordem deixa todo mundo com o olho roxo, culpado ou inocente. Então vamos embora, vamos, Piótr Ivánovitch! (*Sai e volta*) Ah, e não deixem os soldados saírem na rua sem roupa: esses miseráveis vestem só a parte de cima do uniforme, e por baixo mais nada.

Saem todos.

---

[2] *Pud*: medida antiga igual a 13,3 kg. (N. da T.)

Cena 6

Ana Andréievna e Mária Antónovna entram correndo.

ANA ANDRÉIEVNA
   Onde é que eles estão? Onde? Ah, Santo Deus!... (*Abrindo a porta*) E meu marido? Antocha! Antón! (*Fala muito rápido*) Tudo por sua causa, por sua causa! Que moleza: "Um alfinetinho, um lencinho"... (*Corre até a janela e grita*) Antón, para onde você vai, para onde? O quê? Já chegou? O inspetor? Tem bigodes? Que tipo de bigodes?

VOZ DO PREFEITO
   Mais tarde, benzinho, mais tarde!

ANA ANDRÉIEVNA
   Como mais tarde? Essa agora, mais tarde! Não quero saber de mais tarde... Só quero saber uma coisa: quem é ele? É coronel? Hein? — (*Aborrecida*) Foi embora! Você vai ver só! E tudo por sua causa: "Mãezinha, mãezinha, espere, estou prendendo o lencinho na cabeça, já estou indo". Viu o que você fez? Agora não sabemos nada de nada! Tudo por causa dessa sua maldita coquetagem! Foi só ouvir que o chefe dos correios estava aqui e se pôs toda faceira diante do espelho: olha de um lado, e do outro... Você pensa que ele arrasta uma asinha por você, mas é só você virar as costas para ele logo lhe fazer uma careta.

MÁRIA ANTÓNOVNA
   O que se há de fazer, mãezinha? De todo modo, daqui a duas horas vamos saber tudo.

ANA ANDRÉIEVNA
   Daqui a duas horas! Muito obrigada. Que bela resposta! E que tal dizer que só daqui a um mês saberemos tudo ainda melhor! (*Curva-se na janela*) Eh! Avdótia! O quê? Avdótia, você sabe se chegou alguém... Não sabe? Sua estúpida! Alguém está acenando? Pois que acene. Você bem que poderia ter perguntado. Saber alguma coisa! Mas na cabeça só tem besteira, só pensa em namorados. O quê? Saíram depressa? E você não correu atrás? Então vai, vai agora mesmo! Corre e descobre para onde eles foram. Isso mesmo, procure saber direitinho, que tal esse forasteiro, como

é ele, está entendendo? Olhe pela fresta e veja tudo, que olhos ele tem, se são pretos ou não. E volte bem rapidinho, está me ouvindo? Vá depressa, depressa, depressa, depressa! (*Fica gritando junto à janela, enquanto cai o pano. O pano esconde as duas*)

Segundo ato

Pequeno quarto de hotel. Uma cama, uma mesa, uma mala, uma garrafa vazia, botas, escova de roupas e tudo mais.

Cena 1

Óssip deitado na cama do patrão.

ÓSSIP

Que diabo! Estou com uma fome! E a minha barriga está fazendo um barulho como se um regimento inteiro estivesse tocando cornetas. Duvido que cheguemos em casa! O que é que se há de fazer? Já faz mais de um mês que saímos de Píter![3] Esbanjou o dinheiro todo pelo caminho e agora, o meu anjinho, fica aí, com o rabo entre as pernas, desanimado. E até que a gente tinha um bom dinheirinho, mas não, ele tem que se bacanear em cada cidade. (*Imita*) "Eh, Óssip! Vá lá, vê se acha o melhor quarto, e a comida também, peça a melhor que tiver: refeições ruins, é duro de suportar, preciso do bom e do melhor." Ainda se fosse alguém que se preze, mas, qual nada, é um funcionariozinho de quinta categoria! Nem bem conhece um viajante e já vai logo para a mesa de jogo. Bem feito! Tomou na cabeça! Ah! Estou farto dessa vida! Lá no campo é bem melhor: não tem tanta animação, mas também, tem menos preocupação. Você se casa com uma mulherona, fica deitado a vida inteira no quentinho, perto do forno, comendo bolos e tortas. Mas quem duvida, é bem verdade que a vida em Píter é melhor. Mas tem que ter dinheiro. E a vida, aí sim, é coisa fina, vida de cidade: teatros, dança de cachorros, tudo que

[3] Píter: forma abreviada e coloquial com que os russos se referem à capital São Petersburgo. (N. da T.)

a gente quiser. Todo mundo fala com finura, até parecem nobres. Você vai ao mercado e os comerciantes gritam: "Ilustríssimo!". Quando a gente pega a barca, pode se sentar ao lado de um alto funcionário público; se quer companhia, então vai a uma lojinha: ali um velho veterano se põe a contar a vida militar e até vai explicar o significado de cada estrela no céu, de modo que tudo fica tão claro como se estivesse na palma da sua mão. A esposa velhusca do oficial passa por lá, e também alguma criada pode aparecer... fiu, fiu. (*Sorri e balança a cabeça*) Que diabo, quanto galanteio! Nunca se ouve uma palavra grosseira. E todo mundo trata a gente por "senhor". Se a gente se cansa de ir a pé, é só tomar uma carruagem e vai sentado feito um nobre. E se, por acaso, você não quer pagar, não tem problema: em cada casa há sempre duas saídas e você pode se safar de tal maneira que nem mesmo o diabo vai conseguir alcançar. Só uma coisa é que não presta: às vezes a gente quase explode de tanto comer, outras vezes morre de fome como agora. E a culpa é todinha dele. O que é que a gente vai fazer? O papaizinho manda dinheiro, mas em lugar de poupar — qual nada — se põe a farrear: só anda de carruagem, todos os dias compra um bilhete para o teatro, e depois de uma semana manda vender o seu novo fraque na feira. Às vezes se livra até da última camisa e fica só com o terno e o capote. Juro por Deus que é verdade! E o tecido é tão caro! Pura lã inglesa! Só o fraque deve ter custado cento e cinquenta rublos, mas no mercado vai ser arrematado por uns vinte rublos. As calças, então, nem se fale — uma ninharia. E tudo isso por quê? Porque ele não quer saber de nada: em vez de ir para a repartição, vai passear pelas ruas, joga cartas. Ah! Se o meu velho patrão soubesse disso tudo! Não se importaria nem um pouco de ele ser um funcionário e levantaria a sua roupinha para lhe cobrir tanto de palmadas que deixariam coceiras por mais de quatro dias. Se tem que trabalhar, então trabalhe. E agora o dono do hotel disse que não vai dar mais nada de comer, enquanto não pagar o que deve. E se a gente não paga? (*Suspira*) Ah! meu Deus do céu! Pelo menos uma sopinha qualquer! Acho que seria capaz de comer o mundo inteirinho. Estão batendo, deve ser ele. (*Pula da cama apressadamente*)

Cena 2

Óssip e Khlestakóv.

KHLESTAKÓV

Pegue isso! (*Dá-lhe o chapéu e a bengala*) E de novo jogado na minha cama?

ÓSSIP

E pra que eu preciso ficar jogado na sua cama? Por acaso nunca vi uma cama?

KHLESTAKÓV

Mentiroso! Ficou na minha cama, sim! Olha lá, está toda desarrumada!

ÓSSIP

Pra que me serve a sua cama? Por acaso eu não sei o que é uma cama? Tenho pernas, posso muito bem ficar de pé! Pra que é que preciso de sua cama?

KHLESTAKÓV (*passeia pelo quarto*)
Vá lá ver no saquinho, não tem mais tabaco?

ÓSSIP

E como é que vai ter tabaco? O senhor fumou o último já faz quatro dias!

KHLESTAKÓV (*caminha mordendo os lábios de diferentes formas. Por fim, diz em voz alta e decidido*)
Escute aqui, Óssip!

ÓSSIP

O que deseja?

KHLESTAKÓV (*em voz alta, mas menos decidido*)
Vá lá embaixo.

ÓSSIP

Lá embaixo onde?

KHLESTAKÓV (*com voz já nada decidida, bem menos alta e semelhante a uma súplica*)

Lá embaixo, na copa... Vá lá e diga que me deem de comer.

ÓSSIP

Ah, não! Não quero ir, não!

KHLESTAKÓV

Como é que se atreve, seu idiota?

ÓSSIP

E também, tanto faz ir ou não ir. Não vai adiantar nada. O dono já disse que não vai dar nada mais pra gente comer.

KHLESTAKÓV

Como se atreve? Não vai dar? É um absurdo!

ÓSSIP

E ainda disse mais. Disse que vai ao prefeito, que o senhor há quase três semanas não paga. "Você e seu patrão", disse ele, "são dois vigaristas e o seu patrão, um trapaceiro. Conhecemos muito bem vagabundos e patifes dessa laia", ele disse.

KHLESTAKÓV

E você ainda fica feliz, animal, em me contar tudo isso?

ÓSSIP

E disse mais: "Dessa maneira, qualquer um chega aqui, se instala, fica endividado e depois não há como enxotá-lo. Eu não brinco em serviço, vou direto dar queixa para que o levem logo para a cadeia".

KHLESTAKÓV

Já chega, seu idiota! Vá, vá já falar com ele. Que porco!

ÓSSIP

    É melhor eu chamar o dono pra ele mesmo vir aqui falar com o senhor.

KHLESTAKÓV

    Mas para que o dono vir aqui? Vá lá e fale com ele.

ÓSSIP

    Mas senhor, será que...

KHLESTAKÓV

    Então vá se danar! Chame o dono.

Óssip sai.

Cena 3

Khlestakóv sozinho.

KHLESTAKÓV

    Estou morrendo de fome! Fui dar uma voltinha para ver se perdia o apetite, mas que nada, diabos, a fome não passa. É... se não fosse aquela farra em Penza até que o dinheiro daria para chegar em casa. Aquele capitão de infantaria me limpou mesmo. Que lances impressionantes! Em um quarto de hora me depenou. Apesar disso, bem que eu queria jogar mais uma vez. Ainda não tive ocasião de me encontrar com ele. Para tudo é preciso a ocasião. Mas que cidadezinha horrível! Nas quitandas nem querem vender fiado. É uma verdadeira infâmia! (*Começa a assobiar o início da ópera* Roberto, *depois cantarola uma canção popular e depois qualquer coisa sem sentido*) Ninguém quer vir aqui.

Cena 4

Khlestakóv, Óssip e o criado da hospedaria.

CRIADO
O patrão mandou perguntar o que é que o senhor deseja?

KHLESTAKÓV
Como vai, meu amigo? Boa saúde?

CRIADO
Graças a Deus!

KHLESTAKÓV
E então? Como é que vão indo as coisas? Tudo em ordem?

CRIADO
Tudo bem, graças a Deus.

KHLESTAKÓV
Muitos hóspedes?

CRIADO
Bastante.

KHLESTAKÓV
Escuta aqui, meu querido, até agora não me trouxeram o almoço. Então, por favor, peça para que se apressem, está me entendendo, porque depois do almoço tenho mais o que fazer.

CRIADO
É, mas o patrão disse que não vai dar mais nada para o senhor comer. Ele, pelo jeito, até queria ir hoje se queixar para o prefeito.

KHLESTAKÓV
Mas se queixar para quê? Pense bem, meu querido, como é que pode? Pois eu preciso comer. Senão posso até ficar fraco. Tenho muita fome. Não estou brincando.

CRIADO

Tá bom. Mas ele disse: "Não vou lhe dar comida até que me pague os atrasados". Foi assim que ele falou.

KHLESTAKÓV

Mas você tem que explicar, tem que convencer.

CRIADO

O que é que eu posso dizer?

KHLESTAKÓV

Você apenas explique muito seriamente que eu preciso comer. Agora, o dinheiro é uma outra coisa... Ele pensa que só porque ele pode passar um dia sem comer nada, os outros também podem! Essa é muito boa!

CRIADO

Está bem. Vou falar pra ele.

Cena 5

Khlestakóv sozinho.

KHLESTAKÓV

Se por acaso ele não me der nada pra comer, a coisa vai ficar preta. E se eu fizesse um negócio com alguma peça de roupa? Que tal vender as minhas calças? Ah não, é melhor passar fome do que chegar em casa sem a minha roupa de Petersburgo. Pena que Iokhín não me alugou a carruagem. Já pensou, que diabo, chegar em casa de carruagem, passar pela entrada de um vizinho qualquer, feito um diabo, com os faróis acesos e o Óssip atrás, vestido de libré? Posso imaginar todo mundo em alvoroço: "Mas quem é ele? quem é esse aí?". E o lacaio entra (*ergue-se, imitando o lacaio*) "Ivan Aleksándrovitch Khlestakóv, de Petersburgo, pode ser recebido?". Esses ignorantes nem sabem o que quer dizer "pode ser recebido". Se chega algum ricaço proprietário de terras, então se atira feito um urso na sala de visitas. E quando a gente se aproxima da filha, uma gracinha, é preciso dizer: "Senhorita, como eu...". (*Esfrega as mãos e faz uma reverência*) Arre! (*Cospe*) Tenho enjoo de tanta fome.

Cena 6

Khlestakóv, Óssip e depois o criado.

KHLESTAKÓV
   E então?

ÓSSIP
   O almoço vem vindo!

KHLESTAKÓV (*batendo palmas e pulando da cadeira*)
   Chegou! Chegou! Chegou!

O CRIADO (*com pratos e um guardanapo*)
   O patrão disse que é a última vez.

KHLESTAKÓV
   E daí, o patrão, o patrão... Ele que se dane! O que é que tem aí?

O CRIADO
   Sopa e carne assada.

KHLESTAKÓV
   O quê? Só dois pratos?

O CRIADO
   Só, sim senhor.

KHLESTAKÓV
   Mas é um absurdo! Só isso aí não vai dar! Diga ao seu patrão que isso aí é muito pouco.

O CRIADO

Não, senhor, o patrão acha que está bom demais.

KHLESTAKÓV

E cadê o molho?

O CRIADO

Molho não tem.

KHLESTAKÓV

Mas como não? Eu mesmo, ao passar pela cozinha, vi que estavam cozinhando um monte de coisas. E hoje pela manhã bem que vi no restaurante dois baixinhos comendo salmão e muitas outras coisinhas.

O CRIADO

Bem, pode ser que tenha e pode ser que não tenha.

KHLESTAKÓV

Como não?

O CRIADO

Não porque não...

KHLESTAKÓV

E o salmão, o peixe, as almôndegas?

O CRIADO

Isso é só pra gente legal.

KHLESTAKÓV

Ah! Seu idiota!

O CRIADO

Sim senhor!

KHLESTAKÓV

Seu porco! E como pode: eles comem e eu não? Por que, diabos, eu também não posso comer? Será que não são hóspedes como eu?

O CRIADO

    A gente sabe que não.

KHLESTAKÓV

    E como são eles?

O CRIADO

    Ora, como são eles! Todo mundo sabe: gente que paga.

KHLESTAKÓV

    Chega de conversa, idiota. (*Despeja a sopa e come*) Mas que porcaria de sopa é essa? Você despejou água no prato, ou o quê? Não tem gosto de nada e ainda por cima, fede. Não quero esta sopa. Traz outra.

O CRIADO

    Posso levar, senhor. O patrão disse: quer, quer... não quer, não quer.

KHLESTAKÓV (*defendendo o prato com a mão*)

    Tá bom, tá bom, tá bom... Deixa aí, seu tonto. Está acostumado a tratar os outros assim, mas comigo é diferente, meu irmão. Vou avisando que comigo... (*Come*) Santo Deus! Mas que sopa! (*Continua a comer*) Acho que ninguém nesse mundo já comeu uma sopa dessas! Só tem penas nadando, em vez de azeite! (*Corta a galinha*) Ai, ai, ai! Mas que galinha é essa? Me dá aqui o assado! Sobrou um pouco de sopa, Óssip, pega pra você. (*Corta o assado*) Mas que raio de assado é esse? Isto não é assado.

O CRIADO

    E o que é então?

KHLESTAKÓV

    Só o diabo é que sabe o que é isto, assado é que não é. Parece um machado frito e não carne. (*Come*) Vigaristas! Canalhas! Isso é comida?! Até dói o maxilar quando a gente mastiga um pedacinho. (*Palita os dentes com o dedo*) Patifes! Parece madeira. Nem dá para tirar. E os dentes até ficam pretos com uma coisa dessas. Vigaristas! (*Limpa a boca com o guardanapo*) Não tem mais nada?

O CRIADO

    Não.

KHLESTAKÓV

Canalhas! Miseráveis! Se ainda tivesse um molhinho, ou um pastel. Vagabundos! Só querem esfolar os hóspedes.

O criado tira a mesa e leva os pratos junto com Óssip.

Cena 7

Khlestakóv, e depois Óssip.

KHLESTAKÓV

Sério mesmo, parece que não comi nada. Me deu mais vontade ainda de comer. Se pelo menos tivesse um trocado, mandava já comprar um pão doce no mercado.

ÓSSIP (*entrando*)

Não sei por que chegou aí o prefeito, pediu informações e perguntou pelo senhor.

KHLESTAKÓV (*assustado*)

Ainda mais essa! Só falta esse infeliz do patrão ter se queixado de mim! E se eles, ainda por cima, me jogarem na cadeia? Não faz mal. Se for por bem, eu, ainda... não, não, não quero. Essa cidade está cheia de oficiais e de gente, e eu, assim, não sei por quê, já dei uma de bacana e dei uma piscadinha para a filha de um negociante... Não, não quero. Mas quem ele pensa que é? Que arrogância! Pensa que sou um negociante ou um artesão qualquer? (*Cria coragem e se levanta*) Eu vou dizer bem na cara dele: "Como ousa, como...".

A maçaneta da porta se move, Khlestakóv empalidece e se encolhe.

Cena 8

Khlestakóv, o prefeito e Dóbtchinski. O prefeito entra e fica parado. Ambos, de olhos arregalados, olham apavorados um para o outro por alguns minutos.

PREFEITO (*recompondo-se um pouco, braços em posição de sentido*)
 Saudações respeitosas!

KHLESTAKÓV (*saudando*)
 Meus respeitos!...

PREFEITO
 Desculpe...

KHLESTAKÓV
 Não há de quê.

PREFEITO
 É meu dever, como cidadão responsável que zela por esta cidade, cuidar para que os viajantes e todas as pessoas de bem não tenham quaisquer aborrecimentos...

KHLESTAKÓV (*gagueja um pouco, de início, e depois fala em voz alta*)
 Mas o que fazer?... A culpa não é minha... Juro que vou pagar... Vão me enviar lá da minha casa... (*Bóbtchinski mostra a cara na porta*) Ele é que é o culpado. A carne que me dá é dura como pedra. A sopa, então, nem o diabo sabe o que tem dentro. Tive que jogar pela janela. Ele me faz passar fome durante dias... E o chá, então, coisa esquisita: tem cheiro de peixe. Essa é boa! E por que eu deveria...

PREFEITO (*intimidado*)
 O senhor me perdoe, mas a culpa também não é minha. Sempre tenho carne boa no mercado. Os negociantes de Kholmogóry é que trazem, gente que não bebe, de boa conduta. Não tenho a menor ideia de onde vem essa tal carne. Mas se alguma coisa está, então... Permita que o convide a ir comigo para um outro domicílio.

KHLESTAKÓV

Não, não. Não quero. Sei muito bem o que significa outro domicílio: quer dizer cadeia. Mas com que direito? Como se atreve? Pois saiba que eu... eu sou um alto funcionário de São Petersburgo. (*Cria coragem*) Eu, eu, eu...

PREFEITO (*à parte*)

Ai, meu Deus, como é severo! Já está sabendo de tudo. Aqueles malditos negociantes contaram tudo.

KHLESTAKÓV (*com mais coragem*)

E, olha aqui, mesmo que venha com todo o seu regimento — eu não irei! Vou diretamente ao ministro. (*Bate com os punhos na mesa*) Quem o senhor pensa que é?

PREFEITO (*perfila-se, tremendo da cabeça aos pés*)

Por piedade, não me desgrace! Tenho mulher, filhos pequenos... não acabe com a vida de um homem.

KHLESTAKÓV

Não, eu não quero! Onde é que já se viu uma coisa dessas! Só porque o senhor tem mulher e filhos eu tenho que ir para a cadeia? Essa é muito boa! (*Bóbtchinski espia pela porta e, assustado, se esconde*) Ora, muito obrigado, não quero.

PREFEITO (*tremendo*)

Pelo amor de Deus, foi por falta de experiência, falta de experiência. A situação é precária. Por favor, tente compreender. A verba não dá nem para o chá e para o açúcar. E se, por acaso, houve subornos, foi uma ninharia: uma coisinha à toa para comer, um cortezinho para uma roupa. E quanto à viúva do suboficial, aquela que faz negócios escusos e quem eu teria mandado espancar, é tudo calúnia, pelo amor de Deus, é calúnia. Tudo invenção daqueles malvados, essa gente que quer atentar contra a minha vida.

KHLESTAKÓV

E daí? Não tenho nada a ver com isso. (*Pensativo*) Mas eu não sei por que o senhor está me falando desses malvados ou da viúva do suboficial... A mulher do suboficial, tudo bem, mas a mim o senhor não vai açoitar, não, senhor! Onde já se viu uma coisa dessas, ora bolas? Eu vou pagar. Vou pagar tudo. Mas, assim, no momento, não tenho como. É justamente por isso que estou aqui, porque não tenho um tostão.

PREFEITO (*à parte*)

Mas que situação danada! Como se vira bem! Que embrulhão! A gente não sabe nem de que lado pegar. Seja o que Deus quiser, vamos lá tentar. O que tiver que ser será, basta arriscar. (*Em voz alta*) Se o senhor realmente está precisando de dinheiro ou de qualquer outra coisa, estou inteiramente às suas ordens. Meu dever é ajudar os nossos visitantes.

KHLESTAKÓV

Quero sim, quero sim um empréstimo e vou acertar agora mesmo a conta com o patrão. Não preciso mais do que uns duzentos rublos, até menos.

PREFEITO (*entregando o dinheiro*)

Duzentos certinhos, nem precisa contar.

KHLESTAKÓV (*pegando o dinheiro*)

Muito agradecido. Vou lhe enviar logo que chegar em casa, não vou demorar muito... Vejo que o senhor é um homem de bem. Agora sim, é outra coisa.

PREFEITO (*à parte*)

Ai, graças a Deus! Aceitou o dinheiro. A coisa agora vai melhorar. Em vez de duzentos, dei-lhe quatrocentos.

KHLESTAKÓV

Óssip! (*Óssip entra*) Manda vir aqui o criado da hospedaria. (*Ao prefeito e a Dóbtchinski*) Mas por que estão em pé? Tenham a bondade de sentar-se. (*A Dóbtchinski*) Sente-se, por favor.

PREFEITO

Não se preocupe. Temos a honra de ficar em pé.

KHLESTAKÓV

Façam-me o favor, sentem-se. Agora sim, posso ver como o senhor é cordial e sincero, mas confesso que cheguei a pensar que os senhores tinham vindo aqui para me... (*A Dóbtchinski*) Sente-se!

O prefeito e Dóbtchinski sentam-se. Bóbtchinski espia pela porta e tenta ouvir.

PREFEITO (*à parte*)
É preciso ser mais atrevido. Ele quer se passar por incógnito. Está bem, vou me fazer de bobo: vou fazer de conta que não sei quem ele é. (*Em voz alta*) Nós estávamos dando uma volta, assim, por ossos do ofício, eu aqui com Piótr Ivánovitch Dóbtchinski, proprietário de terras local, e passamos no hotel, assim de propósito, para saber se os viajantes estavam sendo bem tratados. Pois não sou como outros prefeitos que não estão nem aí com nada. Não, eu, além do dever, e mais ainda por amor cristão à humanidade, quero que cada mortal receba boa acolhida. E eis que o acaso me recompensou com esse encontro tão agradável.

KHLESTAKÓV
Eu também estou muito feliz. Sem o senhor, francamente, eu iria ficar aqui um tempão: não teria a menor ideia de como pagar a conta.

PREFEITO (*à parte*)
Tá bom, essa é boa! Não tinha ideia de como pagar! (*Em voz alta*) Se me permite perguntar, para onde, para que lugares, pretende o senhor se dirigir?

KHLESTAKÓV
Vou para a província de Sarátov, para as minhas propriedades.

PREFEITO (*à parte, com expressão irônica*)
Província de Sarátov, hein? Tá bom! E nem fica vermelho! Com esse aí a gente tem que ficar de orelha em pé! (*Em voz alta*) O bom Deus o proteja no caminho de volta. Mas, veja, com relação às estradas, dizem que, se por um lado, a demora dos cavalos é uma coisa bem desagradável, por outro lado é uma distração para o espírito. Mas, ao que parece, o senhor está viajando mais por puro prazer, não?

KHLESTAKÓV
Não, é o meu pai que me obriga a voltar. O velho está zangado por-

que até agora não fiz carreira em Petersburgo. Ele acha que nem bem a gente chega lá, já lhe dão uma medalha de condecoração. Eu queria ver só, se fosse ele lá zanzar pelas repartições.

PREFEITO (*à parte*)

Mas olhem só como ele dá bolas à imaginação, agora inventou essa história do velho pai! (*Em voz alta*) E o senhor pensa em viajar por muito tempo?

KHLESTAKÓV

Para ser franco, não sei. Sabe, meu pai é um velho caduco, tolo e teimoso como uma mula. Vou logo dizer a ele: o senhor queira ou não, não posso viver sem Petersburgo. Por que raios eu devo acabar a minha vida no meio de mujiques? Agora minhas aspirações são outras. Minha alma anseia por ilustração.

PREFEITO (*à parte*)

Mas que enrolador! Balança, balança, mas não cai! E que sujeitinho sem graça, um nada de nada, poderia esmagá-lo com um dedo. Espera aí, que você não me escapa. Vou obrigar você a contar tudo! (*Em voz alta*) O senhor notou com muita justeza. O que é que se pode fazer neste fim de mundo? Veja só o que acontece aqui: à noite a gente não dorme, tudo pelo bem da pátria, sem poupar esforços, mas sabe-se lá quando virá a recompensa. (*Passa os olhos pelo quarto*) Acho que este quarto é um pouco úmido, não?

KHLESTAKÓV

É um quarto deplorável, e tem cada percevejo que nunca vi igual: mordem como cachorros.

PREFEITO

Mas não me diga isso! Um hóspede tão instruído, sofrendo por causa de quem? Por causa desses percevejos imprestáveis que nem deveriam ter nascido. Pelo visto este quarto também é escuro, não?

KHLESTAKÓV

É sim, é muito escuro. O proprietário tem o hábito de não fornecer as velas. Às vezes a gente quer fazer alguma coisa, ler um pouquinho, ou a fantasia quer escrever alguma coisa: não posso — é escuro, muito escuro.

PREFEITO

Será que posso tomar a liberdade de lhe pedir... não, eu não sou digno.

KHLESTAKÓV

Mas o quê?

PREFEITO

Não, não! Não sou digno, não sou digno!

KHLESTAKÓV

Mas diga lá.

PREFEITO

Se me atrevesse... Em minha casa há para o senhor um quarto maravilhoso, iluminado, tranquilo... Mas, não, sinto que isso já seria uma honra demasiada para mim... Não se zangue. Juro por Deus, ofereço de coração.

KHLESTAKÓV

E por que não? Com imenso prazer. Ficarei muito mais satisfeito numa casa particular do que nesta bodega.

PREFEITO

Eu é que vou ficar contente! E minha mulher então, como ficará feliz! Eu sou assim: hospitaleiro desde criança; sobretudo quando o hóspede é uma pessoa cultivada. Não pense o senhor que falo isto para lhe adular. Não tenho esse vício. Falo de todo o coração.

KHLESTAKÓV

Muito obrigado. Eu também não gosto de gente de duas caras. Aprecio muito sua franqueza e hospitalidade. De minha parte, confesso que não exijo nada, a não ser lealdade e respeito, respeito e lealdade.

Cena 9

Os mesmos personagens e o criado acompanhado de Óssip. Bóbtchinski espia pela porta.

CRIADO
O senhor chamou?

KHLESTAKÓV
Chamei. Traga a conta.

CRIADO
Não faz muito tempo trouxe para o senhor uma conta.

KHLESTAKÓV
Não me lembro mais de suas contas idiotas. Fale logo: quanto é que eu devo?

CRIADO
No primeiro dia, o senhor pediu o almoço; no dia seguinte, salmão; e daí em diante comeu fiado.

KHLESTAKÓV
Idiota! Agora vai ficar fazendo continhas. Quanto é tudo?

PREFEITO
Por favor, não se preocupe, ele vai esperar. (*Ao criado*) Fora! Vão pagar.

KHLESTAKÓV
Isso mesmo, assim tá bom. (*Guarda o dinheiro*)

O criado sai. Bóbtchinski espia pela porta.

Cena 10

O prefeito, Khlestakóv, Dóbtchinski.

PREFEITO
O senhor não gostaria agora de visitar algumas instituições de nossa cidade, por exemplo, a assistência social e outras?

KHLESTAKÓV
Mas para quê?

PREFEITO
Para que o senhor veja como andam as coisas... como está tudo em ordem... para os viajantes talvez fosse...

KHLESTAKÓV
Com todo o prazer, estou à sua disposição. (*Bóbtchinski enfia a cabeça pela porta*)

PREFEITO
E também, se for de sua vontade, logo depois poderá ver a escola e a disciplina no ensino de nossas ciências.

KHLESTAKÓV
Por que não? Por que não?

PREFEITO
E depois, se o senhor assim o desejar, podemos dar uma passadinha na casa de detenção e nas prisões da cidade para ver como tratamos os criminosos.

KHLESTAKÓV
Prisões? Mas para quê? Não, é melhor passarmos só pela assistência social.

PREFEITO
Como quiser. O que o senhor prefere, ir com sua própria carruagem ou com a minha?

KHLESTAKÓV
    Prefiro ir com o senhor.

PREFEITO (*para Dóbtchinski*)
    Bem, Piótr Ivánovitch, agora não sobrou lugar para você.

DÓBTCHINSKI
    Não tem importância, dou um jeito.

PREFEITO (*em voz baixa para Dóbtchinski*)
    Escuta aqui: corre a todo vapor e leve esses dois bilhetes: um para Zemlianíka na assistência social e o outro para minha mulher. (*A Khlestakóv*) Permita-me escrever, em sua presença, duas palavrinhas para que minha mulher se prepare para receber tão honorável visitante?

KHLESTAKÓV
    Mas para quê? Bem, se desejar, a tinta está aqui, mas papel, sei lá... Que tal escrever nessa conta mesmo?

PREFEITO
    Pois não, vou escrever aqui mesmo. (*Enquanto escreve, fala para si mesmo*) Então vamos ver como a coisa se desenrola depois de uma boa mesa e de uma boa garrafa! E temos um bom Madeira daqui mesmo: a gente não dá nada por ele, mas é capaz de derrubar um elefante. Só quero saber o que ele é e até que ponto devo me preocupar. (*Acaba de escrever, entrega a Dóbtchinski, que se dirige à porta, mas nesse momento a porta cai sobre o palco e sobre ela cai Bóbtchinski, que esteve escutando por detrás. Todos soltam exclamações. Bóbtchinski se levanta.*)

KHLESTAKÓV
    E então? Não se machucou?

BÓBTCHINSKI
    Não foi nada, não foi nada. Nada que me tire do sério. Só vou ganhar um bom remendo bem ali, onde começa o nariz! Vou dar uma passadinha em Khristian Ivánovitch. Ele tem um bendito emplastro que logo vai me deixar bom.

PREFEITO (*fazendo um sinal de desaprovação a Bóbtchinski. A Khlestakóv*)
Não é nada. Tenha a bondade, por favor! Vou dizer ao seu criado que leve sua mala. (*A Óssip*) Meu querido, leve tudo à minha casa, à casa do prefeito. Todo mundo sabe onde é. Tenha a bondade. (*Dá passagem a Khlestakóv e o segue, mas volta-se para Bóbtchinski e o repreende*) E você? Não tinha outro lugar para cair? Se esborrachou no chão feito um diabo! (*Sai; Bóbtchinski sai atrás dele; cai o pano*)

Terceiro ato

O mesmo cenário do primeiro ato.

Cena 1

Ana Andréievna e Mária Antónovna estão junto à janela, as duas na mesma pose de antes.

ANA ANDRÉIEVNA
   Veja só, já faz uma hora que estamos esperando e você com suas bobagens: já está pronta e ainda fica enrolando... Que moleza!... Não deveria ter dado ouvidos a ela. Que droga! Não tem viva alma! Até parece de propósito. Como se não tivesse mais ninguém na face da terra...

MÁRIA ANTÓNOVNA
   Calma, mãezinha, dentro de uns minutinhos vamos ficar sabendo de tudo. Avdótia deve chegar logo, logo. (*Olha pela janela e exclama*) Ah! Mãezinha, mãezinha! Vem vindo alguém lá no final da rua.

ANA ANDRÉIEVNA
   Mas onde? Você sempre com suas fantasias. Pois é verdade! Quem será? Baixinho... de fraque... Mas quem será? É mesmo uma chateação! Quem é que pode ser?

MÁRIA ANTÓNOVNA
   É Dóbtchinski, minha mãe!

ANA ANDRÉIEVNA

Mas que Dóbtchinski que nada! Você está sempre imaginando coisas! Não é Dóbtchinski de jeito nenhum! (*Acena com o lenço*) Ei, você aí, venha aqui, depressa!

MÁRIA ANTÓNOVNA

É Dóbtchinski, sim, querida mãe.

ANA ANDRÉIEVNA

Mas que coisa! Faz de propósito, só pra me contrariar! Já não falei que não é Dóbtchinski?

MÁRIA ANTÓNOVNA

Não falei, não falei, mãe? Viu como é Dóbtchinski?

ANA ANDRÉIEVNA

Ah! Agora vejo, é Dóbtchinski sim! E daí? E por que é que você tem sempre que teimar comigo? (*Grita pela janela*) Depressa! Depressa! Como anda devagar! E então, onde eles estão? Vai logo, fala daí mesmo, tanto faz. Hein? É muito severo? O quê? E o meu marido? Como está meu marido? (*Afasta-se um pouco da janela, aborrecida*) Mas que imbecil, não conta nada até chegar aqui!

Cena 2

Os mesmos personagens e Dóbtchinski.

ANA ANDRÉIEVNA

Agora fale, faça-me o favor! Não tem vergonha? E eu que confiava só no senhor, achando que o senhor era honesto! E de repente, todos desapareceram, e o senhor com eles! E eu até agora não sei nada de nada! Não tem vergonha? Eu que sou madrinha de seu Vânia e da sua Lisa, e o senhor me apronta uma dessas!

DÓBTCHINSKI

Palavra de honra, comadre. Corri tanto para render-lhe minhas homenagens que nem tenho mais fôlego. Minhas homenagens, Mária Antónovna!

MÁRIA ANTÓNOVNA

Meus comprimentos, Piótr Ivánovitch!

ANA ANDRÉIEVNA

E então? Agora me conte: o que se passa?

DÓBTCHINSKI

Antón Antónovitch mandou-lhe um bilhetinho.

ANA ANDRÉIEVNA

Tá bom, tá bom. Mas, enfim, quem é ele? Um general?

DÓBTCHINSKI

Não, não é general, mas nada fica a dever a um general, tal a sua educação, e que finura!

ANA ANDRÉIEVNA

Ah! Então é o mesmo sobre o qual escreveram ao meu marido?

DÓBTCHINSKI

O próprio. Fui o primeiro a descobrir junto com Piótr Ivánovitch.

ANA ANDRÉIEVNA

Então me conte, conte tudo.

DÓBTCHINSKI

Graças a Deus, tudo em ordem. A princípio ele recebeu Antón Antónovitch com certa aspereza, sim senhora. Ficou zangado e disse que no hotel tudo estava mal, que não iria se hospedar na casa dele e que não queria ser preso por conta disso. Mas depois, quando percebeu a generosidade de Antón Antónovitch e conversou um pouco melhor com ele, a sua cabeça virou e, graças a Deus, tudo começou a correr bem. Agora foram visitar as instituições da assistência social... Para dizer a verdade, Antón Antónovitch chegou a pensar em alguma denúncia secreta e até eu fiquei assim de medo.

ANA ANDRÉIEVNA

Mas assustado por quê? O senhor não é funcionário público!

DÓBTCHINSKI

A senhora sabe, quando um magnata fala, a gente morre de medo.

ANA ANDRÉIEVNA

Mas o que é isso? Bobagem sua! Conte, conte tudo. Como ele é? Velho ou moço?

DÓBTCHINSKI

Moço, bem moço: uns vinte e três anos, mas fala como um velho: "Por que não", ele diz, "vou com os senhores num e noutro lugar"... (*Agita as mãos*) Tão simpático! "Gosto", diz ele, "de ler e escrever um pouquinho, mas este quarto não ajuda nada, é um tanto escuro."

ANA ANDRÉIEVNA

E como ele é? Loiro ou moreno?

DÓBTCHINSKI

Mais para o castanho, e os olhos, então, tão agitados, parecem bichinhos. Chegam a nos perturbar.

ANA ANDRÉIEVNA

O que está escrito aqui no bilhete? (*Lê*) "Apresso-me a informar você, coração, que a minha situação era lamentável, mas, graças à misericórdia divina, dois pepinos salgados e principalmente meia porção de caviar, por um rublo e vinte e cinco copeques..." (*Interrompe*) Não estou entendendo nada. Que história é essa de pepinos e caviar?

DÓBTCHINSKI

Ah! É que Antón Antónovitch escreveu rapidinho, num papel qualquer, sobre uma conta do hotel.

ANA ANDRÉIEVNA

Ah! Então é isso. (*Continua lendo*) "Mas graças à misericórdia divina parece que no final tudo vai dar certo. Prepare depressa um quarto para o ilustre hóspede, aquele forrado com pedacinhos de papel amarelo. Quanto ao almoço, não se preocupe com nada especial, pois vamos comer alguma coisa lá na assistência social com Artémi Filípovitch. Agora, vinho sim, muito vinho. Diga ao negociante Abdúlin para mandar o que tiver de melhor, senão vou lá eu mesmo fuçar na sua adega. Beijo suas mãos, meu coração, do sempre seu Antón Skvozník-Dmukhanóvski..." Ai, Santo Deus! É preciso andar depressa! Ei, tem alguém aí? Michka!

DÓBTCHINSKI (*corre até a porta e grita*)
Michka! Michka! Michka!

Entra Michka.

ANA ANDRÉIEVNA
Escute aqui: vá depressa até o negociante Abdúlin... espera aí, vou escrever um bilhetinho. (*Senta-se à mesa, escreve um bilhete e, enquanto isso, continua falando*) Entrega este bilhete ao cocheiro Sídor para que ele o leve correndo a Abdúlin e traga, de lá, o vinho. E venha já arrumar o quarto do hóspede bem arrumadinho. Ponha lá a cama, o lavatório e tudo o mais...

DÓBTCHINSKI
Está bem, Ana Andréievna, agora vou lá correndo pra ver como é que o inspetor inspeciona.

ANA ANDRÉIEVNA
Vá, vá, ninguém está te segurando!

Cena 3

Ana Andréievna e Mária Antónovna.

ANA ANDRÉIEVNA
Bem, Máchenka, agora precisamos cuidar da *toilette*. É joia da capital. Deus nos livre se ele achar alguma coisa ridícula em nós. O que fica mais decente em você é aquele vestido azul com babadinhos.

MÁRIA ANTÓNOVNA

Ah, não, mãezinha, o azul não! Não gosto nada dele. A filha de Liápkin-Tiápkin está sempre de azul e a filha de Zemlianíka também. É melhor eu vestir o estampado.

ANA ANDRÉIEVNA

O estampado!... Só para me contrariar. O outro vai ficar muito melhor, agora eu quero botar o cor de palha. Adoro o cor de palha.

MÁRIA ANTÓNOVNA

Ah, mãezinha, mas a senhora não fica bem de cor de palha.

ANA ANDRÉIEVNA

Como não fico bem?

MÁRIA ANTÓNOVNA

Não fica. Aposto o que quiser, não fica bem. Para usá-lo, é preciso ter olhos bem escuros.

ANA ANDRÉIEVNA

Era só o que faltava! E por acaso não tenho olhos escuros? Os mais escuros possíveis. Cada absurdo! Como é que não são escuros se quando tiro a sorte nas cartas sempre me vejo na Dama de Paus.

MÁRIA ANTÓNOVNA

Ah, mãezinha, a senhora está mais para Dama de Copas.

ANA ANDRÉIEVNA

Que bobagens, só bobagens! Que Dama de Copas qual nada! (*Sai apressada com Mária Antónovna e fala atrás do palco*) Agora essa, imagine só, Dama de Copas! Só porque você quer!

Depois que elas saem, abrem-se as portas e aparece Michka varrendo a sujeira para fora. De uma das outras portas sai Óssip com uma mala na cabeça.

Cena 4

Michka e Óssip.

ÓSSIP

Para onde vou agora?

MICHKA

Por aqui, por aqui, amigo.

ÓSSIP

Espera aí. Deixe-me respirar um pouco. Ah, que vida desgraçada! Com a barriga vazia, qualquer coisa parece pesada.

MICHKA

Diz aí, amigo: o general vem logo?

ÓSSIP

Que general?

MICHKA

Seu patrão, ora essa!

ÓSSIP

Meu patrão? Mas que general que nada!

MICHKA

Então não é general?

ÓSSIP

General, sim, de meia-tigela.

MICHKA

Mas isso é mais ou menos do que um general de verdade?

ÓSSIP

Mais.

MICHKA

Que coisa! É por isso que armaram toda essa confusão.

ÓSSIP

Escuta aqui, meu querido: vejo que você é um rapaz bem esperto. Vê se prepara alguma coisa pra gente comer!

MICHKA

Para o senhor, meu amigo, ainda não tem nada preparado. O senhor não vai querer comer qualquer coisa, vai? Mas deixa o seu patrão sentar pra comer, aí sim vai ver que refeição vai ter para o senhor também.

ÓSSIP

Bem, mas o que você tem como qualquer coisa?

MICHKA

Sopa, mingau e pastéis.

ÓSSIP

Então me dá logo tudo: sopa, mingau e pastéis! Não se preocupe: como de tudo. Bem, vamos levar a mala! Há outra saída por aqui?

MICHKA

Há sim.

Ambos levam a mala para o quarto ao lado.

Cena 5

Dois soldados abrem as duas folhas da porta principal. Entra Khlestakóv, atrás dele o prefeito, depois o encarregado da assistência social, o inspetor de escolas, Dóbtchinski e Bóbtchinski com um emplastro no nariz; o prefeito mostra aos soldados um papel que está no chão. Eles correm para apanhá-lo, chocando-se na pressa.

KHLESTAKÓV

Que belas instituições! Fico contente que os senhores mostrem aos viajantes tudo o que a cidade possui. Não me mostraram nada nas outras cidades.

PREFEITO

Nas outras cidades, se o senhor me permite dizê-lo, os dirigentes e funcionários, por assim dizer, pensam apenas em tirar vantagem de tudo. Mas aqui não: em princípio, não temos outra aspiração a não ser, com devoção e zelo, ganhar a estima de nossos superiores.

KHLESTAKÓV

O almoço esteve excelente: comi até não poder mais. Aqui se come assim todos os dias?

PREFEITO

Foi exclusivo para tão honrado hóspede.

KHLESTAKÓV

Eu gosto de comer. Afinal, para o que é que a gente vive: para colher as flores do prazer. Como se chama mesmo aquele peixe?

ARTÉMI FILÍPOVITCH (*aproxima-se correndo*)

Bacalhau, senhor.

KHLESTAKÓV

Muito saboroso. E onde foi mesmo que nós almoçamos. No hospital, não?

ARTÉMI FILÍPOVITCH

Exatamente, senhor, na assistência social.

KHLESTAKÓV

Ah, sim, agora me lembro. Tinha um monte de camas lá. E os doentes, sararam? Achei que não havia muitos.

ARTÉMI FILÍPOVITCH

Sobraram mais ou menos uns dez... Os outros todos ficaram bons. Nossa organização funciona assim, a ordem é essa. Desde que fui nomeado para esse cargo — isso talvez lhe pareça incrível —, todos ficam logo curados como moscas. O doente nem bem entra no hospital, já está bem. E não é tanto por causa dos remédios, mas sim pela honestidade e pela ordem.

PREFEITO

E, se permite dizer-lhe, todo esse quebra-cabeça é de responsabilidade do prefeito. Quantos problemas diferentes: é a limpeza aqui, um conserto ali, um reparo acolá... numa palavra, o homem mais inteligente se veria em apuros, mas, graças a Deus, tudo corre na santa paz. Um outro prefeito, é claro, se contentaria apenas em agir em proveito próprio, mas, pode acreditar, a gente, até mesmo quando vai para cama dormir, fica pensando: "Queira Deus que tudo seja feito para que os superiores reconheçam o meu zelo e fiquem satisfeitos...". Serei recompensado ou não, só Deus sabe, mas pelo menos tenho a consciência tranquila. Quando na cidade tudo está em ordem, as ruas varridas, os presos em boas condições e poucos bêbados... o que se pode querer mais? Palavra de honra, as honrarias... não quero mesmo. Claro que são sedutoras, mas, diante da virtude, tudo isso são cinzas e vaidades.

ARTÉMI FILÍPOVITCH (*à parte*)

Mas que malandrão, como enrola! Que dom que Deus lhe deu!

KHLESTAKÓV

É verdade, confesso que às vezes também gosto de ficar matutando: às vezes prosa, outras até me lanço em versinhos.

BÓBTCHINSKI (*para Dóbtchinski*)

Nossa, que impressionante Piótr Ivánovitch, muito impressionante mesmo. Que observações... vê-se logo que tem muita instrução.

KHLESTAKÓV

Por favor, será que poderiam me dizer se vocês não têm por aqui algum entretenimento, uma boa sociedade onde se possa, assim, por exemplo, jogar cartas?

PREFEITO (*à parte*)

Ah, meu queridinho, sei bem onde você quer chegar! (*Em voz alta*) Deus nos livre e guarde! Aqui não temos a menor ideia desse tipo de sociedade. Eu nunca tive uma carta nas mãos e muito menos sei como se jogam cartas. Também não posso ficar indiferente diante delas, assim, se por acaso, vejo algum Rei de Ouros ou outra coisa qualquer, fico com tamanho nojo que até tenho vontade de cuspir. Certa vez, apenas para divertir as crianças, fiz uma casinha de cartas de baralho e depois sonhei a noite toda com as ditas-cujas. Que Deus nos livre, como se pode matar o nosso precioso tempo com isso?

LUKÁ LUKÍTCH (*à parte*)

E ontem esse bandido me levou cem rublos.

PREFEITO

É bem melhor dedicar nosso tempo em favor do Estado.

KHLESTAKÓV

Bem, também não é assim, veja bem... Tudo depende do ponto de vista em que a gente olha pra coisa. Se, por exemplo, você deixa de dobrar a aposta, em vez de triplicar, aí... é claro que... Não, me desculpem, mas jogar às vezes é bem sedutor.

Cena 6

Os mesmos, Ana Andréievna e Mária Antónovna.

PREFEITO

Tomo a liberdade de apresentar-lhe minha família: minha esposa e minha filha.

KHLESTAKÓV (*faz reverência*)

Quão feliz estou, minha cara senhora, de ter o prazer *sui generis* de conhecê-la.

ANA ANDRÉIEVNA

O prazer é todo nosso de ter entre nós personalidade de tal ordem.

KHLESTAKÓV (*afetado*)

Imagine, minha senhora, muito pelo contrário, o meu prazer é maior ainda.

ANA ANDRÉIEVNA

Não diga isso! O senhor tem demasiada gentileza de falar assim só por cortesia. Faça o favor de sentar-se.

KHLESTAKÓV

Estar de pé a seu lado já é uma felicidade. Mas se o seu desejo é mesmo inevitável, vou me sentar. Como estou feliz de me sentar, enfim, ao seu lado.

ANA ANDRÉIEVNA

Queira desculpar, mas não me atrevo a crer que o senhor esteja falando sério. Imagino que, depois da capital, esta *voyage* lhe deve ser muito desagradável.

KHLESTAKÓV

Extremamente desagradável. Estou acostumado a viver em sociedade, *comprenez vous*, e, de repente, tenho que pôr o pé na estrada: hospedarias imundas, as trevas da ignorância... Mas se não fosse, confesso, o acaso que me... (*lança um olhar para Ana Andréievna e se exibe diante dela*) me recompensou de tudo...

ANA ANDRÉIEVNA

Realmente, como lhe deve ter sido desagradável.

KHLESTAKÓV

Mas pelo menos agora, minha senhora, neste exato minuto, tudo me agrada.

ANA ANDRÉIEVNA

Mas o que é isso? O senhor me faz tantas honrarias. Não mereço tanto.

KHLESTAKÓV

Como não merece? Claro que merece, minha senhora.

ANA ANDRÉIEVNA

Vivo no campo...

KHLESTAKÓV

É verdade, mas o campo, pensando bem, também tem suas colinas, seus riachos... Mas, é claro, não se pode comparar a Petersburgo! Ah! Petersburgo! Aquilo sim é que é vida! Talvez a senhora imagine que eu seja um simples escrevente: não, senhora, o chefe da seção é assim, olha, comigo. E aí ele me dá uns tapinhas no ombro: "Venha almoçar comigo, meu velho!". Dou uma passadinha de dois minutos na repartição só para dizer: isto tem que ser assim, isto tem que ser assado! E logo, um funcionário, aquela ratazana, pega a pena e se põe a escrever tr... tr... Eles até queriam me nomear assessor de colegiatura, mas pensei, pra quê? E o contínuo corre sempre atrás de mim pelas escadas com uma escova: "Com licença, Ivan Aleksándrovitch, vou engraxar as suas botas", diz ele. (*Ao prefeito*) Mas por que estão em pé, senhores? Tenham a bondade de sentar-se.

Todos ao mesmo tempo.

PREFEITO

Com um grau como o meu, devo ficar em pé.

ARTÉMI FILÍPOVITCH

Estamos bem em pé.

LUKÁ LUKÍTCH

Não se preocupe.

KHLESTAKÓV

Vamos esquecer os graus, sentem-se, por favor.

O prefeito e todos os outros se sentam.

Não gosto de cerimônias. Ao contrário, eu até faço todo o esforço para não ser notado. Mas é absolutamente impossível a gente se esconder, simplesmente impossível. É só eu sair para ir a qualquer lugar e pronto, já começam a falar: "Olha quem vai lá, é Ivan Aleksándrovitch!". Certa vez até me tomaram pelo comandante-chefe. Os soldados saíram correndo dos quartéis e se perfilaram diante de mim. Depois um oficial que é muito meu amigo me disse: "Pois é, irmãozinho, tomamos você pelo comandante-chefe".

ANA ANDRÉIEVNA
Ah! Não me diga!

KHLESTAKÓV
Também conheço atrizes lindíssimas. Até alguns vaudevilezinhos... Sempre me encontro com literatos. Púchkin é meu amigo do peito. Sempre digo a ele: "E aí, meu velho Púchkin?" — "Assim assim, meu velho" — às vezes responde — "vai-se levando...". Muito original.

ANA ANDRÉIEVNA
Quer dizer que o senhor também escreve? Como deve ser agradável! Certamente, o senhor também publica nas revistas?

KHLESTAKÓV
Claro, nas revistas também. Aliás, há muita coisa minha escrita. *As bodas de Fígaro*, *Roberto, o diabo*, *Norma*. Até nem me lembro mais dos nomes. E tudo assim, como que por acaso: eu nem queria escrever, mas a direção do teatro me pediu: "Por favor, meu caro, escreva alguma coisa, vai". Pensei comigo mesmo: "Por que não? Toma lá, meu amigo!". E acho ainda que escrevi tudo numa noite só e deixei todos maravilhados. Tenho uma cabeça ágil como o vento. Tudo que apareceu sob o nome do barão Brambeus,[4] *A fragata Esperança*,[5] *O Telégrafo de Moscou*,[6] fui eu que escrevi tudo isso.

[4] Barão Brambeus: pseudônimo de O. I. Senkovski, escritor, jornalista, redator da revista *Biblioteca para Leitura*, muito conhecido nos anos 1830 e 1840. (N. da T.)

[5] *A fragata Esperança*: novela de A. A. Bestujev (1797-1837), participante da rebelião contra o czar Nicolau I ocorrida em dezembro de 1825. (N. da T.)

[6] *O Telégrafo de Moscou*: revista progressista editada por N. A. Polevoi a partir de 1825 e fechada em 1834 por decreto de Nicolau I. (N. da T.)

ANA ANDRÉIEVNA

Então quer dizer que Brambeus é o senhor?

KHLESTAKÓV

Perfeitamente. E também corrijo os artigos de todo mundo. Smírdin[7] me paga por isso quarenta mil rublos.

ANA ANDRÉIEVNA

Então, certamente, *Iúri Miloslávski*[8] também é obra sua.

KHLESTAKÓV

Sim senhora, obra minha.

ANA ANDRÉIEVNA

Logo adivinhei.

MÁRIA ANTÓNOVNA

Mas, mamãe, lá está escrito que é do sr. Zagóskin.

ANA ANDRÉIEVNA

Outra vez! Sabia que você iria teimar comigo de novo.

KHLESTAKÓV

Ah, sim! De fato, quer dizer, é isso mesmo. É de Zagóskin, mas há um outro *Iúri Miloslávski* que é meu.

ANA ANDRÉIEVNA

Eu acho que li foi o seu. Como está bem escrito!

KHLESTAKÓV

Confesso que vivo de literatura. Em Petersburgo minha casa é de primeira. É conhecida como a casa de Ivan Aleksándrovitch. (*Voltando-se a todos*) Façam-me a gentileza, meus senhores, se forem a Peters-

---

[7] A. F. Smirdín: livreiro muito conhecido de São Petersburgo e editor da revista *Biblioteca para Leitura*. (N. da T.)

[8] *Iúri Miloslávski*: romance histórico da M. Zagóskin, publicado em 1829, que teve muito sucesso na época. (N. da T.)

burgo, por favor, venham mesmo à minha casa. Sabem, também dou bailes.

ANA ANDRÉIEVNA
Imagino com que bom gosto e que bailes maravilhosos devem ser.

KHLESTAKÓV
A senhora nem queira imaginar. Sirvo, por exemplo, melão, mas um melão que custa setecentos rublos. A sopa, numa sopeira, e vem de navio direto de Paris. A gente levanta a tampa e sai um tal cheiro, impossível de se encontrar igual na natureza. Todos os dias vou a bailes. Lá a gente organiza também um bom *whist*:[9] o ministro das Relações Exteriores, o embaixador francês, o embaixador inglês, o embaixador alemão e eu. A gente joga até não poder mais. E ao subir correndo as escadas de minha casa no quarto andar, mal consigo dizer à cozinheira: "Mávruchka, o meu capote...". Ah, não! Que bobagem! Esqueci que moro no primeiro. Só a escada me custou... Mas o mais interessante é dar uma olhada na minha antessala antes de eu me levantar. Condes e príncipes conversam e zumbem como abelhas e só se escuta zzz... zzz... Às vezes também o ministro... (*O prefeito e os outros erguem-se de suas cadeiras, atemorizados*) Até nas correspondências vem escrito: "Para sua excelência". Certa vez até cheguei a dirigir uma repartição. Foi muito estranho: o diretor foi embora — para onde, ninguém sabia. Então, naturalmente, começou um "diz que diz que": como? o quê? quem vai ocupar o lugar? Muitos generais apareceram e quiseram passar a mão, mas a coisa não era nada fácil, não. À primeira vista, parece fácil, mas se a gente olha bem, só o diabo é que sabe. Aí, eles se dão conta, não têm saída, então sobrou pra mim. E no mesmo instante pelas ruas surgem mensageiros, mensageiros, mensageiros... Imaginem, trinta e cinco mil só de mensageiros! Como é que está indo a coisa, eu pergunto? "Ivan Aleksándrovitch, vá dirigir a repartição!" Pra dizer a verdade, fiquei um pouco constrangido. Recebi-os em robe de chambre, quis recusar, mas pensei: "Isto vai acabar chegando aos ouvidos do soberano, e também a minha folha de serviço...". "Está bem, senhores, aceito o cargo, aceito", digo. "Então vá lá, digo, eu aceito, mas vou logo avisando, olha lá! Estou por dentro de tu-

---

[9] Jogo de cartas, muito comum no século XIX, aparentado ao *bridge*. (N. da T.)

do, vão ver só..." E foi dito e feito: era só eu entrar na repartição — era aquele terremoto. Todos se agitavam e tremiam como folhas.

O prefeito e os demais tremem de medo. Khlestakóv se inflama ainda mais.

Ah! não! Brincadeira comigo, não. Passei um sabão em todo mundo! Até o Conselho de Estado tem medo de mim. O que fazer? Eu sou assim! Não poupo ninguém... vou logo dizendo a todo mundo: "Eu me conheço muito bem". Estou em todo lugar, em todo lugar. Vou todos os dias ao palácio. E logo vou ser nomeado marech... (*Escorrega e por pouco não cai no chão, mas os funcionários o seguram com respeito*)

PREFEITO (*aproxima-se tremendo dos pés à cabeça e faz um esforço para falar*)
Mas vo-vo-vo-vo...

KHLESTAKÓV (*com voz rápida e cortando*)
Mas o que é isso agora?

PREFEITO
Vo-vo-vo... vo...

KHLESTAKÓV (*com a mesma voz*)
Não estou entendendo nada. Tudo isso é um absurdo.

PREFEITO
Vo-vo-vo... Vossa, Vossa Excelência não daria ordem para descansar um pouco?... Ali está o quarto e tudo o mais que for preciso.

KHLESTAKÓV
Que absurdo! descansar? Está bem. Vou descansar. O almoço, senhores, bom mesmo, muito... Estou satisfeito, muito satisfeito. (*Declama*) Bacalhau! Bacalhau! (*Entra no quarto ao lado, seguido pelo prefeito*)

Cena 7

Os mesmos personagens, menos Khlestakóv e o prefeito.

BÓBTCHINSKI (*para Dóbtchinski*)
Isto é que é homem, Piótr Ivánovitch. Isto é que significa ser homem! Nunca na vida estive diante de uma *persona* tão importante. Quase morri de medo. O que você acha, Piótr Ivánovitch, quem é ele, no que diz respeito ao grau?

DÓBTCHINSKI
Acho que ele é quase general.

BÓBTCHINSKI
Eu já acho que um general não lhe chega nem aos pés. E se de fato for general, no mínimo é um generalíssimo. Você escutou como tratou o Conselho de Estado? Vamos logo contar tudo a Amós Fiódorovitch e a Koróbkin. Até logo, Ana Andréievna.

DÓBTCHINSKI
Até logo, comadre.

Ambos saem.

ARTÉMI FILÍPOVITCH (*a Luká Lukítch*)
Que medo horrível. E a gente nem sabe por quê. E nós nem estamos de uniforme. E se, ainda por cima, depois de voltar a si ele mandar um relatório para Petersburgo? (*Sai pensativo em companhia de Luká dizendo*) Adeus, minha senhora!

Cena 8

Ana Andréievna e Mária Antónovna.

ANA ANDRÉIEVNA
 Que homem agradável!

MÁRIA ANTÓNOVNA
 Que encanto!

ANA ANDRÉIEVNA
 Que maneiras refinadas! Vê-se logo que é joia da capital. As atitudes e tudo, tudo o mais... Ah! Que maravilha! Adoro essa gente jovem. Perco completamente a cabeça. Acho até que ele gostou bem de mim. Notei que ele era só olhos para mim.

MÁRIA ANTÓNOVNA
 Ah, mamãe, ele olhou foi pra mim!

ANA ANDRÉIEVNA
 Por favor, chega de tolices! Isto está fora de qualquer propósito.

MÁRIA ANTÓNOVNA
 Mas, mamãe, é verdade!

ANA ANDRÉIEVNA
 Lá vem ela de novo! Meu Deus, sempre quer discutir, não vive sem isso. Quem você pensa que é para ele te olhar? E por que cargas-d'água ele iria olhar para você?

MÁRIA ANTÓNOVNA
 É verdade, mãezinha, olhou o tempo todo. Olhou quando começou a falar de literatura, e depois, quando contou que jogou *whist* com os embaixadores, olhou outra vez.

ANA ANDRÉIEVNA
 Bem, pode até ser que uma vez ou outra, assim só por olhar, ele pensou consigo mesmo: "Tá bom, vamos dar uma olhadinha nela também!".

Cena 9

Os mesmos personagens e o prefeito.

PREFEITO (*entra na ponta dos pés*)
   Psiu!... Psiu!

ANA ANDRÉIEVNA
   O que é?

PREFEITO
   Não estou nada contente de ter lhe dado tanto de beber. Mas se pelo menos a metade do que ele disse é verdade... (*Fica pensativo*) E por que não haveria de ser verdade? Um homem meio tocado sempre desabafa tudo. Tudo o que vai no coração sai pela língua. É claro que mentiu um pouco. Mas sem mentira não pode haver uma boa conversa. Joga cartas com ministros e vai ao palácio... Aí é que está, quanto mais a gente pensa... só o diabo sabe o que passa pela cabeça. Parece que estou a um passo do abismo ou da forca.

ANA ANDRÉIEVNA
   Pois eu não senti o menor temor. Simplesmente vi nele um homem do mundo culto e de bom tom. Os seus graus não me interessam nem um pouco.

PREFEITO
   Ah! Vocês mulheres! Basta pronunciar essa palavra e pronto! Para vocês tudo é brincadeira! De repente deixam escapar uma ou outra tolicezinha, e só vão se dar mal, mas o marido é que vai entrar bem. Você, coraçãozinho, se comportou com ele tão à vontade, como se fosse algum Dóbtchinski.

ANA ANDRÉIEVNA
   Quanto a isso, não precisa se incomodar. Nós duas sabemos muito bem... (*Olha para a filha*)

PREFEITO (*sozinho*)
   Para que perder tempo com vocês!... Mas que coisa! Até agora não

consigo me recuperar do susto. (*Abre a porta e fala*) Michka! Vá chamar os soldados Svistunóv e Dierjimórda. Eles devem estar aqui ao lado da entrada. (*Depois de uma breve pausa*) Cada uma que acontece agora no mundo. Ainda se fosse alguém assim impostado, mas, não, um magrinho, fininho — vai a gente saber quem ele é. Se fosse um militar, logo se veria, mas esse aí, vestido com esse fraquezinho, mais parece uma mosca de asas cortadas. E há pouco, lá na hospedaria, como ele se fez de durão. Despejava tantas alegorias, tantos rodeios... Até pensei que eu não conseguiria nada nem mesmo em um século. Mas, afinal, se entregou. Até falou mais do que devia. Bem se vê que é jovem.

Cena 10

Os mesmos personagens e Óssip. Todos correm ao seu encontro fazendo sinais.

ANA ANDRÉIEVNA
　Venha cá, meu caro!

PREFEITO
　Psiu! E aí? Está dormindo?

ÓSSIP
　Ainda não! Está se espreguiçando.

ANA ANDRÉIEVNA
　Escuta aqui, como é que você se chama?

ÓSSIP
　Óssip, minha senhora.

PREFEITO (*para a mulher e a filha*)
　Agora chega, já chega! (*Para Óssip*) E então, meu amigo, comeu bem?

ÓSSIP

Muito bem, estou muito agradecido ao senhor. Comi muito bem.

ANA ANDRÉIEVNA

Agora me diga: imagino que são muitos os condes e príncipes que visitam o seu patrão, não?

ÓSSIP (*à parte*)

O que dizer? Se a comida agora foi boa, então depois, ainda pode ser melhor. (*Em voz alta*) Com certeza os condes também aparecem por lá.

MÁRIA ANTÓNOVNA

Óssip, queridinho, como o seu patrão é atraente!

ANA ANDRÉIEVNA

Diga, Óssip, como é que ele...

PREFEITO

Agora chega, por favor! Vocês me atrapalham com toda essa conversa idiota. Bem, e então, amigo?

ANA ANDRÉIEVNA

Qual o grau do seu patrão?

ÓSSIP

O grau normal.

PREFEITO

Ai, Santo Deus, vocês com essas perguntas estúpidas! Não me deixam falar de negócios. Então, amigo, como é o seu patrão? Duro? Gosta de passar sermão ou não?

ÓSSIP

Gosta sim de tudo em ordem. Tudo tem que estar direito.

PREFEITO

Simpatizo muito com você. Você deve ser um bom sujeito. Olhe...

ANA ANDRÉIEVNA
  Escuta aqui, Óssip, lá o seu patrão usa uniforme?

PREFEITO
  Chega! Mas que matracas! Estamos falando de coisas sérias. Trata-se da vida de um homem... (A *Óssip*) É verdade, amigo, gosto muito de você. Em viagem é sempre bom tomar mais uma xícara de chá. Agora faz um friozinho. Pegue uns rublozinhos para um chá.

ÓSSIP (*pegando o dinheiro*)
  Muito obrigado, senhor! Que Deus lhe abençoe por ajudar um homem pobre.

PREFEITO
  Está bem, está bem, eu também estou contente. Mas então, amigo...

ANA ANDRÉIEVNA
  Escuta aqui, Óssip, que tipo de olhos o seu patrão prefere?

MÁRIA ANTÓNOVNA
  Óssip, meu querido, que narizinho bonitinho tem o seu patrão!

PREFEITO
  Esperem um pouco, deixem eu falar! (A *Óssip*) Bem, meu amigo, por favor, me responda o que mais chama a atenção do seu patrão, quer dizer, o que mais o agrada quando viaja?

ÓSSIP
  Ele gosta... bem, aí depende. Mas o que ele gosta mesmo é de ser bem recebido e que a comida seja boa.

PREFEITO
  Comida boa?

ÓSSIP
  Isso mesmo, comida boa. E de mim também, que não passo de um servo, ele cuida muito bem. Juro por Deus! Em qualquer lugar por onde passamos, ele pergunta: "E então, Óssip, te acolheram bem?", "Muito mal, excelência!", "Ah!, Óssip, então esse anfitrião não presta. Lembre-

-me disso quando eu chegar", "Ah," — penso comigo mesmo (*faz um gesto com a mão*) — "deixa pra lá! Sou um homem simples".

PREFEITO

Está bem, está bem, tem razão. Dei um dinheirinho para o chá, então agora dou para umas rosquinhas.

ÓSSIP

O que fiz para merecer, excelência? (*Guarda o dinheiro*) Então vou beber à sua saúde.

ANA ANDRÉIEVNA

Venha me ver, Óssip, e também vai ganhar.

MÁRIA ANTÓNOVNA

Óssip, meu querido, dê um beijo no seu patrão!

Ouve-se no outro quarto a tosse de Khlestakóv.

PREFEITO

Psiu! (*Fica na ponta dos pés e fala em voz baixa*) Pelo amor de Deus, não façam barulho. Vão com Deus, já chega...

ANA ANDRÉIEVNA

Vamos, Máchenka! Vou dizer a você o que reparei em nosso hóspede, mas só podemos falar entre nós.

PREFEITO

Lá vão elas fofocar. Acho que se formos lá ouvir, teremos que tapar os ouvidos. (*A Óssip*) Então, amigo...

Cena 11

Os mesmos personagens, Dierjimórda e Svistunóv.

PREFEITO

Psiu! Mas que ursos desajeitados — como batem essas botas! Entram de uma forma que parecem descarregar uma tonelada da carruagem. Mas que diabo aconteceu com vocês?

DIERJIMÓRDA

Cumprindo ordens...

PREFEITO

Psiu! (*Tapa-lhe a boca*) Corveja como um urubu. (*Imitando*) Cumprindo ordens! Parece rugir dentro de um barril! (*Para Óssip*) E você, amigo, vá lá ver tudo o que é necessário para o seu patrão. O que não tiver na casa, é só pedir.

Óssip sai.

E vocês fiquem aí na entrada e não saiam do lugar! E não deixem nenhum estranho passar, principalmente comerciantes. Se um único deles passar, vão ver só... E se vocês perceberem alguém chegar com uma petição, ou mesmo sem petição alguma, mas alguém com cara de quem vai se queixar de mim, expulsem o dito-cujo e lhe deem um belo pontapé! (*Mostra com o pé*) Estão entendendo? Psiu!... Psiu!... (*Sai na ponta dos pés, e atrás dele, os soldados*)

Quarto ato

A mesma sala na casa do prefeito.

Cena 1

Entram com cuidado, quase na ponta dos pés: Amós Fiódorovitch, Artémi Filípovitch, o chefe dos correios, Luká Lukítch, Dóbtchinski e Bóbtchinski, em trajes de gala e uniformes. Toda a cena se desenrola a meia-voz.

AMÓS FIÓDOROVITCH (*reúne todos em semicírculo*)
Pelo amor de Deus, senhores, rápido, rápido, em círculo e na mais perfeita ordem! Santo Deus! Ele vai ao palácio e, ainda por cima, passa um sermão no Conselho de Estado! Sentido! Postura de militares, todos como militares, tem que ser assim. O senhor, Piótr Ivánovitch, deste lado, e o senhor, Piótr Ivánovitch, fique deste outro lado.

Ambos os Piótrs Ivánovitchs correm na ponta dos pés.

ARTÉMI FILÍPOVITCH
Como quiser, Amós Fiódorovitch, mas é preciso tomar alguma providência.

AMÓS FIÓDOROVITCH
Então qual?

ARTÉMI FILÍPOVITCH
Ora, o senhor sabe qual.

AMÓS FIÓDOROVITCH
  Alisá-lo?

ARTÉMI FILÍPOVITCH
  Isso mesmo, e por que não?

AMÓS FIÓDOROVITCH
  É perigoso, Deus nos livre, ele pode se ofender: um alto funcionário. E será que não seria melhor em forma de um presente por parte da nobreza para a construção de algum monumento?

CHEFE DOS CORREIOS
  Ou então dizer assim: "Sabe, dizem que chegou no correio um dinheiro não se sabe bem para quem".

ARTÉMI FILÍPOVITCH
  Olhe lá, se ele não vai é mandar o senhor pelo correio para algum lugar bem distante. Escutem aqui: não é assim que essas coisas se fazem em um Estado bem organizado. Por que estamos nós aqui como um batalhão? A gente tem que se apresentar um de cada vez, tudo só entre quatro olhos e de tal forma que... nem sequer os ouvidos devem ouvir! É assim que se faz numa sociedade bem organizada! Pois bem, Amós Fiódorovitch, o senhor será o primeiro.

AMÓS FIÓDOROVITCH
  É melhor o senhor. Pois foi em sua instituição que o ilustre visitante fez uma boquinha.

ARTÉMI FILÍPOVITCH
  Então é melhor Luká Lukítch, como provedor espiritual da juventude.

LUKÁ LUKÍTCH
  Não posso, meus senhores, não posso! Confesso que tenho uma educação tal, que conversar com alguém que tenha um grauzinho a mais me põe num estado que a alma simplesmente evapora e a língua fica como que atolada em lama. Não, meus senhores, por favor, é verdade, por favor!

ARTÉMI FILÍPOVITCH

Bem, então, Amós Fiódorovitch, você e ninguém mais. Em seu discurso parece que é o próprio Cícero que baixa.

AMÓS FIÓDOROVITCH

Nem pensar! Que Cícero que nada! Imaginem só! Então se uma vez ou outra a gente se anima ao falar de cães de caça...

TODOS (*rodeando-o*)

Mas que nada, você sabe falar não apenas de cachorros, mas também sobre a Torre de Babel... por favor, Amós Fiódorovitch, não nos abandone, seja o nosso pai!... Vamos, Amós Fiódorovitch!

AMÓS FIÓDOROVITCH

Deixem-me em paz, senhores!

Neste momento ouvem-se passos e pigarros no quarto de Khlestakóv. Todos se precipitam para a porta, aglomerando-se e empurrando-se para sair, o que acontece com certo atropelo. Ouvem-se exclamações a meia-voz.

VOZ DE BÓBTCHINSKI

Ai! Piótr Ivánovitch, Piótr Ivánovitch! Pisou no meu pé!

VOZ DE ZEMLIANÍKA

Me soltem, senhores, me deixem em paz, estão me apertando!

Ouvem-se várias exclamações: "Ai! ai!", e, finalmente, todos saem empurrando-se e a sala fica vazia.

Cena 2

Khlestakóv entra com olhos sonolentos.

KHLESTAKÓV

Pelo visto, tirei uma boa soneca. De onde essa gente tirou esses colchões e esses edredons? Cheguei até a suar. Eu acho que ontem eles me meteram não sei o que goela abaixo. Até agora a cabeça está martelando. Pelo que vejo, aqui a gente pode passar o tempo muito bem. Gosto de hospitalidade e, confesso, gosto ainda mais se me agradam de todo o coração, e não por interesse. E a filha do prefeito não é nada mal, e a mãezinha também, até que ainda se poderia... Sei lá, só sei que, é bem verdade, gosto desta vida.

Cena 3

Khlestakóv e Amós Fiódorovitch.

AMÓS FIÓDOROVITCH (*ao entrar, para e diz para si próprio*)

Santo Deus! Santo Deus! Faça com que tudo corra bem! Os meus joelhos até estão tremendo. (*Em voz alta, perfilando-se e colocando a mão na espada*) Tenho a honra de me apresentar: juiz do tribunal local, assessor de colegiatura Liápkin-Tiápkin.

KHLESTAKÓV

Tenha a bondade de sentar-se. Então o senhor é o juiz daqui?

AMÓS FIÓDOROVITCH

Desde 1816, fui eleito por três anos pela vontade da nobreza e continuo no cargo até hoje.

KHLESTAKÓV

E, por acaso, é vantajoso ser juiz?

AMÓS FIÓDOROVITCH

Por esses nove anos fui condecorado com a ordem de São Vladímir de 4º grau com a aprovação das altas autoridades. (*À parte*) E o dinheiro aqui na minha mão, e a mão parece em chamas.

KHLESTAKÓV

Gosto muito da ordem de São Vladímir. Já a ordem de Sant'Ana de 3º grau, não gosto muito, não.

AMÓS FIÓDOROVITCH (*Avançando um pouco com a mão fechada. À parte*)

Meu Deus! Não sei onde fui me meter. Parece que estou em cima de brasas.

KHLESTAKÓV

O que é que o senhor tem na mão?

AMÓS FIÓDOROVITCH (*desconcertado, deixa cair as notas no chão*)

Nada, não senhor.

KHLESTAKÓV

Como nada? Eu vi o dinheiro cair.

AMÓS FIÓDOROVITCH (*tremendo todo*)

De jeito nenhum, senhor. (*À parte*) Ai, meu Deus! Já me vejo diante do tribunal! Já chegou o carro para me prender!

KHLESTAKÓV (*pegando*)

É dinheiro, sim.

AMÓS FIÓDOROVITCH (*à parte*)

Agora é o fim — estou perdido, perdido!

KHLESTAKÓV

Sabe de uma coisa? Me empresta aqui esse dinheiro.

AMÓS FIÓDOROVITCH (*apressadamente*)

Pois não, pois não, senhor... com muito prazer. (*À parte*) Coragem, coragem! Me salve, Virgem Santíssima!

KHLESTAKÓV

O senhor sabe, gastei muito na viagem: uma coisa e outra... Mas devolvo logo que chegar em casa.

AMÓS FIÓDOROVITCH

Ora! O que é isso?! Além disso, é uma honra para mim... É claro que com minhas poucas forças, com zelo e dedicação... quer dizer... esforço-me para bem servir os meus superiores... (*Levanta-se da cadeira e perfila-se em posição de sentido*) Não ouso importuná-lo mais com minha presença. Alguma ordem, senhor?

KHLESTAKÓV

Que ordem?

AMÓS FIÓDOROVITCH

Não teria o senhor alguma ordem ao tribunal local?

KHLESTAKÓV

Mas pra quê? Olha aqui, não tenho a menor necessidade dele. Nada, nada. Muito agradecido.

AMÓS FIÓDOROVITCH (*despede-se e sai. À parte*)

Mas que lugar esse aqui!

KHLESTAKÓV (*depois da saída de Amós*)

É um bom sujeito esse juiz.

Cena 4

Khlestakóv e o chefe dos correios em uniforme. Ao entrar, perfila-se e segura a espada.

CHEFE DOS CORREIOS

Tenho a honra de me apresentar: chefe dos correios, conselheiro Chpékin.

KHLESTAKÓV

Ah! Muito prazer! Gosto muito de gente agradável. Sente-se. Então o senhor vive sempre aqui, não?

CHEFE DOS CORREIOS

Isso mesmo, senhor.

KHLESTAKÓV

Gosto muito dessa cidadezinha, sabe? Claro que não tem muita gente aqui, mas e daí? Não é a capital. Não é verdade que não é a capital?

CHEFE DOS CORREIOS

Isso mesmo, senhor.

KHLESTAKÓV

E só na capital existe gente de bom tom, e não esses gansos provincianos. Concorda comigo?

CHEFE DOS CORREIOS

Isso mesmo, senhor. (*À parte*) Pelo menos não é nada orgulhoso: pergunta a respeito de tudo.

KHLESTAKÓV

Então, seja franco, numa cidadezinha destas pode-se viver muito bem, não é mesmo?

CHEFE DOS CORREIOS

Isso mesmo, senhor.

KHLESTAKÓV

E na minha opinião, do que a gente precisa? A gente só precisa ser respeitado e amado com sinceridade, não é verdade?

CHEFE DOS CORREIOS

Justamente.

KHLESTAKÓV

Confesso que estou muito contente por termos a mesma opinião. Acham que sou um pouco estranho, mas o meu caráter é assim mesmo.

(*Olha bem nos seus olhos e diz para si mesmo*) Vou mais é pedir um dinheirinho emprestado a esse chefe dos correios. (*Em voz alta*) Mas que coisa estranha aconteceu comigo: durante a viagem gastei tudo o que tinha. O senhor não poderia me emprestar trezentos rublos?

CHEFE DOS CORREIOS
Por que não? Com o maior prazer. Está aqui, senhor. Faço de todo o coração.

KHLESTAKÓV
Muito obrigado. Confesso que não gosto de passar privações em viagem, e para quê? Não é verdade?

CHEFE DOS CORREIOS
Isso mesmo, senhor. (*Levanta-se, perfila-se e segura a espada*) Não ouso importuná-lo mais com minha presença... Alguma recomendação para a administração dos correios?

KHLESTAKÓV
Nenhuma.

O chefe dos correios faz uma reverência e sai.

KHLESTAKÓV (*acendendo um charuto*)
Acho que também o chefe dos correios é um sujeito muito bom. Pelo menos é servil; gosto desse tipo de gente.

Cena 5

Khlestakóv e Luká Lukítch, empurrado com força porta adentro. Atrás dele ouve-se quase alto: "Está com medo do quê?".

LUKÁ LUKÍTCH (*perfila-se tremendo e segura a espada*)
Tenho a honra de me apresentar: inspetor de escolas, conselheiro titular Khlópov.

KHLESTAKÓV

Ah! Muito prazer! Sente-se, sente-se! Aceita um charutinho? (*Dá-lhe um charuto*)

LUKÁ LUKÍTCH (*consigo mesmo, indeciso*)

Veja só! Por essa eu não esperava. Aceito ou não aceito?

KHLESTAKÓV

Pegue, pegue. É um bom charuto. É claro que não é como os de Petersburgo. Lá, meu caro, eu fumava uns charutinhos por vinte e cinco rublos o cento. Depois de fumar a gente até quer lamber as mãos. Aqui está o fogo, fume. (*Passa a vela*)

Luká tenta fumar e está todo trêmulo.

KHLESTAKÓV

Não é desse lado!

LUKÁ LUKÍTCH (*assustado, deixa cair o charuto, cospe e faz com a mão um gesto de desalento, à parte*)

O diabo que a carregue! Essa minha maldita timidez!

KHLESTAKÓV

Pelo visto, o senhor não é lá muito chegado a um charuto. Eu, pelo contrário, confesso que é a minha perdição. Aliás, também o sexo feminino. Não sou nem um pouco indiferente. E o senhor? O que prefere: as loiras ou as morenas?

Luká Lukítch fica completamente perplexo e não sabe o que dizer.

KHLESTAKÓV

Não, francamente: as loiras ou as morenas?

LUKÁ LUKÍTCH

Não sei, não, senhor.

KHLESTAKÓV

Não disfarça, não. Faço questão de saber o seu gosto.

LUKÁ LUKÍTCH

Tomo a liberdade de informar ao senhor... (*À parte*) Nem sei mais o que dizer.

KHLESTAKÓV

Ah! Não quer falar, hein? Na certa, alguma morena já lhe deu bola. Deu ou não deu?

Luká Lukítch fica calado.

KHLESTAKÓV

Olha lá! Ficou todo vermelho! Vermelhinho! Por que não responde?

LUKÁ LUKÍTCH

Fiquei com vergonha, sua Excel... Ilustrí... Vossa Alte... (*À parte*) Maldita língua, me traiu!

KHLESTAKÓV

Vergonha? É bem verdade que nos meus olhos há qualquer coisa que provoca timidez. Pelo menos, não há mulher que resista, não é verdade?

LUKÁ LUKÍTCH

Isso mesmo, senhor.

KHLESTAKÓV

Veja só que coisa estranha me aconteceu. Durante a viagem gastei tudo o que tinha. O senhor não poderia me emprestar trezentos rublos?

LUKÁ (*apalpando os bolsos, à parte*)

Só faltava não achar! Aqui! Aqui! (*Tira do bolso e entrega o dinheiro tremendo*)

KHLESTAKÓV

Muito agradecido.

LUKÁ (*perfila-se e segura a espada*)

Não ouso importuná-lo mais com minha presença...

KHLESTAKÓV
   Passe bem!

LUKÁ (*sai correndo e diz à parte*)
   Graças a Deus! Quem sabe agora não vai querer passar lá na escola!

Cena 6

Khlestakóv e Artémi Filípovitch, que se perfila e segura a espada.

ARTÉMI FILÍPOVITCH
   Tenho a honra de me apresentar: encarregado da assistência social, conselheiro Zemlianíka.

KHLESTAKÓV
   Bom dia! Tenha a bondade de sentar-se.

ARTÉMI FILÍPOVITCH
   Tive a honra de acompanhá-lo e de recebê-lo pessoalmente na assistência social, que está sob minha responsabilidade.

KHLESTAKÓV
   Ah, sim, me lembro bem! O senhor me ofereceu um excelente almoço.

ARTÉMI FILÍPOVITCH
   Fico feliz de bem servir a pátria.

KHLESTAKÓV
   E eu vou lhe confessar o meu ponto fraco: gosto de uma boa comida. Por favor, o senhor poderia me dizer uma coisa... tive a impressão de que ontem o senhor era um pouco mais baixo, não é mesmo?

ARTÉMI FILÍPOVITCH
   É bem possível. (*Depois de um breve silêncio*) Posso lhe afirmar que não desejo outra coisa a não ser cumprir o meu dever com zelo. (*Aproxi-*

ma-se com a cadeira e diz a meia-voz) Mas veja só, o chefe dos correios, esse não faz absolutamente nada. Tudo na maior confusão: as correspondências, todas atrasadas... O senhor mesmo faça o obséquio de verificar. O juiz é outro, esse aí que acabou de sair. Só vive atrás de lebres e deixa os cachorros nas repartições públicas. A sua conduta, para ser franco — é claro, faço isso pelo bem da pátria, embora ele seja meu amigo e parente — sua conduta é das mais repreensíveis. Temos aqui um pequeno proprietário de terras, Dóbtchinski, que o senhor houve por bem conhecer. Pois bem, mal ele põe o pé na rua, o tal juiz já se mete em sua casa para ficar com sua mulher, posso até jurar... basta olhar para os filhos: nenhum deles se parece com Dóbtchinski. Todos, até a menorzinha, são a cara do juiz.

KHLESTAKÓV

Não me diga! Quem diria!

ARTÉMI FILÍPOVITCH

E o inspetor de escolas então? Não entendo como lhe confiaram um cargo desses. Ele é pior do que um jacobino. Vive incutindo na juventude princípios tão mal-intencionados que até fica difícil expressar. O senhor não gostaria de ordenar que eu ponha tudo isso no papel?

KHLESTAKÓV

Acho bom sim, tudo no papel. Terei muito prazer. Sabe, gosto tanto de ler alguma coisa engraçada quando estou aborrecido... Como é que o senhor se chama? Esqueço sempre.

ARTÉMI FILÍPOVITCH

Zemlianíka.

KHLESTAKÓV

Ah! Isso mesmo! Zemlianíka. E me diga também: por obséquio, o senhor tem filhos?

ARTÉMI FILÍPOVITCH

Claro, senhor! Cinco. Dois já grandinhos.

KHLESTAKÓV

Que coisa! Grandinhos! E como eles... como é que eles...

ARTÉMI FILÍPOVITCH
    Por acaso o senhor não gostaria de perguntar como eles se chamam?

KHLESTAKÓV
    É isso, como se chamam?

ARTÉMI FILÍPOVITCH
    Nikolai, Ivan, Elizaveta, Mária e Perepetuia.

KHLESTAKÓV
    Muito interessante.

ARTÉMI FILÍPOVITCH
    Não ouso importuná-lo mais com minha presença, nem tomar o seu tempo destinado aos deveres sagrados... (*Faz uma reverência antes de sair*)

KHLESTAKÓV (*acompanhando-o*)
    Não tem importância. Tudo o que me contou foi muito divertido. Volte sempre. Gosto muito disso tudo. (*Volta, reabre a porta e grita*) Ei, você! Como é mesmo o seu nome? Sempre me esqueço.

ARTÉMI FILÍPOVITCH
    Artémi Filípovitch.

KHLESTAKÓV
    Por gentileza, Artémi Filípovitch, me aconteceu uma coisa estranha. Durante a viagem gastei tudo o que tinha. O senhor não teria uns quatrocentos rublos para me emprestar?

ARTÉMI FILÍPOVITCH
    Tenho.

KHLESTAKÓV
    Que coincidência! Muito agradecido.

Cena 7

Khlestakóv, Bóbtchinski e Dóbtchinski.

BÓBTCHINSKI

Tenho a honra de me apresentar: habitante desta cidade, Piótr Ivánov, da família Bóbtchinski.

DÓBTCHINSKI

Proprietário de terras, Piótr Ivánov, da família Dóbtchinski.

KHLESTAKÓV

Ah, claro, já conhecia os senhores. Foi o senhor que caiu, não? Como está o seu nariz?

BÓBTCHINSKI

Graças a Deus! Não se preocupe. Já está completamente grudado no seu devido lugar.

KHLESTAKÓV

Que bom. Estou feliz... (*De repente e com voz entrecortada*) Tem dinheiro?

DÓBTCHINSKI

Dinheiro? Como assim?

KHLESTAKÓV

Mil rublos para me emprestar?

BÓBTCHINSKI

Tanto assim, não tenho, não, juro por Deus! E você, Piótr Ivánovitch, não tem?

DÓBTCHINSKI

Aqui comigo, senhor, não tenho nada, pois o meu dinheiro, se o senhor quer saber, está todo aplicado na caixa da beneficência pública.

KHLESTAKÓV

Bem, então se não tem mil, servem cem.

BÓBTCHINSKI (*procurando nos bolsos*)

Piótr Ivánovitch, você não teria cem rublos? Eu só tenho quarenta em notas.

DÓBTCHINSKI (*olhando na carteira*)

Ao todo, vinte e cinco.

BÓBTCHINSKI

Vê se procura um pouco melhor, Piótr Ivánovitch! Eu sei que tem um buraco no seu bolso direito. Quem sabe se não caiu por ali.

DÓBTCHINSKI

Não, palavra que não caiu nada.

KHLESTAKÓV

Bem, não tem importância. Falei por falar. Tá bom então os sessenta rublos mesmo... Tanto faz. (*Pega o dinheiro*)

DÓBTCHINSKI

Tomo a liberdade de lhe pedir uma coisa referente a uma circunstância muito delicada.

KHLESTAKÓV

O que é?

DÓBTCHINSKI

Uma coisa de caráter muito delicado, senhor. O meu filho mais velho, permita que lhe diga, nasceu antes do casamento...

KHLESTAKÓV

É mesmo?

DÓBTCHINSKI

Quer dizer, é um modo de falar, pois ele nasceu como se fosse dentro do casamento, pois logo depois fiz tudo direitinho, como mandam as leis do sagrado matrimônio, senhor. Assim, se o senhor me permite, quero que ele seja completamente meu filho, quer dizer, perante a lei, e que se chame, como eu, senhor, Dóbtchinski.

KHLESTAKÓV

Tá bom, pois que seja! Acho que pode.

DÓBTCHINSKI

Eu não me atreveria a importuná-lo, se não fossem suas capacidades. É um garoto que promete muito: sabe de cor muitos versos e, se lhe cai nas mãos uma faca, põe-se logo a esculpir trenozinhos, e com tanta arte, tal qual um prestidigitador, senhor. Que o diga Piótr Ivánovitch.

BÓBTCHINSKI

É verdade, tem muitas habilidades.

KHLESTAKÓV

Está bem, está bem. Vou cuidar disso. Falarei com... espero que... tudo vai ser resolvido, vai sim... (*Voltando-se para Bóbtchinski*) E o senhor, não quer me dizer nada?

BÓBTCHINSKI

Justamente, tenho um pedido muito importante.

KHLESTAKÓV

O que é?

BÓBTCHINSKI

Peço-lhe encarecidamente que, quando o senhor chegar a Petersburgo, diga a todos os figurões, aos diferentes senadores e almirantes, que, em tal cidade, "Vossa Excelência ou Vossa Magnificência", vive Piótr Ivánovitch Bóbtchinski. Diga assim mesmo: lá vive Piótr Ivánovitch Bóbtchinski.

KHLESTAKÓV

Perfeitamente.

BÓBTCHINSKI

E se, por obra do acaso, o senhor estiver diante do soberano, pois diga também ao soberano, pois é, Vossa Majestade, em tal cidade vive Piótr Ivánovitch Bóbtchinski.

KHLESTAKÓV
   Perfeitamente.

DÓBTCHINSKI
   Queira desculpar, já o incomodamos muito com nossa presença.

BÓBTCHINSKI
   Queira desculpar, já o incomodamos muito com nossa presença.

KHLESTAKÓV
   O que é isso, não tem importância. Tive muito prazer. (*Acompanha-os*)

Cena 8

Khlestakóv sozinho.

KHLESTAKÓV
   Aqui há muitos funcionários. Acho que eles estão me tomando por um alto funcionário. Na certa, ontem fiz muito farol. Que idiotas! Vou escrever a Triapítchkin em Petersburgo contando tudo. Ele escreve lá os seus artiguinhos, que se divirta com todos esses aí. Ei, Óssip! Traga aqui papel e tinta.

   Óssip olha pela porta e diz: "Já vai".

   Coitado daquele que cai nas garras de Triapítchkin. Ele perde o pai, mas não perde a piada. E gosta também de um bom dinheirinho. Apesar de tudo, esses funcionários são boa gente. Belo gesto esse de me emprestar dinheiro. Vou contar o dinheiro só pra ver quanto eu tenho. Estes trezentos são do juiz. Estes outros trezentos do chefe dos correios. São seiscentos, setecentos, oitocentos... que papelada engordurada! Oitocentos, novecentos... Veja só! Mais de mil... Ah! E agora, capitão, se te pego agora. Vamos ver quem é quem!

Cena 9

Khlestakóv e Óssip com tinta e papel.

KHLESTAKÓV

Está vendo, seu imbecil, como me recebem e me tratam? (*Começa a escrever*)

ÓSSIP

Graças a Deus! Mas sabe de uma coisa, Ivan Aleksándrovitch?

KHLESTAKÓV

O quê?

ÓSSIP

Vá embora daqui! Por Deus, já é hora.

KHLESTAKÓV (*escreve*)

Que absurdo! Por quê?

ÓSSIP

Porque sim. Que fiquem com Deus! Já se divertiu aqui por dois dias, agora chega. Para que ficar mais tempo com eles? Que vão para o inferno! De repente aparece um outro... Pelo amor de Deus, Ivan Aleksándrovitch! Os cavalos aqui são de primeira. Como vão desembestar!...

KHLESTAKÓV (*escreve*)

Nada disso. Tenho vontade de ficar aqui mais um pouco. Vamos amanhã.

ÓSSIP

Que amanhã que nada! Pelo amor de Deus, vamos embora, Ivan Aleksándrovitch! É verdade que foi recebido com grande pompa e tudo o mais, mas, o senhor sabe, é melhor a gente se mandar antes que... Pois é claro que o tomaram por outro. Seu pai vai ficar uma fera com sua demora. Que bom seria se mandar! E que cavalos poderiam nos dar aqui.

KHLESTAKÓV (*escreve*)

Então está bem. Mas antes leve esta carta e pegue também a documentação. Verifique também se os cavalos são bons mesmo. E diga aos cocheiros que darei uma gorjetinha se voarem como mensageiros do imperador e que cantem canções!... (*Continua a escrever*) Só estou imaginando como Triapítchkin vai morrer de rir...

ÓSSIP

Vou mandar a carta, senhor, por alguém daqui, enquanto eu mesmo preparo tudo para não perdermos tempo.

KHLESTAKÓV (*escreve*)

Está bem. Mas antes me traga uma vela.

ÓSSIP (*sai e fala fora do palco*)

Escuta aqui, irmão. Leva uma carta ao correio e diga lá ao chefe que vai sem pagar mesmo. Ah! E diga também que arranjem para o patrão a melhor troica, é missão oficial. Tudo sem pagar. Diga que é tudo por conta do erário público. E diga também que tem que ser muito rápido, senão o patrão vai ficar muito bravo. Espera, a carta ainda não está pronta.

KHLESTAKÓV (*continua a escrever*)

Estou curioso para saber... onde será que ele mora agora: na Pochtámtskaia ou na Gorókhovaia? Pois ele vive mudando de uma casa para outra sem pagar. Vou chutar Pochtámtskaia.[10] (*Dobra e sobrescreve*)

Óssip traz uma vela e Khlestakóv sela a carta. Neste momento, ouve-se a voz de Dierjimórda: "Onde é que você vai se meter, barbudo? Já não te disseram que está proibido passar?".

KHLESTAKÓV (*entrega a carta para Óssip*)

Toma. Pode levar.

VOZES DE COMERCIANTES

Deixa passar, paizinho! Não pode impedir. Temos assuntos importantes.

VOZ DE DIERJIMÓRDA

Fora, fora! Não pode receber, está dormindo.

---

[10] "Rua dos Correios", em russo. (N. da T.)

O barulho aumenta.

KHLESTAKÓV
O que há, Óssip? Que barulho é esse?

ÓSSIP (*olha pela janela*)
São os comerciantes que querem entrar, mas o guarda não deixa. Estão agitando uns papéis. Na certa, querem falar com o senhor.

KHLESTAKÓV (*aproxima-se da janela*)
O que desejam, meus queridos?

VOZES DOS COMERCIANTES
Rogamos vossa clemência. Ordene, excelência, que apresentemos nossa petição.

KHLESTAKÓV
Deixe entrar, deixe entrar! Que passem. Óssip, diga lá que os deixem passar.

Óssip sai.

KHLESTAKÓV (*recebe pela janela as petições, desenrola uma delas e lê*)
"À sua Altíssima Excelência Ministro dos Negócios das Finanças da Fazenda da parte do comerciante Abdúlin..." Que diabo é isso? Nunca vi este título!

Cena 10

Khlestakóv e os comerciantes, que trazem cestos de vinho e pães de açúcar.

KHLESTAKÓV
O que desejam, meus queridos?

COMERCIANTES

Suplicar a vossa misericórdia.

KHLESTAKÓV

Em que posso servi-los?

COMERCIANTES

Não nos desampare, senhor! Fazem ofensas sem motivos.

KHLESTAKÓV

Quem?

UM DOS COMERCIANTES

Sempre o prefeito. Um prefeito como esse, senhor, nunca tivemos. Comete tantas injustiças que nem se pode descrever. Faz a gente alimentar todos os regimentos que passam por aqui. Dá vontade de pôr a corda no pescoço. Faz cada uma. Segura a gente pela barba e diz: "Ah, seu tártaro!". Juro por Deus! Se ao menos a gente lhe faltasse com o respeito, mas a gente sempre se comporta bem! Vestidos para a esposa e a filhinha, nunca lhe negamos. Mas que coisa, para ele sempre é pouco! É sim! Chega na loja e tudo que lhe cai nas mãos, ele carrega. Logo que vê uma peça de lã, diz assim: "Ah, meu caro, é mesmo um bom tecido. Leva lá pra minha casa". Então a gente leva, mas a tal peça mede no mínimo cinquenta metros.

KHLESTAKÓV

Mas será possível? Que vigarista!

COMERCIANTES

Por Deus! Nunca se viu um prefeito assim. A gente tem que esconder tudo lá na loja, quando vê que ele vem vindo. E não é pra falar, mas não é só coisa boa que ele leva, não. Ele leva toda e qualquer porcaria. Até numas ameixas que estavam no barril há sete anos, e que nem mesmo o meu criado quer comer, ele passa a mão aos montes. No dia do seu santo, Santo Antônio, a gente leva pra ele do bom e do melhor. Mas ele ainda quer mais: diz que Santo Onofre também é seu santo. O que é que se há de fazer? A gente presenteia no dia de Santo Onofre também.

KHLESTAKÓV

Mas é simplesmente um bandido!

COMERCIANTES

Eh, eh! Isso não é nada! E vai a gente dizer alguma coisa. Ele manda todo um regimento de soldados pra dentro da sua casa. Ou então manda trancar as portas. Diz ele: "Não vou lhe castigar fisicamente, nem vou torturar. É proibido por lei. Mas, meu caro, você vai comer o pão que o diabo amassou".

KHLESTAKÓV

Mas que vigarista! É o caso de mandá-lo para a Sibéria.

COMERCIANTES

Para onde Vossa Excelência decidir mandar será bom, contanto que seja bem longe de nós. Não recuse, paizinho, nosso pão e o nosso sal. Oferecemos também açúcar e vinho.

KHLESTAKÓV

Não, senhores, nem pensar. Não costumo aceitar subornos de espécie alguma. Agora, por exemplo, se preferirem me emprestar trezentos rublos, aí sim, já é outra coisa. Um empréstimo posso sim aceitar.

NEGOCIANTES

Como não, paizinho! (*Tiram o dinheiro*) Mas por que só trezentos? Melhor ainda quinhentos, contanto que nos ajude.

KHLESTAKÓV

De acordo. Um empréstimo, sim. Nada contra.

COMERCIANTES (*entregam-lhe o dinheiro numa bandeja de prata*)

Vá, por favor, pegue a bandejinha.

KHLESTAKÓV

Por que não? A bandejinha também.

COMERCIANTES (*fazendo uma reverência*)

Então, aceite também o açúcar.

KHLESTAKÓV

De jeito nenhum, suborno, nunca.

ÓSSIP

Vossa Excelência! Por que não pega? Pegue sim! Para a viagem tudo serve. Passem pra cá o açúcar e o vinho! Passem tudo pra cá, tudo vai ser útil. O que é aquilo? Uma cordinha? Passe pra cá também a cordinha! Uma cordinha também pode servir na viagem. Vai que a carruagem ou qualquer outra coisa quebra, então a gente pode amarrar.

COMERCIANTES

Faça essa caridade, Vossa Alteza! Se não nos atender, então não saberemos mais o que fazer. Só nos resta a forca.

KHLESTAKÓV

Sem falta, sem falta! Farei todo o possível.

Os comerciantes saem. Ouve-se uma voz de mulher: "Não se atreva a me proibir de entrar! Vou me queixar de você diretamente a ele. Não me empurre que machuca".

KHLESTAKÓV

Quem é que está aí? (*Aproxima-se da janela*) O que deseja, mãezinha?

VOZES DE DUAS MULHERES

Vossa misericórdia, paizinho, por favor! Rogamos, senhor, que nos ouça.

KHLESTAKÓV (*na janela*)

Deixem passar.

Cena 11

Khlestakóv, a mulher do serralheiro e a mulher do subtenente.

MULHER DO SERRALHEIRO (*curvando-se até o chão*)
   Peço vossa misericórdia...

MULHER DO SUBTENENTE
   Peço vossa misericórdia...

KHLESTAKÓV
   Quem são as senhoras?

MULHER DO SUBTENENTE
   Sou a mulher do tenente Ivanóv.

MULHER DO SERRALHEIRO
   Sou a mulher do serralheiro, Fevrônia Petróvna Pochliópkina, paizinho.

KHLESTAKÓV
   Espera aí. Fale uma de cada vez. Você, o que deseja?

MULHER DO SERRALHEIRO
   Suplicar vossa misericórdia, vossa graça contra o prefeito! Que toda a maldição recaia sobre ele! Que ele, esse vigarista, seus filhos, tios e tias, nunca tenham nada que se preze!

KHLESTAKÓV
   E por quê?

MULHER DO SERRALHEIRO
   Ordenou que meu marido fosse recrutado para o Exército. Nem tinha chegado a vez dele, esse vigarista! Ainda por cima, é proibido por lei. Era casado.

KHLESTAKÓV
   Como é que ele pode fazer uma coisa dessas?

MULHER DO SERRALHEIRO

Fez porque fez, o vigarista. Que Deus o castigue, neste e no outro mundo! E se ele tiver uma tia, então que caia sobre ela a maior desgraça. E se o pai ainda estiver vivo, que também ele, o canalha, estique as canelas ou fique estropiado para todo o sempre, esse vigarista! O filho do alfaiate, aquele bêbado, este sim tinham que ter levado. Mas os pais mandaram um belo presente e então, o prefeito caiu em cima da comerciante Pantéleieva. Mas a Pantéleieva também mandou pra mulher dele três peças de tecido, e aí é que ele veio pra cima de mim. "Pra que é que você precisa de marido? Ele não presta pra nada." "Eu é que sei se ele presta ou não presta pra nada. Isso é da minha conta, seu vigarista!" E disse mais: "Ele é um ladrão, se não roubou nada até agora, tanto faz, porque vai acabar roubando mesmo e de qualquer maneira vai ser recrutado no ano que vem". E eu: "Como é que fico sem marido, seu vigarista! Sou uma mulher fraca, patife!". Que toda sua família pereça sem a luz do sol. E se tem sogra, que a sogra também...

KHLESTAKÓV

Está bem, está bem... E você?

MULHER DO SERRALHEIRO (*saindo*)

Não se esqueça de mim, paizinho, tenha piedade!

MULHER DO SUBTENENTE

Também por causa do prefeito, paizinho...

KHLESTAKÓV

O que foi? Fale. Seja breve.

MULHER DO SUBTENENTE

Me deu uma surra, paizinho!

KHLESTAKÓV

Como assim?

MULHER DO SUBTENENTE

Por engano, paizinho! Duas comadres brigaram na feira, a polícia não chegou a tempo, então me pegaram. Me bateram tanto... fiquei dois dias sem poder sentar.

KHLESTAKÓV

E o que é que podemos fazer agora?

MULHER DO SUBTENENTE

Claro que agora não se pode fazer nada. Mas o obrigue a pagar uma multa pelo seu erro. Não seria nada mau, pois um dinheirinho agora me cairia muito bem.

KHLESTAKÓV

Está bem, está bem! Podem ir embora, podem ir! Vou dar as ordens!

Pela janela surgem mãos com petições.

Quem mais está aí? (*Aproxima-se da janela*) Não quero, não quero! Já chega, já chega! (*Afastando-se*) Estou farto, que vão pro inferno! Não deixe mais ninguém entrar, Óssip.

ÓSSIP (*grita pela janela*)

Fora! Fora! Acabou o tempo. Venham amanhã!

A porta se abre e aparece uma figura vestida com capote de lã grosseira, barba malfeita, o lábio inchado e o rosto enfaixado. Por detrás, em perspectiva, mais algumas pessoas.

Saia já daqui! Saia! Onde pensa que vai? (*Empurra a barriga dele com as mãos, sai junto para a antessala e fecha a porta atrás de si*)

Cena 12

Khlestakóv e Mária Antónovna.

MÁRIA ANTÓNOVNA

Ah!

KHLESTAKÓV

Por que se assustou, senhorita?

MÁRIA ANTÓNOVNA

Não me assustei, não.

KHLESTAKÓV (*afetado*)

Perdão, senhorita, muito me agrada que me tenha tomado por uma pessoa que... Tomo a liberdade de lhe perguntar: para onde tinha a intenção de ir?

MÁRIA ANTÓNOVNA

Pra dizer a verdade, pra lugar nenhum.

KHLESTAKÓV

E por quê, por assim dizer, pra lugar nenhum?

MÁRIA ANTÓNOVNA

Pensei que, talvez, a minha mãezinha estivesse aqui...

KHLESTAKÓV

Não é isso. Gostaria de saber por que iria a senhorita pra lugar nenhum?

MÁRIA ANTÓNOVNA

Eu o incomodei. O senhor estava ocupado com assuntos importantes.

KHLESTAKÓV (*afetado*)

Seus olhos são mais importantes do que assuntos importantes... A senhorita jamais poderia me incomodar. De maneira nenhuma poderia me incomodar. Pelo contrário, só pode me dar prazer.

MÁRIA ANTÓNOVNA

O senhor fala como gente da capital.

KHLESTAKÓV

Para uma pessoa tão encantadora como a senhorita. Será que eu poderia tomar a liberdade de ter a felicidade de lhe oferecer uma cadeira? Mas não! O que a senhorita merece é um trono e não uma cadeira.

MÁRIA ANTÓNOVNA

Na verdade, não sei... precisava tanto ir andando... (*senta*)

KHLESTAKÓV

Que lindo lencinho!

MÁRIA ANTÓNOVNA

Que zombador que o senhor é, quer apenas ridicularizar as provincianas.

KHLESTAKÓV

Como eu desejaria, senhorita, ser o seu lencinho para poder envolver esse colo macio.

MÁRIA ANTÓNOVNA

Não estou entendendo nada. Mas que lencinho... Que tempo esquisito faz hoje!

KHLESTAKÓV

Os seus lábios, senhorita, valem mais do que qualquer tempo.

MÁRIA ANTÓNOVNA

O senhor diz cada coisa... Gostaria de pedir ao senhor para me escrever alguns versinhos em meu álbum para lembrança. Certamente, deve saber muitos.

KHLESTAKÓV

Para a senhorita, faço tudo o que quiser. Basta exigir qual tipo de versos.

MÁRIA ANTÓNOVNA

Alguns assim... como direi... bonitos, novos.

KHLESTAKÓV

Versos! Imagine! Sei tantos.

MÁRIA ANTÓNOVNA

Então me diga, quais o senhor vai escrever para mim?

KHLESTAKÓV

E para que dizer? Eu sei muito bem o que eu sei.

MÁRIA ANTÓNOVNA

Gosto muito de versos...

KHLESTAKÓV

Tenho todo e qualquer tipo de versos. Para a senhorita, por exemplo, estes aqui: "Oh! tu, homem, que na amargura, em vão te queixas de Deus...". E muitos outros... agora não consigo me lembrar. Pensando bem, não tem importância. É bem melhor descrever o meu amor, que pelo seu olhar... (*Aproxima a cadeira*)

MÁRIA ANTÓNOVNA

O amor! Não compreendo o amor... nunca soube o que é o amor... (*Afasta a cadeira*)

KHLESTAKÓV (*aproxima a cadeira*)

E por que afastou a cadeira? É bem melhor ficarmos perto um do outro.

MÁRIA ANTÓNOVNA (*afastando-se*)

E por que perto? De longe dá na mesma.

KHLESTAKÓV

E por que longe? De perto dá na mesma.

MÁRIA ANTÓNOVNA (*afastando-se*)

E por que tudo isso?

KHLESTAKÓV (*aproximando-se*)

Pois para a senhorita pode parecer perto, mas é só imaginar que estamos longe. Como eu ficaria feliz, senhorita, se pudesse envolvê-la em meus braços.

MÁRIA ANTÓNOVNA (*olha pela janela*)

O que foi aquilo que parecia voar? Uma pega ou outro pássaro qualquer?

KHLESTAKÓV (*beija-lhe o ombro e olha pela janela*)
É uma pega.

MÁRIA ANTÓNOVNA (*levanta-se indignada*)
Ah! Não, isto já é demais! Que descaramento!...

KHLESTAKÓV (*retendo-a*)
Perdoe-me, senhorita, fiz isso por amor, só por amor.

MÁRIA ANTÓNOVNA
O senhor me considera uma dessas provincianas... (*Tenta sair*)

KHLESTAKÓV (*continua a retê-la*)
Foi por amor, juro, por amor. Foi apenas uma brincadeira, Mária Antónovna, não se zangue! Estou disposto a lhe pedir perdão de joelhos. (*Cai de joelhos*) Perdão! Perdão! Está vendo, estou de joelhos.

Cena 13

Os mesmos e Ana Andréievna.

ANA ANDRÉIEVNA (*ao ver Khlestakóv de joelhos*)
Ah! Que cena!

KHLESTAKÓV (*levantando-se*)
Diabo!

ANA ANDRÉIEVNA (*à filha*)
O que significa isto, senhorita? Que comportamento é esse?

MÁRIA ANTÓNOVNA
Mãezinha, eu...

ANA ANDRÉIEVNA

Fora daqui! Está me ouvindo? Fora! Fora! E não se atreva a aparecer mais diante de mim.

Mária Antónovna sai aos prantos.

Me desculpe, senhor, confesso que fiquei estupefata...

KHLESTAKÓV (*à parte*)

E esta também é bem apetitosa, não é de se jogar fora. (*Põe-se de joelhos*) Minha senhora, não está vendo, estou ardendo de amor.

ANA ANDRÉIEVNA

Mas como? O senhor de joelhos? Ora, levante-se, levante-se. Está tudo sujo aqui.

KHLESTAKÓV

Não, de joelhos, tem que ser de joelhos. Quero saber qual a minha sorte, a vida ou a morte.

ANA ANDRÉIEVNA

Queira perdoar, mas não compreendo bem o sentido de suas palavras. Se não me engano, o senhor acaba de se declarar à minha filha.

KHLESTAKÓV

Nada disso. Estou apaixonado é pela senhora. Minha vida está por um fio. Se a senhora não corresponder ao meu fiel amor, então não sou digno de existir na face da Terra. Com o coração em chamas peço sua mão.

ANA ANDRÉIEVNA

Mas permita-me observar que eu... até certo ponto... sou casada.

KHLESTAKÓV

Pouco importa. Para o amor isto não faz diferença. Karamzin disse: "As leis condenam". Partiremos sob a sombra do ímpeto... Sua mão, peço sua mão.

Cena 14

Os mesmos personagens e Mária Antónovna, que entra subitamente.

MÁRIA ANTÓNOVNA
  Mãezinha, o papai mandou dizer para a senhora... (*Vendo Khlestakóv de joelhos*) Ah! Que cena!

ANA ANDRÉIEVNA
  Mas o que é isso? O que veio fazer? O que quer aqui? Que leviandade! De repente, entra correndo feito uma louca. O que você viu de tão extraordinário? O que inventou agora? Parece uma criança de três anos, juro. Ninguém diz, mas ninguém diz mesmo, que essa menina tem dezoito anos. Não sei quando é que você vai ser mais ajuizada, quando é que você vai se comportar como uma mocinha bem-educada. Quando é que vai entender o que são as boas maneiras e a seriedade de princípios.

MÁRIA ANTÓNOVNA (*chorando*)
  Juro, mãezinha, eu não sabia...

ANA ANDRÉIEVNA
  Você tem uma cabeça de vento! Está seguindo o exemplo das filhas de Liápkin-Tiápkin. O que você vê nelas? Não tem que querer imitá-las. Os seus exemplos têm que ser outros: a sua mãe, isso sim. Este é o exemplo que você deve seguir.

KHLESTAKÓV (*segurando a mão da filha*)
  Ana Andréievna, não se oponha à nossa felicidade, abençoe nosso eterno amor!

ANA ANDRÊIEVNA (*estupefata*)
  Então é ela?...

KHLESTAKÓV
  Decida: vida ou morte?

ANA ANDRÉIEVNA
  Está vendo, sua boba, está vendo? Por sua causa, sua porca, o nos-

so hóspede teve de ficar de joelhos. E você entra aqui correndo como uma louca. Pois palavra que você bem merecia que eu dissesse não. Você não é digna desta felicidade.

MÁRIA ANTÓNOVNA
    Juro que não faço mais, mãezinha, juro.

Cena 15

Os mesmos personagens e o prefeito apressado.

PREFEITO
    Vossa Excelência! Não me desgrace! Não me desgrace!

KHLESTAKÓV
    O que aconteceu?

PREFEITO
    Os comerciantes vieram se queixar a Vossa Excelência. Palavra de honra que nem metade do que eles falaram é verdade. Eles é que enganam e roubam o povo. A mulher do subtenente mentiu dizendo que a surrei. É mentira, juro por Deus que é mentira. Ela mesma se surrou.

KHLESTAKÓV
    Que o diabo a carregue! Não estou nem aí com ela!

PREFEITO
    Não acredite! Não acredite! São todos uns mentirosos... nem uma criança pode acreditar neles. Toda a cidade sabe que são uns mentirosos. E no que diz respeito à malandragem, tomo a liberdade de informar que malandros como esses nunca se viu no mundo.

ANA ANDRÉIEVNA
    Sabe com que honra nos brindou Ivan Aleksándrovitch? Ele acaba de pedir a mão de nossa filha.

PREFEITO

Que bobagem! Que bobagem! Ficou maluca, querida! Por gentileza, Excelência, não se aborreça. Ela é meio tonta mesmo, saiu à mãe.

KHLESTAKÓV

É isso mesmo. Peço a mão de sua filha. Estou apaixonado.

PREFEITO

Não posso acreditar, Excelência!

ANA ANDRÉIEVNA

Mas se ele mesmo está dizendo!

KHLESTAKÓV

Não estou brincando... Sou capaz de enlouquecer de amor.

PREFEITO

Não me atrevo a acreditar, não sou digno de tanta honra.

KHLESTAKÓV

E se o senhor não concordar em me conceder a mão de Mária Antónovna, só o diabo sabe o que sou capaz de fazer...

PREFEITO

Não posso acreditar! Vossa Excelência está brincando comigo!

ANA ANDRÉIEVNA

Ah! Mas que cabeça dura! Quando é que você vai entender?

PREFEITO

Não posso acreditar!

KHLESTAKÓV

Concorde! Concorde! Estou desesperado. Sou capaz de tudo! Se der um tiro nos miolos, o senhor será julgado.

PREFEITO

Ai, meu Deus! Ai, ai, ai. Sou inocente de corpo e alma! Por favor, não se zangue! Faça o obséquio de proceder como Vossa Excelência achar melhor! Juro que minha cabeça... não sei o que está acontecendo. Estou ficando tonto como nunca.

ANA ANDRÉIEVNA
Então vá, dê sua bênção!

Khlestakóv se aproxima de Mária Antónovna.

PREFEITO
Que Deus os abençoe, mas eu não tenho culpa! (*Khlestakóv beija Mária Antónovna. O prefeito olha para eles*) Mas que diabo! É verdade mesmo! (*Esfrega os olhos*) Estão se beijando! Ah! Meu Deus, estão se beijando! É mesmo um noivo de verdade! (*Grita e pula de alegria*) Ah! Antón! Antón! Ah! Senhor prefeito! Veja só onde chegamos.

Cena 16

Os mesmos personagens e Óssip.

ÓSSIP
Os cavalos estão prontos.

KHLESTAKÓV
Muito bem. Já vou indo.

PREFEITO
Como, senhor? Vai partir?

KHLESTAKÓV
Vou sim.

PREFEITO
Mas quando, então, quer dizer... O senhor, me parece, dignou-se a mencionar um casamento, não?

KHLESTAKÓV

Vou e volto num minuto. Vou passar apenas um dia com um tio, um velho muito rico. Mas amanhã estarei de volta.

PREFEITO

Não nos atrevemos a retê-lo e ficamos na esperança de um feliz regresso.

KHLESTAKÓV

Ora! Claro! Volto logo. Adeus, meu amor... nem tenho palavras... Adeus, meu coração! (*Beija as mãos dela*)

PREFEITO

Não precisaria de alguma coisa para a viagem? Me parece que o senhor já teve a fineza de precisar de algum dinheiro, não?

KHLESTAKÓV

Não, de jeito nenhum, por quê? (*Pensando um pouco*) Pensando bem, por que não?

PREFEITO

Quanto deseja?

KHLESTAKÓV

Bem, da outra vez o senhor me deu duzentos, quer dizer, duzentos não, quatrocentos. Não quero abusar de seu equívoco, de modo que, agora, por gentileza, com a mesma quantia, ficam oitocentos justos.

PREFEITO

Agora mesmo! (*Tira da carteira*) Parece até de propósito: notas novinhas.

KHLESTAKÓV

É mesmo! (*Pega e olha as notas*) Muito bem. Dizem que notas novas dão sorte.

PREFEITO

Exatamente, senhor.

KHLESTAKÓV

Adeus, Antón Antónovitch! Muito obrigado por sua hospitalidade. Confesso de todo o coração que em lugar algum fui tão bem recebido. Adeus, Ana Andréievna! Adeus, Mária Antónovna, meu anjinho!

Saem. Ouve-se atrás do palco:

VOZ DE KHLESTAKÓV

Adeus, anjo da minha alma, Mária Antónovna.

VOZ DO PREFEITO

Mas como pode ser isto? O senhor vai viajar assim, neste coche tão duro?

VOZ DE KHLESTAKÓV

Já estou acostumado. As molas me dão dor de cabeça.

VOZ DO COCHEIRO

Ooo...

VOZ DO PREFEITO

Então, pelo menos, vamos cobrir com alguma coisa, talvez um tapetinho. Com sua licença, posso mandar vir um tapete?

VOZ DE KHLESTAKOV

Para quê? Não precisa. Bem, pensando bem, por que não? Que me tragam o tapete.

VOZ DO PREFEITO

Avdótia! Vá lá buscar no depósito o melhor tapete, aquele persa de fundo azul. Vá depressa!

VOZ DO COCHEIRO

Ooo...

VOZ DO PREFEITO

Para quando, ordena o senhor, devemos esperá-lo?

VOZ DE KHLESTAKÓV
    Amanhã ou depois.

VOZ DE ÓSSIP
    Ah! Esse é o tapete? Aqui, ponha assim, isso! E agora, deste lado de cá, o feno.

VOZ DO COCHEIRO
    Ooo...

VOZ DE ÓSSIP
    Deste lado de cá! Aqui! Mais um pouco! Isso! Vai ser bem confortável! (*Bate no tapete*) Agora pode se sentar, Vossa Nobreza.

VOZ DE KHLESTAKÓV
    Adeus, Antón Antónovitch!

VOZ DO PREFEITO
    Adeus, Vossa Excelência!

VOZES DAS MULHERES
    Adeus, Ivan Aleksándrovitch!

VOZ DE KHLESTAKÓV
    Adeus, mãezinha!

VOZ DO COCHEIRO
    Eia, vamos lá, apressadinhos!

    O sininho toca. Cai o pano.

Quinto ato

A mesma sala.

Cena 1

O prefeito, Ana Andréievna e Mária Antónovna.

PREFEITO
E então, Ana Andréievna? Hein? Alguma vez isso lhe passou pela cabeça? Olha só que prêmio magnífico, com os diabos! Diga francamente, nem mesmo em sonho poderia imaginar que uma simples mulher de prefeito poderia de repente ser... Quem diria! Que pacto você tem com o diabo, hein?

ANA ANDRÉIEVNA
Nada disso. Eu já sabia há muito tempo. Tudo lhe parece inesperado porque você é um homem simples que nunca viu gente distinta.

PREFEITO
Eu também sou gente distinta, minha querida. Sim senhora, Ana Andréievna, pense bem: em que figurões nos transformamos, hein? Que tal, Ana Andréievna? Que voo alto, com os diabos! Espera aí que agora eu vou dar uma boa lição a toda essa gentalha que gosta de petições e denúncias. Ei, quem está aí?

Entra um policial.

Ah! É você, Ivan Kárpovitch! Meu caro, mande chamar aqui os comerciantes. Eles vão ver só, essa cambada de canalhas! Queixaram-se de mim, não é? Judas malditos! Esperem só pra ver, meus pombinhos! Se antes levava vocês à força, agora vou levar a ferro e fogo. Tome nota de todos aqueles que vieram apenas fazer solicitações em meu nome e, principalmente, aqueles que escreveram petições contra mim. E que toda a gente fique sabendo a honra que Deus concedeu ao prefeito: deu a sua filha um marido, mas não um homem qualquer, mas alguém que ainda não apareceu na face da Terra e que pode tudo. Tudo, tudo, tudo! Diga pra todo mundo saber. Saia gritando aos quatro cantos. E que toquem os sinos, que diabo! Uma festa, pois é uma festa!

O policial sai.

Pois é, Ana Andréievna. O que te parece? E agora, onde é que nós vamos morar? Aqui ou em Píter?

ANA ANDRÉIEVNA
Em Petersburgo, naturalmente. Como é que a gente pode ficar aqui!

PREFEITO
Então, se é em Píter, que seja em Píter. Mas aqui, até que é bom. Ou então, pensando bem, que o meu cargo de prefeito vá pro inferno, não é, Ana Andréievna?

ANA ANDRÉIEVNA
Naturalmente, o que importa o cargo de prefeito?

PREFEITO
Na verdade, o que você acha, Ana Andréievna? Agora posso até pretender um alto grau, pois ele é assim, olha, amigo de todos os ministros e até frequenta a corte. Por isso mesmo, a gente pode conseguir uma boa promoção e, com o tempo, chegar até a general. Você não acha, Ana Andréievna, que posso chegar a general?

ANA ANDRÉIEVNA
E por que não? Claro que sim!

PREFEITO
Com os diabos! Que glória ser general. Penduram no ombro da gente umas condecorações. De que cor você acha melhor, Ana Andréievna, vermelhas ou azuis?

ANA ANDRÉIEVNA

Mas é claro que as azuis são melhores.

PREFEITO

Ah, é? Veja só o que ela prefere! Mas as vermelhas também servem. E por que será que todo mundo quer ser general? Porque acontece que, quando a gente chega a qualquer lugar, os secretários e assistentes sempre se põem a galopar na frente gritando: "os cavalos!". E lá eles não dão nada pra ninguém e todos esses titulares, capitães e prefeitos têm de esperar, mas pra gente, não, dão tudo na bandeja. A gente almoça em algum lugar na casa do governador e o prefeito, que se dane o prefeito! Ha, ha, ha! (*Morre de rir*) Pois é isso, seus canalhas, isso é que é o máximo!

ANA ANDRÉIEVNA

Você sempre com suas grosserias. Tem que se lembrar que agora vai ter que mudar de vida completamente e que suas novas relações não serão mais com qualquer juiz canino com quem você vai caçar lebres, ou um Zemlianíka qualquer. Não, senhor, suas relações serão agora com gente de comportamento refinado: condes e gente da alta sociedade... Pra dizer a verdade, estou muito preocupada com você. Às vezes você solta cada uma, que jamais se diz na alta sociedade.

PREFEITO

E daí? Uma palavrinha ou outra não faz mal a ninguém.

ANA ANDRÉIEVNA

Como prefeito, ainda vá lá. Mas agora a vida vai ser completamente diferente.

PREFEITO

É verdade, dizem que lá servem cada peixe... que só de olhar, dá água na boca.

ANA ANDRÉIEVNA

Ele só pensa em peixes! O que eu quero é que a nossa casa seja a melhor da capital e que tenha um tal cheiro que ao entrar a gente tenha até que fechar os olhos, assim. (*Fecha os olhos e cheira*) Ah! Que maravilha!

Cena 2

Os mesmos personagens e os comerciantes.

PREFEITO
Ah! Sejam bem-vindos, meus pombinhos!

COMERCIANTES (*fazendo uma reverência*)
Desejamos muita saúde, paizinho!

PREFEITO
E então, meus queridos, como vão indo as coisas? E os negócios? Então, seus muambeiros, quinquilheiros, se queixaram de mim, não é? Seus protozoários, protobestas quadradas, paquidermes! Reclamaram, hein? Lucraram muito, hein? Achavam que eu ia parar na cadeia, não? Pois olhem aqui, que sete diabos e uma bruxa os carreguem...

ANA ANDRÉIEVNA
Ai, meu Deus, mas que palavras, Antocha!

PREFEITO (*zangado*)
Agora não é hora de palavras! Por acaso vocês sabiam que esse mesmo funcionário para quem vocês se queixaram vai se casar com minha filha? Sabiam? Hein? O que é que vocês me dizem agora? Pois agora vocês me pagam... ó! Como vocês enganam o povo... Fazem um negócio com o governo e conseguem tapear em cem rublos, vendendo uma porcaria de tecido. E depois só porque dão pra gente uns vinte metros, ainda querem recompensa? Se ele soubesse disso, aí é que vocês... E ainda se dão ares de importância: é um comerciante, não mexam com ele. "Os nobres não são melhores do que nós", dizem. Mas um nobre, sua corja, um nobre tem que se ilustrar. E se apanha na escola, é para o seu próprio bem. E vocês, hein? Desde criança já começam com malandragem. Até o patrão dá uma boa sova se vocês não souberem enganar direito. Mal sabem rezar o Pai-Nosso, mas já aprendem logo a ludibriar. E aí, estufam a barriga e enchem os bolsos e se julgam muito importantes! Credo! Bela porcaria! Só porque engolem dezesseis samovares por dia, acham que são muita coisa? Eu cuspo na cabeça de vocês e na vossa importância!

COMERCIANTES (*fazendo reverências*)
   Somos culpados, Antón Antónovitch!

PREFEITO
   E ainda se queixam? E quem ajudou a trapacear quando você construiu aquela ponte e cobrou vinte mil rublos pela madeira, quando não custou nem cem rublos? Fui eu que ajudei, seu barba de bode. Já se esqueceu? Se eu tivesse denunciado tudo isso, poderia ter te mandado pra Sibéria. O que é que me diz disso? Hein?

UM DOS COMERCIANTES
   Somos culpados perante Deus, Antón Antónovitch. Foi obra do diabo. Nunca mais vamos nos queixar. Peça o que quiser, mas não se aborreça!

PREFEITO
   Não se aborreça! Agora vocês rastejam aos meus pés. E por quê? Porque estou por cima? Mas, se fossem vocês que estivessem no meu lugar, seus canalhas, me arrastariam na lama e ainda me cobririam com um tronco.

COMERCIANTES (*curvando-se até o chão*)
   Não arruíne a gente, Antón Antónovitch!

PREFEITO
   "Não arruíne a gente!" Agora é "Não arruíne a gente", né? Mas e antes, hein? Sou capaz de pegar vocês e... (*Faz um gesto com a mão*) Deus que os perdoe! Já chega! Não sou rancoroso. Mas agora, prestem bem atenção! Não vou casar minha filha com um nobre qualquer. Que as congratulações sejam... estão me entendendo? Não me venham com peixinhos secos e pãezinhos doces... Agora vão com Deus!

Os comerciantes saem.

Cena 3

Os mesmos personagens, Amós Fiódorovitch, Artémi Filípovitch, e depois Rastakóvski.

AMÓS FIÓDOROVITCH (*ainda na porta*)
   Será que podemos acreditar no que estão dizendo, Antón Antónovitch? Aconteceu-lhe mesmo essa extraordinária felicidade?

ARTÉMI FILÍPOVITCH
   Tenho a honra de cumprimentá-la por toda esta felicidade. Quando soube fiquei contente de todo o coração! (*Aproxima-se da mão de Ana Andréievna*) Ana Andréievna! (*Aproxima-se da mão de Mária Antónovna*) Mária Antónovna!

RASTAKÓVSKI (*entrando*)
   Felicidades, Antón Antónovitch! Que Deus lhe dê uma longa vida e também ao novo casal. E que lhe dê uma numerosa descendência de netos e bisnetos! Ana Andréievna! (*Aproxima-se da mão de Ana Andréievna*) Mária Antónovna! (*Aproxima-se da mão de Mária Antónovna*)

Cena 4

Os mesmos personagens, Koróbkin com a mulher e Liuliukóv.

KORÓBKIN
   Tenho a honra de cumprimentá-lo, Antón Antónovitch! Ana Andréievna! (*Aproxima-se da mão de Ana Andréievna*) Mária Antónovna! (*Aproxima-se da mão de Mária Antónovna*)

MULHER DE KORÓBKIN
   Felicito-a de todo coração, Ana Andréievna, por esta sorte.

LIULIUKÓV

Tenho a honra de cumprimentá-la, Ana Andréievna! (*Aproxima-se da mão dela e depois, virando-se para os espectadores, estala a língua com ar de ousadia*) Mária Antónovna! Tenho a honra de cumprimentá-la. (*Aproxima-se de sua mão e vira-se para os espectadores com aquele mesmo ar de ousadia*)

Cena 5

Muitos convidados vestidos de sobrecasaca e fraque se aproximam e beijam a mão de Ana Andréievna dizendo: "Ana Andréievna!", e depois a de Mária Antónovna, dizendo: "Mária Antónovna!". Bóbtchinski e Dóbtchinski abrem passagem com os cotovelos.

BÓBTCHINSKI

Tenho a honra de cumprimentá-lo!

DÓBTCHINSKI

Antón Antónovitch! Tenho a honra de cumprimentá-lo!

BÓBTCHINSKI

Por esse feliz acontecimento!

DÓBTCHINSKI

Ana Andréievna!

BÓBTCHINSKI

Ana Andréievna!

Ambos se aproximam ao mesmo tempo e suas testas se chocam.

DÓBTCHINSKI

Mária Antónovna! (*Beija a mão dela*) Que honra tenho de felicitá-la! A senhorita será muito, muito feliz. Vai passear em um vestido dourado e vai provar de diferentes e refinadas sopas. Vai passar o seu tempo de modo muito divertido...

BÓBTCHINSKI (*interrompe*)

Mária Antónovna, tenho a honra de felicitá-la! Que Deus lhe dê toda a riqueza do mundo: moedas de ouro e um filhinho deste tamanhinho, assim pequenininho (*mostra com as mãos*), que a gente até possa pôr na palma da mão, isso mesmo! E ele vai chorar assim: "uá! uá! uá!".

Cena 6

Mais alguns convidados lhes beijam a mão. Luká Lukítch e sua mulher.

LUKÁ LUKÍTCH

Tenho a honra...

MULHER DE LUKÁ (*correndo à frente*)

Felicidades, Ana Andréievna! (*Beijam-se*) Fiquei tão contente! Me disseram assim: "Ana Andréievna vai casar sua filha". "Ah! Meu Deus!" — pensei comigo e fiquei tão contente que disse ao meu marido: "Escuta aqui, Luká, veja só que felicidade teve Ana Andréievna!". "Pois é" — pensei comigo mesma —, "Graças a Deus!" E disse assim ao meu marido: "Estou tão empolgada que não vejo a hora de falar pessoalmente com Ana Andréievna...". "Ah! Meu Deus!" — pensei assim — "era exatamente o que desejava Ana Andréievna, um bom partido para sua filha. E olha só o que o destino preparou, exatamente o que ela sempre quis." E fiquei tão contente, juro mesmo, que até perdi a fala. Chorei, chorei, até soluçar. E aí, Luká Lukítch me disse: "Nástenka, por que você está soluçando?" — E eu respondi: "Luká, meu querido, nem eu mesma sei. As lágrimas correm assim como um rio".

PREFEITO

    Senhores, tenham a bondade de sentar-se. Ei, Michka! Traga mais cadeiras!

Os convidados se sentam.

Cena 7

Os mesmos personagens, o comissário de polícia e soldados.

COMISSÁRIO DE POLÍCIA

    Tenho a honra de cumprimentar Vossa Excelência e desejar prosperidade por muitos e muitos anos.

PREFEITO

    Obrigado, obrigado! Tenha a bondade de sentar-se.

Os convidados se sentam.

AMÓS FIÓDOROVITCH

    Então nos conte, por favor, Antón Antónovitch, como começou tudo isso? Como se desenrolou o sucedido?

PREFEITO

    Foi tudo muito extraordinário. Ele mesmo se dignou a fazer o pedido.

ANA ANDRÉIEVNA

    De uma forma muito respeitosa e elegante. Falou de forma tão expressiva: "Eu, Ana Andréievna, tudo faço em consideração às suas qualidades". Que homem maravilhoso, que educação e que nobreza! "Para mim, pode acreditar, Ana Andréievna, a vida não vale um níquel... Tudo isso apenas em homenagem às suas raras virtudes."

MÁRIA ANTÓNOVNA

    Ah, não, mãezinha! Mas foi pra mim que ele disse isso.

ANA ANDRÉIEVNA

Cale a boca. Você não sabe nada de nada, então não se meta nisso! "Eu, Ana Andréievna, estou maravilhado..." E se desmanchou em lisonjas... e quando eu lhe quis dizer: "Não nos atrevemos de forma alguma a merecer tal honra", ele imediatamente caiu de joelhos e com aquela mesma nobreza disse: "Ana Andréievna! Não me faça infeliz! Corresponda aos meus sentimentos, do contrário, a morte vai dar cabo da minha vida".

MÁRIA ANTÓNOVNA

Juro, mãezinha, que ele disse isso foi para mim.

ANA ANDREÍEVNA

É claro... também para você, não posso negar.

PREFEITO

Ele até chegou a nos assustar. Disse que ia se matar. "Vou me dar um tiro nos miolos, um tiro nos miolos!", dizia.

MUITOS DOS CONVIDADOS

Que coisa!

AMÓS FIÓDOROVITCH

Essa é boa!

LUKÁ LUKÍTCH

Realmente, foi coisa do destino.

ARTÉMI FILÍPOVITCH

Nada de destino, meu caro. O destino não tem nada a ver. São os méritos. (*À parte*) Esse porco sempre tem uma sorte!

AMÓS FIÓDOROVITCH

Se quiser, Antón Antónovitch, estou pronto a lhe vender aquele cachorro que o senhor queria.

PREFEITO

Nem pensar: agora não tenho cabeça pra cachorros.

AMÓS FIÓDOROVITCH

Bem, se quiser podemos chegar a um acordo sobre um outro.

MULHER DE KORÓBKIN

Ah! Ana Andréievna, como estou contente com a sua felicidade! Nem pode imaginar.

KORÓBKIN

Mas onde se encontra agora, se me permitem perguntar, o nosso ilustre hóspede? Ouvi dizer que foi embora por um motivo qualquer.

PREFEITO

É verdade. Partiu por um dia para tratar de um assunto importante.

ANA ANDRÉIEVNA

Foi visitar o tio para pedir a sua bênção.

PREFEITO

É isso, para pedir a bênção. Mas amanhã mesmo... (*Espirra, e se ouvem num só murmúrio as exclamações de "saúde"*) Muito obrigado! Mas amanhã mesmo estará de volta... (*Espirra. Murmúrio conjunto, no qual se destacam algumas vozes*)

COMISSÁRIO DE POLÍCIA

Desejo-lhe saúde, Vossa Excelência.

BÓBTCHINSKI

Cem anos de vida e um saco de dinheiro!

DÓBTCHINSKI

Esses cem e mais cem!

ARTÉMI FILÍPOVITCH

Quero que você morra!

MULHER DE KORÓBKIN

O diabo que te carregue!

PREFEITO

Sou imensamente grato. Desejo o mesmo para vocês.

ANA ANDRÉIEVNA

Temos agora a intenção de morar em Petersburgo. Pra dizer a verdade, o ar aqui... é tudo provinciano demais!... É muito desagradável, devo confessar... Além disso, lá o meu marido será promovido a general.

PREFEITO

É sim, meus senhores, confesso que, se Deus quiser, quero muito ser general.

LUKÁ LUKÍTCH

Se Deus quiser vai conseguir.

RASTAKÓVSKI

O homem põe e Deus dispõe.

AMÓS FIÓDOROVITCH

Para uma grande embarcação, grandes travessias.

ARTÉMI FILÍPOVITCH

Honra ao mérito!

AMÓS FIÓDOROVITCH (*à parte*)

Só me falta ele conseguir mesmo ser general! Vai lhe cair tão bem quanto uma sela numa vaca! Ah, não, isso ainda está bem longe. Gente bem melhor que você ainda não chegou a general.

ARTÉMI FILÍPOVITCH (*à parte*)

Ora, vejam só, que diabo, já quer se meter a general! E sabe-se lá, é capaz de ser mesmo general. Pois ele dá uma de tão importante, que vá pro diabo que o carregue! (*Dirigindo-se ao prefeito*) E então, Antón Antónovitch, não se esqueça da gente.

AMÓS FIÓDOROVITCH

E se por acaso acontecer alguma coisa, por exemplo, uma necessidade qualquer, não nos deixe sem a sua proteção!

KORÓBKIN

No ano que vem levarei meu filho para a capital para servir o Estado. Assim, tenha a bondade de oferecer-lhe a sua proteção. Tome o lugar do pai como se ele fosse um órfão.

PREFEITO

De minha parte, estou pronto a não poupar esforços.

ANA ANDRÉIEVNA

Antocha, você está sempre pronto a prometer. Em primeiro lugar, não vai ter tempo de pensar nisso. E como é possível e por que diabo vai se encarregar de tantas promessas?

PREFEITO

E por que não, benzinho? Quem sabe até será possível.

ANA ANDRÉIEVNA

É claro que é possível, mas não vai querer dar proteção a qualquer gentalha.

MULHER DE KORÓBKIN

Está vendo como ela nos trata?

UMA DAS CONVIDADAS

Conheço essa mulher. Sempre foi assim. Você dá um dedinho, ela quer todo o...

Cena 8

Os mesmos personagens. O chefe dos correios entra correndo com uma carta aberta nas mãos.

CHEFE DOS CORREIOS

Senhores, um acontecimento extraordinário! O funcionário que tomamos por um inspetor não era um inspetor!

TODOS

    Como não é um inspetor?

CHEFE DOS CORREIOS

    Não é inspetor de jeito nenhum. Soube por esta carta.

PREFEITO

    Como? O que está dizendo? Que carta é essa?

CHEFE DOS CORREIOS

    Uma carta dele mesmo. Me trouxeram uma carta nos correios. Olho o endereço e vejo: "Rua dos Correios". Fiquei estupefato. Pensei comigo mesmo: "Ai, quem sabe encontrou alguma irregularidade nos correios e quer notificar o diretor". Então peguei e abri.

PREFEITO

    E como pôde?...

CHEFE DOS CORREIOS

    Eu mesmo não sei dizer. Fui movido por uma força sobrenatural. Já tinha até mandado a carta ao seu destino por um portador, mas senti uma tal curiosidade como nunca senti antes. Não posso, não posso, sinto que não posso! Não posso resistir, não posso resistir! Num dos ouvidos ouço assim: "Olha lá, não abra! É o teu fim!". Mas no outro como se o demônio sussurrasse: "Abra, abra, abra!". Quando rompi o lacre, correu um fogo pelas veias. E quando abri, senti um frio, meu Deus, que frio! Minhas mãos tremiam e tudo se turvou.

PREFEITO

    E como é que o senhor se atreveu a abrir a carta de uma autoridade tão importante?

CHEFE DOS CORREIOS

    Pois aí é que está o negócio. Ele não é nem autoridade nem importante coisa nenhuma!

PREFEITO

    O que o senhor acha que ele é, então?

CHEFE DOS CORREIOS

Nem isso e nem aquilo. Só o diabo sabe o que ele é!

PREFEITO (*irritado*)

Como nem isso nem aquilo? Como ousa chamá-lo de nem isso nem aquilo e ainda por cima que só o diabo sabe o que ele é? Vou mandar o senhor para a prisão...

CHEFE DOS CORREIOS

Quem? O senhor?

PREFEITO

Isso mesmo, eu!

CHEFE DOS CORREIOS

Só porque você quer!

PREFEITO

Por acaso sabe que ele vai se casar com minha filha, que eu mesmo serei um magnata e que poderei despachá-lo para a Sibéria?

CHEFE DOS CORREIOS

Ah, Antón Antónovitch! Que Sibéria que nada! A Sibéria está bem longe. É melhor eu ler a carta. Senhores, permitam que eu leia a carta?

TODOS

Leia, leia!

CHEFE DOS CORREIOS (*lê*)

"Apresso-me a informar você, meu caro Triapítchkin, sobre algumas coisas incríveis que aconteceram. Durante a viagem, um capitão de infantaria me limpou de tal maneira que o dono da hospedaria queria me mandar para a cadeia. Mas eis que de repente, por causa de minha cara e meus trajes petersburgueses, toda a cidade me tomou por um governador-general. E agora estou hospedado na casa do prefeito, numa boa, e estou arrastando uma asinha, sem mais aquela, tanto para a mulher como para a filha. Apenas não decidi ainda por qual delas devo começar. Acho que pela mamãezinha, pois me parece que ela já está disposta a todos os favores. Você se lembra da miséria que passamos juntos? Quando dividíamos o almoço? E como certa vez o dono de uma confeitaria me agarrou pelo colarinho por causa de uns pasteizinhos que ficaram por conta do vigário? Agora a vida mudou completamente. Todos me emprestam dinheiro ao meu bel-prazer. Que gente pitoresca! Você iria morrer de rir. Sei que você escreve pequenos artigos. Coloque essa gente em seus textos. Em primeiro lugar, o prefeito. É um asno perfeito..."

PREFEITO
  Não pode ser! Isso não está escrito.

CHEFE DOS CORREIOS (*mostra a carta*)
  Leia então o senhor mesmo.

PREFEITO (*lê*)
  "Um asno perfeito". Não pode ser! Foi o senhor mesmo que escreveu isso.

CHEFE DOS CORREIOS
  Como é que eu poderia escrever?

ARTÉMI FILÍPOVITCH
  Leia!

CHEFE DOS CORREIOS (*continua a ler*)
  "O prefeito é um asno perfeito..."

PREFEITO
  Mas que diabo! Precisa repetir! Como se estivesse escrito só isso.

CHEFE DOS CORREIOS (*continua a ler*)
  Hum... hum... hum... hum... "asno perfeito. O chefe dos correios também é uma boa pessoa..." (*Para de ler*) Bem, aqui ele diz coisas inconvenientes a meu respeito.

PREFEITO
  Não, senhor, leia!

CHEFE DOS CORREIOS
  Mas pra quê?

PREFEITO
   Já que está lendo, então leia tudo. Que diabo!

ARTÉMI FILÍPOVITCH
   Me dê licença que eu leio. (*Põe os óculos e lê*) "O chefe dos correios é a cara do Mikheiev, o contínuo do nosso departamento. Esse canalha deve ser também um beberrão como ele."

CHEFE DOS CORREIOS (*aos espectadores*)
   É um malcriado que deveria levar uma boa surra. E mais nada.

ARTÉMI FILÍPOVITCH (*continua a ler*)
   "O encarregado da assistência social... e... e... e (*gagueja*)

KORÓBKIN
   Por que parou?

ARTÉMI FILÍPOVITCH
   É que está meio ilegível... Além do mais, é evidente que é um canalha.

KORÓBKIN
   Me dê aqui! Acho que a minha vista é melhor. (*Pega a carta*)

ARTÉMI FILÍPOVITCH (*não dá a carta*)
   Não. Podemos pular esta parte. Depois já está legível.

KORÓBKIN
   Com licença, acho que eu consigo.

ARTÉMI FILÍPOVITCH
   Ler pra quê? Eu mesmo posso ler. Mais pra diante já está legível, juro.

CHEFE DOS CORREIOS
   Nada disso! Tem que ler tudo! Até agora leu tudo.

TODOS
   Devolva a carta, Artémi Filípovitch, devolva a carta! (*A Koróbkin*) Leia.

ARTÉMI FILÍPOVITCH

É pra já. (*Entrega a carta*) Com licença... (*Cobre com o dedo*) Leia a partir daqui.

Todos se aproximam dele.

CHEFE DOS CORREIOS

Leia! Leia! Que absurdo! Leia tudo.

KORÓBKIN (*lendo*)

"O encarregado da assistência social, Zemlianíka, é um verdadeiro porco com gorro."

ARTÉMI FILÍPOVITCH (*aos espectadores*)

Não tem a menor graça! Porco com gorro! Onde já se viu um porco com gorro?

KORÓBKIN (*continua a ler*)

"O inspetor de escola parece encharcado de cebola."

LUKÁ LUKÍTCH (*aos espectadores*)

Juro por Deus que eu nunca pus um pedaço de cebola na boca.

AMÓS FIÓDOROVITCH (*à parte*)

Graças a Deus que, pelo menos, não fala nada de mim.

KORÓBKIN (*lê*)

"O juiz..."

AMÓS FIÓDOROVITCH

Essa não! (*Em voz alta*) Meus senhores, acho que a carta é muito longa. Que vá pro inferno! Para que ler toda essa porcaria?

LUKÁ LUKÍTCH

Nada disso!

CHEFE DOS CORREIOS

Não senhor! Leia!

KORÓBKIN (*continua*)

"O juiz Liápkin-Tiápkin é a quintessência do *mauvais ton*." (*Interrompe*) Deve ser uma palavra francesa.

AMÓS FIÓDOROVITCH

Só o diabo sabe o que isso significa! Se for vigarista, ainda vai, mas vai ver que é ainda coisa pior.

KORÓBKIN (*continuando a ler*)

De resto, o povo aqui é hospitaleiro e bonachão. Adeus, meu caro Triapítchkin. Eu também, como você, vou começar a fazer literatura. A vida assim, meu velho, é muito chata. Afinal, a gente precisa de um alimento para a alma. Compreendo agora que a gente tem que se preocupar com algo mais elevado. Escreva-me para a província de Sarátov, aldeia de Podkatílovka. (*Vira a carta e lê o endereço*) "Ao ilustríssimo senhor Ivan Vassílievitch Triapítchkin, São Petersburgo, Rua dos Correios, casa nº 97, entrando no pátio, terceiro andar, à direita."

UMA DAS DAMAS

Que *chose* desagradável!

PREFEITO

Me apunhalou pelas costas! Estou morto, morto, completamente morto! Não consigo ver nada. Só vejo focinhos de porcos em lugar de caras. Nada mais... Tragam-no de volta! De volta! (*Gesticula*)

CHEFE DOS CORREIOS

Que trazer de volta nada! Eu mesmo, até parece de propósito, mandei que lhe dessem a melhor troica, e o diabo ainda me fez lhe dar toda a papelada para poder seguir em frente.

MULHER DE KORÓBKIN

Isso é demais, é mesmo uma confusão sem igual!

AMÓS FIÓDOROVITCH

E eu então, meus senhores, que lhe emprestei trezentos rublos! Que vá pro inferno!

ARTÉMI FILÍPOVITCH
   Eu também morri com trezentos rublos.

CHEFE DOS CORREIOS (*suspirando*)
   E eu também! Trezentos rublos!

BÓBTCHINSKI
   Da gente, Piótr Ivánovitch e eu, foram sessenta e cinco em papel, sim senhor.

AMÓS FIÓDOROVITCH (*abre os braços em gesto de perplexidade*)
   Mas como pode, senhores? Como é que fomos cair nessa?

PREFEITO (*batendo na testa*)
   E eu? Comigo? Velho bobo! Como pude perder a razão, seu burro como uma porta!... Trinta anos de serviço e nenhum comerciante, nenhum negociante foi capaz de me passar a perna. Consegui enganar vigaristas e mais vigaristas. Os maiores espertalhões e os maiores trapaceiros, desses que roubam meio mundo, arrasei com todos eles. Enganei três governadores!... Governadores... (*Gesticula*) Só governadores não, muito mais do que isso.

ANA ANDRÉIEVNA
   Mas não pode ser, Antocha. Ele está comprometido com Máchenka...

PREFEITO (*num repente de cólera*)
   Comprometido! Comprometido uma ova! Que comprometido que nada! Está me jogando na cara o compromisso! (*Fora de si*) Vejam só! Vejam todos! Todos os cristãos! Vejam como o prefeito passou por idiota! Foi feito de bobo, de bobo, velho idiota! (*Ameaça a si com o próprio punho*) Ah! Seu narigudo! Tomou aquele nadinha, aquele trapo, por uma personalidade importante! Agora lá vai ele pelos caminhos fazendo alarde! Vai contar pra todo o mundo essa história. E ainda por cima, além de a gente passar por palhaço, vai cair nas mãos de um escrevinhador qualquer, um rabiscador de papéis que vai meter a gente numa comédia! Isso é que é duro! Não vai levar em consideração nem o meu cargo, nem minha posição e todos vão rir às gargalhadas e bater palmas. Do que estão rindo? Estão rindo de si mesmos!... Ah! Vocês!... (*Furioso, bate com os pés no chão*) Todos esses rabiscadores de papel, esses escrevinhadores

de nada, malditos liberais! Filhos do diabo! Queria dar um nó em vocês todos, reduzir todos a pó e mandar vocês pro fundo do inferno! Bem juntinho do demo!... (*Agita os punhos e bate os pés no chão. Depois de uma breve pausa*) Ainda não consigo me acalmar. É assim mesmo, quando Deus quer nos castigar, primeiro nos tira a razão. Mas o que tinha de inspetor naquele espertinho? Nada. Nem um tiquinho de nada. E de repente, todos começaram: inspetor pra lá, inspetor pra cá! Quem foi o primeiro a espalhar que ele era um inspetor? Respondam!

ARTÉMI FILÍPOVITCH (*abrindo os braços*)
Nem que me matem consigo entender como foi que tudo isso aconteceu. É como uma neblina que nos cega. Parece coisa do demônio.

AMÓS FIÓDOROVITCH
Pois sabem quem foi que espalhou? Está aqui quem espalhou: esses dois espertinhos! (*Aponta para Dóbtchinski e Bóbtchinski*)

BÓBTCHINSKI
Ei, espera aí! Eu não, nem pensei...

DÓBTCHINSKI
Eu não fiz nada, nada, nada...

ARTÉMI FILÍPOVITCH
Foram vocês, sim senhores!

LUKÁ LUKÍTCH
Claro que sim. Vieram correndo como uns loucos da hospedaria. "Ele chegou, ele chegou e não quer pagar..." Encontraram o figurão!

PREFEITO
Óbvio que foram vocês! Seus fofoqueiros! Mentirosos de uma figa!

ARTÉMI FILÍPOVITCH
O diabo que os carregue com o seu inspetor e suas histórias.

PREFEITO
Só sabem zanzar pela cidade pra encher a paciência de todo mundo, matracas malditas! Só fazem mexericos, seus tagarelas desgraçados!

AMÓS FIÓDOROVITCH
　Porcalhões malditos!

LUKÁ LUKÍTCH
　Seus patetas!

ARTÉMI FILÍPOVITCH
　Seus barrigudos miseráveis!

Todos os cercam.

BÓBTCHINSKI
　Juro por Deus que não fui eu! Foi Piótr Ivánovitch.

DÓBTCHINSKI
　Ah! Não, Piótr Ivánovitch, pois foi você que primeiro...

BÓBTCHINSKI
　Ora, não senhor, o primeiro foi você.

Última cena

Os mesmos personagens e um oficial.

OFICIAL
　Acaba de chegar de São Petersburgo um funcionário por ordem do czar. Ele ordena que o senhor se apresente agora mesmo. Ele está hospedado no hotel.

　As palavras pronunciadas atingem todos como um trovão. Uma exclamação de assombro ecoa de uma só vez da boca das mulheres. De repente, todo o grupo muda de posição e fica como que petrificado.

Cena muda

O prefeito fica parado no centro como um poste, os braços abertos e a cabeça inclinada para trás. À sua direita estão sua esposa e sua filha, com um movimento de corpo em direção a ele. Atrás delas, o chefe dos correios como que transformado num ponto de interrogação dirigido aos espectadores. Atrás dele, Luká Lukítch, desnorteado, com um certo aspecto ingênuo; atrás dele, na extremidade do palco, estão três senhoras convidadas, apoiadas uma na outra, com a mais satírica expressão no rosto, dirigida à família do prefeito. À esquerda do prefeito, Zemlianíka, com a cabeça um pouco inclinada para o lado, como se estivesse ouvindo alguma coisa; atrás dele, o juiz com os braços abertos, agachado quase até o chão e com um movimento nos lábios como se quisesse assobiar ou exclamar: "Ora vejam só, é o fim do mundo!". Atrás dele, Koróbkin, que pisca um olho para os espectadores numa alusão sarcástica ao prefeito. Atrás dele, bem na extremidade, estão Dóbtchinski e Bóbtchinski com os braços estendidos um para o outro, bocas abertas e olhos arregalados um para o outro. Os demais convidados ficam imóveis como postes. O grupo petrificado permanece nessa posição por quase um minuto e meio. Cai o pano.

OS JOGADORES

(1842)

Negócios dos tempos de outrora.[1]

[1] Do poema narrativo de A. S. Púchkin, *Ruslan e Liudmila* (1820). (N. da T.)

Sala em uma hospedaria da cidade.

Cena 1

Ikharióv entra em companhia do criado da hospedaria, Aleksei, e de seu próprio criado, Gavriúchka.

ALEKSEI
　Por favor, por favor! Aqui está o quarto! É o mais tranquilo e não há nenhum ruído.

IKHARIÓV
　Ruído não, mas deve haver aqui uma verdadeira cavalaria, não é?

ALEKSEI
　Oh, sim, o senhor quer se referir às pulgas? Fique tranquilo. Se uma pulga ou algum percevejo o morder, isto é da nossa responsabilidade: deixe isto com a gente.

IKHARIÓV *(para Gavriúchka)*
　Vá descarregar a caleça. (*Gavriúchka sai. Para Aleksei*) E você, como se chama?

ALEKSEI
　Aleksei, senhor.

IKHARIÓV
　Bem, ouça, (*de modo expressivo*) diga, quem está hospedado em sua casa?

ALEKSEI
　Bem, agora há muita gente; quase todos os quartos estão ocupados.

IKHARIÓV
    Quem exatamente?

ALEKSEI
    Piotr Pietróvitch Chvókhniev, o coronel Krúguel, Stepán Ivánovitch Utechítelhny.

IKHARIÓV
    Jogam?

ALEKSEI
    Claro que sim, jogam há seis noites seguidas.

IKHARIÓV
    Um dinheirinho! (*Mete-lhe na mão*)

ALEKSEI (*fazendo reverência*)
    Deus lhe pague.

IKHARIÓV
    Depois tem mais.

ALEKSEI
    Deus lhe pague ainda mais.

IKHARIÓV
    Jogam entre si?

ALEKSEI
    Não, há pouco tempo derrotaram o tenente Artunóvski, ganharam trinta e seis mil do príncipe Chénkin.

IKHARIÓV
    Aqui está mais uma bela nota para você! E, se trabalhar honestamente, receberá mais. Confesse, foi você quem comprou as cartas?

ALEKSEI
    Não, eles mesmos foram juntos comprar.

IKHARIÓV
   E de quem?

ALEKSEI
   De um comerciante daqui, Vakhraméikin.

IKHARIÓV
   Está mentindo, está mentindo, malandro.

ALEKSEI
   Juro por Deus.

IKHARIÓV
   Está bem. Mais tarde conversaremos. (*Gavriúchka traz um cofrinho*) Coloque-o aqui. Agora vão logo preparar-me o banho e a barba. (*Os criados saem*)

Cena 2

Ikharióv, sozinho, abre o cofrinho repleto de baralhos.

IKHARIÓV
   Que beleza, hein? Isso vale ouro! Tudo alcançado com suor e trabalho. É fácil falar, mas os malditos sinaizinhos ainda me embaralham os olhos. Em compensação, isto agora já é um bom capital. Pode-se deixar para os filhos como herança! Aqui está ele, o baralhinho sagrado, é mesmo uma pérola! É por isso que lhe dei um nome: sim, Adelaída Ivánovna. Sirva-me, querida, assim como a sua irmãzinha me serviu; faça-me ganhar oitenta mil, e eu, logo que chegar aos meus domínios no campo, construirei para você um monumento de mármore. Vou encomendar em Moscou. (*Ao ouvir um ruído, fecha rapidamente o cofrinho*)

Cena 3

Aleksei e Gavriúchka trazem uma tina, um lavatório e uma toalha.

IKHARIÓV
    Onde é que estão esses senhores agora? Aqui?

ALEKSEI
    Sim, senhor, eles estão na sala de visitas.

IKHARIÓV
    Vou dar uma olhada para ver que tipo de gente é. (*Sai*)

Cena 4

Aleksei e Gavriúchka.

ALEKSEI
    Vocês vêm de longe?

GAVRIÚCHKA
    De Riazán.

ALEKSEI
    E o teu senhor é dessa província?

GAVRIÚCHKA
    Não, o patrão é de Smolénski.

ALEKSEI
    Certo. Então quer dizer que a propriedade fica na província de Smolénski?

GAVRIÚCHKA
   Não, não, em Smolénski. Em Smolénski há cem almas, e na província de Kaluga mais oitenta.

ALEKSEI
   Entendo, nas duas províncias, então?

GAVRIÚCHKA
   Sim, nas duas províncias. Temos um serviçal: Ignáti, o copeiro; Pavlúchka, que antes viajava com o patrão; Guerássin, o lacaio; Ivan, que também é lacaio; Ivan, que cuida dos cães; um outro Ivan, músico; e ainda o cozinheiro Grigóri; o cozinheiro Siemión; Varúkh, o jardineiro; Dementi, o cocheiro; são essas as nossas posses.

Cena 5

Os mesmos; Krúguel e Chvókhniev entram cuidadosamente.

KRÚGUEL
   Sabe, tenho medo de que ele nos surpreenda aqui.

CHVÓKHNIEV
   Que nada, Stepán Ivánovitch o deterá. (*Para Aleksei*) Vá, meu caro, estão chamando-o! (*Aleksei sai. Chvókhniev aproximando-se rapidamente de Gavriúchka*) De onde é o seu patrão?

GAVRIÚCHKA
   Acabou de vir de Riazán.

CHVÓKHNIEV
   É proprietário de terras?

GAVRIÚCHKA
   É.

CHVÓKHNIEV
   Joga?

GAVRIÚCHKA
   Joga.

CHVÓKHNIEV
   Aqui vai um bom dinheirinho. (*Dá-lhe uma nota*) Conte tudo!

GAVRIÚCHKA
   Os senhores não vão contar ao patrão, não é?

AMBOS
   Não, não, não tenha medo!

CHVÓKHNIEV
   Como ele está se saindo agora? Está ganhando? Hein?

GAVRIÚCHKA
   Mas será que os senhores conhecem o coronel Tchebotarióv?

CHVÓKHNIEV
   Não, por quê?

GAVRIÚCHKA
   Três semanas atrás ganhamos dele oitenta mil em dinheiro, uma caleça de Varsóvia, um cofre, um tapete, dragonas douradas que nos renderam uns seiscentos rublos.

CHVÓKHNIEV (*após olhar significativamente para Krúguel*)
   O quê? Oitenta mil? (*Krúguel balança a cabeça*) Acha que não foi limpo, não é? Pois é isso que vamos saber. (*Para Gavriúchka*) Escute, quando seu patrão fica em casa sozinho, o que ele faz?

GAVRIÚCHKA
   Como assim o que ele faz? Todo mundo sabe o que ele faz. É um patrão que se comporta bem: não faz nada.

CHVÓKHNIEV

Está mentindo, ao que parece ele não larga o baralho nem um minuto.

GAVRIÚCHKA

Isso não posso saber; estou com o patrão há duas semanas apenas. Antes era Pavlúchka quem viajava com ele. E temos também Guerássin, o lacaio; Ivan, também lacaio; Ivan, que cuida dos cães; Ivan, o músico; Dementi, o cocheiro; e outro dia pegamos um outro, lá mesmo em nossas terras.

CHVÓKHNIEV (*para Krúguel*)

Que acha, é um trapaceiro?

KRÚGUEL

É bem possível.

CHVÓKHNIEV

Mas, apesar disso, vamos experimentar. (*Ambos saem*)

Cena 6

Gavriúchka sozinho.

GAVRIÚCHKA

Que senhores oportunistas! E obrigado pela nota. Vou dar uma touca para Matriôna e ainda rosquinhas para os pequerruchos. Ah, eu adoro essa vidinha de viagens! A gente sempre lucra alguma coisa: o patrão manda comprar algo, e daí, de cada rublo, você guarda no bolso uma moedinha de dez copeques. Que vida os patrões levam por aí! Ele vai para onde bem entender! Ficou aborrecido em Smolénski, vai para Riazán; não quis ficar em Riazán, vai para Kazán. Não quis ficar em Kazán, dá uma volta por Iaroslávl. Só que até agora não sei qual dessas cidades seria a mais sensacional: Riazán ou Kazán? Kazán seria mais, pois em Kazán...

Cena 7

Ikharióv, Gavriúchka, depois Aleksei.

IKHARIÓV

Não há nada de excepcional neles, ao que me parece. Por outro lado... Ah, eu queria limpá-los! Santo Deus, como eu queria! Só de pensar me dá palpitações. (*Pega a escova, o sabão, senta-se diante do espelho e começa a barbear-se*) Até a mão está tremendo, não consigo me barbear de jeito nenhum. (*Entra Aleksei*)

ALEKSEI

O senhor não aceitaria algo para comer?

IKHARIÓV

Claro, claro. Traga uma porção para quatro pessoas. Caviar, salmão, quatro garrafas de vinho. E lhe dê de comer também (*apontando para Gavriúchka*).

ALEKSEI (*para Gavriúchka*)

Por favor, vá até a cozinha, prepararam algo para o senhor. (*Gavriúchka sai*)

IKHARIÓV (*continuando a barbear-se*)
Escute! Eles lhe deram muito?

ALEKSEI
Quem?

IKHARIÓV
Ora, deixe de rodeios, diga!

ALEKSEI
Sim, recompensaram por um servicinho.

IKHARIÓV
Quanto? Cinquenta rublos?

ALEKSEI
É, deram cinquenta rublos.

IKHARIÓV
Pois, de minha parte, não serão cinquenta, não. Está vendo ali na mesa uma nota de cem rublos? Pegue-a. Está com medo de quê? Não morda os lábios. De você não será preciso mais do que a honestidade, entende? Que as cartas sejam de Vakhraméikin ou de outro comerciante, isto não é problema meu, mas está aqui para você mais uma dúzia. (*Dá-lhe uma dúzia de baralhos lacrada*) Está entendendo?

ALEKSEI
Ora, como não entender? O senhor pode confiar em mim. Deixe comigo.

IKHARIÓV
Guarde bem as cartas para que, por acaso, ninguém as veja nem as apalpe. (*Guarda a escova e o sabão e enxuga-se com a toalha. Aleksei sai*) Que bom seria e será mesmo muito bom. Confesso que desejo que todos se estrepem.

Cena 8

Chvókhniev, Krúguel e Stepán Ivánovitch Utechítelhny entram fazendo reverência.

IKHARIÓV (*vai ao encontro deles com uma reverência*)
Peço que me perdoem. Como podem ver, o quarto não é dos melhores: tem ao todo quatro cadeiras.

UTECHÍTELHNY
A acolhida do anfitrião é mais valiosa do que todas as comodidades.

CHVÓKHNIEV
Não é com o quarto que se vive, mas com as boas pessoas.

UTECHÍTELHNY

É a pura verdade. Eu não poderia viver sem companhia. (*Para Krúguel*) Lembra-se, caríssimo, como eu cheguei aqui? Sozinho da silva! Imaginem: nenhum conhecido. A dona da casa era uma velha. Na escada estava uma faxineira, a feiura em pessoa. Olhei, e vi um certo oficial zanzando ao redor dela, pelo visto em jejum... Numa palavra, um tédio mortal. De repente, o destino me enviou um e, depois, o acaso o outro... Bem, e como eu estava feliz! Não posso, não posso ficar uma hora sem companhia. Estou pronto para contar tudo aquilo que estiver escondido na alma.

KRÚGUEL

Isto, irmão, é um defeito seu, não uma virtude. O excesso é prejudicial. Você, provavelmente, foi enganado mais de uma vez.

UTECHÍTELHNY

É sim, enganei-me, enganei-me e sempre vou me enganar. Mas, apesar de tudo, não posso deixar de ser sincero.

KRÚGUEL

Bem, confesso que para mim isso é incompreensível. Ser sincero com todos. Agora, a amizade, isso é outra coisa.

UTECHÍTELHNY

Certo, mas o homem pertence à sociedade.

KRÚGUEL

Pertence, mas não por inteiro.

UTECHÍTELHNY

Não, por inteiro.

KRÚGUEL

Não, não por inteiro.

UTECHÍTELHNY

Não, por inteiro.

KRÚGUEL
 Não, não por inteiro.

UTECHÍTELHNY
 Não, por inteiro!

CHVÓKHNIEV (*para Utechítelhny*)
 Não discuta, irmão, você está errado.

UTECHÍTELHNY (*agitado*)
 Não, eu provarei. Isto é uma obrigação... Isto, isto, isto... Isto é um dever! Isto, isto, isto...

CHVÓKHNIEV
 Ora, está divagando! Você é muito exaltado. É possível entender as duas primeiras palavras daquilo que diz, mas depois não se entende mais nada.

UTECHÍTELHNY
 Não posso, não posso! Quando se trata de uma obrigação ou de um dever, eu não me lembro de mais nada. Geralmente declaro de antemão: senhores, se vamos falar disso, então é verdade, sou mesmo exagerado. É exatamente como uma embriaguez, ou assim como uma bílis fervendo e fervendo.

IKHARIÓV (*para si mesmo*)
 Bem, não é assim, companheiro! Eu conheço essas pessoas exageradas que ficam agitadas diante da palavra obrigação. Pode ser que sua bílis ferva, mas não nesse caso. (*Em voz alta*) E, então, senhores, enquanto a discussão é sobre deveres sagrados, não poderíamos começar a banca?[2] (*Durante a conversa deles fora preparada a mesa para o desjejum*)

UTECHÍTELHNY
 Desde que seja para um grande jogo, por que não?

---

[2] Jogo de cartas a dinheiro, muito comum na Rússia do século XIX. (N. da T.)

KRÚGUEL

Eu nunca resisto a prazeres inocentes.

IKHARIÓV

E, então, parece que há cartas na taverna desta hospedaria, não?

CHVÓKHNIEV

Claro, é só pedir.

IKHARIÓV

Cartas! (*Aleksei gesticula ao redor da mesa de jogo*) E, enquanto isso, por favor, senhores! (*Mostrando com a mão a refeição e aproximando-se dela*) O esturjão seco parece que não é dos bons, mas, de qualquer maneira, é caviar.

CHVÓKHNIEV (*mandando um pedaço para a boca*)

Não, é esturjão seco dos bons, sim.

KRÚGUEL (*do mesmo modo*)

O queijo está bom. O caviar também está muito bom.

CHVÓKHNIEV (*para Krúguel*)

Lembra que queijo maravilhoso nós comemos duas semanas atrás?

KRÚGUEL

Nunca esquecerei na vida o queijo que comi na casa de Piotr Aleksándrovitch Aleksándrov.

UTECHÍTELHNY

Ora, respeitabilíssimo, quando é que um queijo é bom? Ele é bom quando, além de um almoço, você acrescenta outro — aí está sua verdadeira importância. É a mesma coisa quando um bom anfitrião diz: "Sejam bem-vindos, senhores, ainda há lugar".

IKHARIÓV

Sejam bem-vindos, senhores, as cartas estão na mesa.

UTECHÍTELHNY (*aproximando-se da mesa de jogo*)

Ora, vamos lá: os velhos tempos, os velhos tempos! Está ouvindo, Chvókhniev, as cartas, hein? Quantos anos...

IKHARIÓV (*para um lado*)

Não se faça de idiota!

UTECHÍTELHNY

O senhor não quer bancar? O senhor não quer montar a banca?

IKHARIÓV

Não me importo se forem apenas quinhentos rublos! Quer cortar? (*Distribui as cartas*)

Começa o jogo. Ressoam exclamações:

CHVÓKHNIEV

Quatro, ás, cada um me deve dez.

UTECHÍTELHNY

Me dê aqui este baralho, irmão; vou escolher uma carta pela felicidade da mulher do nosso chefe distrital.

KRÚGUEL

Permitam que eu acrescente um *novezinho*.

UTECHÍTELHNY

Chvókhniev, dê o giz. Eu anoto e dou baixa.

CHVÓKHNIEV

Que o diabo o carregue, *parolê*![3]

UTECHÍTELHNY

E cinco rublos, *mazu*![4]

---

[3] Este e os demais termos associados ao jogo citados na peça são expressões provenientes do francês; no caso, significa "dobrar o valor da aposta". (N. da T.)

[4] Termo de jogo que significa "adição à aposta". (N. da T.)

KRÚGUEL

Attende![5] Permita-me dar uma olhada, creio que ainda deve haver dois *três* no baralho.

UTECHÍTELHNY (*levanta-se bruscamente do lugar. Para si mesmo*)

Que o diabo o carregue, isto aqui não é assim! As cartas são outras, isso é evidente. (*O jogo prossegue*)

IKHARIÓV (*para Krúguel*)

Posso saber: servem as duas?

KRÚGUEL

As duas.

IKHARIÓV

Não vai dobrar?

KRÚGUEL

Não.

IKHARIÓV (*para Chvókhniev*)

E o senhor? Não vai apostar?

CHVÓKHNIEV

Vou esperar a outra rodada. (*Levanta-se da mesa, aproxima-se rapidamente de Utechítelhny e diz prontamente*) Com os diabos, irmão! Ele troca tudo! É um trapaceiro de primeira ordem.

UTECHÍTELHNY (*inquieto*)

Será possível? Caramba, e renunciar a oitenta mil?

CHVÓKHNIEV

É claro, é preciso renunciar, quando não se pode ganhar.

UTECHÍTELHNY

Bem, isto já é outra coisa, mas agora vamos já esclarecer as coisas com ele.

---

[5] Termo de jogo que significa "parada no jogo para fazer as contas". (N. da T.)

CHVÓKHNIEV
    Como?

UTECHÍTELHNY
    Abrindo tudo pra ele.

CHVÓKHNIEV
    Pra quê?

UTECHÍTELHNY
    Depois eu digo. Vamos. (*Ambos aproximam-se de Ikharióv e lhe tocam nos ombros em ambos os lados*)

UTECHÍTELHNY
    Bem, chega de gastar cartuchos em vão.

IKHARIÓV (*estremecido*)
    Como?

UTECHÍTELHNY
    Não há nada para se discutir. Será que a gente da mesma laia não pode se entender?

IKHARIÓV (*com cortesia*)
    Posso saber em que sentido devo entender isso?

UTECHÍTELHNY
    Ora, sem muitas palavras e sem cerimônia. Nós vimos sua arte e, acredite, sabemos fazer justiça à maestria. Por isso, em nome de nossos companheiros, eu lhe proponho uma união amistosa. Unindo nossos conhecimentos e nosso capital, nós podemos atuar com muito mais êxito do que em separado.

IKHARIÓV
    Como devo entender o sentido de suas palavras?...

UTECHÍTELHNY
    Vou lhe dizer: sinceridade nós pagamos com sinceridade. Nós lhe confessamos aqui com franqueza que tínhamos combinado derrotá-lo,

porque o tomamos por um homem simples. Mas, agora, vimos que o senhor é conhecedor dos segredos sagrados. Assim, o senhor não quer aceitar nossa amizade?

IKHARIÓV
Uma proposta tão cordial eu não posso recusar.

UTECHÍTELHNY
Então, vamos dar as mãos uns aos outros. (*Cada um deles aperta a mão de Ikharióv*) De agora em diante, temos tudo em comum; nada de fingimento e cerimônia! Permita-me perguntar: desde quando o senhor começou a pesquisar a profundidade dessa ciência?

IKHARIÓV
Confesso que desde os anos mais tenros isto já era minha aspiração. Ainda na escola, na hora das lições do professor, eu já dava cartas aos meus companheiros por debaixo da carteira.

UTECHÍTELHNY
Eu bem que imaginava. Arte semelhante não se pode adquirir sem a prática desde os anos da mais tenra juventude. Lembra-se, Chvókhniev, daquele rapaz extraordinário?

IKHARIÓV
Que rapaz?

UTECHÍTELHNY
Vamos, conte!

CHVÓKHNIEV
Nunca vou me esquecer daquele caso. Disse-me o cunhado dele (*apontando para Utechítelhny*), Andrei Ivánovitch Piátkin: "Chvókhniev, quer ver um prodígio? Um menino de onze anos, filho de Ivan Mikháilovitch Kubychev, que trapaceia com mais arte do que qualquer um dos jogadores! Viaje para o distrito de Tetiuchévski e veja!". Confesso que naquela mesma hora parti em direção ao distrito de Tetiuchévski. Perguntei aos camponeses por Ivan Mikháilovitch Kubychev e fui diretamente a ele. Mandei que informassem sobre a minha chegada. Apareceu um homem de idade respeitável. Eu me apresento e digo: "Perdão, ouvi di-

zer que Deus o premiou com um filho extraordinário". "Sim, é verdade" — disse ele (e apreciei aquela falta de, sabe, pretensões e desculpas) — "sim" — disse — "exatamente, apesar de que, para um pai, é indecente exaltar o próprio filho, mas isso é realmente um milagre. 'Micha!'" — disse — "venha até aqui, mostre a arte ao visitante!" O menino era ainda uma criança, não passava da altura do meu ombro, e nos olhos não havia nada de extraordinário. Mas ele começou a dar as cartas — eu fiquei simplesmente desconcertado. Aquilo superou toda a descrição.

IKHARIÓV

Mas será mesmo que não era possível notar nada?

CHVÓKHNIEV

Não, não, nenhum vestígio! Eu prestei bem atenção.

IKHARIÓV

Isso é incompreensível!

UTECHÍTELHNY

Um fenômeno, um fenômeno.

IKHARIÓV

Pois eu penso que, nesse caso, ainda são necessários conhecimentos baseados na perspicácia dos olhos, um estudo atento das marcas do baralho.

UTECHÍTELHNY

Pois agora tudo ficou mais fácil. Agora as marcas e manchas saíram de uso. Estão tentando estudar a chave.

IKHARIÓV

E há uma chave do desenho?

UTECHÍTELHNY

Claro, a chave do desenho do lado oposto. Em uma cidade qualquer (não quero dar o nome), há um homem respeitável, que não se ocupa com mais nada além disso. Todo ano ele recebe de Moscou algumas centenas de baralhos; de quem exatamente, isso é um mistério. Sua obrigação toda consiste em classificar a marca de cada carta e enviar apenas a chave. Veja só, o *dois* tem um desenho colocado assim! A carta tal, assim! Por uma só ele recebe cinco mil rublos em dinheiro vivo todo ano.

IKHARIÓV

Não é nada mau.

UTECHÍTELHNY

É assim que deve ser. Em economia política isto se chama distribuição de trabalhos. É a mesma coisa com o carpinteiro. Afinal, não é ele mesmo quem faz toda a carruagem. Ele recorre ao ferreiro e ao tapeceiro. De outro modo não existiria a vida humana.

IKHARIÓV

Permitam que eu faça uma pergunta. Como os senhores fizeram até agora para pôr os baralhos em circulação? Subornar criados nem sempre é possível.

UTECHÍTELHNY

Deus me livre! E é perigoso. Isso às vezes significa vender a si mesmo. Nós fazemos isso de outro modo. Uma vez procedemos assim: nosso agente foi até a feira, parou numa taverna, passando-se por um comerciante da cidade. Ainda não tinha conseguido alugar um posto; por enquanto os baús ainda estavam no quarto. Ele ficou na taverna, gastou dinheiro, comeu, bebeu e de repente desapareceu para algum lugar desconhecido, sem pagar. O patrão fez uma busca no quarto. Reparou que tinha ficado um pacote, desembrulhou e viu cem dúzias de cartas. As cartas, naturalmente, foram vendidas na mesma hora no leilão. Lançaram um preço baixo e os comerciantes arrebataram para suas bancas num piscar de olhos. Em quatro dias a cidade inteira se arruinou.

IKHARIÓV

É muita esperteza.

CHVÓKHNIEV

Bem, mas e com... com aquele proprietário?

IKHARIÓV

Que tem o proprietário?

UTECHÍTELHNY

Ora, aquele negócio também não foi mal conduzido. Não sei, é que há um proprietário, Arkadi Andréivitch Dergunov, um homem riquíssimo. Joga limpo e não permite que ninguém jogue sujo, entende? É de uma honestidade exemplar. Ele mesmo cuida para seus criados parecerem chanceleres. A casa é um palácio; as propriedades, os jardins — tudo isso à moda inglesa. Numa palavra, é um senhor russo no pleno sentido do termo. Nós ficamos lá por três dias. Como conduzir o negócio? Não tinha como. Enfim, tivemos uma ideia. Numa manhã, uma troica passou voando pelo pátio. Na telega havia alguns jovens. Estavam totalmente bêbados — pior não podiam estar —, berravam canções e corriam a toda velocidade. Todos os criados saíram como de costume para ver tal espetáculo. Ficaram boquiabertos, riram, e aí perceberam que tinha caído alguma coisa da telega; aproximaram-se e viram uma mala. Fizeram gestos, gritaram: "Parem!". Mas já era! Ninguém ouviu, partiram a todo vapor, só ficou poeira pela estrada. Desfizeram a mala e viram: roupa-branca, roupas, duzentos rublos em dinheiro e umas quarenta dúzias de baralhos. Bem, naturalmente não quiseram recusar o dinheiro, as cartas foram para a mesa do senhor; e já no outro dia, ao anoitecer, todos, o senhor e os visitantes, ficaram sem um tostão no bolso, e a banca terminou.

IKHARIÓV

Muito inteligente! E chamam isso de embuste e de outros nomes parecidos. E, na verdade, é só sutileza de pensamento, elegância.

UTECHÍTELHNY

Essa gente não entende o que é um jogo. No jogo vale tudo. Quem está na chuva... Se meu pai se sentar comigo para um jogo de cartas, eu derrotarei meu pai. Então não entre! Aqui é cada um por si!

IKHARIÓV

É isso que eles não entendem, que um jogador pode ser um homem virtuosíssimo. Eu conheço um que é inclinado a toda espécie de trapaça, mas ele oferecerá a um mendigo o último copeque. No entanto, de forma alguma ele recusaria unir-se a outros três para vencer sem risco. Mas, senhores, já que é para ser franco, eu lhes mostrarei uma coisa fabulosa. Os senhores sabiam que há um tipo de baralho tão benfeito, que eu posso adivinhar cada carta a uma distância considerável?

UTECHÍTELHNY

Sei, mas é possível?

IKHARIÓV

Posso lhes assegurar que igual a este os senhores não encontrarão em lugar nenhum. Quase meio ano de trabalho. Duas semanas depois disso eu não podia olhar pra luz do sol. O médico temia uma inflamação nos olhos. (*Tira algo de um cofrinho*) Aqui está! Porém, não se irritem: comigo ele tem até um nome, como uma pessoa.

UTECHÍTELHNY

Como? Um nome?

IKHARIÓV

É, um nome: Adelaída Ivánovna.

UTECHÍTELHNY (*escarnecendo*)

Ouviu, Chvókhniev, uma ideia absolutamente nova: chamar um baralho de cartas de Adelaída Ivánovna. Considero isso até muito engenhoso.

CHVÓKHNIEV

Ótimo. Adelaída Ivánovna! Muito bom!

UTECHÍTELHNY

Adelaída Ivánovna! É até alemã! Ouviu, Krúguel, é uma esposa pra você.

KRÚGUEL

E eu sou alemão, é? Meu avô era alemão, mas nem sequer sabia alemão.

UTECHÍTELHNY (*examinando o baralho*)

É mesmo um tesouro. Sim, nenhuma marca. Mas será que o senhor pode mesmo adivinhar cada carta, a qualquer distância que for?

IKHARIÓV

Pois não. Eu ficarei a cinco passos dos senhores, e vou adivinhar dali qualquer carta. Estou pronto para pagar duzentos mil, se eu errar.

UTECHÍTELHNY
    Bem, que carta é esta?

IKHARIÓV
    Um *sete*.

UTECHÍTELHNY
    Exatamente. Esta?

IKHARIÓV
    Um *valete*.

UTECHÍTELHNY
    Que o diabo o carregue, é isso mesmo! Bem, e esta?

IKHARIÓV
    Um *três*.

UTECHÍTELHNY
    É incompreensível!

KRÚGUEL (*encolhendo os ombros*)
    É incompreensível!

CHVÓKHNIEV
    É incompreensível!

UTECHÍTELHNY
    Deixa eu examinar mais uma vez. (*Examinando o baralho*) É uma coisa fabulosa! Vale a pena chamá-lo por um nome. Mas devo observar que é difícil utilizá-lo no negócio. Talvez seja simples com um jogador inexperiente, afinal é o senhor mesmo quem precisa trocar o baralho.

IKHARIÓV
    Sim, mas isso só se faz na hora em que o jogo está mais acalorado, quando o jogo cresce a ponto de o mais experiente jogador ficar inquieto. Basta uma pessoa se descontrolar e se pode fazer tudo com ela. Os senhores sabem que com os melhores jogadores acontece aquilo que chamam de descontrole. Depois de jogar dois dias e duas noites seguidas, sem

dormir, bem, ele perde mesmo o controle. No jogo de azar eu sempre troco o baralho. Acreditem, a coisa toda está em manter o sangue frio enquanto o outro se enerva. E para tirar a atenção dos outros, meios não faltam. Discuta com algum dos apontadores,[6] diga que ele não anotou corretamente, assim os olhos de todos se voltarão para ele, e nessa hora o baralho já foi trocado.

UTECHÍTELHNY

Bem, vejo que o senhor, além da arte, detém ainda a qualidade de ter sangue frio. Isso é uma coisa muito importante. A aquisição de sua arte tornou-se agora para nós ainda mais significativa. Deixemos de cerimônia, deixemos de etiquetas supérfluas e comecemos a nos tratar por "você".

IKHARIÓV

Assim já deveria ser há muito tempo.

UTECHÍTELHNY

Rapaz, champanhe! Em honra de uma união amigável!

IKHARIÓV

Exatamente, é algo por que vale a pena beber.

CHVÓKHNIEV

E aí está. Nós nos unimos para realizar façanhas, temos todas as ferramentas nas mãos, falta só uma coisa...

IKHARIÓV

Exatamente, só falta saber qual fortaleza vamos atacar. Aí está a desgraça...

UTECHÍTELHNY

Que fazer? Por enquanto não há inimigo. (*Olhando fixamente para Chvókhniev*) O que há? Você está com cara de quem quer dizer que há um inimigo.

---

[6] No original, *puntiór*: "jogador que aponta, anota os pontos". (N. da T.)

CHVÓKHNIEV
    É, sim... Mas... (*detém-se*)

UTECHÍTELHNY
    Eu sei em quem você está de olho.

IKHARIÓV (*com animação*)
    E em quem? Em quem? Quem é?

UTECHÍTELHNY
    Ora, não é nada, não é nada! Ele inventou alguma bobagem. Vejam só, está aqui um proprietário recém-chegado, Mikhail Aleksándrovitch Glov. Bem, mas o que é que se pode fazer, se ele não joga de jeito nenhum? Nós já o cercamos... E eu o cortejei durante um mês: travamos amizade e ele até chegou a confiar em mim, mas não deu em nada.

IKHARIÓV
    Bem, mas ouça, não é possível encontrá-lo alguma vez? Talvez, quem sabe...

UTECHÍTELHNY
    Bem, eu lhe adianto que será um trabalho vão.

IKHARIÓV
    Bem, mas vamos tentar, vamos tentar mais uma vez.

CHVÓKHNIEV
    Então, a primeira coisa é trazê-lo para cá! Se não conseguirmos nada, vamos ao menos conversar um pouquinho. Por que não tentar?

UTECHÍTELHNY
    É, pra mim isso não custa nada, posso trazê-lo.

IKHARIÓV
    Mas traga-o agora, por favor!

UTECHÍTELHNY
    Como não? Claro! (*Sai*)

Cena 9

Os mesmos personagens, exceto Utechítelhny.

IKHARIÓV

É isso mesmo, quem sabe? Às vezes um negócio parece absolutamente impossível...

CHVÓKHNIEV

Eu sou da mesma opinião. Pois não é com Deus que você tem negócios aqui, mas com um homem; e um homem, de qualquer modo, é um homem. Hoje não, amanhã não, depois de amanhã não, mas no quarto dia você aperta e ele dirá: "Sim". Um quer parecer inacessível, mas olhe pra ele mais de perto e verá: você estava preocupado à toa.

KRÚGUEL

Bem, mas esse não é assim.

IKHARIÓV

Tomara! É incrível como nasceu em mim agora a sede de agir. Vocês precisam saber que minha última vitória, oitenta mil, contra o coronel Tchebotáriev, aconteceu no mês passado. Desde então não tenho praticado no decorrer de um mês inteiro. Não podem imaginar o tédio que experimentei em todo esse tempo. Um tédio, um tédio mortal!

CHVÓKHNIEV

Entendo a situação. É igual a um general: o que ele deve sentir quando não há guerra? Isso, caríssimo, é um entreato simplesmente fatal. Eu sei por mim mesmo que não se deve brincar com isso.

IKHARIÓV

Acredite, a coisa está de um jeito que, se alguém fizer uma banca de cinco rublos, estou pronto para sentar e jogar.

CHVÓKHNIEV

É natural. É assim que os jogadores mais habilidosos às vezes perdem muito: ficam aborrecidos, sem trabalho e, por causa da tristeza, topam com um daqueles que chamam de miseráveis e vagabundos — bem, aí perdem assim, por nada!

IKHARIÓV

Mas é rico esse Glov?

KRÚGUEL

Ah, dinheiro tem! Parece que cerca de mil almas.

IKHARIÓV

Ora, com os diabos, e que tal embriagá-lo, mandar servir champanhe?

CHVÓKHNIEV

Não toma uma gota.

IKHARIÓV

Que fazer com ele, então? Como chegar nele? Bem, estou aqui pensando... pois o jogo é uma coisa sedutora. Parece-me que, se ele apenas se sentasse ao lado de alguns que estivessem jogando, não poderia mais se dominar.

CHVÓKHNIEV

É, vamos tentar. Krúguel e eu ficamos aqui ao lado fazendo um joguinho. Mas não é preciso dar a ele grande atenção: os velhos são desconfiados. (*Sentam-se ao lado, com cartas*)

Cena 10

Os mesmos personagens, mais Utechítelhny e Mikhailo Aleksándrovitch Glov, um homem de idade respeitável.

UTECHÍTELHNY
    Aqui está, Ikhariov, apresento-lhe Mikhailo Aleksándrovitch Glov!

IKHARIÓV
    Confesso que há muito procurava esta honra. Morando numa hospedaria...

GLOV
    Também tenho muito prazer em conhecê-lo. Só é pena que isto tenha se dado quase na hora da partida...

IKHARIÓV (*oferecendo-lhe uma cadeira*)
    Tenha a bondade!... Há muito tempo o senhor tem o prazer de morar nesta cidade?

Utechítelhny, Chvókhniev e Krúguel cochicham entre si.

GLOV
    Ah, meu caro, já me aborreceu tanto esta cidade. De corpo e alma queria escapar daqui o mais rápido possível.

IKHARIÓV
    E o que há, os negócios o detêm?

GLOV
    Negócios, negócios. Para mim são um assunto tão espinhoso esses negócios!

IKHARIÓV
    Será algum litígio?

GLOV
    Não, graças a Deus, não é litígio, mas, no entanto, as circunstâncias

são complicadas. Vou casar minha filha, meu caro, uma mocinha de dezoito anos. O senhor entende a posição de um pai? Vim para comprar várias coisas, mas o principal é empenhar minha propriedade. O negócio já está concluído, só que o Departamento não liberou o dinheiro até agora. Estou aqui sem fazer absolutamente nada.

IKHARIÓV

Mas permita-me saber: por qual valor o senhor empenhou a propriedade?

GLOV

Por duzentos mil. Deveriam liberar em alguns dias, mas vê-se que a coisa vai longe. E já me deu tanto asco viver aqui! O lar, o senhor sabe, tudo isso eu deixei por um tempo curto. Minha filha está noiva. Tudo isso esperando... Eu já decidi não mais esperar e largar tudo.

IKHARIÓV

Como assim? E não quer esperar o dinheiro?

GLOV

Mas o que fazer, meu caro? Veja o senhor minha situação: já faz um mês que não vejo esposa e filhos, nem cartas recebo; sabe Deus o que se passa por lá. Eu já confiei todo o negócio a meu filho, que ficará aqui. Já chega. (*Voltando-se para Chvókhniev e Krúguel*) E os senhores? Parece que os estou estorvando: o que estavam fazendo?

KRÚGUEL

Bobagem. Só isso. Por não termos o que fazer, pensamos em jogar um pouquinho.

GLOV

Parece algo como uma banca!

CHVÓKHNIEV

Qual o quê! Pra passar o tempo, um joguinho baratinho.

GLOV

Ora, senhores, ouçam um velho. Os senhores são homens jovens. Claro, aqui não há nada de mau, é mais para diversão, e num jogo desses não se pode perder muito, isso é verdade, mas... Ora, senhores, eu mesmo jogava e sei por experiência própria. Tudo no mundo começa com uma casinha de nada, mas olha aqui, um jogo pequeno logo resulta grande.

CHVÓKHNIEV (*para Ikharióv*)
Bem, lá vem o velhote com seu lero-lero. (*Para Glov*) Bem, veja só, o senhor toma por importante qualquer bobagem; isso é um hábito comum em todas as pessoas idosas.

GLOV
Ora essa, eu ainda não sou tão idoso. E me pauto pela experiência.

CHVÓKHNIEV
Não estou falando do senhor, mas em geral os velhos têm isso. Por exemplo, se eles se queimam com alguma coisa, então passam a crer que os outros vão obrigatoriamente se queimar do mesmo jeito. Se eles vão por um certo caminho e, distraídos, caem por causa do gelo, já gritam e ditam a regra de que por tal caminho ninguém deve passar, porque nele, num certo lugar, há gelo e todo mundo vai infalivelmente cair, sem levar em conta de modo algum que o outro, talvez, não se distraia e que a sola de suas botas não escorregue. Não, isso eles não levam em consideração. Um cachorro morde uma pessoa na rua — então, todos serão mordidos por cachorros, e por isso ninguém pode sair na rua.

GLOV
É assim, meu caro, é isso mesmo, você tem razão. E, afinal, os senhores ainda são jovens! Têm energia demais! Olha que podem quebrar a cara!

CHVÓKHNIEV
É assim mesmo, não temos meio-termo. O jovem faz as suas diabruras e é insuportável aos outros, mas na velhice se faz de santo e os outros é que não o suportam.

GLOV
O senhor tem uma opinião bem pesada a respeito dos velhos, não?

CHVÓKHNIEV
Ora, como assim opinião pesada? Isso é a pura verdade.

IKHARIÓV

Permita-me observar: sua opinião é rude...

UTECHÍTELHNY

A respeito das cartas estou absolutamente de acordo com Mikhail Aleksándrovitch. Eu mesmo jogava, jogava pra valer; mas agradeço ao destino: larguei para sempre. Não porque perdesse ou brigasse com o destino; acreditem, isso ainda não é nada: a derrota não é tão importante como a tranquilidade da alma. É uma agitação sentida na hora do jogo, qualquer que seja ela, e que reduz sensivelmente a nossa vida.

GLOV

É isso mesmo, meu caro, juro por Deus! Que observação prudente! Permita-me fazer uma pergunta indiscreta. Há quanto tempo tenho a honra de desfrutar de sua amizade, e até agora...

UTECHÍTELHNY

Que pergunta?

GLOV

Permita-me saber, embora seja uma coisa até indelicada, qual a sua idade?

UTECHÍTELHNY

Trinta e nove anos.

GLOV

Vejam só! Trinta e nove anos? É ainda um homem jovem. Bem, como seria se na Rússia tivéssemos mais pessoas assim, que raciocinassem tão sabiamente? Meu Deus, como seria isso? Simplesmente uma era de ouro, um céu cheio de estrelas. Juro por Deus, como sou grato ao destino por ter conhecido o senhor.

IKHARIÓV

Acredite, eu também concordo com essa opinião. Eu não permitiria que meninos pegassem cartas nas mãos. Mas as pessoas ajuizadas, por que não se divertir um pouco, não se entreter? Por exemplo, um velho de idade respeitável, que já não pode bailar nem dançar.

GLOV

É verdade, é tudo verdade. Mas acredite: em nossa vida há tantos prazeres, tantas obrigações que são, digamos assim, sagradas. Ora, senhores, ouçam um velho! Para o homem não há destino melhor que a vida em família, no círculo doméstico. Tudo isso que os cerca, tudo isso é agitação, juro por Deus, agitação; mas a felicidade verdadeira os senhores não a experimentaram ainda. Acreditem, não vejo a hora de ver os meus, juro por Deus! Já estou imaginando: minha filha lança-se ao meu pescoço: "Paizinho, meu paizinho querido!". O filho voltou outra vez do liceu... meio ano sem vê-lo... Faltam-me as palavras, juro por Deus, é verdade. E, depois disso, a gente nem quer olhar para cartas.

IKHARIÓV

Mas pra que misturar sentimentos paternos com as cartas? Os sentimentos paternos são para si mesmo, mas as cartas também...

ALEKSEI (*entrando, diz a Glov*)

Seu rapaz pergunta a respeito das malas: o senhor vai mandar retirar? Os cavalos já estão prontos.

GLOV

Vou agora mesmo! Desculpem-me, senhores, vou deixá-los por um minutinho. (*Sai*)

Cena 11

Chvókhniev, Ikharióv, Krúguel e Utechítelhny.

IKHARIÓV

Bom, não há nenhuma esperança!

UTECHÍTELHNY

Foi o que eu disse. Não entendo como vocês não conseguem ver um homem. Basta dar uma olhada pra saber que não está disposto a jogar.

IKHARIÓV

Bem, apesar de tudo, há que insistir. Afinal, por que você mesmo o apoiou?

UTECHÍTELHNY

Mas, meu amigo, de outro modo é impossível. Com uma pessoa como essa, é preciso agir de modo sutil, senão ela logo adivinha que querem enganá-la.

IKHARIÓV

Mas no que é que deu isso? Ele foi embora — deu na mesma.

UTECHÍTELHNY

Bem, espere um pouco, ainda não está tudo acabado.

Cena 12

Os mesmos personagens e Glov.

GLOV

Senhores, tive imenso prazer em conhecê-los. É mesmo uma pena que isso se tenha dado só no final. Porém, quiçá queira Deus que nos reunamos em algum lugar novamente.

CHVÓKHNIEV

É provável. São imprevisíveis os caminhos de Deus, quem sabe nos encontremos ainda. É só o destino querer.

GLOV

Juro por Deus, é a pura verdade. Se o destino assim o quiser, então nos veremos. É a pura verdade. Adeus, meus senhores. Obrigado mesmo! E sou muito grato ao senhor, Stepán Ivánovitch. O senhor adoçou minha solidão.

UTECHÍTELHNY

Ora, vamos, não foi nada. Podia servir em algo, e servi.

GLOV

Bem, uma vez que o senhor é tão bondoso, faça-me ainda um favor! Posso pedir-lhe?

UTECHÍTELHNY

Qual? Diga! Tudo o que for preciso, estou pronto.

GLOV

Tranquilize um velho pai!

UTECHÍTELHNY

Como?

GLOV

Deixarei aqui meu Sacha. É um bom moço, uma boa pessoa. Mas é ainda inseguro: vinte e dois anos. Ainda não tem idade, não é? É quase uma criança... Terminou os estudos e já não quer saber de mais nada senão de hussardos. E costumo dizer a ele: "É cedo, Sacha, tenha paciência, vá com calma! O que você vê nos hussardos? Pode ser que você tenha inclinações para a vida. Você praticamente ainda não viu o mundo; o tempo não vai fugir de você...". Bem, o senhor sabe, é a natureza dos jovens. Para ele, tudo brilha nos hussardos: os galões, o uniforme vistoso. O que fazer? Não se pode deter as inclinações de ninguém... Assim, seja generoso, meu caro Stepán Ivánovitch! Ele vai ficar sozinho agora; eu o encarreguei de certos assuntos. É um homem jovem, tudo pode acontecer. Para que os funcionários não o enganem de algum modo... sei lá... Tome-o sob sua proteção, vigie as ações dele, desvie-o da maldade. Faça-me esse favor, meu caro! (*Toma-lhe ambas as mãos*)

UTECHÍTELHNY

Pois não, pois não. Farei por ele tudo que um pai pode fazer por um filho.

GLOV

Ah, meu querido! (*Abraçam-se e beijam-se*) Juro por Deus, é fácil ver quando um homem tem bom coração! Deus o recompensará por isso! Adeus, senhores, desejo-lhes de todo o coração uma feliz estadia.

IKHARIÓV

Adeus, boa viagem.

CHVÓKHNIEV

Que encontre seus familiares em boa saúde.

GLOV

Obrigado, senhores!

UTECHÍTELHNY

E eu o levarei até a caleça e o ajudarei a subir!

GLOV

Ah, meu caro, como o senhor é bondoso! (*Saem ambos*)

Cena 13

Chvókhniev, Ikharióv e Krúguel.

IKHARIÓV

O pássaro escapou!

CHVÓKHNIEV

É, mas dava pra ter aproveitado.

IKHARIÓV

Confesso que, quando ele disse "duzentos mil", meu coração até tremeu.

KRÚGUEL

Como é doce pensar em tanta quantia.

IKHARIÓV

Veja só quanto dinheiro desaparece de uma vez, sem qualquer proveito! E para onde vão aqueles seus duzentos mil? Aquilo tudo vai para a compra de uns trapos, uns farrapos.

CHVÓKHNIEV

E tudo isso é uma porcaria, uma podridão.

IKHARIÓV

E quanta coisa desaparece no mundo sem ter sido utilizada! Quanto capital está aí nas casas de penhor como um cadáver! É mesmo uma pena. Eu nem queria ter comigo tanto dinheiro quanto há no Banco Central.

CHVÓKHNIEV

Eu me contentaria com a metade.

KRÚGUEL

Eu ficaria contente com um quarto.

CHVÓKHNIEV

Ora, não minta, alemão. Você ia querer mais.

KRÚGUEL

Como um homem honesto...

CHVÓKHNIEV

Você vai passar a perna nele.

Cena 14

Os mesmos personagens e Utechítelhny, que entra depressa e com aparência feliz.

UTECHÍTELHNY
   Tudo bem, tudo bem, senhores! Foi-se, que o diabo o carregue, tanto melhor! Ficou o filho. O pai lhe passou uma procuração e todos os direitos de receber o dinheiro do Departamento, e me encarregou de zelar por tudo. O filho é jovem e aspira muito a se tornar um hussardo. Será uma colheita! Eu vou e daqui um instante o trarei a vocês. (*Sai correndo*)

Cena 15

Chvókhniev, Krúguel e Ikharióv.

IKHARIÓV
   Muito bem, Utechítelhny!

CHVÓKHNIEV
   Bravo! O negócio deu uma virada excelente! (*Todos esfregam as mãos de alegria*)

IKHARIÓV
   Grande Utechítelhny! Agora eu compreendo por que ele se entendeu tão bem com o pai! Quanta habilidade, quanta sutileza!

CHVÓKHNIEV
   Oh, ele tem um talento extraordinário!

KRÚGUEL
   Uma capacidade inacreditável!

IKHARIÓV

Confesso que, quando o pai disse que ia deixar aqui o filho, uma ideia me passou rapidamente pela cabeça, mas foi só por um instante; e ele, na mesma hora... Que perspicácia!

CHVÓKHNIEV

Oh, você ainda não o conhece bem.

Cena 16

Os mesmos personagens, mais Utechítelhny e Aleksandr Mikháilovitch Glov, um jovem rapaz.

UTECHÍTELHNY

Senhores! Apresento-lhes Aleksandr Mikhálytch Glov, excelente companheiro! Amem-no como a si mesmos!

CHVÓKHNIEV

Muito prazer... (*Aperta-lhe a mão*)

IKHARIÓV

Conhecer o senhor é um grande...

KRÚGUEL

Deixe-me logo abraçá-lo.

GLOV

Senhores! Eu...

UTECHÍTELHNY

Sem cerimônias, sem cerimônias. A igualdade é a primeira coisa, senhores! Glov, aqui somos todos companheiros. Por isso, ao diabo com todas as etiquetas! Vamos nos tratar logo por "você".

CHVÓKHNIEV

Isso mesmo, por "você".

GLOV

Por "você"! (*Dá a mão a todos eles*)

UTECHÍTELHNY

Isso, bravo! Ei, moço, champanhe! Reparem, senhores, como ele já tem até um certo ar de hussardo. Não, o seu pai, pra não dizer uma palavra feia, é um porco. Desculpe, isto é aqui entre nós. Ora, imaginem, um jovem desse, burocrata! Bem, e então, meu caro, será logo o casamento de sua irmã?

GLOV

O diabo que a carregue com seu casamento; sinto que foi por causa dela que meu pai me deteve três meses no campo.

UTECHÍTELHNY

Bem, escute, e é bonita a sua irmã?

GLOV

É muito bonita... Se não fosse minha irmã... Bem, eu mesmo a pegaria.

UTECHÍTELHNY

Bravo, bravo, hussardo! Agora parece um hussardo! Bem, escute, você me ajudaria se eu quisesse raptá-la?

GLOV

Como não? Ajudaria sim.

UTECHÍTELHNY

Bravo, hussardo! Aí está um verdadeiro hussardo, que o diabo o carregue! Ei, moço, champanhe! Eu gosto desse tipo de gente. Adoro pessoas abertas. Espere um pouco, meu caro, deixe-me abraçá-lo!

CHVÓKHNIEV

Deixe-me abraçá-lo também. (*Abraça-o*)

IKHARIÓV
   Pois eu também vou abraçá-lo. (*Abraça*)

KRÚGUEL
   Bem, se é assim, eu também vou abraçá-lo. (*Abraça*)

   Aleksei traz uma garrafa, prendendo com um dedo a tampa, que estoura e voa para o teto. Enche as taças.

UTECHÍTELHNY
   Senhores, à saúde do futuro cadete dos hussardos! Que ele seja o primeiro espadachim, um grande D. Juan, um grande beberrão, um grande... Numa palavra: que ele seja o que quiser!

TODOS
   Que ele seja o que quiser! (*Bebem*)

GLOV
   À saúde de todos os hussardos! (*Levantando a taça*)

TODOS
   À saúde de todos os hussardos! (*Bebem*)

UTECHÍTELHNY
   Senhores, é preciso iniciá-lo agora mesmo em todos os costumes dos hussardos. Vê-se que ele já sabe beber bem, mas isso não é tudo. É preciso que ele seja um jogador vigoroso! Você joga banca?

GLOV
   Queria muito jogar, pena que não tenho dinheiro.

UTECHÍTELHNY
   Que bobagem, não tem dinheiro! Basta ter algo pra começar, depois vai aparecer dinheiro, é aí que você ganha.

GLOV
   Só que não tenho nem com o que começar.

UTECHÍTELHNY

Ora, nós confiamos em você. Afinal, você tem uma autorização para a retirada do dinheiro do Departamento. Nós esperaremos, e logo que lhe entregarem, você nos paga. Até lá você pode nos dar uma letra de câmbio. Ora, mas o que estou dizendo? Até parece que você vai mesmo perder! Você pode até ganhar alguns milhares em dinheiro vivo.

GLOV

E se eu perder?

UTECHÍTELHNY

Tome vergonha, que tipo de hussardo vai ser depois disso? Naturalmente, de duas, uma: ou ganha, ou perde. Mas é aí que está o negócio, é no risco que está a grande virtude. Quem não arrisca, não petisca. Só um banco investe sem risco e só um judeu arrisca sem risco!

GLOV (*tendo agitado a mão*)

Se é assim, que diabo, vou jogar! Pra que é que eu vou me espelhar no meu pai?

UTECHÍTELHNY

Bravo, cadete! Ei, moço, as cartas! (*Enche o copo dele*) Sabe o que é preciso? É preciso ousadia, golpe, força... Pois bem, senhores, eu farei a banca em vinte e cinco mil. (*Distribui à direita e à esquerda*) Bem, hussardo... E você, Chvókhniev, o que vai colocar? (*Distribui*) Que cartas estranhas. Vejam só que cálculo curioso! O *valete* está morto, o *nove* ganhou! O que você tem aí? E o *quatro* ganhou! Mas que hussardo, hein? Repare, Ikharióv, com que maestria ele aumenta a aposta! E o *ás* ainda não saiu. Mas por que, Chvókhniev, você não enche o copo dele? Aí, aí, aí está o *ás*! Vejam só, Krúguel já arrematou. O alemão sempre tem sorte! O *quatro* ganhou, o *três* ganhou. Bravo, bravo, hussardo! Está ouvindo, Chvókhniev, o hussardo já ganhou cerca de cinco mil.

GLOV (*dobrando a carta*)

Com os diabos! *Parole pe*![7] Aí está mais um *nove* na mesa, é uma boa carta, e aqui tenho mais quinhentos rublos!

[7] Termo de jogo que significa "dobrar duas vezes seguidas o valor da aposta". (N. da T.)

UTECHÍTELHNY (*continua distribuindo*)

Hu! Maravilha, hussardo! O *sete* está mort... ah, não, *pliê*,[8] com os diabos, *pliê*, de novo *pliê*! Ah, perdeu, hussardo. Bem, o que fazer, irmão? Nem todo dia é dia santo. Krúguel, chega de contar! Bem, coloque essa que tirou. Bravo, o hussardo venceu! Vocês não vão parabenizá-lo? (*Todos bebem e o parabenizam fazendo um brinde*) Dizem que a Dama de Espadas sempre traz azar, mas eu não vou dizer isso. Lembra, Chvókhniev, da sua moreninha que você chamava de Dama de Espadas? Onde estará ela agora, coitadinha? Será que ela se entregou ao vício? Krúguel! A sua está morta! (*Para Ikharióv*) E a sua também! Chvókhniev, a sua também está morta; o hussardo também se arrebentou.

GLOV

Diabos, tudo à banca!

UTECHÍTELHNY

Bravo, hussardo! Finalmente, aí está o verdadeiro costume de um hussardo. Reparou, Chvókhniev, como o sentimento verdadeiro sempre vem à tona? Até agora tudo nele levava a crer que seria um hussardo. Mas agora se vê que ele já é um hussardo. Aí está a sua verdadeira natureza... O hussardo está morto.

GLOV

Tudo à banca!

UTECHÍTELHNY

Hu! Bravo, hussardo! Cinquenta mil ao todo! Aí está o que é a grandeza de espírito! Onde é que vamos encontrar um tipo desses... É mesmo uma proeza! O hussardo se arrebentou!

GLOV

Tudo à banca, que diabo, tudo à banca!

UTECHÍTELHNY

Opa! Hussardo! Cem mil! Nossa! E os olhinhos, que olhinhos? Re-

---

[8] Termo de jogo que indica o gesto de levantar o canto de uma carta para sinalizar que se vai apostar nela. (N. da T.)

parou, Chvókhniev, como os olhinhos dele brilham? Vê-se algo de Barclai-de-Tolley.⁹ Aí está o heroísmo! Mas não há nenhum *rei*. Aí está, Chvókhniev, uma *dama de ouros* pra você. Toma lá, alemão, pegue, engula o *sete*! *Routé*, é mesmo *routé*!¹⁰ Só uma carta baixa! Pelo jeito não há *rei* no baralho, que estranho. Aí está ele, aí está ele... O hussardo se arrebentou!

GLOV (*inflamado*)
Tudo à banca, diabos, tudo à banca!

UTECHÍTELHNY
Não, irmão, pare! Você já perdeu duzentos mil. Pague primeiro, sem isso não pode começar a jogar de novo. Não podemos confiar tanto em você.

GLOV
De que jeito? Agora eu não tenho.

UTECHÍTELHNY
Dê-nos uma letra de câmbio, assine.

GLOV
Pois que seja, estou pronto. (*Pega a pena*)

UTECHÍTELHNY
E dê-nos também uma procuração para receber o dinheiro.

GLOV
Está certo, eu lhes dou uma procuração também.

UTECHÍTELHNY
Agora assine aqui e aqui. (*Dá-lhe para assinar*)

---

⁹ Barclai-de-Tolley (1761-1818): marechal russo que participou das campanhas contra a Turquia e depois contra Napoleão na Prússia. Foi ministro da guerra em 1810, derrotado em Smolénski em 1812, durante a invasão francesa, mas vitorioso em Leipzig, em 1813. (N. da T.)

¹⁰ Termo de jogo, indicando que se aposta de uma só vez em três cartas em sequência, dobrando a aposta a cada vez. (N. da T.)

GLOV

Pois não, estou pronto para fazer tudo. Aí está, já assinei. Bem, vamos ao jogo!

UTECHÍTELHNY

Não, irmão, pare. Primeiro mostre o dinheiro!

GLOV

Ora, eu vou pagar vocês depois. Podem estar certos.

UTECHÍTELHNY

Não, irmão, dinheiro na mesa!

GLOV

Ora essa... Mas isso é uma infâmia.

KRÚGUEL

Não, isso não é uma infâmia.

IKHARIÓV

Não, isso é outra coisa. As chances, meu amigo, não são iguais.

CHVÓKHNIEV

Na certa você se sentou para ganhar de nós. A coisa é clara: quem se senta para jogar sem dinheiro, com certeza quer ganhar.

GLOV

O que é que há? O que vocês querem? Fixem os juros que quiserem, estou pronto pra tudo. Pagarei o dobro a vocês.

UTECHÍTELHNY

De que nos servem os seus juros, irmão? Nós é que estamos prontos para te pagar os juros que quiser, dê-nos apenas o empréstimo.

GLOV (*desesperado e decidido*)

Bem, então é esta a última palavra de vocês: não querem jogar?

CHVÓKHNIEV

Traga o dinheiro, e aí começaremos a jogar.

GLOV (*sacando uma pistola do bolso*)
Bem, então adeus, senhores. Vocês não mais me encontrarão neste mundo. (*Corre com a pistola*)

UTECHÍTELHNY (*assustado*)
Ei, você! Ei, você! O que há? Ficou louco! Atrás dele! Só falta ele se matar mesmo. (*Corre*)

Cena 17

Chvókhniev, Krúguel e Ikharióv.

IKHARIÓV
Essa história vai desandar se aquele diabo pensar em se matar.

CHVÓKHNIEV
O diabo que o carregue se ele se matar, mas não agora: o dinheiro ainda não está nas nossas mãos. Que desgraça!

KRÚGUEL
Eu estou com medo. É bem possível...

Cena 18

Os mesmos personagens, mais Utechítelhny e Glov.

UTECHÍTELHNY (*segurando Glov pelo braço com a pistola*)
Que raio aconteceu com você, irmão, perdeu o juízo? Escutem só, escutem só, senhores, não é que ele já tinha metido a pistola na boca!? Devia se envergonhar!

TODOS (*avançando para ele*)

    Mas que raio aconteceu com você? Vamos, o que há com você?

CHVÓKHNIEV

    Um homem inteligente matar-se por causa de uma tolice!

IKHARIÓV

    Desse jeito a Rússia toda devia se matar: todo mundo já perdeu ou está prestes a perder. Se não fosse assim, como seria possível ganhar? Pense bem.

UTECHÍTELHNY

    Você é simplesmente um bobo, permita-me dizer. Você não enxerga sua felicidade. Será que não percebe que você venceu quando perdeu?

GLOV (*com amargura*)

    Ora, vocês me tomam por um idiota. Quem é que vence ao perder duzentos mil? Que o diabo os carregue!

UTECHÍTELHNY

    Ora, seu paspalho! Será que você não sabe da glória que conquistará no regimento por causa disso? Escute, é uma ninharia! Ainda não é nem um futuro cadete e já perdeu duzentos mil! Os hussardos vão carregá-lo nos braços.

GLOV (*animando-se*)

    O que vocês estão pensando? Como se eu não tivesse coragem de cuspir em tudo isso, já que vocês querem tocar nesse assunto. Diabos, então viva os hussardos!

UTECHÍTELHNY

    Bravo! Viva os hussardos! Lá-lá-lá! Champanhe! (*Alguém traz garrafas*)

GLOV (*com um copo*)

    Viva os hussardos!

IKHARIÓV

    Viva os hussardos! Que diabo!

CHVÓKHNIEV

    Lá-lá-lá! Viva os hussardos!

GLOV

    Vou cuspir em cima de tudo! (*Coloca o copo na mesa*) Que droga! E quando eu chegar em casa? O meu pai, o meu pai! (*Agarra os cabelos*)

UTECHÍTELHNY

    E pra que ir para a casa de seu pai? Não precisa!

GLOV (*arregalando os olhos*)

    Como?

UTECHÍTELHNY

    Daqui você vai direto pro regimento! Providenciaremos o uniforme. Irmão Chvókhniev, é preciso dar-lhe agora duzentos rublos, e que esse cadete esbanje tudo! Eu já notei que ele tem ali uma... certa mulherzinha, não é?

GLOV

    Diabos, vou sair correndo atrás dela. Ao ataque!

UTECHÍTELHNY

    Que hussardo, hein? Chvókhniev, você não tem uma nota de duzentos rublos?

CHVÓKHNIEV

    Sim, eu darei a ele; que ele esbanje com saúde!

GLOV (*pega a nota e a agita no ar*)

    Champanhe!

TODOS

    Champanhe! (*Alguém traz garrafas*)

GLOV

    Vivam os hussardos!

UTECHÍTELHNY

Vivam... Sabe o que me veio à cabeça, Chvókhniev? Vamos balançá-lo nos braços como balançávamos no regimento! Bem, vamos lá, pegue-o!

Todos avançam para ele, pegam-no pelos braços e pelas pernas, balançam cantarolando o estribilho de uma canção conhecida.

    Nós te amamos de coração
    Que sejas eternamente nosso chefe!
    Incendiaste nosso coração,
    Em ti vemos um pai!

GLOV (*com uma taça erguida*)

Hurra!

TODOS

Hurra!

Colocam-no no chão. Glov joga a taça no chão, todos também quebram as suas taças: uns no salto de sua bota, outros no chão.

GLOV

Vou correndo atrás dela!

UTECHÍTELHNY

Não podemos ir com você, hein?

GLOV

Não, ninguém. E quem se atrever... a briga será nos sabres!

UTECHÍTELHNY

Hu! Que espadachim! Hein? Ciumento e arrogante como o diabo. Eu acho, senhores, que dele sairá simplesmente um Burtsov, um duelista.[11] Bem, adeus, adeus, hussardo, não vamos segurar você!

---

[11] Referência ao poema "Para Burtsov", de D. Davídov, em que o personagem é caracterizado como um valentão. (N. da T.)

GLOV
    Adeus.

CHVÓKHNIEV
    E venha nos contar depois. (*Glov sai*)

Cena 19

Os mesmos personagens, exceto Glov.

UTECHÍTELHNY
    É preciso afagá-lo enquanto não tivermos o dinheiro em nossas mãos, depois que o diabo o carregue.

CHVÓKHNIEV
    Só tenho medo que a ordem de pagamento do dinheiro demore no Departamento.

UTECHÍTELHNY
    É, isso seria mau, por outro lado... pra isso, vocês sabem, há estímulos. Seja lá como proceder, será obrigado a meter algo na mão de um ou de outro pra ver a ordem.

Cena 20

Os mesmos personagens, mais o funcionário Zamukhrychkin, que põe a cabeça na porta, vestindo um fraque meio usado.

ZAMUKHRYCHKIN
    Com licença, Aleksandr Mikháilovitch Glov não está aqui?

CHVÓKHNIEV

Não. Ele saiu há pouco. O que o senhor deseja?

ZAMUKHRYCHKIN

Bem, trata-se de um negócio acerca do pagamento de um dinheiro.

UTECHÍTELHNY

E quem é o senhor?

ZAMUKHRYCHKIN

Sou funcionário do Departamento.

UTECHÍTELHNY

Ah, seja bem-vindo. Sente-se, por favor! Nesse negócio todos nós temos um vivo interesse. Além do mais, fechamos certos acordos amigáveis com Aleksandr Mikháilovitch. E por isso o senhor pode obter dele, dele e dele (*apontando para todos*) a mais sincera gratidão. O negócio é só receber o dinheiro do Departamento o mais rápido possível.

ZAMUKHRYCHKIN

Por mais que queiram, antes de duas semanas não há como.

UTECHÍTELHNY

Não, isso é tempo demais. O senhor está se esquecendo completamente de que de nossa parte a gratidão...

ZAMUKHRYCHKIN

Não há o que fazer. É assim que se faz. Ninguém esquece isso. Por isso precisamos de duas semanas, mas talvez os senhores fiquem ocupados com esse negócio uns três meses. O dinheiro não chegará até nós antes de uma semana e meia, mas agora no Departamento não há nem um copeque. Na semana passada recebemos cento e cinquenta mil, distribuímos tudo, três proprietários estão aguardando desde fevereiro, quando empenharam suas propriedades.

UTECHÍTELHNY

Bem, isso é assim com os outros, mas conosco pode ser por amizade... Precisamos nos conhecer melhor... Bem, e então? Somos farinha do mesmo saco! Como se chama mesmo? Como é mesmo? Fentieflei Perpiéntitch, não é?

ZAMUKHRYCHKIN

Psoi Stakhitch.

UTECHÍTELHNY

Bem, é quase a mesma coisa. Bem, escute, Psoi Stakhitch! Seremos assim como companheiros de longa data. E, então, como está? Como vão as coisas? Como é o seu serviço?

ZAMUKHRYCHKIN

Ora, é um serviço. O negócio é conhecido, nós trabalhamos.

UTECHÍTELHNY

Bem, e quanto àqueles benefícios diferentes, sabe, pelo serviço... Enfim, o senhor pega muitos?

ZAMUKHRYCHKIN

Claro, pense bem, de que jeito se vai viver?

UTECHÍTELHNY

Bem, e como é no Departamento de vocês? Diga sinceramente: são todos larápios?

ZAMUKHRYCHKIN

Ora essa! Vejo que os senhores estão rindo! Eh, senhores! Até os escritores riem daqueles que recebem propina; mas se examinar bem, notará que aqueles que estão acima de nós também recebem propina. E é assim, senhores, a menos que tenham inventado um nome mais nobre, tal como doação ou sabe lá Deus o quê. Na realidade dá na mesma, é tudo propina, é trocar seis por meia dúzia.

CHVÓKHNIEV

Ora, ora, vejo que Psoi Stakhitch se ofendeu. Aí está o que significa ferir a honra de uma pessoa.

ZAMUKHRYCHKIN

Pois é, o senhor mesmo sabe que a honra é um negócio delicado. Mas não me aborreço aqui por causa disso. Já fiz meu pé-de-meia, meu querido.

UTECHÍTELHNY

Bem, não se ofenda, vamos conversar amigavelmente, Psoi Stakhitch! E, então, como está o senhor? Como vão as coisas? Como está passando? Como vai a vida? Tem esposa, filhos?

ZAMUKHRYCHKIN

Graças a Deus. Deus me premiou. Dois filhos já frequentam a escola do distrito. Os outros dois são menores. Por enquanto um ainda anda de calças curtas, o outro engatinha.

UTECHÍTELHNY

Bem, e todos já sabem, creio eu, desse procedimento? (*Mostra com a mão como se fosse pegar dinheiro*)

ZAMUKHRYCHKIN

Olha aí, vejam só como são os senhores, começaram de novo!

UTECHÍTELHNY

Que nada, que nada, Psoi Stakhitch! Isso é amizade. Ora, que há de mau nisso? Somos da mesma laia. Ei, deem uma taça de champanhe a Psoi Stakhitch! Rápido! Nós temos de ser agora como amigos íntimos. Vamos fazer uma visita ao senhor também.

ZAMUKHRYCHKIN (*tomando a taça*)

Ah, sejam bem-vindos, senhores! Sinceramente falando, um chá como o que os senhores tomarão em minha casa nem na casa do governador vão encontrar.

UTECHÍTELHNY

Por acaso vem de graça do comerciante?

ZAMUKHRYCHKIN

Encomendei de um comerciante de Kiakhta.

UTECHÍTELHNY

É mesmo, Psoi Stakhitch? Mas o senhor não tem negócios com comerciantes, não é?

ZAMUKHRYCHKIN (*depois de beber a taça e pousando as mãos nos joelhos*)

É assim, vejam só: o comerciante foi obrigado a pagar por causa de uma tolice dele. O proprietário Frakássov, se desejam saber, penhorou uma propriedade e já estava tudo feito conforme é devido, e no dia seguinte se daria o recebimento do dinheiro. Ele entrou como parceiro para fazer um negócio. Nós não temos nada a ver com o tal negócio, nem com o dinheiro de que ele vai precisar e muito menos com de quem ele é sócio. Isso não é tarefa nossa. E o comerciante, graças à sua tolice, alardeou pela cidade que era sócio de tal proprietário, e que esperava o dinheiro assim, de uma hora para outra. Nós mandamos lhe dizer que tinham chegado dois mil, que ele fosse liberar o dinheiro naquela hora, do contrário, ninguém iria esperar! E aí levaram para ele na fábrica, estão entendendo, caldeiras e louças: esperavam só os depósitos. O comerciante viu que não se podia dar murro em ponta de faca e pagou dois mil e ainda três *funts* de chá para cada um de nós. Vão dizer: é propina. Mas o negócio é esse, oras bolas. Não seja tolo, quem mandou não segurar a língua?

UTECHÍTELHNY

Escute, Psoi Stakhitch, bem, por favor, considere esse negocinho. Nós vamos recompensá-lo, e o senhor faça lá com os chefes o que for preciso. Só que, pelo amor de Deus, Psoi Stakhitch, rápido, está bem?

ZAMUKHRYCHKIN

Faremos um esforço. (*Levantando-se*) Mas, falando sinceramente, tão rápido como os senhores querem, é impossível. Juro por Deus: no Departamento não há um copeque sequer. Mas faremos um esforço.

UTECHÍTELHNY

Bem, e como devemos procurar o senhor por lá?

ZAMUKHRYCHKIN

Procurem por Psoi Stakhitch Zamukhrychkin. Até à vista, senhores. (*Vai em direção à porta*)

CHVÓKHNIEV

Psoi Stakhitch! Ah, Psoi Stakhitch! (*Olhando ao redor*) Faça um esforço!

UTECHÍTELHNY

Psoi Stakhitch, Psoi Stakhitch, libere o mais rápido possível!

ZAMUKHRYCHKIN (*saindo*)

É como disse. Faremos um esforço.

UTECHÍTELHNY

O diabo que o carregue, isso vai demorar. (*Bate na face com a mão*) Não, eu vou lá, vou correndo atrás dele. Quem sabe consigo alguma coisa. Não pouparei dinheiro. O diabo que o carregue, lhe darei três mil da minha parte. (*Sai correndo*)

Cena 21

Chvókhniev, Krúguel, Ikharióv.

IKHARIÓV

É claro, seria melhor receber mais rápido.

CHVÓKHNIEV

E precisamos muito! Muito mesmo!

KRÚGUEL

Ah, tomara que ele o convença de algum modo.

IKHARIÓV

Ora, mas os negócios de vocês...

Cena 22

Os mesmos personagens e Utechítelhny.

UTECHÍTELHNY (*entra com desespero*)
　　O diabo que o carregue! Antes de quatro dias não vai dar. Estou a ponto de dar cabeçadas na parede.

IKHARIÓV
　　Ora, mas pra que tanta pressa? Será que não dá pra esperar quatro dias?

CHVÓKHNIEV
　　Aí é que está o problema, meu amigo, pra nós isso é demasiado importante.

UTECHÍTELHNY
　　Esperar! Sabe, estão nos esperando em Nijni de uma hora para outra. Ainda não tínhamos lhe contado, mas há quatro dias recebemos uma notícia para que nos apressássemos o máximo possível, tão logo tivéssemos obtido qualquer quantia em dinheiro. Um comerciante trouxe uma carga de ferro que vale seiscentos mil. Na terça o acordo estará fechado, e ele receberá dinheiro vivo. E ontem chegou um sujeito com uma carga de cânhamo de meio milhão.

IKHARIÓV
　　E daí?

UTECHÍTELHNY
　　Como "e daí"? Os velhos ficaram em casa, mas mandaram os filhos em seu lugar.

IKHARIÓV
　　E isso quer dizer que os próprios filhos vão jogar?

UTECHÍTELHNY
　　Ora, onde é que você vive? Na China, por acaso? Você não sabe como são esses filhos de comerciantes? Como é que um comerciante educa

o filho? Ou é para ele não saber nada, ou então para que ele saiba aquilo que é necessário a um nobre, e não a um comerciante. Bem, ele já parece um nobre, anda em companhia de oficiais, farreia. Pra nós, irmão, esse é o povo mais lucrativo. São uns tolos: não sabem que, cada rublo que tiram de nós com trapaças, eles nos pagam com milhares. E a nossa maior felicidade é que o comerciante só pensa em casar a filha com um general e comprar uma patente para o filho.

IKHARIÓV

E os negócios são absolutamente seguros?

UTECHÍTELHNY

Ora, claro que são! Caso contrário, não nos teriam avisado. Tudo está quase em nossas mãos. Agora cada minuto é precioso.

IKHARIÓV

Ah, com os diabos! E nós aqui sentados! Senhores, temos de agir juntos!

UTECHÍTELHNY

Sim, nossos interesses estão nisso. Escute só o que me veio à cabeça. Por enquanto você não tem por que se apressar. Dinheiro você tem, oitenta mil. Dê-nos esse dinheiro e fique com a letra de câmbio de Glov. Você recebe exatos cento e cinquenta mil, ficaria precisamente com o dobro, e até nos emprestará mais porque agora o dinheiro é tão necessário para nós que estamos prontos a pagar com alegria três copeques por um.

IKHARIÓV

Está bem! Por que não? Para demonstrar a vocês que os laços da camaradagem... (*Aproxima-se do cofrinho e retira um pacote de papel-moeda*) Aqui está para vocês: oitenta mil!

UTECHÍTELHNY

E aqui está para você a letra de câmbio! E agora vou correr atrás de Glov. É preciso levá-lo e fazer tudo de acordo com as normas. Krúguel, leve o dinheiro para o meu quarto, aqui está a chave do meu cofrinho. (*Krúguel sai*) Ah, se tudo fosse feito para que pudéssemos partir ao anoitecer. (*Sai*)

IKHARIÓV

Sem dúvida, sem dúvida. Não há por que perder um minuto aqui.

CHVÓKHNIEV

E eu o aconselho a não demorar muito por aqui. Logo que receber o dinheiro, junte-se a nós. Você sabe o que se pode fazer com duzentos mil. A feira pode voar pelos ares... Ah, eu me esqueci de dizer a Krúguel uma coisa importantíssima. Espere aqui, eu já volto. (*Sai apressado*)

Cena 23

Ikharióv sozinho.

IKHARIÓV

Que rumo as circunstâncias tomaram! Não é mesmo? De manhã eram só oitenta mil, e ao anoitecer já são duzentos. Hein? Para outro seria preciso um século de serviços, de trabalhos, o preço de eternos sentimentos, privações, saúde. E aqui, em algumas horas, em alguns minutos, um príncipe regente! Brincadeira — duzentos mil! Onde é que você vai achar duzentos mil agora? Que propriedade, que fábrica vai dar duzentos mil? Fico imaginando como estaria mal se ficasse no campo e me ocupasse com administradores e mujiques, juntando uma renda anual de três mil. E a minha formação serve pra quê? A grosseria que você adquire no campo não poderá ser raspada depois com uma faca. E para que eu perdi tanto tempo? Em "disse me disse" com o administrador, com um mujique... O que eu quero é conversar com uma pessoa instruída! Agora estou abastado. Agora tenho tempo livre. Posso me ocupar com aquilo que contribui para a instrução. Se eu quiser ir pra Petersburgo, vou pra Petersburgo. Verei o teatro, o Palácio da Moeda, passearei ao redor do Palácio do Imperador, pela Esplanada dos Ingleses, pelo Jardim de Verão. Irei a Moscou, almoçarei no Iár.[12] Posso me vestir à moda da capital, posso ficar no mesmo nível dos outros, cumprir o dever de um homem

---

[12] Restaurante em Moscou, muito conhecido na época e ainda hoje. (N. da T.)

culto. Mas qual é a causa de tudo isso? A que devo tudo isso? Exatamente àquilo que chamam de trapaça. Mas isso não é verdade, não é trapaça de maneira alguma. É possível fazer-se trapaceiro num minuto, mas aqui é a prática, o estudo. Bem, admitamos que seja trapaça. Mas é uma coisa indispensável: o que se pode fazer sem ela? De certo modo é uma espécie de advertência. Bem, se eu não conhecesse, por exemplo, toda a sutileza e nem estivesse por dentro de tudo isso, aí teriam me enganado de uma vez. E olha que queriam me enganar, mas aí viram que não estavam lidando com um homem ingênuo, e eles mesmos recorreram à minha ajuda. Não, a inteligência é uma coisa grandiosa. No mundo é preciso malícia. Eu olho para a vida de um ponto de vista completamente diferente. Assim, viver como vive um tolo não é nada, mas viver com malícia, com arte, enganar a todos e não ser enganado — aí está a verdadeira meta.

Cena 24

Ikharióv e Glov, que entra correndo com toda a pressa.

GLOV
    Onde é que eles estão? Eu estive no quarto agora, lá está vazio.

IKHARIÓV
    Eles estavam aqui agora mesmo. Saíram por um minuto.

GLOV
    Como já saíram? E pegaram seu dinheiro?

IKHARIÓV
    Sim, eu combinei com eles, só falta você.

Cena 25

Os mesmos personagens, mais Aleksei.

ALEKSEI (*voltando-se para Glov*)
    Desejava saber onde estão aqueles senhores?

GLOV
    Sim.

ALEKSEI
    Eles já se foram.

GLOV
    Como se foram?

ALEKSEI
    Pois é. Há meia hora já tinham uma telega e cavalos prontos.

GLOV (*juntando as mãos*)
    Ora, fomos ambos enganados!

IKHARIÓV
    Mas que absurdo! Não consigo entender uma palavra. Utechítelhny deve voltar pra cá agora mesmo. E você saiba que agora deve pagar a sua dívida para mim. Eles trocaram tudo.

GLOV
    Que diabo de dívida? Qual dívida o quê? Será que não percebe que fizeram você de bobo?

IKHARIÓV
    Mas que disparate está dizendo? Pelo jeito a bebedeira subiu à sua cabeça.

GLOV

Bem, pelo jeito a bebedeira subiu à cabeça de nós dois. Ora, acorde! Acha que eu sou Glov? Eu sou Glov assim como você é o imperador da China.

IKHARIÓV (*inquieto*)

Ora, vamos, mas que absurdo é este? E o seu pai... ele...

GLOV

Aquele velho? Em primeiro lugar, ele não é meu pai e nem mesmo o diabo pode lhe dar filhos! Em segundo lugar, também não é Glov, mas sim Krynitsyn. E não é Mikhail Aleksándrovitch, mas sim Ivan Klimytch, que é da mesma laia que os outros.

IKHARIÓV

Escute aqui! Fale sério, não é hora de brincadeira!

GLOV

Que brincadeira? Eu mesmo participei e também fui enganado. Tinham me prometido três mil pelo trabalho.

IKHARIÓV (*aproximando-se dele, acalorado*)

Ei, não brinque, estou avisando! Acha que sou tão bobo... E o documento... E o Departamento... E o funcionário do Departamento que esteve aqui agora há pouco, Psoi Stakhitch Zamukhrychkin? Acha que não posso mandar alguém atrás dele agora mesmo?

GLOV

Em primeiro lugar, ele não é funcionário do Departamento, e sim um capitão reformado também da mesma laia que os outros; e não é Zamukhrychkin, e sim Murzaféikin. E não é Psoi Stakhitch, e sim Flór Semiónovitch!

IKHARIÓV (*desesperado*)

E você quem é? Que diabo é você? Diga, quem é você?

GLOV

Quem sou eu? Eu era um nobre que por desgraça se tornou um trapaceiro. Eles me limparam, me levaram até as calças. O que eu podia fazer? Não ia morrer de fome, não é? Por três mil aceitei participar, lograr e enganar você. Estou lhe dizendo com franqueza. Está vendo, eu me comporto de forma nobre.

IKHARIÓV (*furioso, agarra-o pelo colarinho*)
    Um rato é o que você é!

ALEKSEI (*de lado*)
    Ih! Pelo jeito a coisa ficou preta. É melhor cair fora daqui! (*Sai*)

IKHARIÓV (*arrastando-o*)
    Vamos! Vamos!

GLOV
    Pra onde? Pra onde?

IKHARIÓV
    Pra onde? (*Enfurecido*) Pra onde? Pra Justiça! Pra Justiça!

GLOV
    Ora, vamos, você não tem nenhum direito.

IKHARIÓV
    Como? Não tenho direito? Roubam, furtam dinheiro à luz do dia como ratos! E não tenho direito? Pois eu vou é colocá-lo na cadeia, você vai dizer que eu não tenho direito lá em Niertchínsk![13] Vai ver só, vão agarrar toda a sua quadrilha de ratos! Vocês vão aprender a não enganar a confiança e a honestidade de pessoas de boa-fé. A lei! A lei! Vou apelar para a lei! (*Arrasta-o*)

GLOV
    Ora, você bem que poderia apelar para a lei, sim, desde que não tivesse agido de forma ilegal. Mas lembre-se: você mesmo se uniu a eles para me enganar e ganhar de mim de verdade. E os baralhos eram de sua própria fabricação. Não, irmão! Nessa coisa você não tem nenhum direito a reclamar!

---

[13] Cidade da Sibéria para onde se enviavam os condenados a trabalhos forçados. (N. da T.)

IKHARIÓV (*no desespero, bate na própria face com a mão*)

Que o diabo o carregue, de qualquer jeito! (*Esgotado, cai numa cadeira. Enquanto isso, Glov foge*) Mas que tramoia mais diabólica!

GLOV (*aparecendo na porta*)

Acalme-se! Afinal, você é só meio desgraçado. Você ainda tem Adelaída Ivánovna! (*Desaparece*)

IKHARIÓV (*enfurecido*)

O diabo carregue Adelaída Ivánovna! (*Apanha Adelaída Ivánovna e a joga com força na porta. As damas e os dois voam pelo chão*) Para vergonha e desprezo dos homens é que existem ratos assim. Estou quase a ponto de enlouquecer — como tudo isso foi diabolicamente representado! Que sutileza! O pai, o filho, o funcionário Zamukhrychkin! E, afinal, tudo por debaixo do pano! E eu nem posso me queixar! (*Pula da cadeira e anda agitado pelo quarto*) Vá trapacear depois dessa! Abuse da malícia da inteligência! Você se aperfeiçoa, você acha os meios! Diabos, o espírito nobre, o trabalho, tudo por água abaixo. Vai sempre aparecer um trapaceiro pra lhe passar a perna! Um rato pra destruir de uma vez o edifício em que você trabalhou por tantos anos! (*Agitando as mãos com desgosto*) Que vá tudo pro inferno! Que terra infestada! A sorte só chega àquele que é burro como uma porta e não entende nada de nada, não tem nada em que pensar, nada que fazer, a não ser jogar uma ninharia no bóston[14] com um velho baralho de segunda mão!

---

[14] Jogo de cartas semelhante ao *whist*. (N. da T.)

O CASAMENTO

Um acontecimento absolutamente inverossímil em dois atos

(1842)

Personagens

AGÁFIA TÍKHONOVNA, filha de um comerciante, a noiva
ARINA PANTELIEIMÓNOVNA, a tia
FIÓKLA IVÁNOVNA, casamenteira
PODKOLIÓSSIN, conselheiro
KOTCHKARIÓV, seu amigo
IAÍTCHNITSA, baixo funcionário
ANÚTCHKIN, oficial de infantaria reformado
JEVÁKIN, marinheiro
DUNIÁCHKA, a criada
STÁRIKOV, dono de uma lojinha
STIEPÁN, criado de Podkolióssin

Primeiro ato

Cena 1

Um quarto de solteiro. Podkolióssin está sozinho, deitado no sofá com um cachimbo.

PODKOLIÓSSIN
   Quando você começa a meditar assim, sozinho, nos momentos de lazer, então percebe que afinal precisa se casar. Será mesmo? Vai vivendo, vivendo e, de repente, chega o pior. E aí, deixei passar de novo a época da quaresma.[1] E, no entanto, parece que já está todo mundo pronto, e a casamenteira há três meses tem aparecido por aqui. É verdade, até eu já estou ficando meio constrangido. Ei, Stiepán!

Cena 2

Podkolióssin e Stiepán.

PODKOLIÓSSIN
   A casamenteira não veio?

STIEPÁN
   Não, senhor.

---

[1] Isto é, esperou a época do jejum, quando não se casa. (N. da T.)

PODKOLIÓSSIN
    Você esteve no alfaiate?

STIEPÁN
    Estive.

PODKOLIÓSSIN
    E ele, já está fazendo o fraque?

STIEPÁN
    Está sim, senhor.

PODKOLIÓSSIN
    E até que ponto ele já fez?

STIEPÁN
    Bastante. Já começou a fazer as casas.

PODKOLIÓSSIN
    O quê?

STIEPÁN
    Estou dizendo que já começou a fazer as casas.

PODKOLIÓSSIN
    E ele nem perguntou para que o seu patrão precisa de um fraque?

STIEPÁN
    Não, não perguntou.

PODKOLIÓSSIN
    Talvez ele tenha dito: será que o patrão quer se casar?

STIEPÁN
    Não, não falou nada.

PODKOLIÓSSIN
    Você viu, pelo menos, se ele tinha outros fraques? Pois ele também costura para outros, não é?

STIEPÁN

Vi sim. Tem muitos fraques lá.

PODKOLIÓSSIN

Mas o tecido para os outros seria, talvez, pior do que para o meu, não seria?

STIEPÁN

É, o seu será mesmo o mais bonito.

PODKOLIÓSSIN

O quê?

STIEPÁN

Estou dizendo que o seu será mesmo o mais bonito.

PODKOLIÓSSIN

Então está bem. Mas ele não perguntou: para que será que o patrão está fazendo um fraque de tecido tão fino?

STIEPÁN

Não.

PODKOLIÓSSIN

Ele não falou nada se o patrão quer se casar ou não?

STIEPÁN

Não, não disse nada.

PODKOLIÓSSIN

Mas você disse que grau tenho e onde trabalho, não disse?

STIEPÁN

Disse.

PODKOLIÓSSIN

E ele?

STIEPÁN
    Ele disse: vou caprichar.

PODKOLIÓSSIN
    Está bem. Pode ir.

Stiepán sai.

Cena 3

Podkolióssin sozinho.

PODKOLIÓSSIN
    Sou de opinião que um fraque preto talvez tenha mais presença. Os coloridos caem melhor para secretários, conselheiros titulares e essa gentalha toda, um fedelho qualquer. Aqueles de grau elevado devem observar mais... como se diz isso?... Ora, esqueci a palavra! Uma palavra tão boa e esqueci. Enfim, meu caro, por mais rodeios que você faça, não adianta, você é o mesmo que um coronel, só que o seu uniforme não tem dragonas.[2] Ei, Stiepán!

Cena 4

Podkolióssin e Stiepán.

PODKOLIÓSSIN
    Comprou a graxa?

---

[2] Na Rússia czarista os postos da hierarquia do serviço público eram equiparados às patentes militares. (N. da T.)

STIEPÁN
   Comprei.

PODKOLIÓSSIN
   Onde comprou? Naquela lojinha da qual lhe falei, na avenida Vozniessiénski?

STIEPÁN
   É, naquela mesma.

PODKOLIÓSSIN
   E a graxa é boa?

STIEPÁN
   É boa.

PODKOLIÓSSIN
   Você experimentou limpar as botas com ela?

STIEPÁN
   Experimentei.

PODKOLIÓSSIN
   E então, ela brilha?

STIEPÁN
   Brilhar, ela brilha.

PODKOLIÓSSIN
   E quando ele lhe deu a graxa, não perguntou: para que será que o patrão precisa de uma graxa assim?

STIEPÁN
   Não.

PODKOLIÓSSIN
   Talvez tenha perguntado assim: não estaria o patrão planejando se casar?

STIEPÁN
Não, não disse nada.

PODKOLIÓSSIN
Bem, está certo, pode ir.

Cena 5

Podkolióssin sozinho.

PODKOLIÓSSIN
Parece que botas não são nada, mas se são malfeitas e a graxa é avermelhada, então você não é tão respeitado na alta sociedade. Não sei como dizer... E é muito ruim se a gente tem calos. Posso tolerar Deus sabe o quê, menos calos. Ei, Stiepán!

Cena 6

Podkolióssin e Stiepán.

STIEPÁN
O que deseja?

PODKOLIÓSSIN
Você disse ao sapateiro que não quero calos?

STIEPÁN
Disse.

PODKOLIÉSSIN
E o que ele disse?

STIEPÁN
    Disse que está bem.

Stiepán sai.

Cena 7

Podkolióssin, depois Stiepán.

PODKOLIÓSSIN
    Com os diabos, o casamento é uma coisa complicada mesmo! Ora é isto, ora é aquilo. Tanto isto como aquilo deve sair bem — que vá pro diabo, isso não é tão simples como dizem. Ei, Stiepán! (*Stiepán entra*) Eu queria lhe dizer ainda...

STIEPÁN
    A velha chegou.

PODKOLIÓSSIN
    Ah, chegou; mande-a vir aqui. (*Stiepán sai*) É, isso é uma coisa... Quer dizer, uma coisa... Uma coisa bem difícil.

Cena 8

Podkolióssin e Fiókla.

PODKOLIÓSSIN
    Ah, olá, olá, Fiókla Ivánovna. E então? E então? Pegue uma cadeira, sente-se e me conte tudo. Bem, e então, como é? Como é que é mesmo: Melánia?...

FIÓKLA

Agáfia Tíkhonovna.

PODKOLIÓSSIN

Sim, sim, Agáfia Tíkhonovna. E é mesmo uma virgem quarentona?

FIÓKLA

Ora, não é nada disso. Logo que se casar, vai ficar bem satisfeito e agradecer todos os dias.

PODKOLIÓSSIN

Ora, você está é mentindo, Fiókla Ivánovna.

FIÓKLA

Por acaso eu envelheci pra ficar mentindo, meu pai? Só cachorro é que mente.

PODKOLIÓSSIN

E o dote, e o dote? Fale de novo.

FIÓKLA

E o dote: uma casa de pedra de dois andares num distrito tão rentável que é mesmo uma maravilha. Só um inquilino comerciante paga setecentos pelo ponto. A cervejaria no porão também atrai muita gente. Duas edículas de madeira: uma inteiramente de madeira, a outra com alicerce de pedra; cada uma dará um rendimento de quatrocentos rublos. Há uma horta no bairro de Vyborg: faz dois anos um comerciante alugou para cultivar repolho; é um negociante tão sóbrio que só vendo, não põe bebida alcoólica na boca de jeito nenhum, e tem três filhos: dois ele já casou, "mas o terceiro", diz, "ainda é jovem, pois que fique na loja para que eu possa negociar melhor. Eu", diz, "já estou velho, pois então que o filho fique na loja para que eu possa negociar melhor".

PODKOLIÓSSIN

Mas que cara, que cara ela tem?

FIÓKLA

Um açúcar! Branca, corada, esbanjando saúde, uma doçura que nem se pode contar. Ficará satisfeito até aqui (*apontando para a garganta*);

quer dizer, tanto para um amigo quanto para um inimigo, o senhor dirá: "Ah, muito bem, Fiókla Ivánovna, obrigado!".

PODKOLIÓSSIN
No entanto, ela não é filha de um oficial, não é mesmo?

FIÓKLA
É filha de um comerciante. Mas não causaria vergonha a nenhum general. Ela não quer nem ouvir falar de comerciantes. "Preciso de um marido qualquer", diz, "mesmo que seja feio, mas que seja nobre." É, que *finesse*! E no domingo colocará um vestido de seda — juro por Deus, até fru-fru ele faz! Uma verdadeira princesa!

PODKOLIÓSSIN
Eu estou lhe perguntando porque sou um conselheiro e, para mim, entende...

FIÓKLA
É natural, como não entender? Tivemos um conselheiro e recusamos: não lhe agradou. Ele tinha um costume tão estranho: não dizia uma palavra sem mentir, e era de tão boa aparência. O que fazer, se Deus o fez assim? Ele mesmo não é feliz, mas não pode deixar de mentir. É a vontade de Deus.

PODKOLIÓSSIN
Bem, e além dessa, não há nenhuma outra por lá?

FIÓKLA
E o que mais você quer? Essa é a melhor que existe.

PODKOLIÓSSIN
Será mesmo a melhor?

FIÓKLA
Pois percorra o mundo todo, não encontrará nada melhor.

PODKOLIÓSSIN
Vamos pensar, vamos pensar, *mátiuchka*. Venha depois de amanhã. Você e eu, está me entendendo, vamos fazer como sempre: eu fico deitado, e você me conta tudo...

FIÓKLA

Ora, vamos, meu senhor! Venho à sua casa há três meses, sem resultado algum. Você fica aí sentado de roupão e só fumando cachimbo.

PODKOLIÓSSIN

E por acaso você pensa que casar é a mesma coisa que dizer: "Ei, Stiepán, me dê as botas!"? Calço as botas e pronto? É preciso refletir, raciocinar.

FIÓKLA

E por que não? Se é para pensar, pois então pense. É pra isso que existe a mercadoria, pra gente olhar. Olhe aqui, mande trazer o casaco, e já que ainda é cedo, vá logo para lá.

PODKOLIÓSSIN

Agora? Mas não vê que está nublado? Eu saio, e a chuva me pega.

FIÓKLA

Azar o seu! Pois já tem até cabelos grisalhos na cabeça, logo, logo, você não vai servir pra casório nenhum. Grande coisa ser um conselheiro de não sei o quê! Cada noivo que a gente vai achar, que não vamos dar mais a mínima pra você.

PODKOLIÓSSIN

Que besteira é essa que você está dizendo? Por que de repente achou que eu tenho cabelos grisalhos? Onde é que está o cabelo grisalho? (*Apalpa seus cabelos*)

FIÓKLA

É pra chegar aos cabelos grisalhos que a gente vive. Ora, veja só! Não se contenta com esta, não se contenta com aquela. Pois eu tenho em vista um certo capitão que dá dois de você, fala forte como uma trombeta e serve no almirantado.

PODKOLIÓSSIN

Ora, está mentindo, vou olhar no espelho; onde você viu cabelo grisalho? Ei, Stiepán, traga o espelho! Não, espere, eu mesmo vou. Deus me livre! Isso é pior do que varíola. (*Sai para outro cômodo*)

Cena 9

Fiókla e Kotchkarióv, que entra correndo.

KOTCHKARIÓV

Podkolióssin está?... (*Ao ver Fiókla*) Que faz aqui? Ah, sua...! Bem, escute aqui, pra que diabos você me casou?

FIÓKLA

Que há de mau? O senhor cumpriu a lei.

KOTCHKARIÓV

Cumpri a lei! Bela coisa, uma esposa! Será que eu não podia passar sem ela?

FIÓKLA

Pois você mesmo vivia me perturbando: case-me de uma vez, *bábuchka*.

KOTCHKARIÓV

Ah, sua rata velha!... E o que faz aqui? Vai me dizer que Podkolióssin quer...

FIÓKLA

E daí? Deus é quem quer.

KOTCHKARIÓV

Ah! Mas que canalha, ele não me disse nada. Que filho da mãe! Veja só, tudo debaixo do pano, hein?

Cena 10

Os mesmos personagens e Podkolióssin com um espelho na mão, para o qual olha com muita atenção.

KOTCHKARIÓV (*aproxima-se lentamente por trás e o assusta*)
 Bú!

PODKOLIÓSSIN (*grita e deixa cair o espelho*)
 Seu louco! Mas pra quê, pra quê... Ora, mas que besteira! Na verdade fiquei tão assustado que o coração quase me sai pela boca.

KOTCHKARIÓV
 Bem, não foi nada, eu estava só brincando.

PODKOLIÓSSIN
 E que brincadeira boba! Até agora não me recuperei do susto. Até quebrei o espelho. Isto não caiu do céu, não; foi comprado numa loja inglesa.

KOTCHKARIÓV
 Tá bom, chega! Vou arranjar outro espelho pra você.

PODKOLIÓSSIN
 É, sei bem o que vai arranjar. Eu conheço esses outros espelhos. Mostra a gente dez anos mais velho e a cara fica toda torta.

KOTCHKARIÓV
 Escute aqui, eu é que deveria estar bravo com você. Você esconde tudo de seu amigo aqui. Está pensando em se casar, é?

PODKOLIÓSSIN
 Que absurdo, nem pensei nisso.

KOTCHKARIÓV
 Pois a evidência está aqui presente. (*Aponta para Fiókla*) Esta que está aqui sabemos bem que apito ela toca. Ora, então vá lá, também não tem nada de mais. É uma lei cristã, imprescindível mesmo para a pátria.

Que seja: só que sou eu quem vai assumir o negócio. (*Para Fiókla*) Bem, então diga lá: como é que é a coisa e tal. Nobre, filha de um funcionário ou de um comerciante, hein? E como se chama?

FIÓKLA
Agáfia Tíkhonovna.

KOTCHKARIÓV
Agáfia Tíkhonovna Brandakhlystova?

FIÓKLA
Ah, não, Kuperdiáguina.

KOTCHKARIÓV
Mora na Chestilávotchnaia, não é?

FIÓKLA
Também não; é mais perto do bairro de Pieskí, na travessa Mylny.

KOTCHKARIÓV
Ah, sim, na travessa Mylny, bem atrás da loja — é uma casa de madeira, não é?

FIÓKLA
Não é atrás da loja, é atrás de uma cervejaria.

KOTCHKARIÓV
Como assim atrás de uma cervejaria? — isso aí eu já não sei.

FIÓKLA
Veja, assim que você dobrar a esquina, vai aparecer logo adiante uma guarita; e logo que passar a guarita, vire à esquerda e ali está, bem diante dos seus olhos; quer dizer, estará diante de seus olhos uma casinha de madeira, onde mora uma costureira que antes vivia com um secretário do Senado. Você não entra na casa da costureira, mas atrás da casa dela haverá uma segunda casa, de pedra — esta é a casa dela, é aí que mora a noiva, a tal Agáfia Tikhónovna.

KOTCHKARIÓV

Está bem, está bem. Agora eu é que vou cuidar de tudo; e você caia fora: não precisamos mais de você.

FIÓKLA

Como é que é? Será possível que você é que vai querer preparar o casamento?

KOTCHKARIÓV

Eu mesmo, eu mesmo; e você não atrapalhe.

FIÓKLA

Ah, mas que sem-vergonha! Isso não é assunto de homem. Desista, paizinho, é isso mesmo, desista!

KOTCHKARIÓV

Vai embora, vai. Você não entende nada de nada, então não atrapalhe! Cada macaco no seu galho, se manda, vai!

FIÓKLA

Seu malvado, tirando o pão nosso de cada dia! Se meteu onde não devia. Se eu soubesse, não teria dito nada. (*Sai frustrada*)

Cena 11

Podkolióssin e Kotchkarióv.

KOTCHKARIÓV

Bem, irmão, um negócio desse não se pode deixar de lado. Vamos.

PODKOLIÓSSIN

Mas ainda não... ainda não sei... ainda estou pensando.

KOTCHKARIÓV

Tolice, tolice! Não precisa ficar envergonhado: eu vou casá-lo de um jeito que você nem vai perceber. Vamos agora mesmo para a casa de sua noiva e verá como tudo vai ser rápido.

PODKOLIÓSSIN

Ainda essa agora! Ir até lá!

KOTCHKARIÓV

Ora, vamos, mas que negócio é esse?... Bem, veja só: você está solteiro, e daí? Olhe para o seu quarto. Veja bem do jeito que ele está. Ali tem uma bota para ser limpa, e a bacia pra se lavar ainda está lá; ali um monte de tabaco sobre a mesa, e você aí deitado como um bicho preguiçoso, sem fazer nada.

PODKOLIÓSSIN

Isto é verdade. Eu sei que na minha casa não há ordem.

KOTCHKARIÓV

Bem, mas logo que tiver uma esposa, você nem vai mais se reconhecer: aqui vai ter um sofá, um cachorrinho, um passarinho qualquer na gaiola, costuras... Imagine só: você sentado no sofá, e de repente se senta ao seu lado uma belezura e pega na sua mão...

PODKOLIÓSSIN

Que diabo, só de pensar naqueles braços... ah, meu irmão, branquinhos como leite.

KOTCHKARIÓV

Só braços? Se fossem só braços o que elas têm!... Elas têm, irmão... nem preciso dizer, só o diabo sabe, irmão, o que elas não têm.

PODKOLIÓSSIN

Pra dizer a verdade, eu gosto muito quando fico perto de uma moça graciosa.

KOTCHKARIÓV

Está vendo, você mesmo descobriu. Agora só falta organizar tudo. Você não tem com o que se preocupar. O almoço de casamento etc. e tal — pode deixar tudo isso comigo... Menos de uma dúzia de champanhes, nem pensar, irmão, tem que ser assim. Também é indispensável meia dúzia de garrafas de vinho Madeira. Provavelmente a noiva tem um monte de tias e comadres — essas não brincam em serviço. E o vinho do Reno — que vá pro diabo, não é verdade? No que diz respeito ao almoço, irmão, eu tenho em vista um garçom da corte: o bandido dá de comer até a gente não poder mais.

PODKOLIÓSSIN

Ora, vamos, você se agarra com tanto fervor, como se o casamento já fosse amanhã.

KOTCHKARIÓV

E por que não? Pra que adiar? Você está de acordo, não está?

PODKOLIÓSSIN

Eu? Bem, não... Eu ainda não estou cem por cento de acordo.

KOTCHKARIÓV

Ah, essa não! Agora mesmo você declarou que queria se casar.

PODKOLIÓSSIN

Eu apenas disse que não seria mau.

KOTCHKARIÓV

Ah! Não acredito! A coisa já está quase feita... Mas por quê? Será que você não gosta da vida de casado, hein?

PODKOLIÓSSIN

Não... gosto.

KOTCHKARIÓV

Pois então? O que está esperando?

PODKOLIÓSSIN

Não estou esperando nada, só que é estranho...

KOTCHKARIÓV

O que é estranho?

PODKOLIÓSSIN

E por que não seria? Sempre fui solteiro, e agora de repente me vejo casado.

KOTCHKARIÓV

Ora, ora... Você não tem vergonha? Não, eu vejo que com você é preciso falar de modo duro: vou falar abertamente, de pai para filho. Olhe só, olhe para você com atenção, como, por exemplo, você está olhando para mim. O que você é agora? É simplesmente um nada, você não causa a menor impressão. Então pra que você vive? Olhe só no espelho: o que você vê ali? Um rosto bobo, e mais nada. Mas agora imagine se ao seu redor estivessem uns garotinhos, não só dois ou três, mas talvez uns seis, e todos parecidos com você como duas gotas d'água. E aí está você sozinho, um conselheiro, um chefe de departamento ou um superior qualquer, sabe lá Deus o quê. E então, imagine, ao seu redor uns conselheirozinhos, uns canalhinhas bem pequenos, e daí um peralta vem puxar as suas suíças, e você vai simplesmente imitar um cãozinho para ele: au, au, au! E então, há algo melhor do que isso na vida? Diga!

PODKOLIÓSSIN

É, só que eles são bem mais arteiros: vão estragar tudo, espalhar os papéis.

KOTCHKARIÓV

Que espalhem, mas em compensação todos eles vão ter a sua cara — olha só que coisa.

PODKOLIÓSSIN

Bem, isso, na realidade, até que é engraçado. Imagine só: esse engraçadinho de uma figa se parecer com a gente.

KOTCHKARIÓV

E não é engraçado? Claro que é engraçado. Bem, então vamos.

PODKOLIÓSSIN

Que seja, vamos lá.

KOTCHKARIÓV

Ei, Stiepán! Venha rápido ajudar seu patrão a se vestir.

O casamento

PODKOLIÓSSIN (*vestindo-se diante do espelho*)

Mas eu acho que seria preciso estar de colete branco.

KOTCHKARIÓV

Bobagem, é tudo igual.

PODKOLIÓSSIN (*pondo o colarinho*)

Maldita lavadeira, engomou o colarinho tão mal que não fica no lugar de jeito nenhum. Diga-lhe, Stiepán, que se essa tonta passar assim a roupa-branca, eu vou contratar outra. Na certa ela passa o tempo com os amantes dela, e não passando roupa.

KOTCHKARIÓV

Mas vamos depressa, irmão! Como você demora!

PODKOLIÓSSIN

Já vai, já vai. (*Vestindo o fraque e sentando-se*) Escute, Iliá Fomitch. Sabe de uma coisa? Vá lá você.

KOTCHKARIÓV

Mais essa agora! Será que ficou louco? Eu ir lá! Quem de nós vai se casar: você ou eu?

PODKOLIÓSSIN

Na verdade, acho que não quero. É melhor amanhã.

KOTCHKARIÓV

Mas será que você não tem um pingo de juízo? Você é doido, não é? Preparou-se todo e de repente não quer ir mais! Bem, depois disso, você não vai me dizer, por favor, que você não é um porco, um miserável, não é?

PODKOLIÓSSIN

Mas por que você está me xingando? Por que motivo? O que eu fiz pra você?

KOTCHKARIÓV

Imbecil, um completo imbecil; é isso que todo mundo vai lhe dizer. Um tonto, simplesmente um tonto, e, ainda por cima, chefe de departamento. Pra que foi que eu me empenhei tanto? Para o seu bem. Pois vão é tirar o doce da sua boca. Fique aí deitado, solteirão maldito! Então veja, com o que é que você se parece? Vamos, vamos, seu porcaria, seu nada; eu até diria seu... Mas seria indecente. É um maricas! Pior do que um maricas!

PODKOLIÓSSIN

E você também não é lá essas coisas. (*A meia-voz*) Você está em seu juízo perfeito, é? Fica aí me ofendendo, na frente do meu criado, e ainda por cima com umas palavras assim. Será que não tinha lugar melhor?

KOTCHKARIÓV

E como não ofender você? Faça o favor de me dizer. Quem pode deixar de ofender você? Quem é que aguenta não ofender você? Como homem honrado, decidiu se casar, seguiu a prudência, e de repente — simplesmente perdeu a cabeça, enlouqueceu, vive burro como uma porta...

PODKOLIÓSSIN

Está bem, chega! Eu vou. Por que está gritando tanto?

KOTCHKARIÓV

Agora sim! Claro, não há outra coisa a fazer senão ir! (*Para Stiepán*) Dê-lhe o chapéu e o capote.

PODKOLIÓSSIN (*na porta*)

Mas que homem tão estranho! Assim não dá. De repente começa a ofender a gente, sem mais nem menos. Não entende nada do comportamento humano.

KOTCHKARIÓV

Agora chega! Não vou mais ofender você.

Ambos saem.

Cena 12

Sala na casa de Agáfia Tikhónovna. Agáfia Tíkhonovna tira a sorte nas cartas; por detrás dela está espiando a tia Arina Pantelieimónovna.

AGÁFIA TÍKHONOVNA

Outra vez, tia, um caminho! Aparece um *rei de ouros*, lágrimas, uma carta de amor; do lado esquerdo um *rei de paus* mostra grande simpatia, mas alguma malvada atrapalha.

ARINA PANTELIEIMÓNOVNA

E quem poderia ser o *rei de paus*?

AGÁFIA TÍKHONOVNA

Não sei.

ARINA PANTELIEIMÓNOVNA

Mas eu sei.

AGÁFIA TÍKHONOVNA

E quem é?

ARINA PANTELIEIMÓNOVNA

Um bom comerciante de tecidos, Aleksei Dmítrievitch Starikov.

AGÁFIA TÍKHONOVNA

Ora, é claro que não é ele! Aposto quanto for que não é ele.

ARINA PANTELIEIMÓNOVNA

Não discuta, Agáfia Tíkhonovna; é ele que tem cabelo ruivo assim. Não há outro *rei de paus*.

AGÁFIA TÍKHONOVNA

Claro que não. O *rei de paus* significa aqui um nobre. Um comerciante está longe de ser um *rei de paus*.

ARINA PANTELIEIMÓNOVNA

Ah, Agáfia Tíkhonovna, você não falaria assim se o falecido Tikhon

Panteliemónovitch, seu pai, estivesse vivo. Ele costumava dar um soco na mesa com toda a força, gritando: "Eu cuspo naquele que se envergonha de ser negociante; não vou dar minha filha em casamento a um coronel. Que façam isso com as filhas deles! E não vou dar meu filho", dizia ele, "para o serviço militar. Será que um negociante não serve ao soberano como qualquer outro?". E dava outro soco na mesa com toda a força. E a mão dele era grande como um balde — dava tanto medo! Pra dizer a verdade, ele acabou com a sua mãe; senão a falecida teria vivido bem mais.

AGÁFIA TÍKHONOVNA
Pois é, e ainda quer que tenha um marido ruim assim! Por nada nesse mundo me casarei com um negociante!

ARINA PANTELIEIMÓNOVNA
Ora, Aleksei Dmítrievitch não é assim.

AGÁFIA TÍKHONOVNA
Não, não quero nem saber! Ele tem barba: quando ele come, escorre tudo pela barba. Não, não, não quero!

ARINA PANTELIEIMÓNOVNA
E onde vai arranjar um bom nobre? Pois não é na rua que você vai procurar.

AGÁFIA TÍKHONOVNA
Fiókla Ivánovna vai procurar. Ela prometeu procurar o melhor de todos.

ARINA PANTELIEIMÓNOVNA
Pois ela é uma trapaceira, meu bem.

Cena 13

Os mesmos personagens e Fiókla.

FIÓKLA

Ah, não, Arina Pantelieimónovna, é um pecado levantar uma calúnia dessas.

AGÁFIA TÍKHONOVANA

Ah, é Fiókla Ivánovna! E então, me diga, me conte! Há alguma coisa?

FIÓKLA

Há sim, senhora, apenas deixe que eu recupere o ânimo — estou tão esgotada! Por sua causa percorri todos os prédios, todas as chancelarias, me meti pelos ministérios, me enfiei num quartel... Saiba, minha mãezinha, que por pouco não me mataram. Por Deus! A velha que casou os Afieróvy veio pra cima de mim assim: "Você é isso e aquilo, só quer tirar o pão da boca dos outros, ponha-se no seu lugar", disse ela. "Ora essa", disse eu sem rodeios, "não se exalte, pois eu estou pronta para satisfazer minha senhorita". E que noivos arranjei pra você! É isso mesmo, nem hoje nem nunca se viu coisa igual! Hoje mesmo vão vir alguns. Vim correndo para preveni-la.

AGÁFIA TÍKHONOVNA

Como assim, hoje mesmo? Fiókla Ivánovna, minha querida, estou com medo.

FIÓKLA

Mas não tenha medo, minha mãezinha! São coisas da vida. Vão vir aqui, olhar e mais nada. E você olhe bem pra eles também; se não gosta, vão embora e pronto.

ARINA PANTELIEIMÓNOVNA

É, pelo jeito arranjou coisa boa!

AGÁFIA TÍKHONOVNA

E quantos são? Muitos?

FIÓKLA
    Hã, uns seis.

AGÁFIA TÍKHONOVNA (*gritando*)
    Oh!

FIÓKLA
    Ora essa, minha cara, por que ficou tão alarmada? É melhor para escolher: se um não serve, serve o outro.

AGÁFIA TÍKHONOVNA
    E eles são o quê? Nobres?

FIÓKLA
    São todos iguais. Mais nobres, impossível.

AGÁFIA TÍKHONOVNA
    E como são eles, como são?

FIÓKLA
    Bem, são todos bem atraentes, bons, atenciosos. O primeiro é Baltazar Baltazárovitch Jevákin. É tão atraente, que até serviu na Marinha; você vai gostar logo de cara. Diz que precisa de uma noiva que seja gordinha, pois não gosta das sequinhas. Há também Ivan Pávlovitch, que trabalha num departamento qualquer. Tem cara de importante que até dá medo. Tem tamanha aparência, é gordo; logo foi gritando pra mim: "Você não me venha com aquelas bobagens de que a noiva é isso e aquilo! Diga logo: quantos móveis e imóveis ela tem?" — "Tem isto e aquilo, meu paizinho!" — "Está mentindo, filha de uma cadela!". E até empregou um palavreado que é indecente dizer, minha querida. E eu logo vi: é, esse aí deve ser um senhor bem importante.

AGÁFIA TÍKHONOVNA
    Bem, e quem mais?

FIÓKLA
    Há também Nikanor Ivánovitch Anútchkin. Esse é tão grande! E os lábios, minha querida, são uma framboesa, simplesmente uma framboesa! É tão atraente. "Preciso de uma noiva que seja boa comigo, educada

e que saiba falar francês." É sim, um homem de fino trato, até parece um alemão! É o mais delicado, e tem umas perninhas estreitas, fininhas.

AGÁFIA TÍKHONOVNA

Não, desses delicados assim eu não gosto... Não sei... Eu não vejo nada neles...

FIÓKLA

Pois se quer um mais encorpado, então pegue o Ivan Pávlovitch. Não se pode arranjar um melhor. Desse a gente não tem o que dizer, é um nobre daqueles: mal passa naquela porta, de tão atraente.

AGÁFIA TÍKHONOVNA

E quantos anos ele tem?

FIÓKLA

É ainda jovem, cinquenta anos, ou talvez nem isso.

AGÁFIA TÍKHONOVANA

E qual é o sobrenome?

FIÓKLA

Ele se chama Ivan Pávlovitch Iaítchnitsa.[3]

AGÁFIA TÍKHONOVNA

Isso é um sobrenome?

FIÓKLA

É, um sobrenome.

AGÁFIA TÍKHONOVNA

Ai, meu Deus, que sobrenome! Escute aqui, Fioklúchka, como vai ser isso: se eu me casar com ele, vou me chamar Agáfia Tíkhonovna Iaítchnitsa, não é? Deus me livre!

---

[3] Em russo, o sobrenome significa, literalmente, "ovos fritos", "ovos estrelados". (N. da T.)

FIÓKLA

Bem, minha mãezinha, na Rússia há uns sobrenomes que ao ouvir a gente cospe e se benze. Mas se não gosta desse sobrenome, então pegue Baltazar Baltazárovitch Jevákin; é um noivo bem simpático.

AGÁFIA TÍKHONOVNA

E como são os cabelos dele?

FIÓKLA

Bonitos.

AGÁFIA TÍKHONOVNA

E o nariz?

FIÓKLA

Hã... o nariz é bonito também. Tem tudo no lugar. E é o mais atraente. Mas não vá se irritar: no apartamento só tem um cachimbo, nada mais, nada de móveis.

AGÁFIA TÍKHONOVNA

E quem mais?

FIÓKLA

Akinf Stiepánovitch Pantelié́iev, funcionário, conselheiro titular; só gagueja um pouquinho, mas é bem discreto.

ARINA PANTELIEIMÓVNA

Mas é só o que você diz: funcionário, funcionário! Diga se ele gosta ou não de beber, ou coisa do gênero.

FIÓKLA

Bebe sim, não vou dizer que não, ele bebe. O que fazer? Mas ele é conselheiro titular, fino como uma seda.

AGÁFIA TÍKHONOVNA

Ah não, eu não quero que meu marido seja um bêbado.

FIÓKLA

É você que manda, minha flor! Não quer um, pegue o outro. Mas também, se uma vez ou outra ele beber um pouco além da conta, não quer dizer que vá ficar bêbado a semana toda; um dia vai estar sóbrio.

AGÁFIA TÍKHONOVNA

Bem, e quem mais?

FIÓKLA

Há ainda mais um, só que esse... Deixa pra lá, vai! Esses outros são bem melhores.

AGÁFIA TÍKHONOVNA

Bem, mas quem é ele?

FIÓKLA

Ah, eu não queria falar dele. Parece que ele é algum conselheiro da corte e tem lá uma condecoração, mas não há Cristo que o tire de casa.

AGÁFIA TÍKHONOVNA

Bem, e quem mais? Pois até agora foram cinco, e você disse seis.

FIÓKLA

E isso é pouco pra você? Veja só como de repente se animou! Antes estava com medo...

ARINA PANTELIEIMÓNOVNA

São esses aí os seus nobres? Mas é bem verdade que um comerciante lhe cairia melhor do que essa meia dúzia que você tem aí.

FIÓKLA

Ah, não, Arina Pantelieimónovna. Um nobre inspira mais respeito.

ARINA PANTELIEIMÓNOVNA

E respeito pra quê? Veja só Aleksei Dmítrievitch: usa *chapka*[4] de marta, passeia de trenó...

---

[4] Espécie de gorro de peles. (N. da T.)

FIÓKLA

É, mas um nobre com dragonas, ao encontrá-lo, vai dizer: "O que é que há, seu comerciantezinho? Saia do caminho!". Ou então: "Me mostre, seu comerciantezinho, um veludo melhor!". E o negociante: "Como não, paizinho!". "Tire já o chapéu, seu malcriado!" Aí está o que vai dizer o nobre.

ARINA PANTELIEIMÓNOVNA

Mas o comerciante, se não quiser, não vai vender tecido nenhum, e aí o tal nobre vai ficar nuzinho em pelo, e vai andar sem nada.

FIÓKLA

E o nobre pode matar o comerciante.

ARINA PANTELIEIMÓNOVNA

E o comerciante vai se queixar à polícia.

FIÓKLA

E o nobre vai dar queixa ao senador.

ARINA PANTELIEIMÓNOVNA

E o comerciante ao governador.

FIÓKLA

E o nobre...

ARINA PANTELIEIMÓNOVNA

É mentira, é mentira: o nobre... O governador é mais do que o senador! Que se dane o nobre! Há casos em que o nobre também tem de tirar o chapéu...

Ouve-se uma sineta na porta.

ARINA PANTELIEIMÓNOVNA

Parece que alguém está chamando.

FIÓKLA

Ai, são eles!

ARINA PANTELIEIMÓNOVNA
     Eles quem?

FIÓKLA
     Eles... Algum dos noivos.

AGÁFIA TÍKHONOVNA (*gritando*)
     Ai!

ARINA PANTELIEIMÓNOVNA
     Que os santos tenham piedade de nós, pecadores! A sala não está nada arrumada. (*Agarra tudo que está na mesa e corre pela sala*) E a toalha! A toalha na mesa está toda suja! Dúniachka, Dúniachka!

Dúniachka aparece.

ARINA PANTELIEIMÓNOVNA
     Uma toalha limpa, rápido! (*Junta o guardanapo e corre pela sala*)

AGÁFIA TÍKHONOVNA
     Ai, tia, que será de mim? Estou só de camisola!

ARINA PANTELIEIMÓNOVNA
     Ai, minha querida, corra, vá se vestir! (*Corre pela sala*)

Dúniachka traz a toalha. Chamam à porta.

ARINA PANTELIEIMÓNOVNA
     Corra e diga: "Já vai!".

Dúniachka grita de longe: "Já vai!".

AGÁFIA TÍKHONOVNA
     Tia, mas o vestido não está passado.

ARINA PANTELIEIMÓNOVNA
     Ai, Senhor Misericordioso, não me abandone! Vista outro.

FIÓKLA (*entra correndo*)
Por que não vem? Agáfia Tíkhonovna, rápido, minha querida!

Ouve-se uma sineta.

FIÓKLA
Ai, ai, ai, eles estão esperando!

ARINA PANTELIEIMÓNOVNA
Dúniachka, faça-o entrar e peça que espere.

Dúniachka corre para a entrada e abre a porta. Ouvem-se vozes: "Está em casa?". "Sim, entre, por favor". Todas ficam olhando com interesse pelo buraco da fechadura.

AGÁFIA TÍKHONOVNA (*gritando*)
Ai, que gordo!

FIÓKLA
Vem vindo, vem vindo!

Todas correm depressa.

Cena 14

Ivan Pávlovitch Iaíchnitsa e a criada.

A CRIADA
Espere aqui. (*Sai*)

IAÍTCHNITSA
Se é para esperar, então vamos esperar; só espero que não se atrasem. Ausentei-me do departamento só por uns minutos. De repente ocorre ao general: "Onde está o agente executivo?". "Foi procurar uma noiva." Aí é que eu vou ver o que é uma noiva... Bem, mas vamos dar mais

uma olhada na lista. (*Lendo*) "Uma casa de pedra de dois andares...".
(*Ergue a vista e examina a sala*) Isso! (*Continua lendo*) "Duas edículas: uma com alicerce de pedra, a outra de madeira..." Hum, a de madeira está ruim. "Uma *drójki*,⁵ um trenó enfeitado, puxado por dois cavalos, forrado por um tapete grande e um pequeno..." Vai ver que esse trenó só serve de tralha. Mas a velha assegurou que era de primeira. "Duas dúzias de colheres de prata..." Claro, uma casa precisa de colheres de prata. "Dois casacos de pele de raposa..." Hum... "Quatro colchões grandes e dois pequenos. (*Contrai os lábios significativamente*) Seis pares de vestidos de seda e seis de algodão, duas toucas de noite, dois..." Bem, isto é artigo inútil! "Roupa-branca, toalhas..." Ela pode deixar tudo isso, se me quiser. Porém, é preciso comprovar tudo isso. Agora, é claro, prometem casas, carruagens, mas logo que você se casa, só encontra travesseiros e colchões.

Ouve-se uma sineta. Dúniachka corre apressadamente através da sala para abrir a porta. Ouvem-se vozes: "Está em casa?". "Está."

Cena 15

Ivan Pávlovitch e Anútchkin.

DÚNIACHKA
Esperem aqui. Elas já vêm. (*Sai*)

Anútchkin cumprimenta Iaítchnitsa.

IAÍCHNITSA
Meus respeitos.

ANÚTCHKIN
É com o pai da encantadora dona da casa que tenho a honra de conversar?

⁵ Carruagem leve, aberta, de quatro rodas. (N. da T.)

IAÍCHNITSA
Não, em absoluto, não sou o pai. Aliás, eu ainda nem tenho filhos.

ANÚTCHKIN
Ah, perdão, perdão!

IAÍCHNITSA (à parte)
A fisionomia desse sujeito me é um pouco suspeita: será que não veio com o mesmo propósito que eu? (Mais alto) O senhor, decerto, tem algum assunto com a dona da casa, não é?

ANÚTCHKIN
Não, ora essa... Nenhum assunto. Vim assim, a passeio.

IAÍCHNITSA (à parte)
A passeio! Está mentindo, está mentindo! Quer se casar, o miserável!

Ouve-se uma sineta. Dúniachka corre através da sala para abrir a porta. Vozes na entrada: "Está em casa?". "Está."

Cena 16

Os mesmos personagens e Jevákin em companhia da criada.

JEVÁKIN (para a criada)
Por favor, querida, escove-me a roupa... Há muita poeira na rua, sabe. Aqui, por favor, tire essa poeirinha. (Virando-se) Isso! Obrigado, querida. E ainda aqui, veja, é como uma aranha subindo! E aí atrás não há nada? Obrigado, minha cara! Veja, parece que aqui tem mais. (Passa a mão na manga do fraque e dá uma olhada em Anútchkin e Ivan Pávlovitch) É tecido inglês! Como cai bem! Em 1795, quando nossa esquadra estava na Sicília, eu o comprei ainda como suboficial da Marinha e fiz com ele um uniforme militar; em 1801, no tempo de Pável Pietróvitch, eu cheguei a tenente e o tecido ainda estava novíssimo; em 1814 fiz uma expedição ao redor do mundo, e só então se rompeu um pouco a costu-

ra; em 1815 me retirei, só então remendei um pouco: já estou usando há dez anos, e até hoje está quase novo. Eu agradeço, querida, hum... Belezinha! (*Faz para ela um gesto com a mão e, aproximando-se do espelho, passa a mão no cabelo*)

ANÚTCHKIN

E como é, permita-me saber, a Sicília?... Pois o senhor teve a bondade de dizer: Sicília... Como é essa terra, a Sicília?

JEVÁKIN

Ah, é linda! Ficamos lá trinta e quatro dias; a vista, vou lhe contar, é encantadora! Que montanhas, que arvoredo cor de granadina; e italianas por toda parte, umas tão rosinhas que a gente quer logo beijar.

ANÚTCHKIN

E são bem-educadas?

JEVÁKIN

Muito bem! Tão educadas como talvez só as nossas condessas. Acontecia de ir pela rua... Bem, um tenente russo... Naturalmente, com as dragonas aqui, (*aponta para os ombros*) bordadas em dourado... E de uma beleza tão morena — elas têm balcões em todas as casas, e os telhados são como este piso, absolutamente planos. De repente a gente olha e já vê sentada lá uma daquelas rosinhas... E naturalmente, para fazer um bom papel... (*Inclina-se e faz uma saudação com a mão*) E ela responde assim. (*Faz um gesto com a mão*) Estava vestida assim: aqui um tipo de tafetá, uns cordões, diferentes brincos de mulher... Bem, numa palavra, um bom-bocado...

ANÚTCHKIN

E como, permita-me ainda perguntar, em que língua se expressam na Sicília?

JEVÁKIN

Naturalmente, todos falam francês.

ANÚTCHKIN

E todas as senhoritas falam mesmo francês?

JEVÁKIN

Todas mesmo. Talvez o senhor mesmo não acredite no que vou acrescentar: nós ficamos ali trinta e quatro dias, e em todo esse tempo não ouvi uma só palavra delas em russo.

ANÚTCHKIN

Nem uma palavra?

JEVÁKIN

Nem uma palavra. E não estou falando dos nobres e outros senhores, isto é, os diversos oficiais; mas pegue de propósito um simples camponês dali, que carrega nas costas todo tipo de porcaria, e experimente lhe dizer: "Dê-me um pão, irmão". Ele não vai entender, por Deus que ele não vai entender. Mas diga em francês: "*Dateci del pane*", ou "*Portate vino*";[6] aí ele entende e vai correr para trazer.

IVAN PÁVLOVITCH

No entanto, pelo que vejo, deve ser uma terra curiosa a Sicília. Veja, o senhor disse "camponês"; como é esse camponês? Ele é exatamente assim como um camponês russo, de ombros largos e lavrando a terra, ou não?

JEVÁKIN

Não posso lhe dizer: não percebi se lavram a terra ou não, mas quanto a cheirar rapé, eu vou acrescentar que não apenas cheiram, como também colocam até na boca. O transporte também é muito barato; ali quase tudo é água e há gôndolas em toda parte... Naturalmente, havia uma italianinha sentada, vestida com uma blusinha, um lencinho... Havia oficiais ingleses conosco; bem, era uma gente como nós, marinheiros. No início era muito estranho: um não entendia o outro, mas depois, logo que nos conhecemos, começamos a nos entender mais à vontade. Se acontecia de apontar para uma garrafa ou um copo, bem, de imediato a gente já sabia que isso significava beber; se apoiava o punho na boca e dizia apenas entre lábios "paf, paf", a gente já sabia: era para fumar cachimbo. Em geral, vou acrescentar que a língua é bastante fácil; em uns três dias nossos marujos começaram a entender perfeitamente uns aos outros.

---

[6] Em italiano no original: "Dê-me pão"; "Traga vinho". (N. da T.)

IVAN PÁVLOVITCH

Pelo que vejo, é bem interessante a vida nos países estrangeiros. Tenho muito prazer em me encontrar com um homem vivido. Permita-me saber: com quem tenho a felicidade de conversar?

JEVÁKIN

Jevákin, tenente da reserva. Permita-me, por minha vez, também perguntar: com quem tenho a felicidade de falar?

IVAN PÁVLOVITCH

Agente executivo Ivan Pávlovitch Iaíchnitsa.

JEVÁKIN (*sem ter ouvido bem*)

É, eu também comi alguma coisa. Eu sei que o caminho é longo, mas o tempo está fresco; comi um pedaço de arenque com um pãozinho.

IVAN PÁVLOVITCH

Não, parece que o senhor não entendeu. Esse é o meu sobrenome: Iaíchnitsa.

JEVÁKIN (*inclinando-se*)

Ah, desculpe! Sou um pouco surdo deste ouvido. Na verdade eu pensei que o senhor queria dizer que tinha comido omelete.

IVAN PÁVLOVITCH

Que fazer? Eu já quis pedir ao general permissão para me chamar Iáitchnitsin, mas os meus colegas me convenceram: disseram que ia parecer "filho de um cão".[7]

JEVÁKIN

É, isso acontece. Em nossa terceira esquadra, todos oficiais e marujos, todos eles, tinham sobrenomes muito estranhos: Pomóikin, Iaryjkin, tenente Perepréiev.[8] E um suboficial, aliás um bom suboficial, tinha co-

---

[7] O sobrenome remete a um jogo com as palavras *iaítchny* (adjetivo: "de ovo") e *syn* ("filho"), mas reverbera num jogo sonoro o xingamento *súkin* ("filho de um cão"). (N. da T.)

[8] A estranheza dos três sobrenomes, mesmo para os russos, é aqui mais sonora do que semântica. (N. da T.)

mo sobrenome simplesmente Dyrka.[9] Acontecia do capitão chamar: "Ei, você, Dyrka, venha aqui!". E acontecia de a gente brincar com ele: "Ei, você, que buraquinho!", a gente dizia a ele.

Ouve-se uma sineta na entrada. Fiókla corre através da sala para abrir.

IAÍCHNITSA
Ah, olá, mãezinha!

JEVÁKIN
Olá! Como vai, minha querida?

ANÚTCHKIN
Olá, mãezinha Fiókla Ivánovna.

FIÓKLA (*correndo depressa*)
Obrigado, meus paizinhos! Estou bem, estou bem. (*Abre a porta*)

Na entrada ressoam vozes: "Está em casa?". "Está." Depois de algumas palavras inaudíveis, Fiókla responde contrariada: "Você vai ver só!".

Cena 17

Os mesmos personagens, mais Kotchkarióv, Podkolióssin e Fiókla.

KOTCHKARIÓV (*para Podkolióssin*)
Lembre-se: é só coragem e nada mais. (*Olha ao redor e saúda a todos com certa surpresa. Para si mesmo*) Caramba, quanta gente! O que significa isso? Não são todos noivos, são? (*Empurra Fiókla e diz em seu ouvido*) Recrutou larápios de todos os lados, hein?

---

[9] Literalmente, "buraquinho". (N. da T.)

FIÓKLA (*a meia-voz*)
Não tem nada de larápios aqui; é tudo gente honesta.

KOTCHKARIÓV (*para ela*)
Por fora bela viola...

FIÓKLA
Olhe para você mesmo, não tem nada do que se gabar: por dentro pão bolorento.

KOTCHKARIÓV
Pois os seus são ricaços com buracos no bolso. (*Em voz alta*) O que ela está fazendo agora? Pois essa porta é a do quarto dela, não é? (*Aproxima-se da porta*)

FIÓKLA
Sem-vergonha! Já lhe disseram que ela está se vestindo.

KOTCHKARIÓV
O que há de mau nisso? Só vou olhar e mais nada. (*Olha no buraco da fechadura*)

JEVÁKIN
Permita-me ser curioso também.

IAÍCHNITSA
Permita-me dar uma espiada só uma vezinha.

KOTCHKARIÓV (*continua olhando*)
Não dá pra ver nada, senhores. E nem se pode distinguir de tão esbranquiçado: parece uma mulher ou é um travesseiro?

No entanto, todos se aglomeram na porta tentando espiar.

Psiu... Vem vindo alguém!

Todos recuam.

Cena 18

Os mesmos personagens e mais Arina Pantelieimónovna e Agáfia Tíkhonovna. Todos fazem uma reverência.

ARINA PANTELIEIMÓNOVNA
　A que devemos a visita?

IAÍCHNITSA
　Soube pelos jornais que desejam realizar um contrato para fornecimento de lenha do bosque, e como me encontro na função de agente executivo no posto fiscal, vim saber qual o tipo de bosque, qual a quantidade e por quanto tempo podem fornecer.

ARINA PANTELIEIMÓNOVNA
　Ainda que não tratemos de nenhum contrato, estamos felizes pela visita. Qual o seu sobrenome?

IAÍCHNITSA
　Assessor de colegiatura Ivan Pávlovitch Iaíchnitsa.

ARINA PANTELIÉIMONOVNA
　Peço encarecidamente que se sente. (*Vira-se para Jevákin e olha para ele*) Permita-me saber...

JEVÁKIN
　Eu também vi nos jornais que estavam anunciando algo. Bem, pensei comigo, eu irei. O tempo parecia bom, grama por toda a parte...

ARINA PANTELIEIMÓNOVNA
　Qual o seu sobrenome?

JEVÁKIN
　Tenente da reserva da Marinha, Baltazar Baltazárovitch Jevákin II. Havia entre nós um outro Jevákin, mas entrou na reserva antes de mim: foi ferido, mãezinha, abaixo do joelho e a bala passou tão estranhamente que não chegou a estropiar o joelho, mas atravessou o tendão. Foi todo furado com uma agulha, e daí, quando acontecia de a gente ficar

perto dele, parecia que ele queria dar um chute na gente por trás com o joelho.

ARINA PANTELIEIMÓNOVNA

Peço-lhe encarecidamente que se sente. (*Virando-se para Anútchkin*) Posso saber como soube?...

ANÚTCHKIN

Pela vizinhança. Vizinhos próximos...

ARINA PANTELIEIMÓNOVNA

Não é na casa de Tulubóvaia, a esposa do comerciante ali da frente, não é?

ANÚTCHKIN

Não, no momento estou morando no distrito de Pieski, todavia tenho em vista mudar-me em breve para esta vizinhança, para esta parte da cidade.

ARINA PANTELIEIMÓNOVNA

Peço encarecidamente que se sente. (*Virando-se para Kotchkarióv.*) Permita-me saber...

KOTCHKARIÓV

Mas será que a senhora não está me reconhecendo? (*Virando-se para Agáfia Tíkhonovna*) E também a senhorita?

AGÁFIA TÍKHONOVNA

Pelo que me parece, eu nunca vi o senhor.

KOTCHKARIÓV

Mas tente se lembrar. A senhorita certamente já me viu em algum lugar.

AGÁFIA TÍKHONOVNA

Não sei, não senhor. Teria sido na casa dos Buriúchkiny?

KOTCHKARIÓV

Exatamente, na casa dos Buriúchkiny.

AGÁFIA TÍKHONOVNA

Ah, mas o senhor não sabe da história que se passou com ela.

KOTCHKARIÓV

Ora, casou-se.

AGÁFIA TÍKHONOVNA

Não, isso até que seria bom. Quebrou a perna.

ARINA PANTELIEIMÓNOVNA

E quebrou gravemente. Estava voltando para casa bem tarde numa carruagem, o cocheiro estava bêbado e capotou.

KOTCHKARIÓV

É isso, lembro-me de que foi algo assim: ou que tinha se casado, ou que tinha quebrado a perna.

ARINA PANTELIEIMÓNOVNA

E como é seu sobrenome?

KOTCHKARIÓV

Ora, sou Iliá Fomitch Kotchkarióv; somos meio parentes. Minha esposa fala sem parar sobre... Perdão, perdão; (*toma Podkolióssin pelo braço e o conduz*) meu colega, Ivan Kuzmítch Podkolióssin, conselheiro da corte, expedidor, o único que cuida de todos os negócios, aperfeiçoou maravilhosamente a sua seção.

ARINA PANTELIEIMÓNOVNA

E como é seu sobrenome?

KOTCHKARIÓV

Podkolióssin. Ivan Kuzmítch Podkolióssin. O diretor só ocupa o cargo, mas é ele quem cuida de todos os negócios. Ivan Kuzmítch Podkolióssin.

ARINA PANTELIEIMÓNOVNA

Muito bem. Peço encarecidamente que se sentem.

Cena 19

Os mesmos personagens, mais Stárikov.

STÁRIKOV (*inclinando-se viva e rapidamente, ao estilo dos comerciantes, com as mãos na cintura*)
Olá, mãezinha Arina Panteliéievna. A turma lá do Pátio do Comércio disse que está vendendo lã, mãezinha!

AGÁFIA TÍKHONOVNA (*virando-se com desdém, a meia-voz, mas de um modo que ele ouve*)
Aqui não é uma venda!

STÁRIKOV
Opa! Será que chegamos em hora imprópria? Ou já fecharam negócio sem nós?

ARINA PANTELIEIMÓNOVNA
Por favor, por favor, Aleksei Dmítrievitch; embora não estejamos vendendo lã, ficamos felizes pela visita. Peço encarecidamente que se sente.

Todos se sentam. Silêncio.

IAÍCHNITSA
Tempo estranho hoje: pela manhã parecia que vinha mesmo uma chuvinha, e agora parece que passou.

AGÁFIA TÍKHONOVNA
É mesmo, esse tempo não se parece com nada: às vezes está claro, e em outra hora já está totalmente chuvoso. É muito desagradável.

JEVÁKIN
Pois na Sicília, mãezinha, eu estive com minha esquadra na época da primavera — equivale assim ao nosso mês de fevereiro. Acontecia de a gente sair de casa e o dia estar ensolarado, mas depois aquela chuva; e a gente via como se fosse uma chuvinha.

IAÍCHNITSA

O mais desagradável de tudo é quando a gente está sozinho num tempo desses. Para um homem casado é outra coisa, não é um tédio; mas na solidão é simplesmente...

JEVÁKIN

Oh, é a morte, é realmente a morte!

ANÚTCHKIN

É sim, pode-se dizer isso...

KOTCHKARIÓV

Qual! É simplesmente um tormento! Não vale a pena viver. Deus me livre de experimentar uma situação dessas.

IAÍCHNITSA

E se a senhorita tivesse de escolher um amor? Permita-me saber o seu gosto. Desculpe-me por ser tão direto. Que função a senhorita considera a mais adequada para um marido?

JEVÁKIN

A senhorita gostaria de ter como marido um homem familiarizado com as tormentas do mar?

KOTCHKARIÓV

Não, não. Em minha opinião, o melhor marido é um homem que sozinho pode dirigir um departamento inteiro.

ANÚTCHKIN

Por que o preconceito? Por que o senhor quer mostrar desprezo por um homem que, apesar de ter servido na infantaria, sabe contudo apreciar as maneiras da alta sociedade?

IAÍCHNITSA

Decida a senhorita!

Agáfia Tíkhonovna fica calada.

FIÓKLA
   Responda, minha querida. Diga alguma coisa.

IAÍCHNITSA
   E então, mãezinha?

KOTCHKARIÓV
   Qual é sua opinião, Agáfia Tíkhonovna?

FIÓKLA (*baixinho para ela*)
   Fale, fale: "Agradeço", e "Com todo o prazer". Não é bom ficar aí sentada.

AGÁFIA TÍKHONOVNA (*baixinho*)
   Estou sem graça, é verdade, estou sem graça. Vou embora, vou embora de verdade. Tia, faça sala no meu lugar.

FIÓKLA
   Ai, não faça uma vergonha dessas, não saia! Todo mundo vai perceber. Sabe-se lá o que eles vão pensar.

AGÁFIA TÍKHONOVNA (*do mesmo modo*)
   Não, é verdade, eu vou embora. Eu vou, eu vou! (*Sai correndo*)

   Fiókla e Arina Pantelieimónovna saem atrás dela.

Cena 20

Os mesmos personagens, exceto os que saíram.

IAÍCHNITSA
   Vejam só: todas saíram! O que significa isso?

KOTCHKARIÓV
   Certamente aconteceu alguma coisa.

JEVÁKIN

Talvez algo com o toalete da dama... Algo para consertar... o peitilho... ou prender com alfinete.

Entra Fiókla. Todos vão em cima dela com perguntas: "O que é isso?".

KOTCHKARIÓV

Aconteceu alguma coisa?

FIÓKLA

Como podia ter acontecido? Graças a Deus não aconteceu nada.

KOTCHKARIÓV

E por que ela saiu?

FIÓKLA

Deixaram a moça envergonhada, por isso ela saiu. Deixaram a coitada tão confusa que ela não aguentou. Pede desculpas, e que venham ao anoitecer para uma xícara de chá. (*Sai*)

IAÍCHNITSA (*à parte*)

Ora, agora essa de uma xícara de chá! Aí está por que não gosto de pedidos de casamento: é uma confusão. Hoje não pode, por favor amanhã, e depois de amanhã para mais um chá, e ainda precisa pensar. A coisa é uma bobagem, não é nada complicada. Que diabo! Sou um homem de negócios, não tenho tempo!

KOTCHKARIÓV (*para Podkolióssin*)

A dona da casa não é feia, não é?

PODKOLIÓSSIN

É, não é feia.

JEVÁKIN

A senhorinha é bonita mesmo.

KOTCHKARIÓV (*à parte*)

Que diabo! Esse imbecil se apaixonou. Tomara que não atrapalhe mais. (*Em voz alta*) Não é nada bonita, nada bonita.

IAÍCHNITSA

O nariz é grande.

JEVÁKIN

Bem, o nariz eu nem percebi. Ela... é qual uma rosinha.

ANÚTCHKIN

Sou da mesma opinião que eles. Não, não é, não é... Eu até acho que é pouco provável que ela esteja familiarizada com as maneiras da alta sociedade. Será que ela sabe francês?

JEVÁKIN

Ora essa! Posso perguntar: tentaram por acaso conversar com ela em francês? Talvez ela até saiba.

ANÚTCHKIN

O senhor acha que eu falo francês? Não, eu não tive a oportunidade de ter essa formação. Meu pai era um porco, um bruto. Ele nem pensou em me ensinar francês. Eu era então ainda uma criança, teria aprendido facilmente; era só me surrar bem, e eu aprenderia, sem dúvida que aprenderia.

JEVÁKIN

Bem, mas já que o senhor não sabe, o que importa se ela...

ANÚTCHKIN

Ah, não, não. A mulher é outra coisa. É indispensável que ela saiba, pois sem isso ela vai ter... (*mostra por meio de gestos*) não vai dar certo.

IAÍCHNITSA (*à parte*)

Bem, isso não me interessa. Eu vou examinar a casa e as edículas do lado de fora; se tudo estiver nos conformes, então à noite arranjo o negócio. Esses noivinhos não me parecem perigosos; é gente muito fraquinha. As noivas não gostam de gente assim.

JEVÁKIN

Vou fumar o cachimbo. Não vamos pelo mesmo caminho? Permita-me perguntar: onde o senhor mora?

ANÚTCHKIN

No distrito de Pieski, na travessa Pietróvski.

JEVÁKIN

É mesmo um bom pedaço; eu moro na ilha, na rua Dezoito. Apesar disso, vou acompanhá-lo.

STÁRIKOV

Ah, não, tudo isso aqui é muito pretensioso. Não se esqueça também da gente depois, Agáfia Tíkhonovna. Meus respeitos, senhores! (*Faz uma reverência e sai*)

Cena 21

Podkolióssin e Kotchkarióv.

PODKOLIÓSSIN

Bem, então vamos nós.

KOTCHKARIÓV

E então, a dona da casa é bonita, não é verdade?

PODKOLIÓSSIN

Que é isso?! Confesso que não gostei dela.

KOTCHKARIÓV

Ora! O que é que é isso agora? Você mesmo concordou que ela era bonita.

PODKOLIÓSSIN

Tá bom, mas não é bem assim. O nariz é comprido e nem sabe francês.

KOTCHKARIÓV

E o que tem isso? Acaso você sabe francês?

PODKOLIÓSSIN

É, mas apesar disso uma noiva tem de saber francês.

KOTCHKARIÓV

E por quê?

PODKOLIÓSSIN

Bem, porque... Bem, eu não sei o porquê, mas, sem isso, uma mulher não vai dar certo.

KOTCHKARIÓV

Veja só: aquele imbecil acabou de dizer isso, e você deu ouvidos. Ela é bonita, é mesmo bonita; uma mocinha assim a gente não acha em qualquer lugar.

PODKOLIÓSSIN

No início ela também me pareceu assim; mas depois começaram a dizer que o nariz é comprido, que o nariz é comprido. Bem, daí eu examinei e vi que o nariz é comprido mesmo.

KOTCHKARIÓV

Ah, seu tonto, você caiu nessa! Eles fizeram de propósito para confundir você; e eu também não elogiei, é assim que se faz. Ela é mesmo o máximo, irmão! Examine só os olhos dela: o diabo sabe o que são aqueles olhos; eles falam, respiram! E o nariz! Não sei o que tem aquele nariz! A brancura do alabastro! E não é com qualquer alabastro que se deve comparar. Olhe bem você mesmo.

PODKOLIÓSSIN (*sorrindo*)

Sim, agora eu vejo de novo que ela parece mesmo bonita.

KOTCHKARIÓV

Claro que é bonita! Escute: agora que todos eles se foram, vamos até ela, nos explicamos e acabamos com tudo!

PODKOLIÓSSIN

Ah não, isso eu não faço.

KOTCHKARIÓV

Mas por quê?

PODKOLIÓSSIN

Isso não é um atrevimento?! Somos muitos: que ela mesma escolha.

KOTCHKARIÓV

Por que tem medo deles? Tem medo da competição, é? Se quiser, vou dar um fora em todos eles num minuto.

PODKOLIÓSSIN

E como vai dar um fora neles?

KOTCHKARIÓV

Bem, isso é assunto meu. Dê-me apenas a palavra de que depois não vai recusar.

PODKOLIÓSSIN

E por que não? Que seja. Não vou negar: eu quero me casar.

KOTCHKARIÓV

A mão!

PODKOLIÓSSIN (*dando-a*)

Está aqui!

KOTCHKARIÓV

Bem, é só disso que eu preciso.

Ambos saem.

Segundo ato

Quarto na casa de Agáfia Tíkhonovna.

Cena 1

Agáfia Tíkhonovna sozinha; depois Kotchkarióv.

AGÁFIA TÍKHONOVNA

Na verdade é uma escolha tão difícil! Se fosse um, ou dois homens... mas quatro! Por que a gente tem sempre que escolher? Nikanor Ivánovitch não é feio, apesar de que, claro, é magricelo. Ivan Kuzmítch também não é feio. E pra dizer a verdade, Ivan Pávlovitch também, apesar de ser gordo, é um homem de boa aparência. E aí, o que fazer? Baltazar Baltazárovitch também é um homem de qualidades. É tão difícil decidir que não dá nem pra dizer. Como é difícil! Se os lábios de Nikanor Ivánovitch fossem acrescentados ao nariz de Ivan Kuzmítch, e se tivesse uma desenvoltura como a de Baltazar Baltazárovitch, e se ainda fosse acrescentada a isso a corpulência de Ivan Pávlovitch, daí eu teria decidido na hora. Mas agora tenho de pensar! Minha cabeça até já começou a doer. Eu acho que o melhor de tudo é tirar a sorte. Seja o que Deus quiser: quem for sorteado, será o marido. Vou escrever o nome de todos em papeizinhos, dobrar e aí seja mesmo o que Deus quiser. (*Aproxima-se da escrivaninha, tira dali uma tesoura e papel, corta os bilhetes e dobra-os, continuando a falar*) É muito infeliz a situação de uma jovem, sobretudo quando está apaixonada. Nenhum homem pode sentir isso, e muito menos entender. Aí está: tudo pronto! Só resta colocá-los numa bolsa, fechar os olhos e seja o que Deus quiser. (*Coloca os bilhetes na bolsa e mistura-os com a mão*) Que medo... Ai, tomara que saia Nikanor Ivánovitch. Não, por que logo ele? É melhor Ivan Kuzmítch. Por que logo Ivan Kuzmítch? Os outros são piores do que ele?... Não, não, não quero... O que for sorteado, então será. (*Procura com a mão e, em lugar de um, tira todos*) Ai! Todos! Saíram todos! Meu coração está até palpitando! Não, um só! Um só! Tem de ser um só! (*Coloca os bilhetes na bolsa e mexe*)

Nessa hora Kotchkarióv entra de mansinho e fica parado atrás dela.

AGÁFIA TÍKHONOVNA

Ah, se sair Baltazar... Que estou dizendo?! Queria dizer Nikanor Ivánovitch... Não, não quero, não quero. O destino que escolha!

KOTCHKARIÓV

Ora, pegue Ivan Kuzmítch; é o melhor de todos.

AGÁFIA TÍKHONOVNA

Ai! (*Grita e cobre o rosto com ambas as mãos, assustando-se ao olhar para trás*)

KOTCHKARIÓV

Por que a senhorita se assustou? Não se assuste, sou eu. É verdade, pegue Ivan Kuzmítch.

AGÁFIA TÍKHONOVNA

Estou com vergonha. O senhor estava espiando.

KOTCHKARIÓV

Não é nada, não é nada. Somos meio parentes, não há por que ter vergonha diante de mim; descubra seu rostinho.

AGÁFIA TÍKHONOVNA (*descobrindo uma metade do rosto*)

É verdade, estou com vergonha.

KOTCHKARIÓV

Bem, pegue Ivan Kuzmítch.

AGÁFIA TÍKHONOVNA

Ai! (*Grita e cobre de novo o rosto com as mãos*)

KOTCHKARIÓV

É verdade, é um prodígio de homem: melhorou muito sua seção... É um homem simplesmente admirável.

AGÁFIA TÍKHONOVNA (*descobre um pouquinho o rosto*)

E o outro, como será? E Nikanor Ivánovitch? Ele também é uma boa pessoa.

KOTCHKARIÓV

Ora, vamos: é um traste perto de Ivan Kuzmítch.

AGÁFIA TÍKHONOVNA

Por quê?

KOTCHKARIÓV

É óbvio por quê. Ivan Kuzmítch é um homem... bem, simplesmente um homem... um homem que não se encontra por aí.

AGÁFIA TÍKHONOVNA

Bem, e Ivan Pávlovitch?

KOTCHKARIÓV

Ivan Pávlovitch também é um traste! Todos eles são uns trastes.

AGÁFIA TÍKHONOVNA

Todos eles?

KOTCHKARIÓV

Pense bem. Compare só: seja o que for, é Ivan Kuzmítch, mas os outros, Ivan Pávlovitch, Nikanor Ivánovitch, o diabo sabe lá o que eles são!

AGÁFIA TÍKHONOVNA

Bem, é verdade, eles são muito... modestos.

KOTCHKARIÓV

Que modestos! São uns brutos, gente muito agressiva. A senhorita tem vontade de ser espancada no dia seguinte ao casamento?

AGÁFIA TÍKHONOVNA

Ai, meu Deus! Isso seria uma desgraça, não pode haver pior.

KOTCHKARIÓV

Pois é! Não se imagina nada pior do que isso.

AGÁFIA TÍKHONOVNA

Então, segundo o seu conselho, o melhor é pegar Ivan Kuzmítch?

KOTCHKARIÓV

Ivan Kuzmítch, é claro. Ivan Kuzmítch. (*À parte*) Parece que a coisa vai indo bem. Podkolióssin está na confeitaria; vou logo buscá-lo.

AGÁFIA TÍKHONOVNA

É isso mesmo que o senhor acha: Ivan Kuzmítch?

KOTCHKARIÓV

Sem dúvida: Ivan Kuzmítch.

AGÁFIA TÍKHONOVNA

E os outros? Vou ter de recusar?

KOTCHKARIÓV

Sim, claro.

AGÁFIA TÍKHONOVNA

Mas como é que se faz isso? Ai, que vergonha!

KOTCHKARIÓV

Por que vergonha? Diga que ainda é jovem e que não quer se casar.

AGÁFIA TÍKHONOVNA

Mas eles não vão acreditar e começarão a perguntar: "Mas por quê?", "Como assim?".

KOTCHKARIÓV

Bem, se a senhorita quiser terminar tudo de uma vez, diga simplesmente: "Fora daqui, imbecis!".

AGÁFIA TÍKHONOVNA

Mas como posso dizer isso?

KOTCHKARIÓV

Ora, experimente. Eu lhe asseguro que depois disso todos vão dar o fora.

AGÁFIA TÍKHONOVNA

Mas isso vai ser meio grosseiro.

KOTCHKARIÓV

A senhorita não vai mais vê-los mesmo, que diferença faz?

AGÁFIA TÍKHONOVNA

Mas será que fica bem? Eles vão ficar com raiva.

KOTCHKARIÓV

E daí se ficarem com raiva? Se acontecesse alguma coisa por causa disso, aí seria outra história; mas o pior que pode acontecer é um deles cuspir na sua cara, só isso.

AGÁFIA TÍKHONOVNA

Está vendo só?!

KOTCHKARIÓV

Mas e daí? Por Deus, já cuspiram algumas vezes em outras pessoas! Eu mesmo conheço um: um homem digníssimo, de faces coradas; não dava sossego e vivia atormentando o seu chefe por causa de um aumento de salário, até que finalmente o outro não suportou mais e cuspiu-lhe bem no rosto. "Pois, sim! Aí está o seu aumento", disse ele. "Fora daqui, satanás!". Mas apesar disso teve um aumento de salário. Depois disso, e daí se cuspirem? Se por acaso o lenço estivesse longe, mas está bem aqui no bolso — é só pegar e limpar.

Uma sineta na entrada.

KOTCHKARIÓV

Estão chamando; é um deles certamente. Eu não queria me encontrar com eles agora. A senhorita não tem uma outra saída?

AGÁFIA TÍKHONOVNA
    Claro, a escada de serviço. Mas, é verdade mesmo, eu estou tremendo toda.

KOTCHKARIÓV
    Não tenha medo de nada. Só precisa de presença de espírito. Adeus! (*À parte*) Vou trazer logo Podkolióssin.

Cena 2

Agáfia Tíkhonovna e Iaíchnitsa.

IAÍCHNITSA
    Eu vim de propósito um pouco antes, senhorita, para falar-lhe a sós, nesse intervalo. Bem, senhorita, imagino que já saiba o meu grau: sou assessor de colegiatura, querido pelos chefes, respeitado pelos subalternos... Só me falta uma coisa: a mulher de minha vida.

AGÁFIA TÍKHONOVNA
    E então...

IAÍCHNITSA
    Agora encontrei a mulher de minha vida. Essa mulher é a senhorita. Fale diretamente: sim ou não? (*Olhando para o ombro dela, à parte*) Oh, ela não é como as alemãs magrelas; ela tem algo mais!

AGÁFIA TÍKHONOVNA
    Eu ainda sou muito jovem... Ainda não estou disposta a me casar.

IAÍCHNITSA
    Ora, então por que a casamenteira estava se empenhando tanto? Mas, talvez a senhorita queira dizer outra coisa, não? Explique-se...

Toca a sineta.

AGÁFIA TÍKHONOVNA
  Que diabo, não me dão sossego de jeito nenhum!

Cena 3

Os mesmos personagens e Jevákin.

JEVÁKIN
  Perdão, senhorita, por eu ter chegado tão cedo. (*Vira-se e vê Iaíchnitsa*) Ah, já está aí... Ivan Pávlovitch, meus respeitos!

IAÍCHNITSA (*à parte*)
  Vá pro inferno com seus respeitos! (*Em voz alta*) E então, senhorita?... Diga só uma palavra: sim ou não?... (*Ouve-se a sineta; Iaíchnitsa cospe de raiva*) De novo a sineta!

Cena 4

Os mesmos personagens e Anútchkin.

ANÚTCHKIN
  Talvez, senhorita, eu tenha chegado mais cedo do que recomenda a decência... (*Ao ver os outros, solta uma exclamação e se inclina*) Meus respeitos!

IAÍCHNITSA (*à parte*)
  Guarde seus respeitos! Que diabo o trouxe até aqui? Por que esse vigarista não quebrou a perna? (*Em voz alta*) E então, senhorita, decida. Sou um homem de negócios, tenho pouco tempo: é sim ou não?

AGÁFIA TÍKHONOVNA (*confusa*)

Não é preciso... não é preciso... (*À parte*) Não entendo o que estou dizendo.

IAÍCHNITSA

Como assim não é preciso? Não é preciso o quê?

AGÁFIA TÍKHONOVNA

Nada, nada... Eu não... (*Tomando coragem*) Fora daqui!... (*À parte, agitando as mãos*) Ai, meu Deus, o que foi que eu disse?

IAÍCHNITSA

Como assim "fora daqui"? O que significa "fora daqui"? Permita-me saber: o que a senhorita quer dizer com isso? (*Pondo as mãos na cintura, aproxima-se dela de forma ameaçadora*)

AGÁFIA TÍKHONOVNA (*depois de olhar para ele, dá um grito*)

Ai, vai me bater, vai me bater! (*Sai correndo*)

Iaíchnitsa fica parado, de boca aberta. Arina Pantelieimónovna corre ao ouvir o grito e, depois de olhar no rosto dele, também grita: "Ai, vai me bater!". E sai correndo.

IAÍCHNITSA

Mas que confusão! Vejam só que história!

Na entrada toca uma sineta e ouvem-se vozes.

A VOZ DE KOTCHKARIÓV

Vamos, entre. Por que parou?

A VOZ DE PODKOLIÓSSIN

Vai, entre você primeiro. Vou me ajeitar; um botão desabotoou.

A VOZ DE KOTCHKARIÓV

Você quer é escapar de novo.

A VOZ DE PODKOLIÓSSIN

Não, não vou escapar! Por Deus que não vou escapar!

Cena 5

Os mesmos personagens e Kotchkarióv.

KOTCHKARIÓV
Bem, é preciso ajeitar o tal botão.

IAÍCHNITSA (*dirigindo-se a ele*)
Escuta aqui: a noiva é doida, não é?

KOTCHKARIÓV
Por quê? Aconteceu alguma coisa?

IAÍCHNITSA
Umas bobagens incompreensíveis: correu, começou a gritar: "Vai me bater, vai me bater!". O diabo sabe lá o que é isso?!

KOTCHKARIÓV
Bem, ela costuma ser assim. É meio boba.

IAÍCHNITSA
O senhor é parente dela, não é?

KOTCHKARIÓV
Sou parente, sim.

IAÍCHNITSA
E pode-se saber em que grau de parentesco?

KOTCHKARIÓV
Na verdade, não sei. Uma tia da minha mãe é alguma coisa do pai dela, ou o pai dela é alguma coisa da minha tia; minha mulher é que sabe disso, é coisa de mulher.

IAÍCHNITSA
E já faz tempo que ela é doida?

KOTCHKARIÓV

Desde menina.

IAÍCHNITSA

Bem, seria melhor, é claro, se ela fosse inteligente; mas uma tontinha também vai bem. O que me interessa é que tenha dote.

KOTCHKARIÓV

Mas ela não tem nada.

IAÍCHNITSA

Como assim? E a casa de pedra?

KOTCHKARIÓV

Conversa mole que é de pedra. Se o senhor soubesse como foi construída; as paredes foram feitas só de uma camada de tijolos, mas no meio é uma porcaria: lixo, lascas de madeira, limalha.

IAÍCHNITSA

É mesmo?

KOTCHKARIÓV

Naturalmente. Como se não soubesse como são feitas as casas hoje em dia! São apenas para se penhorar.

IAÍCHNITSA

No entanto, a casa não está penhorada.

KOTCHKARIÓV

E quem lhe disse? O negócio está assim: não só está penhorada, como já faz dois anos que os juros não são pagos. E no Senado há mais um irmão, que também está de olho na casa, um encrenqueiro como nunca existiu no mundo: esfolou a própria mãe, o desalmado!

IAÍCHNITSA

E aquela velha casamenteira me... Ah, mas que pilantra, escória human... (*À parte*) Mas talvez ele esteja mentindo. Vou fazer um interrogatório severo com a velha, e se for verdade... Vou fazê-la dançar conforme a música.

ANÚTCHKIN

Permita-me incomodá-lo também com uma pergunta. Confesso que, como não sei francês, é extraordinariamente difícil julgar por mim mesmo se uma mulher sabe francês ou não. E então, a dona da casa sabe ou não sabe francês?

KOTCHKARIÓV

Nem uma sílaba.

ANÚTCHKIN

É mesmo?

KOTCHKARIÓV

Ora essa! Isso eu sei muito bem. Ela estudou com minha esposa no colégio, era uma preguiçosa daquelas, vivia sentada com o chapéu de burro. E o professor de francês simplesmente descia-lhe a régua.

ANÚTCHKIN

Imagine que logo que a vi pela primeira vez, tive o pressentimento de que ela não sabia francês.

IAÍCHNITSA

Ora, ao diabo com o francês! Mas que casamenteira maldita... Ah, sua besta, sua bruxa! Se os senhores soubessem com que palavras ela pintou tudo isso! Um pintor, um verdadeiro pintor! "Casa, edículas", dizia ela, "com alicerce, colheres de prata, trenós" — é só sentar e passear! Numa palavra: nos romances raramente se encontra uma página assim. Ah, sua sola velha! Se eu a pego agora...

Cena 6

Os mesmos personagens e Fiókla.

IAÍCHNITSA

Ah! Aí está ela! Venha cá, sua velha pecadora! Venha cá!

ANÚTCHKIN

Então a senhora me enganou, não é, Fiókla Ivánovna?

KOTCHKARIÓV

Ande, chegou a hora do vamos ver!

FIÓKLA

Não estou entendendo uma palavra; me deixaram totalmente atordoada!

IAÍCHNITSA

A casa foi construída numa só parede de tijolo, velha de uma figa, e você mentiu; e também quanto ao mezanino, e o diabo sabe mais o quê!

FIÓKLA

Mas eu não sei, não fui eu que construí. Vai ver que precisava de uma camada só de tijolo, e por isso construíram assim.

IAÍCHNITSA

E ainda está penhorada! Que o diabo a carregue, sua bruxa maldita! (*Dando um chute no chão*)

FIÓKLA

Veja só isso! E ainda me ofende! Em vez de agradecer pelo favor que fiz por ele.

ANÚTCHKIN

Sim, Fiókla Ivánovna, a senhora também me disse que ela sabia francês.

FIÓKLA

E sabe, querido, sabe tudo, e também alemão e tudo mais. Se quiser boas maneiras, ela sabe também.

ANÚTCHKIN

Não é bem assim, parece que ela só fala russo.

FIÓKLA

E daí? Todo mundo aqui entende bem o russo, por isso ela fala russo. Se ela falasse muçulmano, seria pior pra você, e a gente não ia entender nada. E nem tem o que a gente falar da língua russa! É uma língua muito famosa: todos os santos falavam russo.

IAÍCHNITSA

Venha cá, maldita! Venha até aqui!

FIÓKLA (*recuando para perto das portas*)

Vou nada, eu conheço você. Você tem a mão pesada, bate por nada.

IAÍCHNITSA

Veja bem, pombinha, isso não vai ficar assim! Vou levá-la à polícia, aí você vai aprender a não enganar gente honesta. Você vai ver! E quanto à noiva, diga que ela é uma canalha! Ouviu? Diga sem falta! (*Sai*)

FIÓKLA

Veja só isso! Ficou brabo! Só porque é gordo pensa que não tem ninguém igual. Pois vou dizer que ele é um canalha, isso sim!

ANÚTCHKIN

Confesso, minha querida, que não pensei de modo algum que a senhora estivesse me enganando assim. Se eu soubesse que a noiva tinha uma educação dessas, eu... eu nem poria meus pés aqui. Isso sim! (*Sai*)

FIÓKLA

Ficaram loucos ou beberam demais! Nossa, que gente exigente! Muita leitura deixa essa gente meio louca!

Cena 7

Fiókla, Kotchkarióv e Jevákin.

Kotchkarióv ri às gargalhadas, olhando para Fiókla e apontando-a com o dedo.

FIÓKLA (*com raiva*)
O que é que está relinchando? (*Kotchkarióv continua gargalhando*) Só pode estar bêbado!

KOTCHKARIÓV
Que casamenteira! Que casamenteira! A mestra dos casamentos, como sabe fazer negócio! (*Continua gargalhando*)

FIÓKLA
Vá se danar! Sabia que a sua mãe ficou louca na hora em que pariu você? (*Sai com raiva*)

Cena 8

Kotchkarióv e Jevákin.

KOTCHKARIÓV (*continua gargalhando*)
Oh, eu não aguento, sério, eu não aguento mais! Já não tenho forças, sinto que vou me arrebentar de tanto rir! (*Continua gargalhando*)

Jevákin, ao olhar para ele, começa a rir também.

KOTCHKARIÓV (*desaba de cansaço sobre uma cadeira*)
Oh, é verdade, perdi as forças. Sinto que se eu rir mais, vou romper as últimas veias.

JEVÁKIN

Gosto do seu bom humor. Na esquadra do capitão Boldyróv, havia um suboficial da Marinha chamado Antón Ivánovitch Petukhóv, que também tinha esse bom humor. Bastava a gente mostrar-lhe o dedo assim, e mais nada, para que de repente começasse a rir. Por Deus, ria até o anoitecer. Bem, e se a gente olhava para ele, já sentia vontade de rir, e também começava a rir como ele na mesma hora.

KOTCHKARIÓV (*retomando fôlego*)

Oh, Senhor, perdoai-nos, os pecadores! Ora, o que deu nela, nessa doida? Como é que ela quer casar alguém, de que jeito? Eu sim, se arrumo um casamento, faço tudo benfeito!

JEVÁKIN

Como? O senhor só pode estar brincando com essa história de casar. Não é?

KOTCHKARIÓV

Oras bolas! Caso quem e com quem quiser.

JEVÁKIN

Se é assim, case-me com a dona daqui.

KOTCHKARIÓV

O senhor? Mas pra que quer se casar?

JEVÁKIN

Como pra quê? Permita-me observar que sua pergunta é um pouco estranha! Todo mundo sabe pra quê.

KOTCHKARIÓV

Mas o senhor ouviu que ela não tem dote nenhum, nada, nada.

JEVÁKIN

Antes nada do que nunca. É claro que é bem ruim, mas com uma mocinha agradável dessas, com aquelas maneiras, é possível viver mesmo sem dote. A salinha é pequena (*mede diretamente com os braços*), a entrada é bem pequena, aqui tem um pequeno biombo ou algo do tipo...

KOTCHKARIÓV

E do que foi que o senhor gostou tanto nela?

JEVÁKIN

Pra dizer a verdade, eu gostei dela porque é uma mulher cheinha. Sou um grande *amateur* da parte carnuda da mulher.

KOTCHKARIÓV (*olhando-o de soslaio e falando de lado*)

E ninguém daria nada por esse aí; é igual a uma pitada de rapé. (*Em voz alta*) Não, decididamente, o senhor não deve se casar.

JEVÁKIN

Como assim?

KOTCHKARIÓV

É assim mesmo. Cá entre nós: já viu o corpo que o senhor tem? A perna é de um galinho...

JEVÁKIN

De um galinho?

KOTCHKARIÓV

Isso mesmo. Que aparência o senhor tem!

JEVÁKIN

Quer dizer que tenho pernas de um galinho?

KOTCHKARIÓV

Exatamente, de um galinho.

JEVÁKIN

Parece-me que isso já diz respeito à personalidade...

KOTCHKARIÓV

Eu lhe digo isso porque sei que o senhor é um homem ajuizado; a outro eu não diria. Eu vou casá-lo, perdão, mas é com outra.

JEVÁKIN

Não, eu lhe peço que não me case com nenhuma outra. O senhor será gratificado se for com esta.

KOTCHKARIÓV

Está bem, vou casar o senhor com esta mesma! Só que com uma condição: o senhor não me atrapalhe em nada e não apareça nem mesmo diante da noiva. Farei tudo sem o senhor.

JEVÁKIN

Mas como assim sem mim? Apesar de tudo, tenho de aparecer.

KOTCHKARIÓV

É absolutamente desnecessário. Vá para casa e espere; até o anoitecer tudo estará feito.

JEVÁKIN (*esfrega as mãos*)

Puxa, que bom! Será que é preciso um atestado, folha de serviço? Talvez a noiva queira verificar, não é? Vou buscá-los em um minuto.

KOTCHKARIÓV

Não precisa de nada, apenas volte pra casa. Vou informá-lo hoje mesmo. (*Leva-o*) Não, não vai ser nada disso! Mas o que houve? Por que Podkolióssin não veio? Isso é mesmo estranho. Será que está até agora ajeitando seu botão? Não seria melhor ir logo atrás dele?

Cena 9

Kotchkarióv e Agáfia Tíkhonovna.

AGÁFIA TÍKHONOVNA (*olhando ao redor*)

E então, já foram? Não há ninguém?

KOTCHKARIÓV

Foram embora, foram embora, não há ninguém.

AGÁFIA TÍKHONOVNA

Ai, se eles soubessem como eu estava tremendo! Nunca tinha acontecido uma coisa dessas comigo. Mas que horrível é aquele Iaíchnitsa! Ele deve ser um tirano para a esposa. Agora tenho medo de que ele volte.

KOTCHKARIÓV

Oh, não voltará de jeito nenhum. Ponho a minha mão no fogo se algum daqueles dois botar o nariz aqui de novo.

AGÁFIA TÍKHONOVNA

E o terceiro?

KOTCHKARIÓV

Que terceiro?

JEVÁKIN (*colocando a cabeça na porta*)

Estou louco para saber como ela vai falar a meu respeito com sua boquinha... Que rosinha!

AGÁFIA TÍKHONOVNA

Ora, Baltazar Baltazárovitch!

JEVÁKIN

Ah, aí está! Aí está! (*Esfrega as mãos*)

KOTCHKARIÓV

Ah, demônios! Eu estava pensando de quem é que a senhorita estava falando. Pois esse aí só o diabo sabe quem é: um completo imbecil.

JEVÁKIN

Mas o que é isso? Confesso que não estou entendendo nada.

AGÁFIA TÍKHONOVNA

Mas ele, pelo visto, parecia ser um homem muito bom.

KOTCHKARIÓV

Um bêbado!

JEVÁKIN

Por Deus que não entendo.

AGÁFIA TÍKHONOVNA

E ainda por cima é um bêbado?

KOTCHKARIÓV

Vamos, é um canalha de marca maior!

JEVÁKIN (*em voz alta*)

Não! Perdão, mas eu não pedi ao senhor para dizer nada disso. Era pra dizer algo em meu favor, elogiar, ou algo assim; mas com essas maneiras, com essas palavras, vá falar de outro. Só me faltava essa!

KOTCHKARIÓV (*à parte*)

Que diabo fez esse aí voltar? (*Para Agáfia Tíkhonovna a meia-voz*) Veja, veja: mal se mantém nas pernas. Anda o dia todo trançando as pernas. Mande-o embora e fim de papo. (*À parte*) E nada de Podkolióssin. Que canalha! Mas ele me paga! (*Sai*)

Cena 10

Agáfia Tíkhonovna e Jevákin.

JEVÁKIN (*à parte*)

Prometeu elogiar e em vez disso me injuriou! Que sujeito estranho! (*Em voz alta*) A senhorita não acredite...

AGÁFIA TÍKHONOVNA

Perdão, não me sinto bem... Minha cabeça dói. (*Quer sair*)

JEVÁKIN

Talvez algo em mim não lhe agrade. (*Apontando para a cabeça*) A senhorita não repare na pequena calva que eu tenho aqui. Não é nada, foi por causa de uma febre; agora os cabelos estão crescendo.

AGÁFIA TÍKHONOVNA
  Não me importa o que o senhor tem aí.

JEVÁKIN
  Se eu, senhorita... se visto um fraque preto, a cor do rosto se torna mais branca.

AGÁFIA TÍKHONOVNA
  Sorte sua. Adeus! (*Sai*)

Cena 11

Jevákin sozinho, dirigindo-se a ela.

JEVÁKIN
  Perdão, senhorita, diga qual a razão. Por quê? Por quê? Será que eu tenho algum defeito grave?... Foi embora! Que coisa estranha! Já é a décima sétima vez que isso me acontece, e tudo quase do mesmo jeito: no começo parece que tudo está bem, mas quando a coisa chega no desenlace — vejam só — elas recusam. (*Anda pensativo pela sala*) É assim... esta é a décima sétima noiva! Mas, afinal, o que é que ela quer? Por que ela, por exemplo... Por que... (*Pensativo*) É incompreensível, absolutamente incompreensível! Se eu fosse malfeito... (*examina-se*) parece que isto não se pode dizer: graças a Deus a natureza não me ofendeu. É incompreensível. E se eu fosse pra casa remexer no bauzinho? Ali eu tenho uns versinhos a que nenhuma delas resiste... Por Deus, é incompreensível. No início parecia que ia bem... Pelo visto, vou ter de tocar o barco de volta. É uma pena, é mesmo uma pena. (*Sai*)

Cena 12

Podkolióssin e Kotchkarióv entram e ambos olham para trás.

KOTCHKARIÓV
Ele nem nos notou! Viu como ele saiu enganado?

PODKOLIÓSSIN
Talvez tenha sido recusado como os outros, não é?

KOTCHKARIÓV
Com certeza.

PODKOLIÓSSIN (*com um sorriso satisfeito*)
No entanto, deve ser embaraçoso ser recusado.

KOTCHKARIÓV
Se é!

PODKOLIÓSSIN
Eu ainda não estou convencido de que ela disse que me preferia a todos eles.

KOTCHKARIÓV
E como prefere! Ela está louca por você. Que amor, que nomes ela dava! É tanta paixão que ela está simplesmente se consumindo.

PODKOLIÓSSIN (*ri com satisfação*)
Realmente, se uma mulher quiser, que palavras é capaz de dizer? Nem um século bastaria pra gente inventar: meu fofinho, meu besourinho, meu pretinho...

KOTCHKARIÓV
E isso não é nada! Logo que se casar, você vai ver nos primeiros dois meses que palavras virão. Você vai simplesmente se derreter, irmão.

PODKOLIÓSSIN (*rindo*)
É mesmo?

KOTCHKARIÓV

Palavra de honra! Escute, mas agora vamos logo ao trabalho. Declare-se a ela, abra seu coração agora mesmo e peça-lhe a mão.

PODKOLIÓSSIN

Mas como assim agora mesmo? Que está dizendo?

KOTCHKARIÓV

Tem que ser agora mesmo, sem falta... Veja, aí vem ela.

Cena 13

Os mesmos personagens e Agáfia Tíkhonovna.

KOTCHKARIÓV

Eu lhe trouxe, senhorita, este mortal que está vendo. Nunca existiu alguém tão apaixonado — Deus me livre! Não desejo isso a um inimigo...

PODKOLIÓSSIN (*toca-o no braço e diz baixinho*)

Acho que está exagerando, irmão.

KOTCHKARIÓV (*para ele*)

Nada disso, nada disso. (*Para ela, baixinho*) Seja mais atrevida, ele é muito modesto: aja com o maior desembaraço possível. Mexa um pouco as sobrancelhas, ou baixe os olhos, e surpreenda-o de repente com olhar de malvada; ou mostre um pouco o ombro para que esse canalha veja! É uma pena que a senhorita não esteja usando um vestido de mangas curtas; mas vai bem assim também. (*Em voz alta*) Bem, eu os deixo em agradável companhia! Vou só dar uma olhada por um minutinho na sala de jantar e na cozinha; preciso dar umas ordens: logo vai chegar um garçom a quem foi encomendado o jantar. Talvez traga vinhos... Até a vista! (*Para Podkolióssin*) Coragem, coragem! (*Sai*)

Cena 14

Podkolióssin e Agáfia Tíkhonovna.

AGÁFIA TÍKHONOVNA
 Peço encarecidamente que se sente.

Sentam-se e ficam calados.

PODKOLIÓSSIN
 A senhorita gosta de passear?

AGÁFIA TÍKHONOVNA
 Como assim "passear"?

PODKOLIÓSSIN
 Numa *datcha* é muito agradável passear de barco no verão.

AGÁFIA TÍKHONOVNA
 Sim, às vezes passeamos com conhecidos.

PODKOLIÓSSIN
 Não se sabe como será o verão.

AGÁFIA TÍKHÓNOVNA
 Tomara que seja bom.

Ambos se calam.

PODKOLIÓSSIN
 De que flor a senhorita gosta mais?

AGÁFIA TÍKHONOVNA
 A que cheira mais forte: o cravo.

PODKOLIÓSSIN
 As flores caem muito bem para as damas.

AGÁFIA TÍKHONOVNA
    Sim, é uma ocupação agradável.

Silêncio.

AGÁFIA TÍKHONOVNA
    Em que igreja o senhor esteve no domingo passado?

PODKOLIÓSSIN
    Na igreja da Ascensão, e uma semana atrás na catedral Nossa Senhora de Kazán. No entanto, para rezar tanto faz a igreja. Esta última só é mais decorada.

Calam-se. Podkolióssin tamborila com os dedos na mesa.

PODKOLIÓSSIN
    Veja, logo será a quermesse de Iekateringóvski.

AGÁFIA TÍKHONOVNA
    É sim, parece que dentro de um mês.

PODKOLIÓSSIN
    Nem mesmo um mês.

AGÁFIA TÍKHONOVNA
    Deve ser. Vai ser bem divertido.

PODKOLIÓSSIN
    Hoje é dia oito. (*Conta nos dedos*) Nove, dez, onze... Dentro de vinte e dois dias.

AGÁFIA TÍKHONOVNA
    Imagine: é logo, logo!

PODKOLIÓSSIN
    E eu nem contei o dia de hoje.

Silêncio.

PODKOLIÓSSIN

    Que corajoso é o povo russo!

AGÁFIA TÍKHONOVNA

    Como?

PODKOLIÓSSIN

    Os trabalhadores. Ficam na maior altura... Eu passei perto de um prédio, e o rebocador de parede sem o menor medo de nada.

AGÁFIA TÍKHONOVNA

    É mesmo. E isso foi em que lugar?

PODKOLIÓSSIN

    No caminho que eu faço todo dia para o departamento. Pois toda manhã tenho que estar lá de prontidão.

    Silêncio. Podkolióssin começa a tamborilar de novo com os dedos; finalmente pega o chapéu e faz uma reverência.

AGÁFIA TÍKHONOVNA

    O senhor já quer...

PODKOLIÓSSIN

    Sim. Desculpe, talvez eu a tenha aborrecido.

AGÁFIA TÍKHONOVNA

    De modo algum! Ao contrário, eu devo agradecer pelos agradáveis momentos.

PODKOLIÓSSIN (*sorrindo*)

    É verdade, a mim parece que eu a aborreci.

AGÁFIA TÍKHONOVNA

    Ah, não. Juro que não.

PODKOLIÓSSIN

    Bem, se é assim, permita-me vir noutra ocasião, uma tarde dessas...

AGÁFIA TÍKHONOVNA
  Com todo o prazer.

Cumprimentam-se. Podkolióssin sai.

Cena 15

Agáfia Tíkhonovna sozinha.

AGÁFIA TÍKHONOVNA
  Que homem digno! Só agora eu o conheci melhor; é verdade, é impossível não amá-lo: modesto, ajuizado. Sim, seu amigo falou com justeza; só é uma pena que tenha ido embora tão depressa: eu queria ouvi-lo mais. Que prazer falar com ele! E o principal é que ele não fala sem conteúdo. Eu queria lhe dizer duas palavrinhas, sim, confesso, mas fiquei tímida, meu coração começou a palpitar... Que homem maravilhoso! Vou contar à minha tia. (*Sai*)

Cena 16

Entram Podkolióssin e Kotchkarióv.

KOTCHKARIÓV
  Pra que ir para casa? Que tolice! Pra que ir para casa?

PODKOLIÓSSIN
  E pra que tenho de ficar aqui? Pois eu já disse tudo que devia.

KOTCHKARIÓV
  Acaso você abriu seu coração para ela?

PODKOLIÓSSIN

Bem, só não abri ainda meu coração.

KOTCHKARIÓV

Veja só que história! Mas por que não abriu?

PODKOLIÓSSIN

Ora, como é que você quer assim, sem dizer nada antes, e já falar logo de cara: "Senhorita, deixe eu casar com a senhora!".

KOTCHKARIÓV

Bem, e de que tolices vocês conversaram por quase meia hora?

PODKOLIÓSSIN

Bem, nós conversamos sobre tudo, e confesso que eu estava muito contente. Com que prazer passei o tempo!

KOTCHKARIÓV

Pois escute aqui, julgue você mesmo: quanto tempo nós temos? Dentro de uma hora é preciso ir para a igreja, casar-se.

PODKOLIÓSSIN

Ora essa, ficou maluco, é? Casar hoje?!

KOTCHKARIÓV

E por que não?

PODKOLIÓSSIN

Casar hoje!

KOTCHKARIÓV

Você mesmo deu a palavra, disse que logo que os noivos fossem enxotados estaria pronto para se casar.

PODKOLIÓSSIN

Bem, e agora não vou retirar minha palavra. Só que não agora; dê--me pelo menos um mês para um descanso.

KOTCHKARIÓV
   Um mês!

PODKOLIÉSSIN
   Sim, claro.

KOTCHKARIÓV
   Você ficou maluco, é?

PODKOLIÓSSIN
   Pois menos de um mês é impossível.

KOTCHKARIÓV
   Pois se eu já encomendei o jantar a um garçom, seu tonto! Bem, escute, Ivan Kuzmítch, não seja teimoso, meu caro: case-se agora.

PODKOLIÓSSIN
   Vamos, irmão, o que está dizendo? Como agora?

KOTCHKARIÓV
   Ivan Kuzmítch, eu lhe peço. Se não for por você, então ao menos por mim.

PODKOLIÓSSIN
   Não dá, é impossível.

KOTCHKARIÓV
   É possível, meu caro, tudo é possível. Por favor, não seja manhoso, meu querido!

PODKOLIÓSSIN
   Não dá mesmo. É desumano, é absolutamente desumano.

KOTCHKARIÓV
   Por que desumano? Quem lhe disse isso? Julgue você mesmo, pois é um homem inteligente. Eu lhe digo isso não para bajulá-lo, nem por que você é um conselheiro, mas simplesmente por amor... Bem, já chega, querido. Decida-se, aja como um homem sensato.

PODKOLIÓSSIN

Como se fosse possível que eu...

KOTCHKARIÓV

Ivan Kuzmítch! Querido, meu queridinho! Quer que eu fique de joelhos na sua frente?

PODKOLIÓSSIN

Mas pra quê?

KOTCHKARIÓV (*pondo-se de joelhos*)

Bem, aqui estou eu de joelhos! Veja você mesmo: estou implorando. Nunca me esquecerei desse seu favor, não seja teimoso, querido!

PODKOLIÓSSIN

É isso mesmo, irmão, não dá, não dá.

KOTCHKARIÓV (*levantando-se, com raiva*)

Seu porco!

PODKOLIÓSSIN

Pode me xingar.

KOTCHKARIÓV

Sujeito estúpido! Nunca existiu outro igual.

PODKOLIÓSSIN

Xingue, xingue.

KOTCHKARIÓV

Por quem me empenhei tanto? Por que lutei assim? Tudo por você, imbecil. E o que me restou? Pois agora vou deixar você aí sozinho. Que me importa?

PODKOLIÓSSIN

E quem pediu para você se intrometer? Então vá, pode me deixar.

KOTCHKARIÓV

Pois você vai ficar perdido; não vai fazer nada sem mim. Se não caso você, então será um imbecil para sempre.

PODKOLIÓSSIN

E o que você tem com isso?

KOTCHKARIÓV

Cabeça dura, é por você que estou me empenhando.

PODKOLIÓSSIN

Eu não quero seu empenho.

KOTCHKARIÓV

Então vá para o diabo!

PODKOLIÓSIN

Eu vou mesmo.

KOTCHKARIÓV

Pois lá que é o seu lugar!

PODKOLIÓSSIN

Pois então eu vou mesmo.

KOTCHKARIÓV

Vá, vá, e tomara que você quebre uma perna. E de todo coração desejo que um cocheiro bêbado passe as rodas bem na sua garganta! Você é um trapo, e não um funcionário! Juro que entre nós está tudo acabado, e você não apareça mais na minha frente!

PODKOLIÓSSIN

Não vou aparecer mesmo. (*Sai*)

KOTCHKARIÓV

Vá pro diabo, que é seu velho amigo! (*Abre a porta e grita*) Imbecil!

Cena 17

Kotchkarióv sozinho, andando com passos firmes para frente e para trás.

KOTCHKARIÓV

Ora, já se viu no mundo um homem igual a esse? Que imbecil! A bem da verdade, eu é que estou sendo bom demais. Digam, por favor, eu tomo vocês todos por testemunhas. Será que não sou mesmo uma besta, um tonto? Por que estou insistindo, gritando até a garganta secar? Digam, o que me interessa? Sou parente dele por acaso? O que é que eu sou dele: uma ama, tia, sogra, comadre ou algo assim? Por que diabo, por que, por que intercedo por ele, fico sem sossego, por que não o largo de uma vez? Só o diabo sabe por quê! Vá lá perguntar a alguém por que está fazendo isso e aquilo! Que canalha! Que cara asquerosa, infame! Se eu pego você, seu animal estúpido, dou um soco no nariz, nas orelhas, na boca, nos dentes e tudo mais! (*Dá alguns socos de raiva no ar*) Mas o que me dá raiva é que saiu como se nada tivesse acontecido; pra ele tudo é como ver a chuva cair, nada o incomoda! Vai para seu apartamento, deita-se e fica fumando cachimbo. Que criatura asquerosa! Existem caras asquerosas, mas como aquela nunca se viu; não se pode criar uma cara pior, por Deus que não se pode criar! Pois sim, não, senhor, vou trazê-lo de volta, o palerma! Não vou deixá-lo escapar, vou trazer o miserável! (*Sai correndo*)

Cena 18

Entra Agáfia Tíkhonovna.

AGÁFIA TÍKHONOVNA

É verdade, meu coração está batendo tanto que é difícil me expressar. Para onde quer que eu vá, onde quer que eu esteja, ali está Ivan Kuzmítch. É verdade que não se pode fugir do destino. Eu bem que queria pensar em outro, e mesmo que me ocupe com alguma coisa — desenrolar novelos de lã, costurar minha bolsinha — tudo o que me aparece é Ivan Kuzmítch. (*Cala-se um instante*) Por fim espera-me uma mudança de vida! Vão me pegar, me levar à igreja... Depois ficarei sozinha com um homem — Ai! Fico tremendo só de pensar. Adeus, minha antiga vida de donzela! (*Chora*) Passei tantos anos tranquila... Fui vivendo, vivendo, e agora vou ter de me casar! Umas tantas ocupações: crianças, talvez meninos travessos; e virão meninas também, que vão crescer e terão de se casar. Tudo bem se forem bons, mas e se forem uns bêbados ou algo assim, prontos a apostar nas cartas tudo o que têm?! (*Começa pouco a pouco a soluçar novamente*) Não tive nenhuma diversão em minha vida de donzela, e não passei vinte e sete anos solteira... (*Muda de tom*) Mas por que Ivan Kuzmítch está demorando tanto?

Cena 19

Agáfia Tíkhonovna e Podkolióssin, que é lançado em cena pelas mãos de Kotchkarióv.

PODKOLIÓSSIN (*gaguejando*)
Vim até aqui, senhorita, para tratar de uma coisinha... Só que eu queria antes saber se isto não vai lhe parecer estranho.

AGÁFIA TÍKHNOVNA (*baixando os olhos*)
O que é?

PODKOLIÓSSIN
Não, senhorita, diga primeiro: não vai lhe parecer estranho?

AGÁFIA TÍKHONOVNA (*do mesmo modo*)
Não posso saber o que é.

PODKOLIÓSSIN
Confesse: certamente lhe parecerá estranho o que vou dizer, não é?

AGÁFIA TÍKHONOVNA
Vamos, como pode ser estranho? É um prazer ouvir qualquer coisa do senhor.

PODKOLIÓSSIN

Mas isto a senhorita nunca ouviu.

Agáfia Tíkhonovna baixa ainda mais os olhos; nessa hora entra de mansinho Kotchkarióv e se detém por trás dos ombros de Podkolióssin.

PODKOLIÉSSIN

É que... é melhor eu lhe dizer numa outra hora.

AGÁFIA TÍKHONOVNA

Mas o que é?

PODKOLIÓSSIN

É que... Confesso que queria declarar agora, mas é que ainda tenho dúvidas.

KOTCHKARIÓV (*para si mesmo e juntando as mãos*)

Senhor Deus, mas que sujeito! Esse aí é simplesmente um velho sapato de mulher, e não um homem; uma farsa de homem, uma sátira de homem!

AGÁFIA TÍKHONOVNA

E por que o senhor tem dúvidas?

PODKOLIÓSSIN

Não sei por quê, mas estou cheio de dúvidas.

KOTCHKARIÓV (*em voz alta*)

Mas que tolice, que tolice! Não está vendo, senhorita? Ele está pedindo a sua mão, deseja declarar que sem a senhorita não pode viver, existir. Pergunta apenas se a senhorita aceita fazê-lo feliz.

PODKOLIÓSSIN (*meio assustado, empurra-o e lhe diz baixinho*)

Ora, o que está dizendo?!

KOTCHKARIÓV

E então, senhorita? Decida se vai fazer a felicidade desse mortal.

AGÁFIA TÍKHONOVNA

Eu nem me atrevo a pensar que podia fazer sua felicidade... Mas eu aceito.

KOTCHKARIÓV

Naturalmente, naturalmente; assim devia ser há muito tempo. Deem suas mãos!

PODKOLIÓSSIN

Um momento! (*Quer dizer algo no ouvido do amigo. Kotchkarióv mostra-lhe o punho e franze o cenho. Ele dá a mão.*)

KOTCHKARIÓV (*unindo as mãos*)

Bem, Deus os abençoe! Aceito e consinto esta união. O casamento é mesmo uma coisa... Não é como tomar uma carruagem e ir pra qualquer lugar; é um dever completamente diferente, é um dever... Bem, agora não tenho tempo, mas depois eu lhe conto que dever é esse. Bem, Ivan Kuzmítch, beije sua noiva. Agora você já pode fazer isso. Agora você deve fazer isso.

Agáfia Tíkhonovna baixa os olhos.

KOTCHKARIÓV

Não faz mal, não faz mal, senhorita; é assim que deve ser, pois que ele beije.

PODKOLIÓSSIN

Não, senhorita, agora me permita, me permita. (*Beija-a e toma-lhe a mão*) Que mãozinha maravilhosa! Por que a senhorita tem uma mãozinha tão maravilhosa? Mas, permita-me, senhorita: eu quero que o casamento seja agora mesmo, tem de ser agora mesmo.

AGÁFIA TÍKHONOVNA

Como agora? Talvez seja muito rápido.

PODKOLIÓSSIN

Não me importa! Quero que chegue logo a hora do casamento.

KOTCHKARIÓV

Bravo! Muito bem! Que homem nobre! Confesso que sempre confiei em você! E a senhorita se apresse logo em se vestir. Pra dizer a verdade, eu já pedi uma carruagem e avisei os convidados. Todos eles vão direto para a igreja. O seu vestido de noiva já está pronto, eu sei.

AGÁFIA TÍKHONOVNA

Ora, faz tempo que está pronto. Vou me vestir num instante.

Cena 20

Kotchkarióv e Podkolióssin.

PODKOLIÓSSIN

Bem, eu lhe agradeço, amigo! Agora vejo o favor que me fez. Um pai verdadeiro não teria feito o que você fez por mim. Vejo que você agiu por amizade. Obrigado, irmão; nunca vou esquecer o seu favor. (*Comovido*) Na próxima primavera vou sem falta visitar o túmulo de seu pai.

KOTCHKARIÓV

Não foi nada, meu caro, estou mesmo feliz. Bem, então agora vou beijá-lo. (*Beija-o numa face e depois na outra*) Que Deus lhe conceda uma vida abençoada, (*beijam-se*) de alegria, de fartura; e que tenham um monte de filhos...

PODKOLIÓSSIN

Agradeço, irmão. Só agora percebi o que é a vida. Agora se abre diante de mim um mundo completamente novo, só agora eu vejo que tudo está em movimento, tudo respira, tudo vive, tudo sente e se evapora não sei como — e a gente mesmo nem sabe como as coisas acontecem. Antes eu não via nada disso, não entendia; era simplesmente um homem privado de qualquer consciência. Não raciocinava, não refletia, e só vivia assim como vive outro homem qualquer.

KOTCHKARIÓV

Tá bom, tá bom! Agora vou só olhar como prepararam a mesa e volto num minuto. (*À parte*) Mas, em todo o caso, é melhor esconder o chapéu dele. (*Pega e leva o chapéu consigo*)

Cena 21

Podkolióssin sozinho.

PODKOLIÓSSIN

Afinal de contas, o que fui eu até agora? Entendia o significado da vida? Não entendia, não entendia nada. Bem, e o que foi minha vida de solteiro? O que eu significava, o que eu fazia? Vivia, vivia, trabalhava, ia ao departamento, almoçava, dormia — numa palavra: era o homem mais vazio e vulgar do mundo. Só agora a gente vê como são tontos os que não se casam; e, se olharmos bem, que multidão de pessoas vive nessa cegueira. Se eu fosse o soberano de algum lugar, daria uma ordem para que se casassem todos, absolutamente todos, para que no meu reino não houvesse um só homem solteiro! E não é mesmo? E pensar que dentro de alguns minutos já estarei casado. De repente a gente sente a glória que só aparece nos contos de fadas, que a gente nem expressa e nem encontra palavras para expressar. (*Após um certo silêncio*) No entanto, pode-se dizer que até dá medo pensar tanto nisso. Por toda a vida, por todo o sempre, seja lá como for, estarei amarrado, e depois não tem volta, nem arrependimento, nem nada, está tudo acabado, está tudo consumado. Não há como recuar nem mesmo agora: dentro de um minuto estarei casado. Nem dá pra fugir: ali já está a carruagem e tudo pronto. Mas será que não dá mesmo pra fugir? Ora, é claro que não. Ali na porta há pessoas por todo canto, e daí vão perguntar: "O que está fazendo?". É impossível, não. Mas veja, a janela está aberta. E se fosse pela janela? Não, não dá; é indecente, e também é alto. (*Aproxima-se da janela*) Bem, não é tão alto assim, é só um andar, e bem baixinho. Bem, ainda por cima, estou sem o chapéu. Imagine sair sem chapéu? É vergonhoso. Mas será que não se pode mesmo sair sem chapéu? E se eu tentasse, hein? E se eu tentar? (*Coloca-se na janela dizendo: "Que seja o que Deus quiser!". Sal-*

ta para a rua; solta gemidos fora da cena) Ui! Até que era bem alto! Ei, cocheiro!

A VOZ DO COCHEIRO
   Pois não!

A VOZ DE PODKOLIÓSSIN
   Para a Kanaávka, perto da ponte Semiónovski.

A VOZ DO COCHEIRO
   Dez copeques, nada menos.

A VOZ DE PODKOLIÓSSIN
   Está certo! Vamos!

   Ouve-se o ruído da carruagem partindo.

Cena 22

Agáfia Tíkhonovna entra vestida de noiva, tímida e de cabeça baixa.

AGÁFIA TÍKHONOVNA
   Eu mesma não sei o que há comigo! De novo estou com vergonha e tremendo toda. Ai! Tomara que ele não esteja na sala pelo menos por um minutinho, tomara que ele tenha saído por algum motivo! (*Olha com timidez ao redor*) Mas onde está ele? Não há ninguém. Para onde ele foi? (*Abre a porta da antessala e diz*) Fiókla, aonde foi Ivan Kuzmítch?

A VOZ DE FIÓKLA
   Claro que ele está aí.

AGÁFIA TÍKHONOVNA
   Mas aí onde?

FIÓKLA (*entrando*)
   Mas ele estava aqui na sala.

AGÁFIA TÍKHONOVNA
   Não está vendo? Ele não está aqui.

FIÓKLA
   Bem, da sala ele não saiu, pois eu estava na antessala.

AGÁFIA TÍKHONOVNA
   Mas onde ele estará?

FIÓKLA
   Eu não sei. Não teria saído por outra porta, pela escada de serviço? Ou não estará no quarto de Arina Pantelieimónovna?

AGÁFIA TÍKHONOVNA
   Tia, tia!

Cena 23

Os mesmos personagens e Arina Pantelieimónovna.

ARINA PANTELIEIMÓNOVNA (*bem-vestida*)
   O que foi?

AGÁFIA TÍKHONOVNA
   Ivan Kuzmítch está com a senhora?

ARINA PANTELIEIMÓNOVNA
   Não, ele devia estar aqui. Não passou pelo meu quarto.

FIÓKLA
   Bem, na antessala ele também não está, pois eu estava lá.

AGÁFIA TÍKHONOVNA
    Mas vocês estão vendo que aqui ele também não está.

Cena 24

Os mesmos personagens e Kotchkarióv.

KOTCHKARIÓV
    O que foi?

AGÁFIA TÍKHONOVNA
    Ivan Kuzmítch não está.

KOTCHKARIÓV
    Como não está? Saiu?

AGÁFIA TÍKHONOVNA
    Não está, e também não saiu.

KOTCHKARIÓV
    Como assim? Não está, e não saiu?

FIÓKLA
    Não faço a mínima ideia. Onde é que ele podia ter se metido? Eu fiquei sentada na antessala e não saí do lugar.

ARINA PANTELIEIMÓNOVNA
    Bem, pela escada de serviço ele não pode ter passado.

KOTCHKARIÓV
    Mas que diabo! Como ele pode desaparecer sem sair da sala? Não estaria escondido? Ivan Kuzmítch! Onde está você? Não se faça de tonto, saia logo! Mas que brincadeira! Já passou da hora de ir para a igreja! (*Olha atrás do armário, dá uma espiada até embaixo das cadeiras*) É incompreensível! Mas, não, ele não pode ter saído, não pode de maneira

O casamento

alguma. Ele está aqui; o seu chapéu está naquela sala, eu o coloquei ali de propósito.

ARINA PANTELIEIMÓNOVNA

E se perguntássemos à criada? Ela ficou na rua, talvez saiba de alguma coisa... Duniáchka! Duniáchka!...

Cena 25

Os mesmos personagens e Duniáchka.

ARINA PANTELIEIMÓNOVNA

Onde está Ivan Kuzmítch, você não viu?

DUNIÁCHKA

Ele pulou pela janela, ué!

Agáfia Tíkhonovna dá um grito, erguendo os braços.

TODOS OS TRÊS

Pela janela?

DUNIÁCHKA

É sim, senhor. E, logo depois que saltou, tomou uma carruagem e partiu.

ARINA PANTELIEIMÓNOVNA

Você está dizendo a verdade?

KOTCHKARIÓV

Está mentindo, não pode ser!

DUNIÁCHKA

Juro por Deus, ele saltou! Pois o comerciante da lojinha também viu. Tomou uma carruagem de dez copeques e partiu.

ARINA PANTELIEIMÓNOVNA (*aproximando-se de Kotchkarióv de modo ameaçador*)

E então, paizinho, que brincadeira é essa? Estão pensando que vão rir de nós, é? Que vão nos fazer passar ridículo? Pois eu tenho quase sessenta anos e nunca recebi uma ofensa dessas. E por causa disso, paizinho, se fosse um homem honesto, eu cuspiria na sua cara! Mas, depois de tudo, sendo um homem honesto, há de convir — é um canalha! Envergonhar uma moça na frente de todo mundo! Eu, uma camponesa, nunca vou fazer isso. Ainda por cima se acha um nobre! Vê-se que sua nobreza só serve para trapaça e patifaria! (*Sai com raiva levando a noiva*)

FIÓKLA

E então? Aí está aquele que sabia levar vantagem em tudo! Que sabia arranjar um casamento sem casamenteira! Tá bom que meus noivos sejam isso e aquilo, esfarrapados e tudo mais, só que desses que saltam pela janela, me desculpe, desses nunca vi.

KOTCHKARIÓV

Isso é um absurdo! Não pode ser! Vou correndo pra casa dele, vou trazê-lo de volta! (*Sai*)

FIÓKLA

Ah, vai sim, só porque você quer! Não é você que sabe das coisas do casamento? Ainda que saísse pela porta, vá lá, mas o noivo escapulir pela janela... Faça-me o favor!

À SAÍDA DO TEATRO
DEPOIS DA REPRESENTAÇÃO
DE UMA NOVA COMÉDIA

(1842)

Saguão de um teatro. De um lado, veem-se as escadas principais, que levam aos camarotes e galerias; ao centro, o acesso às poltronas e ao anfiteatro. Do outro lado, a saída. Ouve-se ao longe o ruído de aplausos.

O AUTOR DA PEÇA (*entrando*)

    Sinto-me como que livre de uma tempestade! Finalmente, os gritos e os aplausos! Todo o teatro ecoa... A glória! Deus, como palpitaria meu coração há sete ou oito anos, como tudo dentro de mim estaria em rebuliço! Mas isso foi há muito tempo. Na época eu era jovem e atrevido como um adolescente. Bendita a Providência, que não me deixou provar dos entusiasmos e elogios passageiros! Agora... Apesar de tudo, o tempo nos ensina a ser racionais e frios. Aprende-se que os aplausos pouco significam, e estão sempre prontos a servir a todos como recompensa: ao ator que compreende todo o mistério da alma e o coração do homem, ao bailarino que adquire a habilidade de dar piruetas, ao ilusionista — os aplausos são para todos. Para a mente que raciocina, para o coração que sente, para o ressoar das profundezas da alma, para os pés que trabalham ou para as mãos que entornam copos — os aplausos são um prêmio para todos, como o barulho das ondas. Não, não são aplausos que eu queria para este momento: eu queria, neste exato instante, transportar-me para o palco, para a galeria, para uma poltrona, para a arquibancada. Estar em todas as partes, ouvir todas as opiniões e impressões enquanto ainda são puras e frescas, enquanto ainda não foram submetidas ao bom senso e às apreciações dos críticos e dos jornalistas, enquanto cada pessoa está somente sob a influência de seus próprios critérios. Isso é importante para mim: eu sou um autor de comédias. Todas as outras obras e gêneros estão sujeitos ao julgamento de uns poucos. Um autor de comédias está sujeito aos julgamentos de todos; sobre ele qualquer espectador tem direitos, qualquer desclassificado põe-se logo a julgá-lo. Oh! Como eu gostaria que me mostrassem todos os meus defeitos e vícios. Mesmo que seja preciso que a maldade guie suas línguas — através da paixão, da indignação, do ódio — como queiram, mas que se manifestem com justiça. Não se pode pronunciar uma palavra sem motivo, mas se pode espalhar por toda parte uma centelha de verdade. Aquele que se atreveu a apontar o lado risível dos outros, deve ter a sensatez de aceitar as considerações que podem vir a ser feitas sobre os pontos fracos e o ridículo de si mesmo. Estando aqui à saída, vou experimentar ouvir alguma coisa enquanto as pessoas se retiram. É impossível que não haja comentários de bom senso sobre a nova peça. Uma pessoa sob a influência da primeira impressão costuma estar animada e se apressa em dividi-la com os outros. (*Passa ao outro lado*)

Saem várias pessoas, muito bem-vestidas; uma delas diz, dirigindo-se à outra: "É melhor sairmos agora. Vão apresentar um vaudeville *insignificante". Ambas saem.*

Dois comme il faut,[1] *de aspecto encorpado, descem as escadas.*

PRIMEIRO COMME IL FAUT
Tomara que a polícia não tenha enxotado para muito longe a minha carruagem. Você sabe como se chama essa jovem atriz?

SEGUNDO COMME IL FAUT
Não, mas é bem interessante.

PRIMEIRO COMME IL FAUT
Sim, é interessante, mas falta-lhe algo. Olhe, recomendo-lhe o novo restaurante: ontem serviram-nos ervilhas frescas verdejantes (*beija as pontas dos dedos*) — uma maravilha! (*Saem ambos*)

Um oficial passa correndo, outro o detém, segurando-o pelo braço.

PRIMEIRO OFICIAL
Vamos ficar!

O OUTRO OFICIAL
Não, irmão. Não se deixe enganar por um *vaudeville*. Já conhecemos essas peças que nos servem de sobremesa: servos no lugar de atores, e as mulheres, um monstro atrás do outro.

---

[1] Em francês no original; com o sentido de pessoa decente, que se comporta adequadamente. (N. da T.)

Saem.

UM HOMEM DE SOCIEDADE, TRAJADO COM ELEGÂNCIA (*descendo as escadas*)

Alfaiate incompetente. Fez-me as calças apertadas demais. O tempo todo em que estive sentado me senti incomodado. É por isso que agora tenho a intenção de enrolar uns bons dois aninhos para pagar a dívida. (*Sai*)

OUTRO HOMEM DE SOCIEDADE, ACERCANDO-SE MAIS (*falando com animação ao outro*)

Creia em mim. Nunca, ele jamais vai se sentar para jogar cartas contigo. Com menos de cento e cinquenta rublos intimida-se e não joga. Eu sei bem, porque meu cunhado Pafnutiev joga todos os dias com ele.

O AUTOR DA PEÇA (*para si mesmo*)

Todo esse tempo e nenhuma palavra sobre a comédia!

UM FUNCIONÁRIO DE MEIA-IDADE (*entra com os braços abertos*)

Só o diabo, só o diabo sabe lá o que é isto! Isto é... Isto é... Isto é o cúmulo! (*Foi-se*)

UM SENHOR QUE FALA DE LITERATURA COM INDIFERENÇA (*dirigindo-se a outro*)

Não parece ser uma tradução?

O OUTRO

Que tradução, que nada! Tudo se passa na Rússia, falando de nossos costumes e da nossa sociedade.

O SENHOR QUE FALA DE LITERATURA COM INDIFERENÇA

Pois eu me lembro que havia algo assim em francês, mas não exatamente desse gênero.

Ambos saem.

UM ESPECTADOR (*também saindo*)

Hoje ainda é um tanto difícil dizer qualquer coisa. Esperemos para saber o que dirão as revistas, aí então saberemos.

DUAS SOBRECASACAS (*uma delas*)

Vamos, diga lá! Gostaria de saber sua opinião sobre a comédia.

A OUTRA SOBRECASACA (*apertando os lábios de maneira significativa*)

Sim, naturalmente, é impossível dizer algo que não seja injusto... No seu gênero... Certamente há quem seja contra isso. Não há como dizer algo dessa maneira... Mas, pensando bem... (*Aperta os lábios afirmativamente*) Sim, sim.

Saem.

O AUTOR (*para si mesmo*)

Bem, por enquanto ainda não disseram muita coisa. Entretanto, é certo que as opiniões virão: já posso ver, ali adiante, mãos se agitando freneticamente.

Dois oficiais.

O PRIMEIRO OFICIAL

Eu nunca ri tanto.

O SEGUNDO OFICIAL

Tenho certeza: é uma comédia diferente.

O PRIMEIRO OFICIAL

Se bem que nada do que vimos foi comentado nas revistas. É preciso submetê-la às críticas... Olhe, olhe! (*Empurra-o pelos braços*)

O SEGUNDO OFICIAL

O quê?

O PRIMEIRO OFICIAL (*apontando o dedo para um dos que descem as escadas*)

É um literato!

O SEGUNDO OFICIAL (*agitado*)

Qual?

O PRIMEIRO OFICIAL
> Este aí! Pss... Vamos ouvir o que ele diz.

O SEGUNDO OFICIAL
> Quem é o outro com ele?

O PRIMEIRO OFICIAL
> Não sei, não faço ideia de quem seja este homem.

Os dois oficiais afastam-se, dando passagem, e cedem o lugar aos outros dois.

O HOMEM DESCONHECIDO
> Não posso julgar quanto à qualidade literária, mas me parece ser algo original. Espirituoso, espirituoso.

O LITERATO
> Perdão, mas espirituoso em quê? E quanto ao rebanho de tipos vulgares, e quanto ao tom usado? Gracejos bem inconvenientes, isso sim. E até mesmo uma indecência.

O HOMEM DESCONHECIDO
> Ah, aí é outra coisa. Eu já disse que quanto ao mérito literário não posso julgar; observo apenas que é uma peça engraçada, e que foi um prazer assisti-la.

O LITERATO
> Mas ela não é nada engraçada! Seria engraçada em quê? Que tipo de prazer ela proporciona? O argumento é inverossímil. São absurdos atrás de absurdos. Não há trama, nem ação, nem sequer qualquer reflexão.

O HOMEM DESCONHECIDO
> Vá lá, quanto a isso eu não digo nada. No sentido literário, no sentido literário ela não é engraçada; mas no aspecto, digamos, externo, ela tem...

O LITERATO
> Ela tem o quê? Ora, nem mesmo isso ela tem! E quanto à linguagem usada nos diálogos? Quem falaria desse jeito em alta sociedade? Diga-me, falamos entre nós desse jeito?

O HOMEM DESCONHECIDO
	É verdade, isso você observou bem. Eu mesmo pensei assim: não há grandeza nos diálogos. Todas as personagens parecem não poder dissimular sua má índole. Isso é verdade.

O LITERATO
	Veja só, e você ainda elogia!

O HOMEM DESCONHECIDO
	Quem está elogiando? Eu não estou elogiando. Agora também vejo o quanto a peça é uma estupidez. O problema é que assim, de repente, é impossível saber; eu não posso julgar do ponto de vista literário.

	Ambos saem.

MAIS UM LITERATO (*entra acompanhado de vários ouvintes, aos quais fala gesticulando*)
	Creiam em mim, disso eu entendo: a peça é abominável! É uma obra suja, imunda! Nenhuma personagem é verdadeira, são todas caricaturas! Na vida real não é assim. Não, acreditem, eu sou o melhor para falar sobre o assunto: sou um literato. Falam de observação, de animação... Pois sim, é tudo uma estupidez. São palavras de amigos do autor; amigos elogiando, todos amigos! Eu ouvi dizer até que ele está sendo comparado a Fonvízin,[2] quando a peça, sinceramente, não é digna sequer de ser chamada de comédia. Uma farsa, uma farsa! E além de tudo, uma farsa destinada ao fracasso. A última comediazinha de Kotziébue,[3] que por sinal é bem reles, comparada a esta, é como o Mont Blanc frente às colinas de Púlkov. E isso eu posso provar a todos matematicamente, como dois e dois são quatro. Os amigos e comparsas elogiaram-no tão desmesuradamente, que agora ele acredita que por muito pouco não é um Shakespeare. Sempre temos amigos dispostos a nos colocar nas nuvens. Vejam, por exemplo, Púchkin... Por que toda a Rússia fala dele, hoje em dia? Os

---

	[2] Denis Ivanovitch Fonvízin (1744-1792), dramaturgo russo; ver nota à página 10 deste volume. (N. da T.)

	[3] August Von Kotziébue (1716-1819). Alemão, viveu em São Petersburgo, na Rússia, onde foi diretor de teatro. Escreveu comédias, farsas e tragédias de cunho popularesco, quase sempre consideradas obras superficiais e de escasso valor artístico. (N. da T.)

amigos elogiaram-no, elogiaram-no, até que por causa deles toda a Rússia pôs-se a elogiar também. (*Sai, acompanhado por seus ouvintes*)

Os dois oficiais avançam e ocupam seus lugares.

O PRIMEIRO OFICIAL

Tem razão, tem toda razão: é mesmo uma farsa; e isso eu já disse antes. É uma farsa tola, amparada pelos amigos. Confesso que muitas vezes foi até mesmo asqueroso de se ver.

O SEGUNDO OFICIAL

Pois se você disse que nunca riu tanto assim?

O PRIMEIRO OFICIAL

Mas este é outro caso. Você não compreende. Vou explicar muito bem explicado. O que há nesta peça? Em primeiro lugar, não há nenhum enredo, nem tampouco ação, e decididamente nenhuma reflexão. Tudo é inverossímil e, além disso, todos são caricaturas.

Atrás desses oficiais aparecem outros dois.

UM (*falando ao outro*)

Quem é aquele que está opinando? Parece ser um dos nossos?

O outro, olhando de lado, com certo desprezo, para o rosto daquele que está dando opiniões.

O PRIMEIRO

O quê, é um imbecil?

O SEGUNDO OFICIAL

Não, até que não. Assim que sai a revista, inteligência não lhe falta. Mas basta o número atrasar... Aí não tem nada na cabeça. Bem, vamos.

Saem.
Dois amantes da arte.

O PRIMEIRO

Eu não estou, de maneira alguma, entre aqueles que só usam palavras como "indecente", "repugnante", "de mau gosto" ou "isso parece com algo que já li". Está provado que estas palavras saem, quase sempre, da boca de pessoas que são, elas próprias, muito suspeitas. Divagam sobre castelos de areia, e acham que estão sempre a frente de tudo. Mas não é sobre elas que quero falar agora, e sim sobre a falta de enredo na peça.

O SEGUNDO

Ora, se considerarmos o enredo em seu sentido literário, como geralmente se considera, aí sim. No sentido de ser uma intriga amorosa, isso não é mesmo. Mas me parece que já é tempo de se deixar de apoiar esse eterno argumento, como tem sido até agora. Vale a pena olhar ao redor, com atenção. Há tempos o mundo está muito mudado. Hoje em dia, o que há de mais forte num drama é a vontade de conquistar uma posição de destaque, de brilhar e ofuscar. E se isso não acontece, então o objetivo passa a ser a vingança com algum desprezo ou alguma zombaria. Não é melhor, hoje em dia, ter uma posição social, grande capital, um casamento lucrativo, em vez de amor?

O PRIMEIRO

Nesse aspecto, isso tudo é verdade. Mas, ainda assim, eu não vejo enredo na peça.

O SEGUNDO

Não sou eu quem vai afirmar, agora, se na peça há enredo ou não. Eu só digo que, geralmente, busca-se um enredo mais pessoal, e ninguém quer ver a trama geral. As pessoas simples já se habituaram a esses relacionamentos amorosos e casamentos, sem os quais uma peça não pode terminar, de jeito nenhum. Claro que isso é o enredo; mas que enredo? O mesmo que um nó no canto de um lenço. Não, a comédia tem de enfeixar-se por si mesma, com todo o seu conteúdo formando um grande e único nó. O enredo deve abranger todas as personagens, e não uma ou duas. Deve tocar naquilo que emociona, mais ou menos, a todos os atuantes. E assim, todos são protagonistas; o curso e o andamento da peça derivam do funcionamento de toda a máquina: nenhuma roldana deve ficar enferrujada e fora de funcionamento.

O PRIMEIRO

Mas nem todos podem ser protagonistas; um ou dois devem conduzir os demais.

O SEGUNDO

Conduzir, não. Mas é possível predominar. Numa máquina há sempre uma roldana mais forte e poderosa a impulsionar. Podem chamar simplesmente de "principal". Mas o que conduz a peça é a ideia e o pensamento. Sem eles não há unidade na peça. Qualquer coisa pode servir para dar unidade: o próprio terror, o medo, a expectativa, um crime que acontece distante dos olhos da lei...

O PRIMEIRO

Mas isso resulta em dar à comédia um certo valor mais universal.

O SEGUNDO

Claro, e não será isso o seu valor verdadeiro e atual? No princípio, a comédia acontecia em público, e era uma criação popular. Exibiam-na tal qual seu pai, Aristófanes, a concebera. Depois, entrou pelo estreito desfiladeiro do enredo particular, com características românticas. E como este enredo era fraco, mesmo quando trabalhado pelos melhores autores de comédias! Como eram fúteis esses galãs de teatro, com seu amor de papelão!

UM TERCEIRO (*aproximando-se e batendo levemente em seu ombro*)

Você não tem razão. O amor, como os demais sentimentos, também pode entrar na comédia.

O SEGUNDO

Eu não digo que não possa entrar. Mas o amor e os outros sentimentos, também elevados, só causam boa impressão quando estão desenvolvidos em toda a sua profundidade. Ocupando-se deles, deve-se inelutavelmente sacrificar tudo o mais. Tudo o que constituía justamente a comédia empalidece, e o seu significado universal necessariamente desaparece.

O TERCEIRO

Pois então, o tema da comédia deve, necessariamente, descer à vulgaridade?

O SEGUNDO

Isso para quem olhar para as palavras e não lhes penetrar o sentido. Mas será que o positivo e o negativo não podem servir ao mesmo fim? Será que a comédia e a tragédia não podem expressar o mesmo pensamento elevado? Será que tudo, desde o mais recôndito canto da alma de um homem vil e desonesto, não pode desenhar a imagem de um homem honesto? Será que todo o acúmulo de baixezas, a transgressão das leis e da justiça, não nos dão a entender que é isso mesmo que exigem de nós a lei, o dever e a justiça? Nas mãos de um médico habilidoso, a água quente e a fria curam com o mesmo sucesso, tanto uma doença quanto a outra. Em mãos talentosas tudo pode servir como instrumento para o belo, se é usado um pensamento elevado para isso.

UM QUARTO (*aproximando-se*)

O que é que pode servir ao belo? E sobre o que vocês conversam?

O PRIMEIRO

A nossa discussão é sobre a comédia. Falamos o tempo todo sobre a comédia em geral, mas ninguém falou nada ainda sobre a nova comédia. O que você diz?

O QUARTO

O que digo é o seguinte: há talento e observação da vida. É engraçada e fiel ao real; mas, no geral, falta-lhe algo. Não se vê enredo, nem desfecho. É estranho que nossos autores de comédias não consigam nunca se virar, sem que tenham que falar do governo. Sem ele, nenhuma comédia é feita.

O TERCEIRO

Isso é verdade. Aliás, isso é muito natural. Todos nós pertencemos e quase todos servimos ao governo; todos os nossos interesses, maiores ou menores, estão ligados ao governo. Portanto, é natural que isso seja refletido nas obras dos nossos escritores.

O QUARTO

Pois bem, o que me importa é que esta ligação continue sendo evidente. É justamente por ser cômica que a peça não pode terminar, de maneira alguma, sem a presença do governo. É preciso que ele apareça; é como a fatalidade inevitável nas tragédias dos antigos.

O SEGUNDO

Vejam só, isso já é algo involuntário em nossos autores. É um certo caráter distintivo das nossas comédias. Em nosso peito trazemos guardada uma misteriosa crença no governo. Como assim? Cá entre nós, não é nada mau: queira Deus que o governo, sempre e em toda parte, siga sua vocação de ser o representante da Providência na Terra, e que nós acreditemos nele, como os nossos antepassados acreditavam no destino, que punia os delitos.

UM QUINTO

Salve, senhores! Ouço somente a palavra "governo". Essa comédia andou suscitando rumores e comentários...

O SEGUNDO

É melhor que conversemos sobre estes rumores e comentários em minha casa do que aqui, no saguão do teatro.

Saem. Várias pessoas respeitáveis e decentemente vestidas vão surgindo, uma atrás da outra.

Nº 1

Eu sei, eu sei: com certeza isso que nós temos aqui acontece em outros lugares, de maneira ainda pior, mas para que mostrar? A que leva isso? Eis a questão: para que esses espetáculos? Qual a utilidade deles? Eis o que me intriga! Que necessidade tenho eu de saber que em tal ou qual lugar há farsantes? Eu, sinceramente... não entendo a necessidade de semelhantes espetáculos. (*Sai*)

Nº 2

Não, isso não é rir dos defeitos; isso é uma abominável zombaria com a Rússia, eis o que é. Isso é representar pessimamente até mesmo o governo, porque exibir maus funcionários e os desmandos que acontecem em diversas classes sociais, é como exibir o próprio governo. Simplesmente não deveriam autorizar tais exibições. (*Sai*)

Entram o sr. A e o sr. B, homens de muita classe.

SENHOR A

Eu não falo disso; pelo contrário, é preciso que os abusos apareçam; é preciso que vejamos nossos atos; eu não concordo nem um pouco com muitas opiniões de patriotas demasiadamente exaltados. Apenas me parece que há algo muito triste nisso...

SENHOR B

Eu queria muito que você tivesse ouvido uma observação de um homem muito modestamente vestido, que estava sentado perto de mim, na poltrona... Ah! É o próprio!

SENHOR A

Quem?

SENHOR B

Exatamente este homem, em trajes muito modestos. (*Dirigindo-se a ele*) Não terminamos nossa conversa, que começava a ser bem interessante.

O HOMEM TRAJADO MUITO MODESTAMENTE

Confesso que fico muito satisfeito em continuá-la. Até agora ouvi apenas comentários, do tipo: que isso tudo não é verdade, que é uma troça com o governo, com nossos costumes, e que isso não se pode exibir de maneira nenhuma. Isso me obrigou a lembrar de toda a peça e, para ser franco, a representação da comédia, mesmo agora, me parece ainda mais significativa. Nela, parece que há uma forte e profunda exposição da hipocrisia através do riso, sob a máscara da decência estão a baixeza e a infâmia, o homem de bem é um farsante fazendo caretas. Para ser bem sincero, eu senti um certo contentamento em ver como são engraçadas as palavras honestas na boca de um farsante. E como o bom humor da peça colocou todos, das poltronas às arquibancadas, vestidos em suas próprias máscaras. E depois disso ficam as pessoas a dizer que não é preciso representar essas coisas no palco! Eu ouvi uma observação que me pareceu dita, aliás, com satisfação, por homens honestíssimos: "o que diz o povo, quando vê que estamos envolvidos em tais abusos?".

SENHOR A

Sinceramente, o senhor me perdoe, mas a mim também surgiu a mesma questão: o que o povo diz, vendo tudo isso?

O HOMEM TRAJADO MUITO MODESTAMENTE

O que o povo diz? (*Dá passagem a dois homens vestidos com samarras*)[4]

---

[4] Casaco de grosso feltro, ou pele de animal, costumeiramente usado por camponeses. (N. da T.)

SAMARRA AZUL (*à samarra cinza*)

Os governantes eram espertos, mas como empalideceram, quando veio a repressão czarista!

O HOMEM TRAJADO MUITO MODESTAMENTE

Vocês ouviram o que diz o povo?

SENHOR A

O quê?

O HOMEM TRAJADO MUITO MODESTAMENTE

Diz: "os governantes eram espertos, mas como empalideceram, quando veio a repressão czarista". Ouviram, como o homem é fiel ao sentimento e ao instinto natural? Como é natural o instinto de olhar dos mais simplórios, se ele não está turvado por teorias e ideias arrancadas de livros, mas extraídas da própria índole do homem! Será que não é evidente que depois de tal espetáculo o povo adquire mais confiança no governo? Sim, o povo precisa de tais espetáculos. Que ele separe o governo dos maus governantes. Que veja que os abusos não provêm do governo, nem das reclamações dos que conhecem o governo, e nem dos desejosos em responsabilizar o governo. Que ele veja o quão nobremente o governo vela por todos da mesma maneira, com olhos vigilantes; que cedo ou tarde o governo apanhará os transgressores da lei, da honra e da honestidade do homem; que empalidecerão diante dele os que têm a consciência suja. Sim, é preciso que o povo assista a essas representações; creiam que se acontecer ao povo de experimentar a opressão e a injustiça, ele sairá reconfortado depois de tal representação, confiante na existência de uma lei suprema. Gosto ainda mais desta observação: "o povo terá uma péssima imagem de seus superiores". Em outra palavras, eles imaginam que somente aqui, no teatro, pela primeira vez, o povo vê seus superiores; que em suas casas, onde qualquer administrador de bairro os agarra pelo colarinho, não veem. Só mesmo quando vão ao teatro é que veem. Eles, é claro, consideram o nosso povo como um bando de imbecis, imbecis a tal ponto, que é como se não tivessem a capacidade de distinguir a diferença entre uma torta de carne e um pastel de queijo. Não, agora me parece mesmo certo que é impossível trazer ao palco um homem honesto. O homem tem amor-próprio: mostra-se a ele uma coisa boa em meio a muitas ruins, e ele já sai do teatro orgulhoso. Não, é claro que, hoje em dia, a apresentação de uma virtude apenas compensa todos os vícios que lhes ferem os olhos. Não querem que sejam vícios de seus compatriotas, e se envergonham até mesmo por perceber que eles possam existir.

SENHOR A
Mas será que é possível que existam entre nós pessoas como essas?

O HOMEM TRAJADO MUITO MODESTAMENTE
Permita-me dizer: eu não sei por quê, mas sempre me entristeço ao ouvir tal pergunta. Vou falar a você com sinceridade. O homem, antes de tudo, faz a si próprio a seguinte pergunta: "será possível que existam tais pessoas?". Mas, quando se dá conta, na verdade havia feito esta pergunta: "será possível que eu mesmo esteja limpo de tais vícios?". Nunca, jamais. Digo isso com toda a franqueza. Tenho um coração bondoso, trago muito amor em meu peito... Mas se soubessem quantos esforços me foram necessários para não sucumbir a muitos dos vícios em que caem involuntariamente as vidas das pessoas! E como posso dizer, então, que não tenho as mesmas inclinações de que todos riam há dez minutos atrás, aliás, das quais eu mesmo ri-me a valer.

SENHOR A (*depois de algum silêncio*)
Confesso que, depois de ouvir suas palavras, fico eu a refletir. Lembro-me de como temos orgulho de nossa formação europeia; de como, geralmente, nos escondemos de nós mesmos; de como tratamos com tamanha arrogância e desprezo aqueles que não se parecem conosco; de como cada um de nós se coloca quase como um santo, falando somente do que há de ruim nos outros. Então a minha alma se entristece... Mas, perdoe a minha indiscrição, ainda que você mesmo seja culpado disto; permita-me saber: com quem eu tenho o prazer de conversar?

O HOMEM TRAJADO MUITO MODESTAMENTE
Eu não sou nem mais nem menos do que um desses burocratas, num desses cargos que foi retratado na comédia, e que chegou há apenas três dias da sua cidadezinha.

SENHOR B
Jamais poderia pensar isso. E não lhe parece uma ofensa, depois de assistir a isso tudo, viver e trabalhar com tais pessoas?

O HOMEM TRAJADO MUITO MODESTAMENTE

Ofensa? Vou lhe dizer: confesso que muitas vezes estive a ponto de perder a paciência. Em nossa cidadezinha nem todos os funcionários são honrados; muitas vezes, fazer uma boa ação é tão difícil quanto subir num muro alto. Já, por vezes, quis abandonar a função; mas agora, mais precisamente depois dessa apresentação, eu sinto ao mesmo tempo como que um frescor e uma nova força para prosseguir em minhas atividades. Já fico consolado com a ideia de que a vilania que sofremos não ficará oculta nem será tolerada. Sinto que aqui, ante os olhos dos homens nobres, essa vilania é rebaixada ao ridículo; sinto que há uma pena que se destina a revelar nossas mais baixas inclinações, ainda que não bajule nosso orgulho nacional; e sinto que existe um governo digno, que permite que tudo isso seja mostrado, e que também observa tudo. Isso já me dá forças para continuar meu útil trabalho.

SENHOR A

Permita-me fazer uma proposta. Ofereço a você, com muito prazer, um cargo estatal de importância. Eu estou precisando, realmente, de auxiliares distintos e honestos. Nessa posição, você terá um vasto campo de ação, e terá vantagens incomparavelmente maiores do que as que tem hoje, além de ser muito mais considerado.

O HOMEM TRAJADO MUITO MODESTAMENTE

Permita-me, do fundo da minha alma e de todo o coração, agradecer esta oferta. E, ao mesmo tempo, permita-me recusá-la. Se eu já sinto ter conquistado meu lugar, seria digno comigo mesmo jogar tudo fora? E como posso deixá-lo, sem a certeza de que nenhum valentão irá ocupá-lo no futuro, para começar a fazer perseguições às pessoas? Se o senhor me faz esta proposta como uma espécie de prêmio, deixe então lhe dizer: eu aplaudi o autor da peça tanto quanto os outros, mas não precisei oferecer nada a ele. Por que recompensá-lo? A peça agradou, elogiaram-na, mas ele apenas cumpriu sua obrigação. Somos tão espertos que, entre nós, basta que alguém não cometa nenhum erro e não faça mal a ninguém, tanto na vida pessoal quanto no trabalho, para que seja considerado, sabe lá Deus por quê, um homem virtuoso, digno de recompensa. "Perdão", diz, "eu vivi a vida inteira honestamente. Quase não cometi vilania. Como podem negar-me uma promoção, uma condecoração?" Não. Em minha opinião, se numa pessoa não há nobreza sem incentivos, não posso acreditar nela; é uma nobreza que não vale um vintém.

SENHOR A

Pelo menos, você não vai me recusar sua amizade. Perdoe-me a inconveniência; você mesmo pode ver que ela é consequência da minha sincera estima. Dê-me seu endereço.

O HOMEM TRAJADO MUITO MODESTAMENTE

Aqui está meu endereço. Fique certo de que não deixarei que você o utilize, pois amanhã mesmo me apresentarei à sua porta. Desculpe-me, eu não tive lá uma grande educação, nem sei falar... Mas receber essa generosa atenção de um homem de Estado, tal inclinação para fazer o bem... Queira Deus que todo grande soberano esteja cercado de pessoas semelhantes! (*Sai apressado*)

SENHOR A (*girando nas mãos o cartão*)

Ao olhar para este cartão, para este nome desconhecido, isso basta para engrandecer-me a alma. A primeira triste impressão consumiu-se por si mesma. Que Deus a proteja, nossa Rússia desconhecida! No mais recôndito, numa de suas esquinas esquecidas, esconde-se uma pérola como essa, que provavelmente não é a única! São como chispas numa mina de ouro, espalhadas em meio ao granito maciço e escuro. Consolou-me profundamente essa aparição, e minha alma se iluminou depois da conversa com esse funcionário, como a dele se iluminou depois de assistir à comédia. Adeus! Agradeço pelo encontro que me proporcionaram. (*Sai*)

SENHOR C (*acercando-se do Senhor B*)

Quem era aquele com vocês? Parece ser um ministro, não?

SENHOR P (*acercando-se pelo outro lado*)

Perdão, meus amigos, mas... o que é isso! Como pode ser uma dessas?...

SENHOR B

O quê?

SENHOR P

Ora, trazer à cena somente este assunto?

SENHOR B

E por que não?

SENHOR P

Ora, você mesmo pode julgar! Como pode ser isso? Representar só vícios e mais vícios! Que exemplo é este que se dá aos espectadores?

SENHOR B

Mas, é possível alguém se gabar desses vícios? São trazidos à cena para que caiam no ridículo.

SENHOR P

É como se diz, irmão: o respeito... a consideração... Pois é por isso que se perde o respeito pelos funcionários e pelos que ocupam cargos.

SENHOR B

Não se perde o respeito por funcionários, nem pelos que ocupam certos cargos, mas por aqueles que não desempenham dignamente suas funções.

SENHOR C

Permita-me observar que tudo isso se constitui num ultraje, que acaba recaindo, de um modo ou de outro, sobre todos.

SENHOR P

Justamente. Pois é isso que eu queria fazê-lo entender. É, certamente, um ultraje que recai sobre todos. Agora, por exemplo, expõem em cena um conselheiro titular qualquer, e depois... Quem sabe... Acabam fazendo isso com um verdadeiro conselheiro de Estado.

SENHOR B

E por que não? Somente o indivíduo deve ser imune; mas se eu criei uma personagem, e dei a ela alguns vícios, que por sinal acontecem entre nós... Conferi a ela uma patente superior que me veio à mente, até mesmo a de um verdadeiro conselheiro de Estado... O que há de mau nisso? Não será possível haver dentre os verdadeiros conselheiros de Estado um vadio qualquer?

SENHOR P

Ora, amigo, assim já é demais. Como pode haver um verdadeiro conselheiro de Estado vadio? Ainda que fosse um titular... Não, você está indo longe demais.

SENHOR C

Por que trazer à cena o que é mau? Por que não apresentar o que há de melhor? O que é digno de imitação?

SENHOR B

Por quê? Estranha pergunta: "por quê?". Pode-se dizer que há muitos "porquês". Por que um pai que quer tirar seu filho de uma vida desregrada não gasta palavras, nem dá sermão, mas leva-o ao hospital, onde desfilam diante de seus olhos desesperados os horrores e as terríveis marcas da vida desregrada? Por que faz isso?

SENHOR C

Permita-me tentar fazê-lo observar que estas são certas feridas sociais que é mais necessário ocultar do que mostrar.

SENHOR P

É verdade. Estou completameme de acordo. O que nós temos de ruim é preciso esconder, e não mostrar.

SENHOR B

Se estas palavras fossem ditas por qualquer outra pessoa, que não você, eu diria que eram palavras de pura hipocrisia, e não de verdadeiro amor à pátria. Na sua opinião, é preciso curar apenas superficialmente essas feridas sociais, para que não sejam vistas. Mas por dentro, que a doença permaneça, pouco importa. Pouco importa que ela possa explodir e revelar esses sintomas, quando já será tarde demais para qualquer tratamento. Pouco importa. Você não quer entender que sem uma confissão sincera, feita de coração, sem o reconhecimento cristão de seus próprios pecados, sem exagerar essas coisas aos nossos próprios olhos, não teremos forças para elevar nossas almas acima das vilanias da vida. Você não quer compreender isso! Que permaneça o homem na sua surdez, que passe a vida nessa sonolência, de maneira que não estremeça, que não clame por nada, que já nada possa abalar sua alma! Não, desculpe-me! Um frio egoísmo é o que sai das vossas bocas, sem o menor amor à humanidade. (*Sai*)

SENHOR P (*depois de algum silêncio*)

Por que está calado? Viu alguém? Por que você não diz nada, hein?

Senhor C mantém-se calado.

SENHOR P (*prosseguindo*)
Ele pode dizer o que quiser. De qualquer modo, são as nossas feridas.

SENHOR C (*à parte*)
Ora, se leva essas feridas na língua, pode falar sobre elas com qualquer um.

SENHOR P
Assim, também eu posso falar mal de tudo o que quiser, mas o que se consegue com isso?... Olhe o príncipe N. Ouça, príncipe, não vá!

PRÍNCIPE N
O quê?

SENHOR P
Espere, vamos conversar. E que tal a peça?

PRÍNCIPE N
Fez-me rir bastante.

SENHOR P
Ainda assim, diga-me: acha que é possível representar essas coisas? Existe algo parecido com isso?

PRÍNCIPE N
E por que não representar essas coisas?

SENHOR P
Imagine você, de repente, no palco, um farsante! Ora, afinal de contas, são as nossas feridas.

PRÍNCIPE N
Que feridas?

SENHOR P
Sim, nossas feridas... Digamos, nossas feridas sociais.

PRÍNCIPE N (*contrariado*)

Fale por si! Que sejam as suas feridas, mas não as minhas! Por que vem você me falar delas? Bem, já é hora de ir para casa. (*Sai*)

SENHOR P (*prosseguindo*)

E depois, tem mais... Que grande tolice ele disse aqui? Disse que um verdadeiro conselheiro de Estado pode ser um vadio. Ora, ainda se fosse um titular, vá lá...

SENHOR C

Veja só por onde nos enredamos. Chega de conversa. Acho que todos os que passam por aqui já perceberam que você é um verdadeiro conselheiro de Estado (*à parte*). Há pessoas que possuem a arte de pôr defeito em tudo. Executam a sua própria ideia, tão vulgarmente e repetidas vezes, que você mesmo se envergonha dela. Você diz uma bobagem, que poderia até passar despercebida, mas não. Aparece um admirador que, inevitavelmente, a colocará em prática e a fará mais estúpida do que ela é. Até aborrece... É como ser jogado num lodaçal. (*Saem*)

Entram juntos um civil e um militar.

O CIVIL

Vejam só como vocês são, senhores militares! Vocês dizem que "é preciso mostrar isso no palco". Vocês estão dispostos a rir à vontade de qualquer funcionário civil; mas, se tocam nos militares... Se falam que em qualquer regimento há oficiais que, sem falar das inclinações viciosas, são oficiais de caráter duvidoso, com modos indecorosos... Então vocês se colocam logo do lado dos atingidos, levando a briga ao próprio Conselho de Estado.

O MILITAR

Ora, ouça, por quem você me toma? Sem dúvida que entre os nossos há os Dom Quixotes, mas, acredite, também há muitas pessoas realmente sensatas, que sempre ficarão contentes se forem eliminados de sua classe os depravados e imbecis em geral. E onde está a ofensa nesse caso? Que a mostrem! Cada um de nós está preparado.

O CIVIL (*à parte*)

É sempre assim que esbraveja o homem: "Mostrem! Mostrem!". Mas depois se aborrece. (*Saem*)

Dois capotes.

PRIMEIRO CAPOTE

Os franceses também fazem isso, mas, à maneira deles, tudo é muito mais engraçado. Lembre-se do que aconteceu no *vaudeville* de ontem: alguém tira a roupa, pega a saladeira da mesa e se mete debaixo da cama. A peça, sem dúvida, é indiscreta, mas é engraçada. Pode-se ver que em tudo isso não há ofensa... Eu tenho mulher e filhos que todos os dias vão ao teatro. Mas, desse jeito... O que é isso? Um canalha qualquer, um mujique que eu não permitiria nem passar por perto, esparrama-se com as botas para cima, boceja e palita os dentes. Ora, o que é isso? Onde é que já se viu uma coisa dessas?

O OUTRO CAPOTE

Com os franceses é outra coisa. Lá existe "*Societé, mon cher*"![5] Entre nós é impossível. Nossos "escrivinhadores" não possuem, absolutamente, qualquer formação. A maioria deles é educada em seminários, e são inclinados ao vinho e à libertinagem. O meu criado também recebe visitas de um certo escritor... Como pode ter noção do que é uma boa sociedade?

Saem.

UMA DAMA DA SOCIEDADE (*em companhia de dois homens: um de fraque, o outro fardado*)

Que gente! Que personagens! Não conseguem ter nenhum atrativo... Ora, por que não se escreve aqui como os franceses? Como Dumas e outros, por exemplo? Eu não exijo modelos de virtude. Mostrem-me uma mulher que cai em erro, que até engana seu marido, entregando-se, suponhamos, a um amor depravado e ilícito. Mas me mostrem isto de forma atraente. De forma que eu me sinta envolvida pelo destino dela. De forma que ela me pareça amável. Pois aqui as personagens são todas caricaturas, uma mais repugnante do que a outra.

O HOMEM FARDADO

Sim, trivial, trivial.

---

[5] Em francês no original: "Sociedade, meu caro". (N. da T.)

A DAMA DA SOCIEDADE

Diga-me, por que tudo, na Rússia, continua sendo tão trivial?

O HOMEM DE FRAQUE

Minha querida... Depois poderá nos contar por que é tudo tão trivial. Já chamaram nossa carruagem.

Saem.
Entram juntos três senhores.

O PRIMEIRO

Por que não rir? Pode-se rir, mas com este tema? Abusos e vícios! Que graça se pode tirar disso?

O SEGUNDO

Então, pode-se rir de quê? Das virtudes e qualidades do homem?

O PRIMEIRO

Não, isso é que não é argumento para comédias, meu caro! De certo modo, isso já é afetar o governo. Será que não há outros temas para se escrever?

O SEGUNDO

Que outros temas?

O PRIMEIRO

Ora, então não são suficientes todos os casos engraçados que acontecem em sociedade? Suponhamos, por exemplo, que eu parta a passeio para a ilha de Aptekarski, e que o meu cocheiro, de repente, me leve para Viborskaia, ou ao Convento de Smolni. Não bastam, então, estes acontecimentos engraçados?

O SEGUNDO

Então você quer tirar da comédia todo o seu significado mais sério? Então para que dizer que a lei é iniludível? Há comédias aos montes, dessas que você deseja, mas por que não admitir a existência de mais dois ou três gêneros, como esta que foi representada agora? Se essas de que você fala o agradam tanto, e só ir ao teatro. Lá você pode assistir, todos os dias, a peças onde um se esconde sob a poltrona e outro o arranca de lá pelas pernas.

O TERCEIRO

Ah, não! Ouçam: não é bem assim. Há limites para tudo. Existem coisas que são sagradas, coisas das quais não se ri.

O SEGUNDO (*à parte, com um sorriso amargo*)

As coisas nesse mundo são assim. Se alguém ri do que é realmente nobre, das coisas elevadas e sagradas, ninguém sai em defesa delas. Se, por outro lado, alguém ri do que é vil e infame, todos se põem a berrar: "Ele está rindo do que é sagrado".

O PRIMEIRO

Vejo que você já está convencido. Não diga mais uma palavra. Acredite, essa é a verdade. É impossível que alguém não se convença disso. Eu sou um homem imparcial, e digo porque... Mas, sinceramente, não é assunto para o autor, nem tema para comédia. (*Sai*)

O SEGUNDO (*à parte*)

Confesso que eu não queria estar no lugar do autor agora. Se ele escolhe um tema de pouca importância, todos vão dizer: "Não busca nenhuma moral mais profunda". Agora, se escolhe um tema mais sério e com um fundo moral, dirão: "Ele não deveria se meter nisso. Só escreve tolices!". (*Sai*)

Uma jovem dama da alta sociedade, acompanhada pelo marido.

O MARIDO

Nossa carruagem não deve estar longe, poderemos partir logo.

SENHOR N (*aproximando-se da dama*)

Olhe só quem vejo! Você veio assistir à peça russa!

A JOVEM DAMA

Que mal há nisso? Será que eu já não sou mais patriota?

SENHOR N

Ora, se não. É que vocês não são lá muito impregnados desse patriotismo. Certamente você vai censurar a obra?

A JOVEM DAMA

É claro que não. Na verdade, eu ri até o fundo da alma.

SENHOR N

De que você riu? Será que você gosta de rir de tudo o que é russo?

A JOVEM DAMA

Só ri porque foi engraçado. Ri porque a infâmia e a baixeza foram trazidas à luz, e não foram vestidas em trajes que as pudessem esconder. A infâmia e a baixeza seriam as mesmas numa cidadezinha de província ou aqui entre nós. É disso que eu ri.

SENHOR N

Acabei de falar com uma senhora muito inteligente. Ela me disse que riu, mas que junto com o riso, o tom da peça provocou uma impressão triste.

A JOVEM DAMA

Pouco me importa o que achou a sua senhora inteligente. Eu não tenho os nervos tão sensíveis e sempre tenho prazer em rir-me daquilo que, no fundo, é engraçado. Sei que há quem seja diferente de nós, que estamos prontas a rir até o fundo da alma de um homem com o nariz defeituoso, mas não temos espírito para rir de um homem de alma defeituosa.

Surgem ao longe outra dama com seu marido.

SENHOR N

Olhe lá nossa amiga. Queria saber a opinião dela sobre a comédia.

As damas dão-se as mãos.

A PRIMEIRA DAMA

Vi de longe o quanto você riu.

A SEGUNDA DAMA

Claro, e quem não riu? Todos se divertiram.

SENHOR N

Mas você não teve uma certa sensação de tristeza?

A SEGUNDA DAMA

Confesso que foi um tanto triste. Senti, sim, uma certa tristeza. Sei que tudo isso é assim mesmo, eu mesma já vi muita coisa parecida, mas, apesar disso, o tom foi um pouco pesado.

SENHOR N
Pois então, a comédia não a agradou?

A SEGUNDA DAMA
Ora, quem disse isso? Estou dizendo que ri até o fundo da minha alma, e até mais do que todos os outros. Acho até que fui tomada por louca... Por isso mesmo foi triste para mim. Eu queria ter visto pelo menos uma personagem bondosa. Esse excesso de baixeza...

SENHOR N
Fale, fale!

A SEGUNDA DAMA
Ouça, aconselhe o autor para que descubra ao menos um homem honesto. Diga a ele que estão lhe pedindo. Que seria bom se ele pudesse fazer isto.

O MARIDO DA PRIMEIRA DAMA
É exatamente desse conselho que ele está precisando. Para as damas é preciso que haja sempre um fidalgo na história, e que fale de coisas nobres, ainda que da maneira mais vulgar.

A SEGUNDA DAMA
De jeito nenhum. Vocês nos conhecem tão pouco! Isso de gostar que só se fale de coisas nobres é inerente a vocês, homens! Eu andei ouvindo opiniões de um de vocês: um gorducho que falava tão alto que todos se voltaram para ele. Dizia que isso era uma calúnia, que tais infâmias e baixezas nunca ocorrem entre nós. E quem falava? Pois era um homem vil e baixo, capaz de vender a própria alma, a consciência, e tudo mais que se queira comprar. Eu só não quero dizer seu nome.

SENHOR N
Vamos, diga quem é.

A SEGUNDA DAMA
Para que você quer saber? Além do mais, ele não era o único. Eu ouvi

várias vezes gritarem ao nosso lado: "Isso é uma gozação abominável sobre a Rússia. Uma brincadeira de mau gosto com o governo. Como permitem isso? Que dirá o povo?". E por que eles gritavam? Por que pensavam e sentiam dessa maneira? Perdoe... Fizeram esse falatório para que proibissem a peça justamente porque encontraram nela certas coisas semelhantes ao que veem em si mesmos. Assim são os nossos cavalheiros de verdade, não os do teatro!

O MARIDO DA PRIMEIRA DAMA
    Oh! Começa a nascer em você uma centelha de raiva?

A SEGUNDA DAMA
    Raiva, o nome exato é raiva. Eu estou com raiva, sim, muita raiva. Não posso deixar de estar com raiva, vendo como a infâmia existe sob todo o tipo de disfarces.

O MARIDO DA PRIMEIRA DAMA
    Pois sim, você gostaria que surgisse um cavaleiro andante, pulasse sobre um precipício e quebrasse o próprio pescoço...

A SEGUNDA DAMA
    Perdoe-me?

O MARIDO DA PRIMEIRA DAMA
    Naturalmente, uma mulher precisa do quê? Precisa, necessariamente, de que a vida seja um romance.

A SEGUNDA DAMA
    Não, não e não! Duzentas vezes estou disposta a dizer que não! Essa é uma ideia antiquada e estúpida que vocês sempre tiveram de nós. As mulheres têm uma generosidade mais autêntica do que a dos homens. A mulher não pode, ela não tem a capacidade de cometer as baixezas e patifarias que vocês fazem. A mulher não consegue ser hipócrita naquilo em que vocês são. Ela não pode fazer de conta que não percebe as vilanias que vocês fingem que não veem. Na mulher há dignidade o suficiente para dizer tudo sem ficar olhando ao redor, preocupada em agradar a um ou a outro. Porque é preciso que alguém diga essas coisas. Aquilo que é vil, é vil e pronto. Ainda que vocês queiram esconder ou dar outro aspecto, continua sendo vil. Vil, vil!

O MARIDO DA PRIMEIRA DAMA
Vejo que a sua atitude é a de quem está zangada de verdade.

A SEGUNDA DAMA
É porque eu, sinceramente, não posso aguentar quando dizem uma mentira.

O MARIDO DA PRIMEIRA DAMA
Ora, não fique tão brava. Dê-me sua mãozinha. Eu estava brincando.

A SEGUNDA DAMA
Aqui está a minha mão, e não estou brava. (*Dirigindo-se ao Senhor N*) Ouça, aconselhe o autor a colocar na comédia alguma personagem digna e honesta.

SENHOR N
Mas como fazer isso? Se ele conseguir levar ao palco um homem honesto, este tal homem sera o quê, um cavaleiro errante?

A SEGUNDA DAMA
Não. Se ele sentir profundamente a intensidade de seu herói, então ele não será um cavaleiro errante.

SENHOR N
Não acho que isso seja assim tão fácil de se fazer.

A SEGUNDA DAMA
É melhor que diga simplesmente que o autor não tem sentimentos fortes e profundos no coração.

SENHOR N
Como assim?

A SEGUNDA DAMA
Ora, quem está sempre rindo é justamente aquele que não pode ter muitos sentimentos elevados: ele não pode conhecer o que sente um coração cheio de ternura.

SENHOR N

Essa é a verdade! Provavelmente, para você, o autor não é um homem digno.

A SEGUNDA DAMA

Veja só, você agora está interpretando de maneira equivocada. Eu não disse nenhuma palavra no sentido de que o autor de comédias não tenha dignidade, de que não tenha nenhuma noção do que significa a honra. Digo somente que ele não seria capaz... de deixar cair uma lágrima do fundo do coração, de amar intensamente, do mais profundo de sua alma.

O MARIDO DA SEGUNDA DAMA

Como você pode dizer isso com tanta certeza?

A SEGUNDA DAMA

Posso porque sei. Todas as pessoas que vivem rindo ou são maliciosas... todas são cheias de amor-próprio. Quase todas são egoístas. É verdade que podem ser nobres egoístas, mas ainda assim, são todas egoístas.

SENHOR N

Então, decididamente, você prefere aquele tipo de obra onde estão presentes apenas os impulsos sublimes do homem!

A SEGUNDA DAMA

Oh, certamente! Eu sempre os coloco acima de tudo, e confesso que esse tipo de autor inspira-me a mais sincera confiança.

O MARIDO DA PRIMEIRA DAMA (*dirigindo-se ao Senhor N*)

Mas você não está vendo? É sempre a mesma coisa. Esse é o gosto feminino. Para elas a tragédia mais vulgar está acima da melhor comédia, só porque é comédia...

A SEGUNDA DAMA

Calem-se! Eu vou ser má novamente (*dirigindo-se ao Senhor N*). Diga-me, será que é mesmo errado o que eu disse? Não é verdade que a alma do autor de comédias tem que ser necessariamente fria?

O MARIDO DA SEGUNDA DAMA

Ou ardente, porque a irritabilidade de caráter também estimula a brincadeira e a sátira.

A SEGUNDA DAMA

Claro que sim. Mas o que isso quer dizer? Isso quer dizer que o motivo dessas obras é a bílis, a obstinação, a indignação, ainda que esta possa ser justa. Mas essas criações não deveriam vir à luz através do sublime amor...? Da palavra "amor"? Não é verdade?

SENHOR N

É verdade.

A SEGUNDA DAMA

Então me diga: o autor da comédia se parece com isso?

SENHOR N

Como dizer? Não o conheço com intimidade o suficiente para julgar a sua alma. Mas refletindo sobre tudo o que ouvi a respeito dele, parece-me que é um homem egoísta, ou um pouco irritável.

A SEGUNDA DAMA

Está vendo? Eu bem sabia.

A PRIMEIRA DAMA

Não sei por quê, mas ele não me pareceu ser uma pessoa egoísta.

O MARIDO DA PRIMEIRA DAMA

Aí vem o nosso lacaio. A nossa carruagem já deve estar pronta. Adeus (*tomando a mão da segunda dama*). Você virá visitar-nos, não é? Diga que virá.

A PRIMEIRA DAMA (*saindo*)

Venham, por favor!

A SEGUNDA DAMA

É claro.

O MARIDO DA SEGUNDA DAMA
Parece que a nossa carruagem também está pronta. (*Saem os dois*)

Entram dois espectadores.

O PRIMEIRO
Então, quero que você me explique direitinho: por que será que ao observarmos cada ato e personagem separadamente, tudo parece real, vivo e natural; mas o conjunto fica exagerado, disforme, caricaturesco? E isso a tal ponto que, saindo do teatro, involuntariamente pergunto-me: será possível que existam pessoas assim? E ainda que existam, é possível que não haja ao menos uma que não seja canalha?

O SEGUNDO
De jeito nenhum, elas não têm nada de canalhas. Essas pessoas são, mais precisamente, o que diz o provérbio: "é um pulha de alma pura".

O PRIMEIRO
E depois, tem mais: esse acúmulo de exageros, esses excessos, será que isso não representa uma falha na comédia? Diga-me onde se encontra essa sociedade composta por todas aquelas pessoas, onde não haja nem a metade, sequer uma parcela, de pessoas dignas? Se a comédia deve ser um quadro e um espelho da nossa vida social, então ela deve reproduzi-la com toda a fidelidade.

O SEGUNDO
Em primeiro lugar, na minha opinião, essa comédia não é absolutamente um quadro, mas sim uma fachada. Veja você: o palco, o lugar onde se desenrola a ação, é perfeito. Se fosse de outro jeito o autor não daria evidência aos defeitos e anacronismos. Ele conseguiu isso porque não deu àquelas personagens discursos e características que não fossem inerentes a elas. A irritabilidade do autor não se voltou, aqui, contra um indivíduo, mas contra a personificação de um caráter coletivo. De diferentes lugares, de cada canto da Rússia, ele reuniu representações de um aspecto da verdade. E esse aspecto, que são os abusos e os desmandos, serve a uma só ideia: promover no espectador uma forte repugnância em relação a tudo o que não tem valor. E a impressão é ainda mais forte porque nenhuma das personagens apresentadas perdeu seu aspecto humano. A humanidade está em toda parte. Por isso os corações estremecem mais pro-

fundamente. E, rindo, o espectador involuntariamente olha para trás, como se sentisse que bem próximo a ele está aquilo do que ri. E sente que a cada instante deve estar alerta, para que aquilo não brote em sua própria alma. Acho que deve ser engraçado para o autor ouvir reclamações como: "Por que suas personagens e seu herói não são encantadores?". Ora, se, ao contrário, fez de tudo para que parecessem tão repugnantes quanto possível! Se colocasse uma personagem respeitável na comédia, e o fizesse com arrebatamento, então tudo teria que ser reformulado em função dessa personagem, e tudo o que causara espanto até então deveria ser imediatamente esquecido. É possível que essas personagens também não se parecessem sempre com a vida real, mas ao fim do espetáculo o espectador não sairia com um sentimento de tristeza dizendo: "Será que existem pessoas assim?".

O PRIMEIRO
    Mas... Veja bem... Isso não é coisa que se perceba de imediato.

O SEGUNDO
    É muito natural. O sentido mais oculto sempre se alcança depois. Essas personagens merecem atenção pelo que têm de mais vivo, de mais brilhante, por não se deixarem vencer pelos obstáculos. Nelas o sentido da obra fragmenta-se e ganha forma. Para conseguirmos um resultado geral, basta juntarmos essas personagens. Mas escolher e ordenar essas letras, e ao mesmo tempo ler nas entrelinhas, não é qualquer um que pode. Veja só, e digo mais: cada cidadezinha provinciana na Rússia vai se zangar e afirmar que isso é uma sátira desprezível, indecente, uma reles mentira, dirigida justamente a ela.

    Saem.

UM FUNCIONÁRIO
    Isso é uma sátira indecente, uma reles mentira, uma pasquinada!

OUTRO FUNCIONÁRIO
    Segundo o que vimos, hoje em dia, tudo já está meio que acabado. As leis não são mais necessárias, nem é preciso servir. Quer dizer que o uniforme que visto já não passa de um trapo, é preciso jogá-lo fora.

    Passam correndo dois jovens.

UM DELES

Valha-me Deus, todos ficaram zangados. Eu ouvi tantos boatos que, levando-os em consideração, posso adivinhar o que cada pessoa pensa sobre a peça.

O OUTRO JOVEM

Então o que pensa aquele ali?

O PRIMEIRO

Qual? Aquele que está colocando o braço na manga do capote?

O OUTRO

É, aquele.

O PRIMEIRO

Vou dizer o que ele pensa: "Por uma comédia dessas podem até mandar para Niertchínsk". Parece que o pessoal de cima está começando a sair. Vê-se que o *vaudeville* terminou. Vêm chegando os *raznotchíntsy*.[6] Vamos.

Saem.
O barulho aumenta. Tem início uma correria por todas as escadarias. Correm os soldados, as peliças, as toucas, os sobretudos alemães de abas longas dos comerciantes, os chapéus triangulares e os penachos, os capotes de todos os tipos: frisados, militares, usados, e os elegantes forrados com pele de castor. A multidão empurra o senhor que veste as mangas do capote; ele dá passagem e continua se vestindo. Surgem na multidão senhores e funcionários de todos os tipos e categorias. Lacaios em librés abrem o caminho para seus patrões. Ouve-se um grito feminino: "Paizinho, estão vindo de todos os lados".

UM FUNCIONÁRIO MUITO JOVEM, DE CARÁTER INDEFINIDO (*aproxima-se correndo do senhor vestido de capote*)

Vossa Excelência, permita que o ajude!

---

[6] *Raznotchíntsy* designa os intelectuais que não pertenciam à nobreza na Rússia dos séculos XVIII e XIX. (N. da T.)

O SENHOR DE CAPOTE
   Ah, olá! Você aqui? Veio assistir à peça?

O JOVEM FUNCIONÁRIO
   Claro, Vossa Excelência. É muito engraçada.

O SENHOR DE CAPOTE
   Besteira! Não tem nada de engraçado!

O JOVEM FUNCIONÁRIO
   Isso é verdade, Vossa Excelência. Não tem absolutamente nada de engraçado.

O SENHOR DE CAPOTE
   Deveriam açoitar quem faz essas coisas, e não aplaudir.

O JOVEM FUNCIONÁRIO
   É a mais pura verdade, Vossa Excelência.

O SENHOR DE CAPOTE
   E ainda permitem que os jovens vão ao teatro. É muito mais útil tirá-los de lá! Você mesmo é um que, a partir de agora, só vai dizer grosserias no escritório.

O JOVEM FUNCIONÁRIO
   Como eu faria isso, Vossa Excelência?... Permita que eu vá à sua frente abrindo caminho (*vai empurrando as pessoas*). Ei, você, saia do caminho. O general vai passar! (*Aproxima-se com extraordinária cortesia de dois homens vestidos com elegância*). Senhores, tenham a bondade, permitam que o general passe!

   Os homens bem-vestidos afastam-se e abrem caminho.

O PRIMEIRO
   Sabe que general é esse? Provavelmente é algum general renomado.

O SEGUNDO
   Não sei. Eu nunca vi.

UM FUNCIONÁRIO DO TIPO FALADOR (*chegando por trás*)
Ora se não é um conselheiro de Estado de 4º grau! Que sorte, não? Em quinze anos de trabalho, Vladímir, Ana e Stanisláv conseguiram três mil rublos de ordenado, mais dois mil suplementares, além do pagamento pela Comissão e pelo Departamento.

O SENHOR BEM-VESTIDO (*para o outro*)
Vamos! (*Saem*)

O FUNCIONÁRIO DO TIPO FALADOR
Devem ser filhos de boa família. Ao que parece, estudaram no estrangeiro. Eu não gostei da comédia. Na minha opinião, parece mais uma tragédia. (*Sai*)

UMA VOZ NA MULTIDÃO
Arre! Tem muita gente aqui!

UM OFICIAL (*abrindo caminho, de braços dados com uma dama*)
Ei, você aí, barbudo! Como é que empurra desse jeito? Não vê que aqui está uma dama?

UM COMERCIANTE (*de braços dados com outra dama*)
Também tenho aqui comigo uma dama, paizinho.

A VOZ NA MULTIDÃO
Olha lá, olha! Aquela que olhou para trás, está vendo? Agora ela está bem feia, mas há três anos atrás...

VOZES DIFERENTES
— Você pegou o troco com ele? São trinta copeques.
— Mas que peça indecente!
— É uma pecinha ridícula!
— Desceu pela sua garganta?

UMA VOZ DE UM DOS LADOS DA MULTIDÃO
Isso tudo é um absurdo! Onde poderia acontecer algo assim? Coisa semelhante só poderia ocorrer na ilha Chukotsky.

UMA VOZ DO OUTRO LADO

Aconteceu uma história exatamente igual a essa em nosso vilarejo. Desconfio que o autor, se não estava pessoalmente lá, provavelmente ouviu falar.

A VOZ DE UM COMERCIANTE

A peça quer dar a entender... Assim... Como se diz... Que é uma história com fundo moral. É claro que acontecem casos de todo tipo... com qualquer um. É assim que ele julga um homem honrado quando encontra algum... Além do mais, quanto à questão moral, isso acontece assim até mesmo com nobres.

A VOZ DE UM SENHOR DO TIPO EXALTADO

Deve ser uma besta. Um mentiroso. Conhece tudo, sabe de tudo!

A VOZ DE UM FUNCIONÁRIO IRADO, MAS, COMO SE PODE NOTAR, EXPERIENTE

O que ele conhece? Não sabe nada de nada! E mente, como mente! Tudo o que ele escreveu são mentiras. Isso para não falar dos subornos, que não acontecem desse jeito.

A VOZ DE OUTRO FUNCIONÁRIO NA MULTIDÃO

Então você diz que é engraçado? Ora... engraçado! Sabe por que é engraçado? Porque essas personagens foram tiradas das suas tias e avós. Por isso é engraçado.

UMA VOZ DESCONHECIDA

Socorro, roubaram um xale!

Dois oficiais encontram-se e trocam palavras através da multidão.

O PRIMEIRO

Mikhail, você vai para lá?

O SEGUNDO

Vou sim.

O PRIMEIRO

Então vou também.

UM FUNCIONÁRIO DE ASPECTO IMPORTANTE
Eu proibiria tudo isso. Não há por que publicar isso. Sirva-se do que a civilização já deu: leia, mas não escreva. Já estamos satisfeitos com o que está escrito. Não é preciso mais.

UMA VOZ NO MEIO DO POVO
Quem é canalha, é canalha e pronto. Não é com um canalha que vamos rir.

UM SENHOR BONITO E ROBUSTO (*falando com entusiasmo a outro feio e sem graça*)
A moral, a moral sofre, isso é o principal.

O SENHOR FEIO E SEM GRAÇA, MAS DO TIPO VIRULENTO
Pois sim, a moral na peça é relativa.

O SENHOR BONITO E ROBUSTO
O que você quer dizer precisamente com "relativa"?

O SENHOR SEM GRAÇA, MAS DO TIPO VIRULENTO
O que cada um entende por moral é o que é relativo a si mesmo. Um chama de moral tirar o chapéu na rua; outro, não olhar para as próprias mãos quando está roubando. Um terceiro chama de moral os favores prestados à sua amante. Como falamos geralmente aos nossos subordinados? Falamos de cima para baixo: "Meu senhor, cumpra seu dever para com Deus, com o soberano e com a pátria". Quanto ao resto, faça o que quiser. Aliás, isso não acontece nas capitais, mas só nas províncias, não é verdade? Aqui, se aparece alguém que em três anos já possua duas casas, que tem isso de mais? O que importa é que é tudo por honestidade.

O SENHOR BONITO E ROBUSTO (*à parte*)
É mau como o diabo, e tem a língua de uma serpente.

O SENHOR SEM GRAÇA, MAS DO TIPO VIRULENTO (*chamando a atenção para um homem desconhecido, cutucando o senhor bonito com o cotovelo*)
Tem quatro casas numa mesma rua, uma ao lado da outra. Conquistou-as em seis anos! Quem é que consegue com a honestidade fazer casas se reproduzirem na mesma velocidade em que se reproduzem as plantas, hein?

O DESCONHECIDO (*saindo precipitadamente*)
   Perdoe, eu não ouvi toda a conversa.

O SENHOR SEM GRAÇA, MAS DO TIPO VIRULENTO (*cutucando o braço de outro vizinho desconhecido*)
   Então a surdez agora se espalhou pela cidade, é? Veja só no que dá um clima úmido e carregado.

O VIZINHO DESCONHECIDO
   E a gripe também. Eu estou com todos os meus filhos adoentados.

O SENHOR SEM GRAÇA, MAS DO TIPO VIRULENTO
   Claro, claro. A gripe... A surdez... E caxumba no pescoço também. (*Desaparece entre a multidão*)

   Uma conversa no grupo ao lado.

O PRIMEIRO
   E dizem que uma história parecida aconteceu com o próprio autor. Dizem que ele esteve na prisão, numa certa cidadezinha, por causa de dívidas.

UM SENHOR DO OUTRO LADO DO GRUPO (*prolongando a discussão*)
   Não, não foi na prisão. Foi numa torre. Pessoas que viajaram para lá viram. Dizem que era uma coisa extraordinária. Imaginem um poeta no alto de uma torre elevadíssima, tendo a sua volta as montanhas, numa paisagem maravilhosa, e de lá escrevendo seus versos. Cá entre nós, parece ser uma figura bastante singular esse escritor, não é?

UM SENHOR DO TIPO POSITIVO
   O autor deve ser um homem erudito.

UM SENHOR DO TIPO NEGATIVO
   Que erudito, que nada! Eu sei que ele trabalhava e que por pouco não o expulsaram do serviço: não sabia nem escrever solicitações.

UM QUE É REALMENTE MENTIROSO
   Ele é bem espertinho! Você acha que ele ficou muito tempo sem o seu emprego? Escreveu uma carta diretamente ao ministro. Pois sim, e como

escreveu! De maneira primorosa. Já começou assim: "Prezado Ministro...". E depois enrolou, enrolou, enrolou... Por oito páginas inteiras. E o ministro, assim que leu: "Agradeço, agradeço! Vejo que você tem muitos inimigos. Será, pois, chefe de departamento!". E pulou direto de escrivão para chefe de departamento.

UM SENHOR DO TIPO BONACHÃO (*dirigindo-se a outro homem, do tipo tranquilo*)
O diabo é que ele sabe em quem buscar confiança! Esteve na cadeia, e também na torre. E foi expulso do emprego. E deram-lhe uma boa colocação!

O SENHOR DO TIPO TRANQUILO
Isso tudo são afirmações gratuitas.

O SENHOR DO TIPO BONACHÃO
Como gratuitas?

O SENHOR TRANQUILO
Isso mesmo. Ainda há dois minutos atrás eles mesmos não sabiam o que iam ouvir dos próprios lábios. As suas línguas criam novidades sem que eles percebam, depois voltam para casa como se estivessem de estômago cheio. No dia seguinte ouvem a novidade que eles mesmos inventaram. Têm a impressão, então, de que a ouviram de outrem, e se apressam a espalhá-la por toda a cidade.

O SENHOR BONACHÃO
Vejam só, isso é uma vergonha. Mentem sem perceber que estão mentindo.

O SENHOR TRANQUILO
Há os que sabem que estão mentindo, mas acham que a mentira é indispensável numa conversa. "A terra é boa pelo trigo que sai dela, e a conversa por sua balela."

UMA DAMA DE MÉDIA SOCIEDADE
Como deve ser perverso e malicioso esse autor! Confesso que eu não gostaria que ele sequer pusesse os olhos em mim. De repente ele pode notar em mim algum motivo para piada.

UM SENHOR INFLUENTE

Eu não sei como qualificar esse homem. Esse... esse... esse... Para esse homem não há nada sagrado. Hoje ele diz que um tal conselheiro não presta; amanhã dirá que Deus não existe. Já está a um passo disso.

UM SEGUNDO SENHOR

Ridicularizar! Ora, não se deve fazer chacota por medo do riso. Isso significa destruir todo o respeito. É isso que significa. Depois, qualquer um pode bater em mim na rua e dizer: "Vocês riem, mas é para os da sua laia que vai esse bofetão!". Isso é que é.

UM TERCEIRO SENHOR

E tem mais! Essa peça é uma coisa muito séria! Dizem por aí: Essa representação teatral é uma besteira, uma futilidade". Não, não é uma simples besteira. É preciso chamar a atenção para isso com seriedade. Por coisas como essa podem até nos mandar para a Sibéria. Se eu tivesse poder, esse autor não daria nem mais um pio. Eu o trancafiaria num lugar onde ele não enxergaria nem a luz do dia.

Surge um grupo de pessoas sabe-se lá de que tipo. Mas, pensando bem, de aspecto distinto e muito bem-vestidas.

O PRIMEIRO

É melhor que fiquemos aqui até que saia a multidão. Mas, na verdade, o que é isso? Fazer barulho, aplaudir, como se fosse algo que merecesse... Por qualquer besteira, por uma peça de teatro insignificante levantar esse alarido, gritar, aclamar o autor! Ora, o que é isso?

O SEGUNDO

No entanto, a peça divertiu... entreteve.

O PRIMEIRO

Mas é claro, divertiu como qualquer besteira diverte. Mas qual o motivo para tantos clamores e comentários como os que se faz? Falam como se fosse uma peça importante, aplaudem... Ora, mas o que é isso? Eu compreenderia caso se tratasse de alguma cantora ou bailarina. Aí eu entenderia. Nesse caso pode-se admirar a arte, a flexibilidade, a agilidade, o talento natural. Mas o que há aqui? Exclamam: "Literato! Literato! Escritor!". Então o que é um escritor? Que apareça aqui ou ali uma palavrinha espirituosa, é coisa que qualquer um faz baseando-se em modelos... Onde está o trabalho? O que existe aqui? Pois é só uma anedota e nada mais.

O SEGUNDO

É claro. É uma peça insignificante.

O PRIMEIRO

Julgue você mesmo. Um bailarino, por exemplo. Ali tudo é arte, e não é qualquer um que pode fazer o que ele faz. Eu, por exemplo, ainda que quisesse, minhas pernas não se ergueriam. Ora, e se eu tentasse fazer um *entrechat*... Não faço de jeito nenhum. Agora, escrever... Pode-se escrever até sem ter estudado. Não sei quem é esse autor, mas me disseram que é um perfeito ignorante. Não sabe coisa alguma, e parece que o expulsaram não se sabe de onde.

O SEGUNDO

Mas alguma coisa ele deve saber. Não fosse assim, seria impossível escrever.

O PRIMEIRO

Você há de me perdoar, mas o que ele pode saber? Você mesmo sabe o que é um literato: uma pessoa superficial! Esse é um fato conhecido por todos: não há literato que preste. Já está provado que eles são assim. Pense só... O que é que eles escrevem? Só escrevem futilidades! Basta querer, e dentro de uma hora eu poderia escrever algo assim. Você também poderia... Qualquer um pode.

O SEGUNDO

Claro, está certo, por que não escrever? Basta ter uma gota de inteligência para se fazer isso.

O PRIMEIRO

Nem é preciso ter inteligência se são só futilidades. Admitamos: se fosse para escrever uma obra científica, sobre um tema desconhecido... Mas isso? Isso qualquer mujique sabe. Isso se vê pela rua todo dia. É só se postar na janela e registrar tudo que as pessoas fazem e o que não fazem. Eis o truque!

O TERCEIRO
    É verdade. Como se perde tempo com bobagens!

O PRIMEIRO
    É isso mesmo. É uma perda de tempo e mais nada. Uma anedota, uma bobagem. Sinceramente, deveriam proibi-los de ter a pena nas mãos, já que só fazem por denegri-la. E no entanto o povo vem dar-lhe sustento! Vem para fazer alarido, gritar, incentivar! E a obra é simplesmente uma tolice! Uma anedota! Um monte de futilidades! Uma anedota!

    Saem. A multidão dispersa-se. Correm alguns retardatários.

O FUNCIONÁRIO BONACHÃO
    Ora, em toda a obra não se apresenta sequer um homem de respeito! São todos farsantes e velhacos.

UM HOMEM DO POVO
    Ouça, espere-me no cruzamento! Vou correndo buscar as luvas.

UM DOS SENHORES (*consultando seu relógio*)
    Mas como o tempo voa. Eu nunca saí tão tarde assim do teatro. (*Sai*)

UM FUNCIONÁRIO RETARDATÁRIO
    Só tempo perdido à toa! Não, nunca mais voltarei ao teatro. (*Sai. O cenário fica vazio*)

O AUTOR DA PEÇA (*entrando*)
    Eu ouvi bem mais do que podia suportar. Que grande amontoado de asneiras! Feliz o autor de comédias que nasceu numa nação onde a sociedade não se fundiu ainda, de modo a formar uma massa imóvel. Onde a sociedade não se vestiu de antigos preconceitos, nivelando os pensamentos de todos na mesma forma e na mesma medida. Onde cada um possa ter sua própria opinião e ser o criador de seu próprio caráter. Que variedade de opiniões, e como resplandeceria por toda parte a firme e radiante inteligência russa! Nas nobres aspirações do homem de Estado! No sublime sacrifício de um funcionário do lugar mais distante! Na delicada beleza da generosa alma feminina! No conhecimento estético dos críticos e na justiça e simplicidade do saber do povo! Como é importante que o autor de comédias conheça até mesmo as reprovações mal-inten-

cionadas! Que lição vivaz! Sim, eu estou satisfeito. Mas por que começa a surgir essa tristeza em meu coração? É estranho... É lastimável que ninguém tenha reparado na personagem respeitável que está em minha peça. Sim, havia uma personagem nobre e honrada que esteve presente em todo o decorrer da apresentação. Essa personagem nobre e honrada era... Era o riso. Ele é nobre porque se atreve a se mostrar, ainda que a função que lhe atribuem pelo mundo não seja lá muito nobre. É nobre porque se atreve a se mostrar, apesar de trazer consigo um ofensivo epíteto ao autor de comédias: o epíteto de "frio egoísta", que até mesmo obscureceu a presença dos ternos impulsos de sua alma. Ninguém tomou a defesa desse riso. Eu, o autor de comédias, servi a ele com honestidade, e por isso devo colocar-me como seu protetor.

O riso é muito mais profundo e significativo do que eles pensam. Não aquele riso que nasce da irritabilidade passageira ou de um caráter colérico e doentio. Nem o riso leve, que serve para a vã distração e para o divertimento das pessoas. O riso de que falo é o que nasce da profunda natureza humana. Nasce dela, porque é no fundo da natureza humana que está a fonte que faz fluir eternamente os temas mais profundos. Os temas jorram dessa fonte com ímpeto ao invés de deslizarem sem forças. Sem a intensidade de penetração dessa fonte, a mesquinharia e as futilidades do mundo não chegariam a assustar o homem; as coisas miseráveis e insignificantes, perante as quais ele passa com indiferença todos os dias, não surgiriam com uma força tão medonha, quase caricatural, provocando o estremecimento e a exclamação: "Será que existem pessoas assim?". Isso porque sua própria consciência sabe que existem pessoas ainda piores. Não, é injusto dizer que o riso causa indignação. O riso causa indignação somente porque ele ilumina o que estava na escuridão. Muitas coisas deixariam o homem indignado se fossem retratadas sem disfarces. Mas o poder iluminado do riso torna a alma mais serena. E assim, aqueles que desejariam vingar-se de um homem mau acabariam por querer fazer as pazes com ele, ao ver ridicularizados os seus torpes pensamentos. É injusto que digam que o riso não age contra aqueles aos quais se lança, e que o canalha será o primeiro a rir dos canalhas iguais a ele, representados no palco. Aquele que já foi um trapaceiro no passado poderá rir, mas aquele que o é hoje não terá forças para isso! Ele saberá que essa personagem que o representa ficará gravada na memória de todos, e que bastará ele cometer uma ação vil para que o apelidem com o nome dela. Pois a zombaria causa temor até mesmo naquele que não teme nada nesse mundo. Não, rir com o riso bondoso e radiante só é possível para uma alma de profunda bondade. Mas não se ouve a poderosa força de tal riso no mundo. "Que há de engraçado em tal baixeza?", dizem. Só ao que se pronuncia com voz forte e severa chamam de "elevado". Mas por Deus! Quantas pessoas passam por nós diariamente, para quem não há nada de elevado nesse mundo! Tudo o que vem da inspiração, para eles, são anedotas e futilidades. As obras de Shakespeare para eles são anedotas. Os impulsos sagrados da alma são futilidades.

Não, não é o amor-próprio ferido do escritor que me obriga a dizer isso. Não é porque minha obra imatura e medíocre foi chamada de anedota. Não, eu vejo meus próprios defeitos e sei que são dignos de reprovações. Mas a minha alma não pode suportar com indiferença quando uma obra sublime é censurada e chamada de anedota e futilidade, quando todos os astros e estrelas do mundo são considerados apenas criadores de anedotas e futilidades! A minha alma sofre quando vê que muitos aqui estão mortos em vida, submissos, terrivelmente imóveis, com suas almas frias e o coração estéril como um deserto. A minha alma sofre quando vê que seus rostos insensíveis não se sobressaltam, mesmo diante daquilo que fazia as almas sensíveis verterem lágrimas celestiais do fundo de seus corações. Só não imobilizaram suas línguas ao pronunciarem a eterna palavra: "Anedota! Anedota!". Passaram-se séculos; cidades e povos desapareceram da face da Terra como fumaça, mas isso a que chamam "anedotas" vive até hoje e tem a atenção dos grandes czares, dos governantes de valor, do sábio ancião e do jovem cheio de nobres ambições. Anedota!

Mas como trepidou o teatro inteiro, das frisas aos balcões! Todos se emocionaram no fundo de suas almas. Todas as pessoas se uniram num só sentimento, irmanadas num mesmo impulso interior, enquanto ressoavam os aplausos e ecoava o hino de ação de graças para aquele que já não está no mundo há quinhentos anos. Será que seus ossos apodrecidos ouvem isso de dentro da sepultura? Será que sua alma, que sofreu severamente a dor da vida, é capaz de responder? Anedota! Alguém que no meio da multidão entristeceu-se com a dor e o peso insuportável da vida, e esteve prestes a atentar contra ela; mas de repente brotaram novas lágrimas de seus olhos e ele se conformou, pedindo aos céus para que pudesse viver e se inundar de lágrimas novamente ao ouvir essas anedotas. Anedotas!... Pois o mundo ficaria em estado de sonolência sem essas anedotas, a vida escoaria e as almas ficariam emporcalhadas com o mofo e a lama. Anedotas!... Oh, que continuem sendo sagrados para seus descendentes os nomes dos que com benevolência ouviram tais anedotas. O dedo milagroso da Providência esteve sempre sobre as cabeças de seus criadores. Até mesmo nas horas de maiores dificuldades, nas perseguições, tudo o que havia de nobre no Estado ergueu-se em sua proteção. Lá de seus tronos inacessíveis os monarcas coroados os bendiziam com seus escudos.

Ânimo e coragem! Que a alma não se dobre ante as censuras, mas que receba nobremente as indicações das falhas. Que não se entristeça nem mesmo quando recusarem a ela o direito às ações sublimes e ao amor à humanidade! O mundo é como um redemoinho: giram nele as opiniões e os comentários, mas tudo será triturado pelo tempo. Como as cascas, os falsos se vão; as verdades permanecem como grãos duros. O que se considera vazio pode surgir depois repleto de importante significação. No fundo do riso frio pode ser encontrada a ardente centelha do eterno e poderoso amor. Quem sabe... Pode ser que algum dia admitam que as mesmas leis pelas quais uma pessoa altiva e poderosa chega a parecer medíocre e insignificante na desgraça... As mesmas leis que fazem o fraco crescer como um gigante em meio a dificuldades, façam com que aquele que parece rir mais do que ninguém nesse mundo verta eternas e profundas lágrimas do espírito!...

DESENLACE DE
O INSPETOR GERAL

(1846)

Personagens

PRIMEIRO ATOR CÔMICO, Mikháilo Semiónovitch Chtchépkin
UMA ATRIZ BONITA
UM OUTRO ATOR
FIÓDOR FIÓDORYTCH, um amante do teatro
PIÓTR PIETRÓVITCH, um homem da alta sociedade
SEMIÓN SEMIÓNYTCH, um homem também de sociedade não baixa, mas a seu modo
NIKOLAI NIKOLÁITCH, um homem do mundo das letras
Atores e atrizes

PRIMEIRO ATOR CÔMICO (*entrando em cena*)
Bem, agora nada de modéstia. Posso dizer que desta vez atuei bem mesmo, e os aplausos do público não foram sem propósito. Se você não sente vergonha de si mesmo, quer dizer que a coisa foi feita como se deve.

Entra uma multidão de atores e atrizes.

O OUTRO ATOR (*com uma coroa de flores na mão*)
Mikháilo Semiónytch,[1] esta coroa de flores não vem do público. Nós é que a estamos oferecendo ao senhor. O público nem sempre oferece coroas de flores fazendo uma justa avaliação e, às vezes, a gente recebe flores do público por nossos poucos méritos. Mas se seus companheiros, que muitas vezes são invejosos e injustos, se seus companheiros oferecem uma coroa de flores por unanimidade, isso quer dizer que esse homem é mesmo digno dela.

O PRIMEIRO ATOR CÔMICO (*recebendo a coroa*)
Companheiros, sei valorizar esta coroa.

O OUTRO ATOR
Não, não é com a mão que se deve segurar; coloque-a na cabeça!

TODOS OS ATORES E ATRIZES
A coroa na cabeça!

A ATRIZ BONITA (*intervindo com um gesto imperioso*)
Mikháilo Semiónytch, a coroa na cabeça!

---

[1] Forma abreviada do patronímico Semiónovitch, cujo uso denota intimidade respeitosa. (N. da T.)

Desenlace de O inspetor geral

O PRIMEIRO ATOR CÔMICO

Não, companheiros. Receber, eu recebo, mas colocá-la na cabeça, não. Seria outra coisa receber a coroa do público como um gesto normal de saudação, com o qual ele recompensa qualquer um que o tenha agradado; não colocar uma coroa, neste caso, significaria mostrar desprezo pela atenção do público. Mas usar uma coroa no meio de seus iguais... Senhores, para isso é preciso ter muita autoestima.

TODOS

A coroa na cabeça!

A ATRIZ BONITA

A coroa na cabeça, Mikháilo Semiónytch!

O OUTRO ATOR

Isso é problema nosso; nós somos os juízes, e não o senhor. Vamos, primeiro coloque a coroa, depois lhe diremos para que o coroamos. Isso. Agora escute. A coroa é porque já faz mais de vinte anos que o senhor está conosco, e nunca nos ofendeu. Também pelo fato de o senhor ter exercido o seu ofício com mais fervor do que cada um de nós e, graças a isso, ter nos inspirado um sentimento de não se fatigar em nosso ofício, sem o qual não teríamos tido forças. Que outra força pode nos estimular tanto quanto nos estimula um companheiro com seu exemplo? Pelo fato de o senhor não ter pensado apenas em si, nem ter se preocupado apenas em desempenhar bem o seu próprio papel, mas sim por ter cuidado que cada um não cometesse erros e, ainda, por não ter desprezado nem negado um conselho a ninguém. Enfim, por amar tanto o ofício da arte como nenhum de nós nunca amou. Aí está por que agora lhe oferecemos todos, sem exceção, esta coroa.

O PRIMEIRO ATOR CÔMICO (*emocionado*)

Não, companheiros, não é bem assim, mas gostaria que fosse.

Entram Fiódor Fiódorytch,[2] *Semión Semiónytch, Piótr Pietróvitch e Nikolai Nikoláitch.*[3]

---

[2] Forma abreviada do patronímico Fiódorovitch. (N. da T.)

[3] Forma abreviada do patronímico Nikoláievitch. (N. da T.)

FIÓDOR FIÓDORYTCH (*lançando-se aos braços do primeiro ator cômico*)
Mikháilo Semiónytch! Até perdi a cabeça, não sei o que dizer sobre a sua representação: o senhor nunca tinha representado assim.

PIÓTR PIETRÓVITCH
Não tome minhas palavras como bajulação, Mikháilo Semiónytch, mas não encontrei — não posso dizer uma fanfarronice sequer, estive em todos os teatros mais renomados da Europa, vi os melhores atores —, nunca encontrei semelhante representação. Não tome minhas palavras como bajulação.

SEMIÓN SEMIÓNYTCH
Mikháilo Semiónytch... (*sem forças para se expressar em palavras, se expressa com um gesto de mão*) o senhor é simplesmente Asmodeu!

NIKOLAI NIKOLÁITCH
Tanta perfeição, tanta definição, tanto raciocínio e tanta consciência para executar seu papel — não, tudo isso está acima da mera representação. Isso já é obra de uma segunda criação.

FIÓDOR FIÓDORYTCH
É o coroamento da arte — e mais nada! Trata-se aqui, afinal, do sentido mais elevado da arte. Bem, por exemplo, o que há de atraente naquela personagem que o senhor representava agora há pouco? Como é possível provocar prazer no espectador na pele de um patife qualquer? E o senhor conseguiu. Eu chorei, mas não chorei por compartilhar a sorte da personagem; chorei de prazer. Foi leve e luminoso para a alma. Leve e luminoso por terem saído todos os laivos de uma alma patife, porque se pode ver claramente o que é um patife.

PIÓTR PIETRÓVITCH
Permitam-me ainda, deixando de lado a maestria com que a peça foi representada, que, confesso, não encontrei nada semelhante em lugar nenhum — mas posso dizer, sem fanfarronice, estive nos melhores teatros —, já não sei a quem o autor deve essa maestria: a vocês, senhores, ou aos dirigentes de nossos teatros? Provavelmente, tanto uns como outros, mas semelhante representação serve a qualquer peça. Não tomem minhas palavras como bajulação, senhores. Permitam-me, no entanto, deixando tudo isso de lado, permitam-me fazer uma observação a respeito da pró-

pria peça, a mesma observação que eu fiz dez anos atrás, na época de sua primeira apresentação: não vejo em O *inspetor geral*, mesmo com a forma que lhe é dada agora, nada de essencialmente útil para a sociedade, para que se possa dizer que essa peça é necessária para a sociedade.

SEMIÓN SEMIÓNYTCH

Eu vejo até um prejuízo. Na peça fica exposta a nossa humilhação; não vejo amor à pátria em quem a escreveu. Ademais, um certo desrespeito, até mesmo uma certa insolência... Eu nem mesmo entendo o porquê de dizer aos olhos de todos: "Estão rindo de quê? De vocês mesmos!".

FIÓDOR FIÓDORYTCH

Mas, meu amigo Semión Semiónytch, você se esqueceu de que não é o autor que diz isso; quem diz isso é o prefeito, o patife irritado, furioso, lastimando que — presume-se — estejam rindo dele.

PIÓTR PIETRÓVITCH

Permita-me, Fiódor Fiódorytch, permita-me observar que essas palavras produziram um efeito estranho e, provavelmente, a nenhum dos que estão sentados no teatro ocorreu que o autor parece dirigir essas palavras a si mesmo: "Estão rindo de si mesmos!". Digo isso... não tomem minhas palavras, senhores, como certa antipatia pessoal pelo autor, ou como preconceito, ou... numa palavra, não é que eu tenha algo contra ele, entendem? Mas eu lhes digo minha própria impressão: foi exatamente como se naquele minuto estivesse diante de mim um homem rindo de tudo o que temos, rindo dos costumes, dos hábitos, das ordens e, ao nos levar a rir de tudo isso, nos dizia na cara: "Vocês estão rindo de si mesmos!".

O PRIMEIRO ATOR

Permitam-me dizer aqui uma palavra. Saiu assim, por si mesmo. No monólogo dirigido a si mesmo, o ator geralmente volta-se para os espectadores. Embora o prefeito estivesse desvanecido e quase delirante, não podia deixar de perceber o sorriso irônico no rosto das visitas, provocado por ele com suas ameaças engraçadas ao trapaceiro Khlestakóv, que àquela altura já voava feito vento, sabe Deus aonde. Não havia nenhuma intenção do autor em dar exatamente esse sentido sobre o qual o senhor está falando: eu lhe digo isso porque conheço um pequeno segredo desta peça. Mas permitam que eu faça uma pergunta: bem, se o criador tinha precisamente a intenção de mostrar-se ao espectador, por que ele ri de si mesmo?

SEMIÓN SEMIÓNYTCH

Agradeço o elogio! Eu pelo menos não tenho nada em comum com as pessoas descritas em O *inspetor geral*. Desculpe. Não estou me gabando, tenho vícios assim como todas as pessoas, mas não me pareço com elas em nada. Isso já é muito! Na epígrafe está dito: "A culpa não é do espelho se a cara é torta"! Piótr Pietróvitch, eu lhe pergunto: por acaso tenho a cara torta? Fiódor Fiódorytch, eu lhe pergunto: por acaso tenho a cara torta? Nikolai Nikoláitch, pergunto também a você: minha cara é torta? (*Virando-se para todos os outros*) Senhores, eu pergunto a todos vocês. Digam-me: por acaso tenho a cara torta?

FIÓDOR FIÓDORYTCH

Mas, meu amigo Semión Semiónytch, é estranha a pergunta que você faz outra vez. Pois você não é mesmo bonito, assim como também nós não o somos, pobres pecadores. Não se pode dizer abertamente que seu rosto seja um modelo a ser seguido. De qualquer ponto que se olhe, a cara está mesmo um pouco torta e aquilo que está torto já está bem deformado.

PIÓTR PIETRÓVITCH

Senhores, vocês entraram numa discussão inteiramente diferente. Trata-se de uma questão ética: quem somos nós para dizer quem tem ou não a cara torta? Mas me permitam voltar a isso, o ponto importante é: não vejo uma grande razão na comédia, não vejo objetivo, pelo menos na própria obra isso não se revela.

NIKOLAI NIKOLÁITCH

Mas que objetivo o senhor ainda queria, Piótr Pietróvitch? A arte encerra o objetivo em si mesma. A aspiração ao belo e ao elevado — isso é a arte. É uma lei inviolável, sem isso a arte já não é arte. Por isso em nenhum caso ela pode ser imoral. Ela aspira infalivelmente à bondade, seja pela afirmação ou pela negação: revela-nos o mais belo que pode existir no ser humano, ou então ri da pior feiura que há nele. Se apresentar toda a canalhice que existe mesmo no homem, e apresentá-la de uma forma que qualquer um dos espectadores tenha total repugnância por ela, eu pergunto: isso já não é um elogio a tudo o que há de bom? Eu pergunto: isso não é um elogio à bondade?

PIÓTR PIETRÓVITCH

Indiscutivelmente, Nikolai Nikoláitch, mas permita-me ainda...

NIKOLAI NIKOLÁITCH (*sem ouvir*)

Não é aquela feiura que nos mostram numa forma feia, e vemos que é feio de todas as maneiras, mas aquilo que é feio quando nos mostram assim, de uma forma que não sabemos mais se aquilo é ruim ou não; torna-se feio quando tornam o mal atraente para o espectador; torna-se feio quando misturam o mal com o bem a tal ponto que não sabemos a que lado aderir; torna-se feio quando nos mostram de maneira tal, que não podemos ver o bem dentro do bem.

O PRIMEIRO ATOR CÔMICO

Juro que é a absoluta verdade, Nikolai Nikoláitch! O senhor disse aquilo de que eu sempre tive convicção, só que não sabia expressar tão bem. Feio é quando não vemos o bem no interior do bem. E esse pecado persegue todos os dramas da moda com os quais devemos entreter o público. O espectador sai do teatro, e ele mesmo não sabe discernir o que viu: o homem que estava diante dele era bom ou mau? Ele não é atraído para o bem, não é afastado do mal, e fica como num sonho, não consegue fugir daquilo que viu, não há nenhum princípio para si, algo de útil na vida, desvia-se até do caminho pelo qual seguia, pronto para ir atrás do primeiro que o conduza, sem perguntar para onde nem para quê.

FIÓDOR FIÓDORYTCH

E acrescente, Mikháilo Semiónytch, que tortura é para o ator interpretar um papel assim, se ele é realmente um verdadeiro artista, no fundo da sua alma.

O PRIMEIRO ATOR CÔMICO

Nem diga isso. Suas palavras tocam bem no fundo do coração. O senhor não pode entender como às vezes é difícil. A gente estuda, ensaia esse papel e não sabe que expressão dar a ele. Às vezes até se esquece de si mesmo, toma o lugar da personagem, entra na personagem, emociona o espectador, mas, quando se lembra com o que foi que o tocou, tem até desgosto de si mesmo: a gente gostaria simplesmente de sumir da face da Terra, e fica emocionado com os aplausos, mas morto de vergonha. Eu decididamente não sei o que é pior: representar crimes de uma forma que o espectador quase possa aceitá-los, ou mostrar a proeza da bondade a tal ponto que o espectador deseje se relacionar com ele. Para mim, tanto uma coisa quanto a outra é uma podridão, e não arte. Nikolai Nikoláitch falou seriamente: é feio quando a gente não vê o bem dentro do bem.

O OUTRO ATOR

Justamente, justamente: é feio quando a gente não percebe o bem dentro do bem.

PIÓTR PIETRÓVITCH

A isso eu nada posso replicar. O que Nikolai Nikoláitch falou cala fundo, Mikháilo Semiónytch desenvolveu ainda mais. Mas tudo isso não responde à minha pergunta. Aquilo que vocês disseram agora significa que o bem deve ser representado realmente com uma força magnética que arrebate não só o homem bom, mas também o canalha, e para que o canalha seja pintado com um aspecto tão depreciativo que o espectador não apenas não sinta o desejo de se conciliar com os personagens apresentados, mas, ao contrário, deseje afastá-los de si o mais rápido possível. Tudo isso, Nikolai Nikoláitch, tem de ser uma condição infalível de qualquer obra. Isso nem sequer é um objetivo. Qualquer obra tem de ter acima disso tudo a sua expressão própria, pessoal, Nikolai Nikoláitch, caso contrário perde a sua originalidade. Está entendendo, Nikolai Nikoláitch? Por isso é que não vejo em *O inspetor geral* aquela grande importância que os outros lhe atribuem. Ao se conceber uma obra assim, é preciso que fique bem claro que alusões ela pretende fazer, que objetivos quer atingir e o que de novo quer mostrar. É isso, Nikolai Nikoláitch, e não aquilo que o senhor diz em geral sobre a arte.

NIKOLAI NIKOLÁITCH

Piótr Pietróvitch, o que o senhor quer dizer com alusões... ora, isso é... isso é óbvio.

PIÓTR PIETRÓVITCH

Nikolai Nikoláitch, isso não é óbvio. Não vejo nenhum objetivo particular revelado nessa comédia; ou talvez o autor o tenha encoberto por alguma razão. Nesse caso, será um crime perante a arte, Nikolai Nikoláitch, por mais que o senhor diga. Vamos analisar seriamente esta comédia: *O inspetor geral* não produz aquela sensação de alívio no espectador; ao contrário, penso que o senhor mesmo sabe que uns sentem uma irritação estéril, outros até raiva, mas em geral cada um leva consigo um sentimento pesaroso. Apesar de todo o prazer despertado pelas cenas habilmente arquitetadas nas situações cômicas de muitas personagens e no tratamento magistral de alguns caracteres, no final permanece semelhante a... eu nem mesmo posso explicar. É algo monstruosamente sombrio, um medo de nossa própria desordem. É o próprio aparecimento de um policial que, exatamente como um carrasco, surge à porta e cujas palavras deixam todos petrificados, anunciando a chegada do verdadeiro inspetor geral que deve aniquilar todos, eliminá-los da face da Terra e acabar com eles — tudo isso é terrivelmente assustador! Confesso realmente, *à la lettre*, que nenhuma tragédia produziu em mim um sentimento tão triste, tão pesaroso e tão desolador, tanto que estou mesmo pronto a desconfiar de que o autor tinha alguma intenção particular de produzir tal efeito na última cena de sua comédia. Não é possível que isso tenha sido assim, gratuito.

O PRIMEIRO ATOR CÔMICO

Aí está, finalmente, qual é a questão. Há dez anos O *inspetor geral* é encenado. Todos se depararam, mais ou menos, com essa mesma impressão pesarosa, mas ninguém se deu conta do por que produzi-la, como se o autor tivesse de escrever sua comédia num impulso, sem saber por que razão foi escrita e o que sairia dela. Admitam que ele tenha, ao menos, certa dose do juízo que não se pode negar a nenhum homem sequer. Pois é verdade que a razão existe em qualquer ato, mesmo num homem tolo.

Todos olham surpresos para ele.

PIÓTR PIETRÓVITCH

Mikháilo Semiónytch, explique-se; isso está meio obscuro.

SEMIÓN SEMIÓNYTCH

Isso cheira a enigma.

O PRIMEIRO ATOR CÔMICO

Mas será que vocês não notaram que O *inspetor geral* não tem um final?

NIKOLAI NIKOLÁITCH

Como assim não tem um final?

SEMIÓN SEMIÓNYTCH

Mas que outro final então? São cinco atos: não existe comédia com seis atos. Ou então só restaria uma briga.

PIÓTR PIETRÓVITCH

Permita-me, todavia, observar, Mikháilo Semiónytch, será possível uma peça sem final? Eu lhe pergunto. As leis da arte permitem, por acaso, uma coisa dessas? Nikolai Nikoláitch! Parece-me que isso significa trazer e colocar diante de todos uma caixinha trancada e perguntar: o que há dentro dela?

O PRIMEIRO ATOR CÔMICO

Bem, e se ela for colocada diante de vocês exatamente para que se esforcem em abri-la?

PIÓTR PIETRÓVITCH

Neste caso é preciso dizer isso de alguma maneira, ou então simplesmente dar a chave na mão.

O PRIMEIRO ATOR CÔMICO

Bem, mas e se chave estiver ao lado da caixinha?

NIKOLAI NIKOLÁITCH

Pare de falar por enigmas! O senhor deve saber algo, não? Decerto o autor lhe deu essa chave na mão, o senhor a pegou e quer fazer um jogo.

FIÓDOR FIÓDORYTCH

Confesse, Mikháilo Semiónytch; não é à toa que estou interessado em saber o que de fato está escondido aqui. De minha parte, não vejo nada.

SEMIÓN SEMIÓNYTCH

Deixe a gente abrir essa caixinha de enigmas. Que caixinha estranha é essa que não se sabe para que foi trazida, não se sabe para que foi colocada aqui diante de nós e não se sabe por que está trancada?

O PRIMEIRO ATOR CÔMICO

Bem, e se, por acaso, ela se abrir de tal modo que vocês fiquem admirados por não a terem aberto por si mesmos; e se ainda na caixinha houver uma coisa que para uns é um velho tostão já fora de uso, e para outros uma moeda de ouro que sempre tem valor inalterável, mesmo que se altere a cunhagem?

NIKOLAI NIKOLÁITCH

Já estamos cheios de seus enigmas! Dê-nos a chave e mais nada!

SEMIÓN SEMIÓNYTCH

A chave, Mikháilo Semiónytch!

FIÓDOR FIÓDORYTCH

A chave!

PIÓTR PIETRÓVITCH

A chave!

TODOS OS ATORES E ATRIZES

Mikháilo Semiónytch, a chave!

O PRIMEIRO ATOR CÔMICO

A chave? E será que os senhores vão mesmo pegar essa chave? Talvez a joguem fora junto com a caixinha, não?

NIKOLAI NIKOLÁITCH

A chave! Não queremos ouvir mais nada. A chave!

TODOS

A chave!

O PRIMEIRO ATOR CÔMICO

Pois bem, eu lhes darei a chave. Talvez os senhores não estejam acostumados a ouvir palavras assim de um ator cômico, mas o que fazer? No dia de hoje meu coração se inflamou, sinto-me leve, e estou pronto para dizer tudo o que tenho na alma, mesmo que os senhores não recebam minhas palavras. Não, senhores, o autor não me deu a chave, mas há certos momentos de estado de espírito em que se torna claro aquilo que antes era incompreensível. Eu encontrei essa chave, e meu coração me diz que é ela mesma; a caixinha se destrancou diante de mim, e minha alma me diz que o próprio autor não podia ter outra ideia.

Olhem atentamente para essa cidade que é apresentada na peça! Todos, sem exceção, estão de acordo que não existe uma cidade assim em toda a Rússia: nunca se ouviu dizer que tivéssemos funcionários tão terríveis assim; sempre há dois ou três honestos, mas aqui não há nenhum.

Afinal, não existe uma cidade assim. Não é isso? Mas, e se essa for a nossa cidade espiritual, e se ela estivesse em cada um de nós? Não, olharemos para nós, não com os olhos de um homem secular — pois não será um homem secular que nos julgará —, olharemos para nós, ao menos um pouco, com os olhos de quem nos chamará a todos para o Juízo Final, diante do qual até os melhores dentre nós, não se esqueçam disso, vão baixar os olhos para o chão de vergonha, e daí veremos se algum de nós terá então coragem de perguntar: "Será que eu tenho a cara torta?". Qualquer um de nós vai se assustar com sua própria deformidade, e também com a deformidade de todos esses funcionários que acabamos de ver na peça. Não, Piótr Pietróvitch, não, Semión Semiónytch, não digam: "Isso é um velho discurso" ou "Isso nós mesmos já sabíamos" — deixem-me por fim dizer uma palavra. Afinal, quer dizer que eu vivo só de bufonarias? Aquelas coisas que nos são dadas para que nos lembrássemos delas eternamente não devem ser vistas como velhas, mas é preciso tomá-las como novas, como se as estivéssemos ouvindo apenas pela primeira vez, sem nos importarmos com quem as estivesse pronunciando — aqui não há por que olhar para o rosto de quem fala. Não, Semión Semiónytch, o discurso não deve ser sobre a nossa beleza, mas para que nossa vida, que nos acostumamos a ler como uma comédia, não termine realmente como uma tragédia assim, com a qual terminou esta comédia que acabamos de interpretar. Por mais que se diga, aquele inspetor geral que nos aguarda junto à porta do túmulo é terrível. Até parece que os senhores não sabem quem é esse inspetor geral! Por que fingir? O inspetor geral é nossa consciência despertada, que nos obriga de repente e de súbito a olhar em nossos próprios olhos. Diante desse inspetor geral nada se esconderá, porque ele foi enviado segundo uma ordem suprema, e isso será anunciado quando já não será mais possível dar um passo atrás. De repente se abrirá diante de você, em você mesmo, tamanho monstro que o cabelo ficará em pé de tanto pavor. É melhor fazer uma revisão de tudo o que temos no começo da vida, e não no final dela. Em lugar de divagações vazias e fanfarronices sobre nós mesmos, devíamos fazer uma visita à nossa cidade espiritual deformada, que algumas vezes é pior do que qualquer outra cidade, onde nossas paixões armam escândalos como os daqueles funcionários deformados, roubando os recursos de nossa própria alma! No começo de nossa vida tomemos o inspetor geral pela mão, e com ele vamos revisar tudo o que existe em nós, o inspetor verdadeiro, e não o falso! Não Khlestakóv! Khlestakóv é um escrevinhador, Khlestakóv é uma consciência leviana e mundana, a consciência falsa e vendida, Khlestakóv será subornado justamente pelas paixões que habitam a nossa alma. De braços dados com Khlestakóv, nada veremos em nossa cidade espiritual. Vejam como todo funcionário, ao conversar com ele, se esquivou e se desculpou. Por pouco não saiu como um santo. Vocês pensam que cada uma de nossas paixões não é mais astuta do que qualquer funcionário patife, cada uma de nossas paixões, e não só as paixões, mas também qualquer vício fútil e trivial? Ele vai se esquivar e se desculpar com tanta habilidade perante nós que até o tomaremos como uma virtude, e vamos até nos vangloriar diante de nosso irmão, dizendo: "Veja, que maravilhosa cidade eu tenho, como nela está tudo limpo e organizado!". Hipócritas são as nossas paixões, eu lhes digo; são hipócritas porque eu mesmo tive que enfrentá-las. Não, com a leviana consciência mundana não veremos nada dentro de nós mesmos: aqueles vícios vão trapaceá-la e ela também vai trapaceá-los, assim como Khlestakóv trapaceia os funcionários, e depois essa mesma consciência desaparecerá de um modo que não encontraremos seu rastro. Ficaremos como o tolo do prefeito que se promoveu nem se sabe onde e até chegou a ser general e começou a proclamar que se tornaria o mais importante na capital, e começou a prometer cargos aos outros, e depois, de repente, viu que fora redondamente enganado e feito de bobo por um moleque superficial e irresponsável, que não tinha nenhuma semelhança com o verdadeiro inspetor geral. Não, Piótr Pietróvitch, não, Semión Semiónytch, não, senhores, e todos os que mantêm tal opinião, deixem para lá essa consciência mundana. Não é com Khlestakóv, mas com o verdadeiro inspetor geral que devemos olhar para nós mesmos! Juro que nossa cidade espiritual merece que pensemos nela como o bom soberano pensa em seu reino. Com generosidade e rigor, assim como ele expulsa de sua terra os oportunistas, expulsemos os nossos oportunistas espirituais! Há um meio, um chicote com o qual podemos expulsá-los. Com o riso, meus prezados compatriotas! Com o riso, temido por nossas paixões mais mesquinhas! Com o riso criado para que se ria de tudo o que desonra a verdadeira beleza do homem. Vamos devolver ao riso o seu verdadeiro significado! Vamos tomá-lo daqueles que o transformaram numa blasfêmia leviana e mundana acerca de tudo, sem fazer distinção entre o bem e o mal! Exatamente da mesma maneira como rimos da baixeza de outro homem, vamos rir da própria baixeza que encontrarmos em nós mesmos! Não só essa comédia, mas tudo o que surgir da pena de qualquer escritor que esteja rindo do que é depravado e mesquinho, tomemos em nossa própria conta, como se tivesse sido escrito diretamente para nós: encontraremos tudo em nós mesmos apenas se mergulharmos em nossa alma, não com Khlestakóv, mas com o verdadeiro e incorruptível inspetor geral. Não ficaremos perturbados se algum prefeito colérico ou, mais exatamente, o próprio espírito maligno nos murmurar: "Do que estão rindo? Estão rindo de vocês mesmos!". Vamos lhe dizer orgulhosamente: "Sim, estamos rindo de nós mesmos, porque sentimos a nossa nobre natureza russa, porque ouvimos uma ordem suprema para sermos melhores do que os outros!". Compatriotas! Também eu tenho nas veias o sangue russo, assim como os senhores. Vejam: estou chorando. Como ator cômico, antes eu os divertia, e agora choro. Deixem-me sentir que meu ofício é tão honesto como o de qualquer um de vocês, que eu também sirvo à minha terra como todos vocês, que não sou um palhaço vazio qualquer, criado para a diversão de pessoas vazias, mas um honesto funcionário do grande reino divino, e que despertei em vocês o riso — não aquele riso insensato com o qual um homem no mundo ri do outro, aquele riso que nasce de um eterno ócio vazio, mas sim o riso que nasce do amor pelo homem. Juntos provaremos a todo mundo que, na terra russa, tudo, desde o pequeno ao grandioso, anseia servir àquele a quem tudo deve servir e que está em toda a Terra, e se dirige para lá, (*olhando para cima*) para o alto! Para a beleza eterna e elevada!

Cronologia de Nikolai Gógol

Arlete Cavaliere

1809   Nikolai Vassílievitch Gógol nasce no dia 20 de março, segundo o calendário juliano (1º de abril conforme o gregoriano), em Sorotchintsy, província de Poltava, na Ucrânia. O avô Vassíli Tanski, filho de um pope nobilitado no século XVII, fora autor de entremezes populares, inspirados no *vertep*, o teatro de bonecos ucraniano. Seu pai, Vassíli Afanássievitch Gógol-Ianóvski, funcionário aposentado e pequeno proprietário de terras, tem grande amor pela música e a literatura, e é autor de várias peças cômicas. A mãe, Mária Ivánovna, que se casara muito jovem, é extremamente religiosa. A família reside no campo, em Vassilievka. Nikolai é o mais velho dos seis filhos do casal — dois homens e quatro mulheres. Em 1819 inicia seus estudos no colégio de Poltava, porém abandona a escola após a morte prematura do irmão Ivan.

1821   É transferido para o internato de Niéjin, de onde retorna todos os anos para passar as férias em Vassilievka. Aluno de desempenho mediano, pouco disciplinado e um tanto retraído, mas engraçado, surpreende os colegas pela capacidade de observação e imitação. Interessado em arte, poesia, literatura e, sobretudo, em teatro, realiza nessa época, nos jornais e revistas escolares, as primeiras tentativas de escrever, pintar e desenhar. Como ator, interpreta algumas comédias de seu pai, de Fonvízin e Molière, e organiza com esmero encenações teatrais na escola.

1825   Com a morte do pai, torna-se o único homem da família, com a incumbência de cuidar da mãe e das irmãs.

1828   Conclui os estudos médios e faz planos para deixar a província. Prepara-se para tentar um cargo público em São Petersburgo, e em dezembro muda-se para a capital do império russo. Busca em vão algum trabalho. A vida dispendiosa na capital o obriga a pedir dinheiro à mãe, que, por sua vez, recorre a parentes e amigos para ajudar o filho.

1829 Anonimamente, Gógol publica *Itália*, uma espécie de hino em versos ao país de seus sonhos, e outro longo poema, *Hanz Küchelgarten* (este sob o pseudônimo de V. Alov), um idílio poético-romântico malrecebido pela crítica (com resenhas severas em dois importantes jornais da época, *O Telégrafo de Moscou* e *A Abelha do Norte*). Em segredo, ele próprio recolhe os exemplares das livrarias e, desconsolado, queima-os num quarto de hotel.
Em julho, parte subitamente para a Alemanha com dinheiro enviado pela mãe, comovida com a história que inventa, em que diz sofrer muito e necessitar, imperiosamente, fugir de uma paixão impossível. Viaja por Lübeck, Travemünde e Hamburgo; e descobre, entusiasticamente, a arquitetura gótica.

1830 De volta a São Petersburgo, obtém um cargo no Departamento de Edifícios Públicos, do Ministério do Interior. Escreve à mãe: "Meus esforços redobrados, meu sucesso no trabalho e os elogios a mim dirigidos, tudo isso me faz pensar que meu destino está prestes a mudar e para o ano novo de 1831 prevejo muitas coisas auspiciosas".
Em abril é transferido para o Ministério da Corte, onde ocupará, dentre outros, o posto de assessor de colegiatura (daí deriva, provavelmente, a inspiração para muitos dos bizarros funcionários públicos que aparecem em sua obra). Falta muito ao trabalho. Passa a frequentar a Academia de Belas-Artes, onde estuda pintura e convive com jovens artistas.
Nas cartas que envia à mãe, pede informações sobre lendas populares, contos folclóricos e anedotas sobre os usos e costumes da sua Ucrânia natal, sobre os quais passa a escrever. Publica numa revista a primeira versão não assinada do texto "A noite de São João", que mais tarde integrará o livro *Noites na granja perto de Dikanka*. Tenta, sem sucesso, tornar-se ator profissional dos Teatros Imperiais.

1831 Abandona o emprego burocrático para lecionar História no Instituto Patriótico, voltado para filhas de nobres oficiais. Torna-se também professor particular, frequentando famílias abastadas e cultas da nobreza. Aproxima-se do meio literário de São Petersburgo e, no final de maio, encontra-se com Aleksandr Púchkin (1799-1837) na casa do crítico e poeta Pletniov. A amizade é decisiva para sua carreira: Púchkin será, ao mesmo tempo, grande companheiro, mestre e crítico de seus textos.

Após as lendas populares ucranianas, a cidade de Petersburgo começa a fornecer material para a criação artística de Gógol. Junto à primeira versão de "A noite de São João" encontram-se, em seus cadernos, os primeiros esboços de *Avenida Niévski* e *O retrato*. Em setembro publica o primeiro tomo de *Noites na granja perto de Dikanka*, iniciado em 1829.

1832   A publicação do segundo tomo de *Noites na granja perto de Dikanka* lhe rende sucesso e notoriedade. Envia, com orgulho, uma boa quantia de dinheiro a sua mãe para celebrar o casamento da irmã.

Conhece Mikhail Petróvitch Pogódin, professor de História e homem de letras, importante figura do meio literário moscovita e petersburguês. Faz os primeiros contatos intelectuais no ambiente moscovita; em Petersburgo, Ánnenkov, futuro biógrafo de Púchkin, o apresenta a Bielínski, o mais expressivo crítico literário da época.

1833   Atravessa uma crise de consciência e interrompe sua produção literária. Crê que sua verdadeira vocação é a de historiador e, graças a amigos, obtém o cargo de professor assistente de História na Universidade de São Petersburgo. As primeiras aulas, cuidadosamente preparadas, conseguem empolgar os estudantes por meio de sua eloquência discursiva, que dissimula a fraca formação na matéria. Púchkin e Jukóvski comparecem como convidados às primeiras aulas. Nos meses subsequentes, porém, Gógol leva a audiência ao riso e, em seguida, ao tédio; passa a se ausentar com frequência, sob o pretexto de doenças intermináveis.

1835   A universidade alega uma reestruturação pedagógica e suspende o curso de Gógol. No mesmo ano, ele publica *Arabescos*, reunindo artigos de história, de pedagogia, de crítica de arte e, ainda, as novelas *Diário de um louco*, *O retrato* (primeira versão) e *Avenida Niévski*. Publica também duas coletâneas de novelas, intituladas *Mirgorod*, dentre as quais se encontram *Vyi*, *Proprietários à moda antiga* e *A briga dos dois Ivans*, que Púchkin considerara "muito original e muito engraçado". Também integra a coletânea o romance histórico *Tarás Bulba*.

Na mesma época escreve *O nariz* e duas peças teatrais: *O inspetor geral* e *O casamento*. A primeira, a grande obra dramatúrgica do escritor, foi escrita em tempo recorde, e a segunda, ao contrário, teve inúmeras versões e foi reestruturada várias vezes ao longo dos anos.

1836   De janeiro a março, faz as primeiras leituras da peça *O inspetor geral* a amigos influentes. Estes intercedem junto ao czar Nicolau I, que dá permissão aos Teatros Imperiais para encená-la. Gógol assiste aos ensaios e com frequência corrige a encenação, o cenário, os figurinos e a dicção dos atores, pouco habituados à inovação de seu estilo. Os dois atores mais célebres da época (Mikhail Chtchépkin, em Moscou, e Ivan Sosnitski, em Petersburgo), entusiasmados, têm atuações brilhantes — embora um e outro tenham escolhido o papel do prefeito, e não o de Khlestakóv, que Gógol considerava o principal.

A peça estreia em 19 de abril no teatro Aleksandrínski, de Petersburgo, com a presença do czar, o que conferiu ao evento um caráter de gala aristocrática. No mesmo dia, o texto aparece publicado nas livrarias, com alguns retoques. Apesar do grande sucesso da representação, parte do público considera a peça uma simples farsa, parte (em especial, a juventude) se regozija com o caráter acusatório de sátira social e política, aspecto que, por sua vez, deixa indignada ainda outra parcela de espectadores.

Gógol assistiu ao espetáculo nos bastidores, muito nervoso, descontente com as reações hostis do público e profundamente decepcionado por se considerar malcompreendido. O próprio soberano, entretanto, teria declarado: "Todos receberam o que mereciam, eu mais do que todos".

Em junho, sentindo-se pressionado pela polêmica que o cercava, afasta-se da Rússia por vários anos, de 1836 a 1848, voltando a seu país apenas por breves períodos. Antes de partir, porém, deixa esboçada uma nova peça, *À saída do teatro depois da representação de uma nova comédia*, discussão em forma dramática das principais críticas a que *O inspetor geral* fora submetida.

Em outubro, já em Vevey, na Suíça, começa a redigir a primeira parte de *Almas mortas*. De lá, escreve ao poeta Jukóvski: "Em Vevey concentrei-me em *Almas mortas*, que eu havia começado em Petersburgo. Todo dia, depois do café da manhã, eu acrescento três páginas ao meu poema e elas me fazem rir o suficiente para adocicar o resto de meu solitário dia". Em novembro, instala-se em Paris e lá redige grande parte do romance.

1837   Em 29 de janeiro, Púchkin morre num duelo em São Petersburgo. Gógol só fica sabendo da morte do amigo em março na cidade de Roma, para onde se mudara. Escreve a Pogódin: "Toda a alegria suprema de minha vida morreu com ele. Não posso escrever nada sem o seu conselho". Profundamente abalado, abandona temporariamente o trabalho literário. Enfrenta crises de depressão nervosa e passa por necessidades financeiras, recorrendo então aos amigos.

1839   Após a passagem de Pogódin por Roma, em março-abril desse ano, reestrutura *O inspetor geral* (sobretudo o quarto ato); redige nova versão de *Tarás Bulba*; retrabalha *O casamento*; refaz uma passagem da novela *Vyi*; e redige novas versões para *O retrato* e *O nariz*, modificando o final dessa novela. Ao mesmo tempo, faz sucessivas viagens pela Europa.

1840   De volta à Rússia, lê os primeiros capítulos de *Almas mortas* aos amigos do mundo literário e prepara a revisão de todos os seus textos para a edição das suas *Obras completas*, com a qual pretende saldar as dívidas contraídas nas viagens. Mas o editor Smírdin lhe oferece uma quantia irrisória, o que retarda a edição em dois anos.
Ainda nesse ano retorna à Itália, onde se liga a vários pintores russos que trabalham em Roma. Conclui *O capote* e promete terminar *Almas mortas* em um ano. Adoece diversas vezes durante suas andanças por diferentes capitais europeias.

1841   No outono, retorna à Rússia e submete a versão definitiva de *Almas mortas* ao comitê de censura de Moscou, que proíbe sua publicação. Dirige-se então à censura de São Petersburgo e confia o manuscrito a Bielínski.

1842   Publica a primeira parte de *Almas mortas* com as alterações exigidas pela censura. Prepara-se para viajar novamente à Europa, com a promessa de escrever a segunda parte de *Almas mortas* em dois anos.
Em junho, a revista *O Contemporâneo* publica *O retrato* em versão inteiramente reformulada. Dedica-se cada vez mais aos estudos e às práticas religiosas, e, em cartas aos amigos, anuncia o projeto de fazer uma peregrinação a Jerusalém. Recusa-se a falar sobre a segunda parte de *Almas mortas*.
Em agosto-setembro envia de Roma aos amigos o manuscrito de *Os jogadores* e a versão final de *À saída do teatro depois da representação de uma nova comédia*.

1843   Vêm a público as suas *Obras completas* em quatro volumes, mas sem a inclusão de *Almas mortas*. Em busca de saúde e inspiração, desloca-se constantemente pela Europa e desaparece da cena literária russa. Leituras e práticas religiosas cada vez mais assíduas preenchem a sua vida em Roma e um tom religioso e predicador invade a sua correspondência. Aos amigos da Rússia, aconselha a leitura de *A imitação de Cristo*, de Tomás de Kempis.

1845   Sofre crises de depressão nervosa e medo da solidão, que combate com leituras edificantes e práticas religiosas. Abandona a redação da segunda parte de *Almas mortas* e se dedica a trabalhar em *Trechos escolhidos de correspondências com amigos*, onde manifesta uma concepção apostólica da arte.

1846   Em julho e agosto, sente novo ímpeto para viajar; nesse período conclui os *Trechos escolhidos*, o prefácio à segunda edição de *Almas mortas* (primeira parte) e o *Desenlace de O inspetor geral*.

1847   A publicação dos *Trechos escolhidos* causa escândalo e é alvo de forte reação da crítica e mesmo de seus amigos. Em Nápoles, Gógol queixa-se de insônia e da saúde debilitada, e adia por um ano o projeto de uma viagem à Terra Santa.
Em maio passa alguns dias na casa do conde Aleksandr Tolstói em Paris, e de lá envia seus escritos ao padre Matvéi Konstantinovski, confidente do conde e pregador fanático com quem Gógol estreita relações, fazendo dele seu conselheiro espiritual.

Em junho recebe do ator Chtchépkin um veemente protesto contra o texto dramático *Desenlace de O inspetor geral*, peça que confere à comédia de 1836 uma interpretação místico-religiosa. Escreve *Confissão de um autor* (texto só publicado depois de sua morte) para justificar suas posições religiosas e suas concepções sobre a função da arte.

1848   Viaja à Terra Santa, chegando a Jerusalém em fevereiro. Retorna à Rússia passando por Beirute e Constantinopla. Reencontra-se com a família em Vassilievka e com amigos em Poltava, Kiev, Odessa e Moscou. Visita inúmeros mosteiros.
No ano seguinte, visita amigos em São Petersburgo e Moscou. Mantém interlocuções frequentes com o padre Matvéi. A segunda parte de *Almas mortas* avança lentamente; apesar disso, lê aos amigos seus primeiros capítulos.

1850   Passa por novo período de depressão. Escreve ao padre Matvéi: "Nunca senti a tal ponto a minha impotência... Durante todo o último inverno estive doente". No verão, convalesce em Vassilievka: pela manhã, dedica-se ao trabalho literário; em seguida, ao desenho e à jardinagem.

1851   Escreve a Pletniov sobre os planos de publicação da segunda parte de *Almas mortas* e também sobre a dificuldade com a censura de Moscou para a reedição de suas *Obras completas*. Solicita as gestões do amigo para obter a liberação da censura em São Petersburgo (a edição de 1843, impossível de ser encontrada, é vendida no mercado paralelo, onde se especula sobre a proibição da reedição). Atravessa nova crise moral e espiritual e, em carta à mãe, conta que sofre acessos nervosos e necessita de banhos frios.

1852   Encontra-se com o padre Matvéi, que o aconselha a fazer alterações na segunda parte de *Almas mortas*, sobretudo eliminar certos capítulos "pecaminosos". Gógol angustia-se ante a evocação do Juízo Final e, em fevereiro, época da quaresma russa, multiplica as preces, os jejuns e as missas. Está magro, pálido, bastante fraco, e revela aos amigos ter medo da morte que se aproxima. Segundo depoimento de Pogódin, na noite de 11 para 12 de fevereiro, depois de um dos ofícios noturnos na casa do conde Tolstói em Moscou, onde está hospedado, e após uma longa prece em seu quarto, às três horas da manhã, na presença de seu jovem criado ucraniano, a única testemunha, Gógol lança ao fogo todos os manuscritos da segunda parte de *Almas mortas*, persigna-se, vai se deitar e chora.

A partir dessa noite, recusa-se a se alimentar ou a ingerir qualquer medicamento. Àqueles que querem aconselhá-lo, replica: "Se Deus quiser que eu viva, viverei...". Médicos renomados são chamados pelo conde Tolstói, e tratam-no com sanguessugas, moxas, gelo sobre a cabeça, banhos frios, sinapismos e até passes magnéticos. Gógol delira e vem a falecer em 21 de fevereiro (4 de março no novo calendário), às 8 horas da manhã. Suas últimas palavras foram: "Uma escada... rápido, uma escada...".

Sobre a tradutora

Arlete Cavaliere é professora titular de Teatro, Arte e Cultura Russa nos cursos de graduação e pós-graduação do Departamento de Letras Orientais da Faculdade de Filosofia, Letras e Ciências Humanas da Universidade de São Paulo. É mestre e doutora em Teoria Literária e Literatura Comparada pela mesma instituição, com pesquisas sobre a prosa de Nikolai Gógol e a estética teatral do encenador russo de vanguarda Vsiévolod Meyerhold.

Organizou com colegas docentes da universidade publicações coletivas como a revista *Caderno de Literatura e Cultura Russa* (2004 e 2008) e os livros *Tipologia do simbolismo nas culturas russa e ocidental* (2005) e *Teatro russo: literatura e espetáculo* (2011). É autora de *O inspetor geral de Gógol/Meyerhold: um espetáculo síntese* (1996) e *Teatro russo: percurso para um estudo da paródia e do grotesco* (2009, com edição revista e ampliada em 2024).

Publicou diversas traduções, entre elas *O nariz e A terrível vingança*, de Gógol (1990), volume no qual assina também o ensaio "A magia das máscaras", e *Ivánov*, de Anton Tchekhov (1998, com Eduardo Tolentino de Araújo, tradução indicada ao Prêmio Jabuti). Pela Editora 34, publicou *Teatro completo*, de Gógol (2009, organização e tradução), *Mistério-bufo*, de Vladímir Maiakóvski (2012, tradução e ensaio), *Dostoiévski-trip* (2014) e *O dia de um oprítchnik* (2022), de Vladímir Sorókin (traduções e ensaios), além de participar como tradutora da *Nova antologia do conto russo* (2011), escrever o texto de apresentação da coletânea *Clássicos do conto russo* (2015) e organizar a *Antologia do humor russo* (2018).

Este livro foi composto em Sabon, pela Bracher & Malta, com CTP da New Print e impressão da Graphium em papel Pólen Natural 80 g/m² da Cia. Suzano de Papel e Celulose para a Editora 34, em fevereiro de 2025.